人文传统经典

楚辞全注

方铭 注

人民文学出版社

图书在版编目（CIP）数据

楚辞全注/方铭注．—北京：人民文学出版社，2021
（人文传统经典）
ISBN 978-7-02-009746-3

Ⅰ.①楚… Ⅱ.①方… Ⅲ.①《楚辞》—注释 Ⅳ.①I222.3

中国版本图书馆 CIP 数据核字（2013）第 045644 号

责任编辑　葛云波
装帧设计　陶　雷
责任印制　任　祎

出版发行　人民文学出版社
社　　址　北京市朝内大街 166 号
邮政编码　100705

印　　刷　三河市鑫金马印装有限公司
经　　销　全国新华书店等

字　　数　226 千字
开　　本　880 毫米×1230 毫米　1/32
印　　张　10.875　插页 2
印　　数　1—8000
版　　次　2021 年 4 月北京第 1 版
印　　次　2021 年 4 月第 1 次印刷

书　　号　978-7-02-009746-3
定　　价　46.00 元

如有印装质量问题，请与本社图书销售中心调换。电话：010-65233595

目 录

前言 …………………………………………… 1

楚辞卷一
  离骚第一 …………………………………… 屈 原 1
楚辞卷二
  九歌第二 …………………………………… 屈 原 31
    东皇太一 ………………………………………… 33
    云中君 …………………………………………… 35
    湘 君 …………………………………………… 38
    湘夫人 …………………………………………… 42
    大司命 …………………………………………… 46
    少司命 …………………………………………… 50
    东 君 …………………………………………… 53
    河 伯 …………………………………………… 56
    山 鬼 …………………………………………… 59
    国 殇 …………………………………………… 62
    礼 魂 …………………………………………… 66
楚辞卷三
  天问第三 …………………………………… 屈 原 68

楚辞卷四

　九章第四 ·························· 屈　原　94
　　惜　诵 ···························· 95
　　涉　江 ···························· 101
　　哀　郢 ···························· 105
　　抽　思 ···························· 110
　　怀　沙 ···························· 116
　　思美人 ···························· 122
　　惜往日 ···························· 126
　　橘　颂 ···························· 131
　　悲回风 ···························· 134

楚辞卷五

　远游第五 ·························· 屈　原　141

楚辞卷六

　卜居第六 ·························· 屈　原　154

楚辞卷七

　渔父第七 ·························· 屈　原　158

楚辞卷八

　九辩第八 ·························· 宋　玉　161

楚辞卷九

　招魂第九 ·························· 宋　玉　176

楚辞卷十

　大招第十 ···················· 屈原或景差　193

楚辞卷十一

　惜誓第十一 ························ 贾　谊　207

楚辞卷十二

　招隐士第十二 ···················· 淮南小山　212

楚辞卷十三
　七谏第十三 ······················· 东方朔 215
　　初　放 ····································· 216
　　沉　江 ····································· 218
　　怨　世 ····································· 222
　　怨　思 ····································· 225
　　自　悲 ····································· 226
　　哀　命 ····································· 229
　　谬　谏 ····································· 231

楚辞卷十四
　哀时命第十四 ······················· 严　忌 236

楚辞卷十五
　九怀第十五 ························· 王　褒 245
　　匡　机 ····································· 246
　　通　路 ····································· 248
　　危　俊 ····································· 250
　　昭　世 ····································· 251
　　尊　嘉 ····································· 253
　　蓄　英 ····································· 255
　　思　忠 ····································· 256
　　陶　壅 ····································· 257
　　株　昭 ····································· 259

楚辞卷十六
　九叹第十六 ························· 刘　向 262
　　逢　纷 ····································· 264
　　离　世 ····································· 268
　　怨　思 ····································· 271

远　逝 …………………………………………	274
惜　贤 …………………………………………	278
忧　苦 …………………………………………	281
愍　命 …………………………………………	285
思　古 …………………………………………	288
远　游 …………………………………………	291

楚辞卷十七

九思第十七 ……………………………… 王　逸 296
　逢　尤 ……………………………………… 297
　怨　上 ……………………………………… 299
　疾　世 ……………………………………… 301
　悯　上 ……………………………………… 303
　遭　厄 ……………………………………… 305
　悼　乱 ……………………………………… 307
　伤　时 ……………………………………… 309
　哀　岁 ……………………………………… 311
　守　志 ……………………………………… 313

后记 ……………………………………………… 316

前　言

屈原是战国时期楚国人，是中国历史上影响最为深远的诗人，也是中国最具国际影响力的诗人。

1952年开始，总部设在芬兰首都赫尔辛基的"世界和平理事会"每年推举四位世界文化名人，1952年推举了法国作家雨果、意大利画家达·芬奇、俄国作家果戈理、阿拉伯哲学家阿维森纳等四位为世界文化名人。1953年，世界和平理事会决定在中国诗人中推举一位世界文化名人，当年的参与者在遴选诗人的时候，认为中国产生过无数杰出的诗人，如果从这众多诗人中推举一个最伟大的，当然非屈原莫属。因此屈原与波兰天文学家哥白尼、法国作家拉伯雷、古巴作家何塞·马蒂就成为1953年世界和平理事会推举的四位世界文化名人。同年，苏联和中国等国家都举行了隆重的纪念屈原、哥白尼、拉伯雷、何塞·马蒂诞生的纪念大会。2009年，以纪念屈原为核心内容的中国端午节及其传说进入"世界人类非物质文化遗产代表作名录"，这表明屈原不仅仅是世界文化名人，同时，他的作品及精神价值，也是人类文化遗产的一部分。

一

屈原生活的时代，大约在战国时期楚国的楚威王、楚怀王和楚顷襄王时代,屈原《离骚》自序身世说:"帝高阳之苗裔兮,朕皇考曰伯庸。摄提贞于孟陬兮,惟庚寅吾以降。"据《史记·楚世家》,楚先祖出于帝颛顼高阳,高阳后人重黎曾任帝喾高辛火正,帝喾命名曰祝融。重黎弟吴回生陆终,陆终生季连,芈姓。周文王时,季连苗裔曰鬻熊,事文王。鬻熊生熊丽,熊丽生熊狂,熊狂生熊绎,受封楚。楚武王生子瑕,受屈为客卿。屈原的父亲(一说先祖)名叫伯庸(一说伯爵,封于庸国),旧说屈原出生正逢太岁在寅之摄提格正月始春庚寅之日。根据这一线索,屈原的生年,有公元前366、前362、前352、前351、前343、前342、前341、前340、前339、前336、前335年等说法,其中郭沫若提出的前340年与浦江清提出的前339年影响最大。我在《战国文学史论》一书中认为实际上屈原应是说他在庚寅之年生,断无不清楚交待生年,而只说生日的道理。根据屈原的事迹推定,屈原出生之庚寅年当为周显王三十八年,楚威王九年,公元前331年。关于屈原的卒年,有认为在怀王时期的,有认为在顷襄王时期的,有认为是在考烈王时期的,时间从公元前305年至前261年之间。我们一般采用郭沫若的说法。其去世大约在公元前278年左右,即郢都沦陷当年。屈原生活的时代,楚国先后有威王、怀王、顷襄王在位。不过,屈原的生卒年,因为资料匮乏,很难有一个令所有人都认可的结论。

屈原曾官"左徒"。而《楚辞·渔父》提到屈原时称为"三闾大夫"。王逸《楚辞章句》说:"屈原与楚同姓,仕于怀王,为三闾大夫。三闾之职,掌王族三姓,曰昭、屈、景。屈原序其谱属,率其贤良,以厉国士。入则与王图议政事,决定嫌疑;出则监察群下,应对诸侯。谋行职修,王甚珍之。"王逸虽说三闾大夫为管理宗族事务,教育、督导宗族子弟的官员。但是,楚国王族并不是只有昭、屈、景三姓,而此三姓也非王族主干,专为此三族设官,于理并不通畅。钱穆认为"三闾"为屈原封地,即楚"三户",这个说法可能更有道理。左徒,依《史记正义》的说法,"盖今左右拾遗之类",其职能,应该是"行人"一类的主官,即外交官。

屈原因忠见逐,最终自杀的事迹,在汉代,是人人皆知的事情,也正因此,汉代及后代学者,都称述其遭不白之冤,而至悲剧结局。东汉王逸《楚辞章句》说:"且人臣之义,以忠正为高,以伏节为贤。故有危言以存国,杀身以成仁。……今若屈原,膺忠贞之质,体清洁之性,直若砥矢,言若丹青,进不隐其谋,退不顾其命,此诚绝世之行,俊彦之英也。"

屈原所处的时代,是一个由分裂而走向统一的时代,其所属之楚国,属乱世,无道之邦。屈原的权势地位不足以左右时局,但他不是像当时大部分士大夫一样,或潜龙勿用,或远走他乡,而因谋求实现其政治追求或社会理想不成,最终绝望而自杀。屈原生活的时代,战争诸国不是现代意义上的独立国家,而是周天子衰落后"奄王坐大"[1]的军事割据集团。因此,士大夫隐而不仕,或远走他国,以保持自己的独立人格,无疑都是值得肯定的。

屈原的遭遇是千千万万中国先秦至近代正直士人悲剧的一个缩影,同时,又因为屈原的行为本身与大多数正直的先秦士人的行为表现出极大差异:他敢于肯定自身的价值,敢于不加掩饰地把自己独特而好修的个性呈现出来,积极地寻求施展其才华的机会;当遭受不公正待遇的时候,敢于采取激烈的方式,对君主、谗佞的丑恶和不公正予以抨击,甚至不惜以死来表明自己的清白和反抗。这种刚烈的个性具有不妥协的品格,与"明哲"的圣人行为方式相比较,也有其光彩。王逸曾说:"是以伍子胥不恨于浮江,比干不悔于剖心,然后忠立而行成,荣显而名著。若夫怀道以迷国,详(同"佯")愚而不言,颠则不能扶,危则不能安,婉娩以顺上,逡巡以避患,虽保黄耇,终寿百年,盖志士之所耻,愚夫之所贱也。"[2]也就是说,慷慨赴义,处世正直,不惧死难,危言存国,杀身成仁,也是流芳百世的事情。

屈原对他自己好修为常、九死不悔的行为所带来的后果是清楚的,《离骚》说:"余固知謇謇之为患兮,忍而不能舍也。指九天以为正兮,夫唯灵修之故也。"《涉江》说:"接舆髡首兮,桑扈臝行。忠不必用兮,贤不必以。伍子逢殃兮,比干菹醢。与前世而皆然兮,吾又何怨乎今之人! 余将董道而不豫兮,固将重昏而终身。"屈原一度处于进与退的矛盾之中,但他很快从矛盾中走了出来,《惜诵》曰:"欲儃佪以干傺兮,恐重患而离尤。欲高飞而远集兮,君罔谓汝何之。欲横奔而失路兮,坚志而不忍。"他知道留在楚国会进一步遭受迫害,远逝恐楚王不高兴,变节又不忍。《涉江》说:"苟余心其端直兮,虽僻远之何伤。"最终决定直面惨淡的人生,不计较是非毁誉,不为时俗工巧的庸态。《离骚》说:"屈心而抑志兮,忍尤而攘诟。""苟余情其信姱以练要兮,长顑颔亦何伤。"《思美人》说:"登高吾不说兮,入下吾不能,固朕形之不服兮,未改此度也。"《渔父》说:"安能以皓皓之白,而蒙世俗之尘埃乎?"内心守贞,外不同流,不谄事君主而改节,不随俗显荣而媚人。他要以自己之所善,"高驰而不顾",要以自己的生命"上下求索",在漫长的人生道路上,孤独前行。[3]因为他坚信自己的选择是正确的,自己的行为是清白的,所以他才这样自信,这样地理直而气壮。屈原清醒地迈向悲剧的结局,而这个结局是他同时代的人很少实践过的,因而其悲剧之力量,足以震撼人心。

二

对于屈原的研究,开始于对屈原价值的探索,这个探索,从战国时期的宋玉就已经开始了。王逸《楚辞章句·九辩序》说:"宋玉者,屈原弟子也。闵惜其师忠而放逐,故作《九辩》以述其志。"而《九辩》说:"坎廪兮,贫士失职而志不平。"宋玉悯惜其师之"忠","忠"是就屈原的人格而言;宋玉说"贫士失职","士"是就屈原的才能而言。简单地说,屈原是一个忠而有才,却受到不公正待遇的人。

班固《离骚序》说:"昔在孝武,博览古文,淮南王安叙《离骚传》,以《国风》好色而不淫,《小雅》怨悱而不乱,若《离骚》者,可谓兼之。蝉蜕浊秽之中,浮游尘埃之外,皭然泥而不滓,推此志,与日月争光可也。"刘安是西汉初期人,他除了高度赞扬屈原《离骚》的价值之外,着重强调屈原的"清",即处污泥之中,而不受污染,不与邪恶势力同流合污。

司马迁继承了刘安的观点,认为屈原"忠信",《史记·屈原贾生列传赞》指出,屈原"信而见疑,忠而被谤",但"睠顾楚国,系心怀王",有"存君兴国"之义。同时,司马迁还突出了屈原做为"贤"者的价值:"太史公曰:余读《离骚》、《天问》、《招魂》、《哀郢》,悲其志。适长沙,观屈原所自沉渊,未尝不垂涕,想见其为人。及见贾生吊之,又怪屈原以彼其材,游诸侯,何国不容,而自令若是。"司马迁强调屈原可周游诸侯,无有不重视者,屈原的资本就是因"彼其材"。

班固《离骚序》不同意刘安把屈原的作品和六经相提并论,但认为"其文弘博丽雅,为辞赋宗",屈原本人"虽非明智之器,可谓妙才者也"。班固《离骚赞序》指出,"屈原初事怀王,甚见信任。同列上官大夫妒害其宠，谗之王，王怒而疏屈原。屈原以忠信见疑，忧愁幽思而作《离骚》","屈原痛君不明，信用群小，国将危亡，忠诚之情，怀不能已，故作《离骚》","不忍浊世，自投汨罗"。班固虽然对屈原的处世智慧有所质疑，但同样认为屈原是"忠信"之人，是"妙才"。《汉书·艺文志》说："春秋之后，周道浸坏，聘问歌咏不行于列国，学《诗》之士逸在布衣，而贤人失志之赋作矣。大儒孙卿及楚臣屈原离谗忧国，皆作赋以风，咸有恻隐古诗之义。"可见在班固眼里，屈原既是"贤人"，同时，又能"忧国"，继承《诗经》传统，作赋以讽。

　　王逸与屈原有乡亲之谊，因此，把屈原的作品《离骚》提到了"经"的地位。《楚辞章句·九思序》说："《九思》者，王逸之所作也。逸，南阳人（一作南郡），博雅多览，读楚辞而伤愍屈原，故为之作解。"又说："逸与屈原同土共国，悼伤之情，与凡有异。"王逸推崇屈原，对屈原的定位，继承了前辈的观点，即"清""忠""贤"。《楚辞章句·离骚序》说，屈原"不忍以清白久居浊世，遂赴汨渊，自沉而死"，"凡百君子，莫不慕其清高，嘉其文彩，哀其不遇，而愍其志焉"。

　　从宋玉到王逸，确立了屈原作为一个具有"清廉""忠信"美德的"贤人"形象。这个历史定位，成为屈原形象的最基本的内涵。清廉、忠信、贤人，既体现了中国古代人对各级官员模范人格的定位，也是中国古代人对屈原抱有深刻同情和敬仰的历史原因。而"贤人"定位，也使屈原和孔子的"圣人"境界相区别。《白虎通义·圣人》说："圣者，通也，道也，声也。道无所不通，明无所不照，闻声知情，与天地合德，日月合明，四时合序，鬼神合吉凶。"孔子既有坚守，而又通权达变，其境界与屈原既联系又有区别。

三

朱熹《楚辞集注》多次提及屈原有"忠君爱国之诚心",这一观点在二十世纪后,受到学者的重视。二十世纪初,随着西洋文化的传播,中国学者对中国传统文化的价值发生怀疑,而民主主义的思想,也要求重新反思屈原的形象所蕴含的意义。1922年8月28日,著名的新文化运动的旗手胡适写了《读楚辞》一文,该文同年发表在《读书杂志》第一期上。胡适认为,《史记》本来不很可靠,而《史记·屈原贾生列传》尤其不可靠;传说中的屈原,是根据于"儒教化"的《楚辞》解释的,是"箭垛式"的,若真有其人,必不会生在秦汉以前。胡适的见解,不能说没有道理。但是,二十世纪人对"忠"的批判,多数建立在对"忠"观念的一知半解基础上。孔子及儒家所谓忠,强调的是尽己之道,是与"民为贵,社稷次之,君为轻"的价值观相统一的,也就是说,民为国家之本,设立国家为民服务,君主领导国家机器为民服务。忠臣的终极目标是忠于民。胡适又提出了把《楚辞》重归文学的学科设想,他认为,楚辞的研究史是久被"酸化"的,只有推翻屈原的传说,进而才能推翻楚辞作为"一部忠臣教科书"的不幸历史,可以"从楚辞本身上去寻出它的文学兴味来,然后楚辞的文学家之可以有恢复的希望"[4]。显然,胡适所谓"文学"学科的观念,也是从西洋传来的,而不是中国古代固有的"文学"学科概念。

1922年11月3日,梁启超在东南大学文哲学会上发表了《屈原研究》之讲演,梁启超认为中国文学家的老祖宗必推屈原,中国历史上表现个性的作品,头一位就是屈原的作品。梁启超认为,屈原具有改革政治的热情,又热爱人民,热爱社会,他以其自杀,表现出对社会、对祖国的同情和眷恋,而又不愿意向黑暗势力妥协的决心,因此,屈原的自杀使他的人格和作品更加光耀[5]。梁启超把屈原的"清廉""忠信",表述为热爱人民,热爱社会,对社会和祖国的同情和眷恋,以及不愿意向黑暗势力妥协的决心。显然,梁启超对屈原的评价,有胡适的新"文学"观念,同时,又继承了中国古代关于屈原作为"清廉""忠信""贤人"的理念。

1929年6月7日,郭沫若写了《革命诗人屈原》一文,认为春秋战国时期,也存在一个"五四运动",而屈原就是古代"五四运动"的健将,即中国古代的诗在屈原手里发起了一次"大革命"[6]。1942年,郭沫若又写了《屈原思想》一文,在这篇文章中,他提出屈原的世界观是前进的,革命的,但是,他的方法——作为诗人在构想和遣词上的技术却不免有些保守的倾向。郭沫若认为,屈原思想明显有儒家风貌,注重民生,倡导德政,注重修己以安人,所以,屈原是一位南方的儒者[7]。

1953年6月13日,林庚在《大公报》发表了《诗人屈原的出现》一文,提出屈原的艺术才能"全部为了人民的愿望与政治斗争",在中国古代,没有一个诗人能像屈原一样,紧密地把自己一生的思想感情与政治斗争完全统一起来,因此,屈原是"我们伟大的第一个诗人","是一个政治家",他毕生为一个政治理想而斗争,他是一个真理的追求者[8]。

1957年作家出版社出版了《楚辞研究论文集》,其中收录的论文,大部分发表于1951年至1956年间的重要报刊上,是代表屈原被确定为世界文化名人前后中国官方主流观点的一部著作。其中具有代表性的关于屈原评价的文章,首先是郭沫若的《伟大的爱国主义诗人——屈原》,郭沫若认为,屈原"同情人民,热爱人民","不仅热爱楚国,而且热爱中国"。先师褚斌杰先生《屈原——热爱祖国的诗人》则提出屈原的"思想和行为是崇高的,具有人民性的"观点,认为屈原的价值体现在以下四方面:疾恶如仇,能与腐朽反动的贵族政权作斗争;关怀民族命运和人民生活;对祖国和乡土无限热爱;宁死不屈,有以死殉国的伟大气节。

在二十世纪,特别是二十世纪中叶以后,无数中国古代伟大的思想家和文学家或多或少都受到了中国主流政治意识指导下的文化精英的批判和鞭挞,但是,屈原却一直为主流政治意识和文化意识所肯定,当然,这个幸运,也带来了屈原价值的多面性描述,如在伟大的人民诗人、爱国主义诗人的称号之外,在七十年代开展的评法批儒运动中,屈原被描述为法家。而在1977年以后,屈原则作为政治改革家而常被改革派所提及。

四

胡适先生曾主张抛开屈原的政治活动来讨论屈原作品的意义,而林庚先生则认为屈原首先是一个政治家,他的文学活动是和政治活动紧密联系在一起的。显然,林庚先生的观点,更体现了知人论世的文学观念。

屈原是战国时期楚国的重要政治家,对屈原的把握,离不开屈原的政治活动。抓住屈原的政治活动轨迹,才能准确把握屈原作品的内涵。屈原的价值,体现为他的文学成就和政治人格的完美结合。屈原的作品,表现的内容是他的政治活动和政治遭遇,以及政治活动和政治遭遇所带来的思想感情方面的期待与沮丧,希望与失望。屈原的政治活动和政治遭遇,我们又是通过屈原的作品了解的。如果没有屈原的作品,我们就无法了解屈原的遭遇;如果没有屈原坎坷的遭遇,屈原可能不会创作这些作品；即使创作了作品，他的作品也不会有这么久远的力量。王逸《楚辞章句序》说："屈原履忠被谗，忧悲愁思，独依诗人之义而作《离骚》，上以讽谏，下以自慰。遭时闇乱，不见省纳，不胜愤懑，遂复作《九歌》以下，凡二十五篇。楚人高其行义，玮其文采，以相教传。"《楚辞章句·天问序》说："屈原放逐，忧心愁悴，彷徨山泽，经历陵陆，嗟号昊旻，仰天叹息，见楚有先王之庙及公卿祠堂，图画天地山川，神灵琦玮僑佹，及古贤圣怪物行事，周流罢倦，休息其下，仰见图画，因书其壁，呵而问之，以泄愤懑，舒泻愁思。楚人哀惜屈原，因共论述，故其文义不次序云尔。"《楚辞章句·九章序》说："屈原放于江南之野，思君念国，忧心罔极，故复作《九章》，章者，著也，明也。言己所陈忠信之道，甚著明也。卒不见纳，委命自沉，楚人惜而哀之，世论其词以相传焉。"《楚辞章句·渔父序》说："屈原放逐在江湘之间，忧愁叹吟，仪容变易，而渔父避世隐身，钓鱼江滨，欣然自乐，时遇屈原川泽之域，怪而问之，遂相应答。楚人思念屈原，因叙其辞，以相传焉。"王逸提到楚人高其行义，玮其文采，楚人哀惜屈原，思念屈原，因此，因共论述，因叙其辞，以相教传。也就是说，如果没有屈原的高尚行为和奇玮文采，没有对屈原的哀惜和同情，屈原的作品是否能够流传，就会是一个未知数。

屈原不仅仅是一个政治家，而且是一个想有所作为的政治家。这是他的悲剧命运的根源。

战国时期是一个大动荡的时代。春秋、战国之交，随着晋国的分裂，楚国的衰落，春秋时的晋、楚两极世界变成了秦国独大的一极世界。探究秦国之所以兴、楚国之所以衰的原因，最根本的就是秦国有政治优势。秦国自春秋秦穆公开始，不拘一格重用人才，秦国的重要岗位，不但向秦国人民开放，而且向山东诸侯国的人才开放，只要是人才，就可得到任用。《史记·孔子世家》载鲁昭公二十年,时孔子三十岁,齐景公与晏婴访问鲁国,齐景公问孔子说:"昔秦穆公国小处辟,其霸何也?"孔子回答说:"秦虽国小,其志大;处虽辟,行中正。身举五羖,爵之大夫,起缧绁之中,与语三日,授之以政。以此取之,虽王可也,其霸小矣。"秦穆公的志大中正,礼贤下士,正是秦国由霸而王的基础。

秦国的政治是一个开放的体系,而楚国的政治却是一个封闭的体系,楚王重用的都是他的近亲,《史记·孙子吴起列传》载,吴起逃离魏国,"楚悼王素闻起贤,至则相楚。明法审令,捐不急之官,废公族疏远者,以抚养战斗之士"。吴起在楚国改革,其矛头首先就对准了楚之贵戚,等到楚悼王死后,楚国"宗室大臣作乱而攻吴起,吴起走之王尸而伏之",虽然最后楚国"尽诛射吴起而并中王尸者,坐射起而夷宗死者七十余家",但是,楚国的政治仍然回归到了重用贵戚的老路上去了。"楚材晋用",不是说楚国的人才多,而是说楚国的人才不能在楚国发挥作用,只好到外国去了。《离骚》中灵氛为屈原占卜,得出的结论也是应该远行,灵氛说:"两美其必合兮,孰信修而慕之?思九州之博大兮,岂唯是其有女?"说的也是一个人才,应该选择一个能够有所作为的地方,做出一番事业来。

楚国因为政治上的封闭性,导致优秀的人才不但不能在楚国得到重用,而且还深受迫害。春秋时伍子胥的遭遇就说明了这一点。《史记·伍子胥列传》载楚平王给太子建娶秦女,因秦女美好,于是占为己有,并因此忌恨太子建及太子建的太傅伍奢,杀伍奢。又因伍奢二子伍尚、伍员贤,欲杀二人,伍尚死,伍员逃亡,伍员即伍子胥。伍子胥逃到吴国后,帅吴国军队灭楚,而楚臣申包胥"立于秦廷,昼夜哭,七日七夜不绝其声",秦哀公怜之,说:"楚虽无道,有臣若是,可无存乎!"于是"遣车五百乘救楚击吴",楚国因此才能在春秋后期苟延残喘下来。

战国时期,楚国虽有恢复,但要和秦国对抗,仍然是不可能的。《史记·秦始皇世家》载秦孝公死后,秦惠王、秦武王"蒙故业,因遗册,南兼汉中,西举巴、蜀,东割膏腴之地,收要害之郡"。诸侯眼见秦之强大,恐惧,"会盟而谋弱秦,不爱珍器重宝肥美之地,以致天下之士,合从缔交,相与为一"。山东诸侯"常以十倍之地,百万之众,叩关而攻秦。秦人开关延敌,九国之师逡巡遁逃而不敢进","于是从散约解,争割地而奉秦"。秦"因利乘便,宰割天下,分裂河山,强国请服,弱国入朝"。《史记·张仪列传》载张仪说楚怀王:"秦地半天下,兵敌四国,被险带河,四塞以为固。虎贲之士百余万,车千乘,骑万匹,积粟如丘山。法令既明,士卒安难乐死,主明以严,将智以武,虽无出甲,席卷常山之险,必折天下之脊,天下有后服者先亡。且夫为从者,无以异于驱群羊而攻猛虎,虎之与羊不格明矣。今王不与猛虎而与群羊,臣窃以为大王之计过也。"又说:"秦西有巴蜀,大船积粟,起于汶山,浮江已下,至楚三千余里。舫船载卒,一舫载五十人与三月之食,下水而浮,一日行三百余里,里数虽多,然而不费牛马之力,不至十日而距扞关。扞关惊,则从境以东尽城守矣,黔中、巫郡非王之有。秦举甲出武关,南面而伐,则北地绝。秦兵之攻楚也,危难在三月之内,而楚待诸侯之救,在半岁之外,此其势不相及也。夫恃弱国之救,忘强秦之祸,此臣所以为大王患也。"

秦国的强势,以及楚国的羸弱,决定了战国时期的楚国处在一个不可能有大作为的时代。也正因此,屈原给楚王提出的连齐抗秦、杀张仪以泄愤、不去武关会秦王的政治策略,楚怀王都不敢接受。《史记·楚世家》载秦昭襄王约楚怀王访秦,"楚怀王见秦王书,患之。欲往,恐见欺;无往,恐秦怒"。昭睢建议楚王毋行,发兵自守,楚怀王儿子子兰说:"奈何绝秦之欢心!"楚怀王为了社稷,只能忘记自己这个君主的安危,亲赴秦国。《孟子·尽心下》说:"民为贵,社稷次之,君为轻。是故得乎丘民而为天子,得乎天子为诸侯,得乎诸侯为大夫。诸侯危社稷,则变置。牺牲既成,粢盛既絜,祭祀以时,然而旱干、水溢,则变置社稷。"楚怀王也许做不到"民为贵",但是,他知道在社稷存亡面前"君为轻"的价值判断,他不去秦国,则可能"危社稷",所以,他就只得选择去了。

屈原是一个想在楚国有所作为的政治家,但是楚国不能给他提供大有作为的舞台。屈原不被楚王任用,怀才不遇,生不逢时。不能有所作为,和想有所作为,这是屈原和楚国领导层发生矛盾的根源,也是他悲剧命运的根源。

五

战国时期是一个巨变的时代,如何适应社会的蜕变,成了这个时代弄潮儿们追逐的目标,战国时期成功的政治家无不体现这个特点。法家、纵横家的成功,在于他们放弃自己的坚守。

孔子与他的弟子是春秋战国时期最有坚守的政治家。孔子周游列国,不是为了谋得官职,而是为了传道,也正因此,孔子面对诸侯权臣的邀请,不为其所动,《论语·阳货》载,阳货因孔子不愿出来工作,因此攻击孔子"怀其宝而迷其邦",是"不仁","好从事而亟失时",是"不知",殊不知如果不能以道治国,在乱世求富贵,必然会成为坏人的帮凶。因此,孔子的坚守,正是孔子仁和智的体现。《史记·孟子荀卿列传》说,战国时期,"天下方务于合从连衡,以攻伐为贤,而孟轲乃述唐、虞、三代之德",与世俗不合,梁惠王甚至认为孟子"迂远而阔于事情",不过,司马迁理解儒家的坚守,他说:"故武王以仁义伐纣而王,伯夷饿不食周粟;卫灵公问阵,而孔子不答;梁惠王谋欲攻赵,孟轲称大王去邠。此岂有意阿世俗苟合而已哉!持方枘而内(通"纳")圆凿,其能入乎?"

《史记·商君列传》载,商鞅因秦孝公宠臣景监求见孝公,先"说公以帝道","孝公时时睡,弗听",谴责景监说:"子之客妄人耳,安足用邪!"后五日,商鞅二见孝公,"说公以王道","益愈,然而未中旨","孝公复让景监"。商鞅三见孝公,"说公以霸道,孝公善之而未用也",孝公对景监说:"汝客善,可与语矣。"商鞅四见孝公,"以强国之术说君","公与语,不自知膝之前于席也。语数日不厌"。商鞅的最高理想是帝道,其次是王道,其次是霸道,而强国之术是他认为的最为下下者之道,但因为秦孝公认为"安能邑邑待数十百年以成帝王乎","久远,吾不能待",商鞅就放弃了他的理想,而投孝公所好,但他自己知道,强国之术"难以比德于殷周矣"。

《史记·苏秦列传》载苏秦出道后,先赴秦国,以连横为说,意在统一天下。秦惠公刚诛杀商鞅,兴趣不在此,说:"毛羽未成,不可以高飞;文理未明,不可以并兼。"不用苏秦。苏秦于是东赴燕国,以合纵为说,推介反统一的政治策略。《史记·张仪列传》说张仪先赴燕国找苏秦,意欲参与合纵大业,从事反统一活动,苏秦不用张仪,张仪只好西至秦国,投身连横事业中,从事统一活动。

商鞅,以及苏秦、张仪,不能说他们心中没有理想和是非观,但是,他们没有底线。他们都是把"做官"和"做事"放在第一位,而没有把天下和民众的未来放在第一位,因此,他们根据君主这个大客户的需求来提供自己的产品,而不是把拯救天下和民众放在第一位,没有为国家和民族的未来去服务社会的信念。孔子和屈原是要"做官","做事",但他们"做官"是为了"做正确的事"。

《礼记·礼运》载,孔子把春秋前的中国古代社会分为大同、小康两个阶段,而认为春秋时期是"礼崩乐坏"的时代。《战国策·燕策一》载郭隗之言,有"帝者与师处,王者与友处,霸者与臣处,亡国与役处"四句。帝道、帝者指五帝时代,王道、王者指夏、商、周三王时代,霸道、霸者指春秋时期,强国之术、亡国指的是战国时期。五帝时代,特别是尧、舜时期,效法"天道",政治制度以"天下为公"为基础,政治文化以"大同"为价值,经济权利和政治权力的平等,是这个时期的社会特征,简单地说,就是有饭大家同吃,有衣大家同穿。三王时期,虽是"天下为家"的时代,但社会文化氛围强调德治,即领导人为人民服务,领导先天下之忧而忧,后天下之乐而乐。

事实上,夏、商两代谈不上有德治传统,德治精神应该是周人克商之后建立的文化体系所体现的价值。周先祖不窋在夏后启破坏禅让体制、篡权建立世袭制政治体制后去夏,辗转在泾河流域的义渠,即今天的甘肃庆阳一带,在周民族部落中传承"大同"文化。但是周克商后,民族融合,周人面临继承的"家天下"的政治制度遗产和固有的"大同"的政治文化遗产的冲突,因此,提出德治来调节人民和周天子利益相悖可能带来的困境。德治的特征,简单地说,就是群众没有饭吃,领导不吃饭;群众没有衣服穿,领导不穿衣。五霸时代,霸主挟天子以令诸侯,其文化价值,承认领导人的特权,但是,领导人仍能"推恩",具体体现就是贯彻"仁政"观念,领导人在享受特权的时候,也需要兼顾群众的生存问题。简单地说,就是领导吃肉的时候,应该给人民留一点肉汤喝。而强国之术,强调的政治文化是弱肉强食。《论语·颜渊》说:"爱之欲其生,恶之欲其死。"《史记·天官书》说:"顺之胜,逆之败。"《韩非子·五蠹》指出:"当今争于气力。"这些话所表述的行事原则,就代表了这个时代的文化价值。简单地说,就是群众顺从领导,则有饭吃,有衣穿;不顺从领导,则没有饭吃,没有衣穿。

从大同至小康,从小康至春秋,从春秋至战国,是中国社会制度不断退化的过程。《孟子·告子下》说:"五霸者,三王之罪人也。今之诸侯,五霸之罪人也。"而实际上,三王也是尧、舜之罪人。《道德经·德经》说:"故失道而后德,失德而后仁,失仁而后义,失义而后礼。夫礼者,忠信之薄,而乱之首。"《庄子·知北游》说:"失道而后德,失德而后仁,失仁而后义,失义而后礼。礼者,道之华而乱之首也。"大体说的也是从大同以下的社会蜕变带来的观念变化,道与大同时期相联系,德与小康时期相联系,而仁、义、礼则是小康之后至五霸时期的政治文化。

屈原同样是有坚守的政治家,他之所以能坚守,就在于他是一个深沉的思考者,一个关心楚国命运的政治家。屈原思考拯救楚国的指导原则,思考历史与现实、自然与社会的有关问题。屈原在思考楚国的现实困境的时候,提出了解决楚国政治困境的方法,这就是要实现尧、舜、禹、汤、文、武之"美政"。因此,与其说屈原是法家或者改革家,毋宁说他是一个坚守传统的儒家思想家。他的思想价值,不在于他在战国时期体现了怎样的改革意识,而在于他知道人民的幸福依靠回归"选贤与能"的美政。这就使他与同时代的打着改革旗号的势利之徒划清了界限。

二十世纪提出屈原是爱国主义诗人,这个表述与朱熹《楚辞集注》强调屈原有忠君和爱国之"诚心"一脉相承。屈原的爱国主义精神,不是表现为对楚国政体和政治家的袒护,而是表现为对楚国昏庸和奸诈的政治家以及不能选贤与能的政体的强烈批判,屈原希望在楚国有公平和正义,正道直行的人受重视,而枉道邪行的人被抛弃,但是楚国的现实正好相反,所以他有强烈的不满。屈原的爱国主义是建立在"正道直行"的基础上,因而是有正义性的,所以是有价值的。

屈原是历史中存在过的真实的人,同时也是经过历代文化人和屈原的崇敬者不断诠释过的文化符号,我们既要还原历史中的屈原,也要注意后代人对屈原的诠释。既要注意对屈原正面的诠释,也要注意批评者的文化立场。总而言之,在中国文化史上,无论是赞扬屈原,还是批评屈原,他们都是把屈原当作一个有价值的样本,体现他们对屈原的尊敬和同情。如果能认识到这一点,还原历史,就有了科学的立场。

屈原是历史人物,我们今天学习屈原,应该有现代立场和世界文化立场。屈原是中国的,更是世界的。站在世界立场和现代立场上,我们评价屈原,就不应该仅仅停留在给屈原加一个爱国主义的标签,我们更应该看到屈原爱国主义精神的实质。屈原是在一个缺少公平性,丧失了正义价值的时代,积极倡导社会公平和正义价值,并痛苦地追寻社会公平和正义价值的伟大诗人。屈原爱国主义精神的价值也就在于此。

研究屈原,既是为了还原历史,更是为了学习屈原。学习屈原,既是为了提升我们自己,也是为了提升我们的时代。

六

"楚辞"之名是与屈原联系在一起的。屈原在被谗放逐过程中,曾创作了《离骚》等作品,表现自己眷顾楚国的情怀,希望能以此感悟君主。这些作品,加上宋玉、景差及汉朝其他一些作家仿拟屈原风格和情怀的作品,汉成帝时由刘向辑为《楚辞》。根据王逸《楚辞章句》,《楚辞》的作品包括标明是屈原所作的

《离骚》、《九歌》、《天问》、《九章》、《远游》、《卜居》、《渔父》以外，还有宋玉所作的《九辩》和《招魂》，以及王逸不能肯定作者的《大招》，可能是贾谊所写的《惜誓》、淮南小山所作的《招隐士》、东方朔所作的《七谏》、严忌所作的《哀时命》、王褒所作的《九怀》、刘向所作的《九叹》等。王逸创作了《九思》，收入《楚辞章句》中。

根据现有文献，屈原的作品，在西汉初年，就称为"楚辞"。《史记·酷吏列传·张汤传》载："始长史朱买臣，会稽人也，读《春秋》。庄助使人言买臣，买臣以楚辞与助俱幸，侍中，为太中大夫。"又《汉书·朱买臣传》说："会邑人严助贵幸，荐买臣，召见，说《春秋》，言《楚辞》，帝甚悦之。"《汉书·王褒传》说："宣帝时修武帝故事，讲论六艺群书，博尽奇异之好，征能为楚辞九江被公，召见诵读。"

关于屈原作品的数量，《汉书·艺文志》说有"二十五篇"之数。王逸《楚辞章句》共收有《离骚》、《九歌》、《天问》、《九章》、《远游》、《卜居》、《渔父》等，又有《大招》一篇，王逸在屈原与景差两人之间，委决不下，阙而不究。《汉书·艺文志》关于屈原作品数量之根据，来自刘向父子《七略》，《七略》的根据是刘向所编《楚辞》，而王逸《楚辞章句》所依据的也正是刘向所编《楚辞》。因此可以说，《汉书·艺文志》之"屈原赋二十五篇"，即王逸《楚辞章句》所载，包括《离骚》一篇、《九歌》十一篇、《天问》一篇、《九章》九篇、《远游》一篇、《卜居》一篇、《渔父》一篇。《大招》的作者不能肯定，不在二十五篇之数。

编辑《楚辞》的标准，王逸说得非常清楚。《楚辞章句·九辩序》说："宋玉者，屈原弟子也，闵惜其师忠而被放，故作《九辩》以述其志。至于汉兴，刘向、王褒之徒，咸悲其文，依而作词，故号为楚辞。"即《楚辞》一书的成名，在于该书所收作品，或者是楚人屈原的作品，或者是自宋玉以至刘向、王褒等后代作家因为皆悲屈原之志，依屈原之文而仿拟的作品，即《楚辞》中宋玉《九辩》、《招魂》以下的作品都是宋玉等人仿拟屈原所作。正因如此，如贾谊的《吊屈原赋》、扬雄的《反离骚》不能收入《楚辞》。实际上，"楚辞"是屈原及仿拟屈原的作品全集的名称。

屈原是楚国人，屈原自己所写，以及仿拟屈原情怀和风格的作品，都有深深的"楚"地域文化烙印。宋人黄伯思《新校楚辞序》指出："盖屈宋诸骚，皆书楚语，作楚声，纪楚地，名楚物，故可谓之'楚辞'。"实际上不仅仅是屈原和宋玉等楚人的作品如此，就是可能是贾谊所写的《惜誓》、淮南小山的《招隐士》、东方朔的《七谏》、严忌的《哀时命》、王褒的《九怀》、刘向的《九叹》、王逸的《九思》等汉朝人的作品，由于受仿拟体例的制约，也必须以楚语、楚声、楚地、楚物为表达手段或表达内容，只是有的人做得好，有的人做得不太好而已。

《楚辞》作为屈原及仿拟屈原的作品全集，它本身并不是一种独立的文体。"楚辞"的意思即"楚诗""楚歌"，因此，"楚辞"代表了"诗"的一个流派，或者说"楚辞"是一种具有地方特色的"诗"。而"赋"虽然是诗的"六义"之一，但在战国以后，蔚成大国，发展成一种独立的文体，专门用铺陈的方法描写风物事情。因此，"辞"与"赋"虽有联系，但自战国而后，差别也是巨大的。

"楚辞"被称为"辞"，而不以"诗"命名，一方面是因为在《诗经》成书以后，在很长一段时间内，"诗"仍然是指《诗经》；另一方面，"诗""辞"意义相通，《毛诗序》说："诗者，志之所之也，在心为志，发言为诗。"《说文解字》说："辞，说也。"诗为言，辞也是言。所以，《楚辞》就是"楚诗""楚歌"。

楚辞与夏古歌《九歌》、《九辩》应有联系，《天问》曰："启棘宾商，《九辩》、《九歌》。"《九歌》、《九辩》本来就是夏古歌，《楚辞》之《九歌》、《九辩》因袭其名,这是毫无疑问的。王逸《楚辞章句》说:"昔楚国南郢之邑,沅湘之间,其俗信鬼而好祀,其词必作歌乐舞鼓,以乐诸神,屈原放逐,窜伏其域,怀忧苦毒,愁思沸郁,出见俗人祭祀之礼,歌舞之乐,其词鄙陋。因作《九歌》之曲。上陈事神之敬,下见己之冤结,托之以风谏,故其文意不同。""九歌"原来未必是楚国"巫歌",不过,屈原《九歌》却是改楚国"巫歌",以"九歌"命名的。

楚辞与楚国及吴、越等南方歌诗也有联系,《孟子·离娄上》有《孺子歌》,歌词说:"沧浪之水清兮,可以濯吾缨;沧浪之水浊兮,可以濯吾足。"《孺子歌》又称《沧浪歌》,《楚辞·渔父》引用了《沧浪歌》的内容;刘向《说苑·善说》有《越人歌》,歌词说:"今夕何夕兮,搴舟中流。今日何日兮,得与王子同舟。蒙羞被好兮,不訾诟耻。心几烦而不绝兮,得知王子。山有木兮木有枝,心说君兮君不知。"其形式与《楚辞》并无二致。楚辞中音乐痕迹也很明显,如"乱""倡""少歌"等都是音乐中的专用术语,这充分说明,屈原等楚辞作家的作品,不仅仅是"徒诗",而是与"歌诗"联系在一起的。

作为一种新的诗歌样式,楚辞的产生并非偶然。楚辞是中原文化与楚文化融合的产物。二十世纪八十年代之前,学术界都充分肯定中原文化对楚文化的影响,二十世纪八十年代开始,随着部分楚文化遗存的发掘,部分研究楚文化的学者相信楚文化是独立于中原文化的存在,但是,到了二十世纪末期,更多的出土文献证明楚文化与中原文化有着密切的关系。《诗经》言志的传统,以及《诗经》兴、观、群、怨、事父、事君的功能,是促使楚辞的作者选择通过诗歌"发愤抒情"的主要动力。当然,楚辞也继承了南方歌诗和楚地歌诗的特点。楚国早期的诗歌留传下来的很少,一些学者相信《诗经·周南·汉广》可能产生在楚

地,《诗序》说:"《汉广》,德广所及也。文王之道被于南国,美化行乎江汉之域,无思犯礼,求而不可得也。"诗云:

> 南有乔木,不可休息。汉有游女,不可求思。
> 汉之广矣,不可泳思。江之永矣,不可方思。
> 翘翘错薪,言刈其楚。之子于归,言秣其马。
> 汉之广矣,不可泳思。江之永矣,不可方思。
> 翘翘错薪,言刈其蒌。之子于归,言秣其驹。
> 汉之广矣,不可泳思。江之永矣,不可方思。

《汉广》诗的节奏感和语言风格与《诗经》其他篇章保持有高度的一致性,同时,也与楚辞的某些篇章表现出了密切的承继关系。这种联系,既体现了楚辞与《诗经》的联系,更体现了楚辞和楚国诗歌传统的联系。

楚国文化与巫文化有着密切的关系。与北方周人敬鬼神而远之的态度不同,楚人一直保有原始的巫歌巫舞的娱神活动,因而保存了大量的神话传说。楚国各地民间祭神的歌曲在屈原的《九歌》中仍保留下来了。屈原在楚辞中多次描写的奇装异服、占卜问神,以及许多神灵的奇异传说,无一不打着发达的巫文化烙印。楚辞之所以能成为中国古代文学史上最具想象性的诗篇,根本原因就在于巫文化所赋予它的神化特征。

王逸《楚辞章句》多次提及楚人传习屈原著作的问题,《汉书·地理志》也说:"始楚贤臣屈原被谗放流,作《离骚》诸赋以自伤悼。后有宋玉、唐勒之属慕而述之,皆以显名。汉兴,高祖王兄子濞于吴,招致天下之娱游子弟,枚乘、邹阳、严夫子之徒兴于文、景之际。而淮南王安亦都寿春,招宾客著书,而吴有严助、朱买臣,贵显汉朝,文辞并发,故世传楚辞。"

编辑、记录屈原作品的"楚人",大抵就是宋玉、唐勒之徒,由他们而后，有严助、朱买臣，把楚辞传播到广大的中国。汉初学人所见，便是严助、朱买臣所传楚辞，贾谊、淮南小山、东方朔、严忌、王褒、刘向等人，都纷纷仿而作文。至刘向编辑，则把楚人屈原、宋玉等人的辞作及汉人仿屈原楚辞的作品辑在一起，成今本《楚辞》。

洪兴祖的《楚辞补注》目录后，有《楚辞释文》的目录，该目录与今本目录篇次不同。宋人晁公武《郡斋读书志》载，《楚辞释文》一卷，"未详撰人。其篇次不与世行本同。盖以《离骚经》、《九辩》、《九歌》、《天问》、《九章》、《远游》、《卜居》、《渔父》、《招隐士》、《招魂》、《九怀》、《七谏》、《九叹》、《哀时命》、《惜誓》、《大招》、《九思》为次。按今本《九章》第四，《九辩》第八，而王逸《九章》注云：'皆解于《九辩》中。'知《释文》篇第盖旧本也，后人始以作者先后次第之耳。或曰天圣中陈说之所为也。"

我们推测，之所以会更改《楚辞》的篇次，大约是因为《楚辞释文》所根据的旧本《楚辞》先后篇第不以作者为先后，遂有人改正成今天《楚辞补注》所呈现的篇第面貌，这说明今天的《楚辞》篇第，是与作者的次第紧密联系在一起的。而王逸的《楚辞章句》的结构篇次，是经人篡改过的了。

由于《楚辞释文》与今本《楚辞》的差异，汤炳正先生著《楚辞成书之探索》，根据《楚辞释文》的目录次第，认为《楚辞》编辑经多人之手：首先的编辑者可能是宋玉，他编辑的《楚辞》包括《离骚》和《九辩》，为第一组；《九歌》、《天问》、《九章》、《远游》、《卜居》、《渔父》、《招隐士》为第二组，编辑者应该是淮南小山或者淮南王刘安；第三组包括《招魂》、《九怀》、《七谏》、《九叹》，编辑者应该是刘向；《哀时命》、《惜誓》、《大招》为第四组，汤炳正先生认为这一组编定既不在一个时代，编辑者也不是一个人；《九思》为第五组，编辑者就是《楚辞章句》的作者王逸。[9]

毫无疑问，汤炳正先生认为刘向所编辑《楚辞》只有十三卷的说法，是有一定道理的，因为洪兴祖《楚辞补注》目录附考引鲍钦止云班固《离骚序》及《离骚赞序》，"旧在《天问》、《九叹》之后"[10]。正像汤炳正先生所言，在《天问》后不可解，但在《九叹》后，则说明《九叹》作为刘向编辑之楚辞最后一篇，当有一定根据。

不过，按照汤炳正先生的思路，第三组当一分为二，即《招魂》、《九怀》为一组，编辑者应该是王褒，《七谏》、《九叹》为一组，编辑者应该是刘向。因为王褒的时代在东方朔之后，断然没有刘向把王褒的作品放在东方朔《七谏》之前的道理。

本书以明隆庆辛未(1571)豫章芙蓉馆本《楚辞章句》为底本，参校端平本《楚辞集注》及国内和日本的部分传世楚辞版本，也参考了今人的校勘成果。在注释中，对楚辞的文本进行了仔细对勘，并对楚辞中主要的异文作了说明。考虑到方便读者阅读，我们尽量取通用和简洁的文本，因此，芙蓉馆本、端平本等版本中明显错误，或滞涩艰踬的文字，有可替代，或可用简化字，则直接改过。为了节约篇幅，在文本注释时，把重点放在屈原与宋玉等战国诗人的作品上，对汉以后的续骚作品，则尽可能简略一些。

【注释】

〔1〕高士奇《左传纪事本末》卷五十《阖闾入郢》云："楚自熊通以来，奄王坐大，荐食诸姬，齐桓、晋文仅能攘斥，未尝即其国都而大创之也。"中华书局1979年版。

〔2〕王逸《楚辞章句叙》，见洪兴祖《楚辞补注》卷第一，中华书局1983年版。

〔3〕《楚辞·九章·涉江》曰:"世混浊而莫余知兮,吾方高驰而不顾。"见洪兴祖《楚辞补注》卷第四。《楚辞·离骚》曰:"路漫漫其修远兮,吾将上下而求索。"见洪兴祖《楚辞补注》卷第一。《楚辞·远游》曰:"路漫漫其修远兮,徐弥节而高厉。"见洪兴祖《楚辞补注》卷第五。

〔4〕此文后收入《胡适文存》二集,亚东图书馆初印于1928年,黄山书社1996年曾出版《胡适文存》。

〔5〕见《饮冰室合集·文集》第五册,中华书局1989年版。

〔6〕见《今昔蒲剑·蒲剑集》,海燕书店1947年版。

〔7〕见《先秦学说述林》,上海书店1992年影印。原版为东南出版社1945年版。

〔8〕该文收入《楚辞研究论文集》,作家出版社1957年版。

〔9〕汤炳正《屈赋新探》,齐鲁书社1984年版。

〔10〕见洪兴祖《楚辞补注》卷第一。

楚辞卷一

离骚第一

屈　原

【题解】

王逸《楚辞章句》说："《离骚经》者,屈原之所作也。屈原与楚同姓,仕于怀王,为三闾大夫。三闾之职,掌王族三姓,曰:昭、屈、景。屈原序其谱属,率其贤良,以厉国士。入则与王图议政事,决定嫌疑;出则监察群下,应对诸侯。谋行职修,王甚珍之。同列大夫上官、靳尚妒害其能,共谮毁之。王乃疏(一作逐)屈原。屈原执履忠贞,而被谗衺(一作邪),忧心烦乱,不知所愬,乃作《离骚经》。离,别也;骚,愁也;经,径也。言己放逐离别,中心愁思,犹依道径(芙蓉馆本作陈直径,一云陈道径)以风谏君也。故上述唐、虞、三后之制,下序桀、纣、羿、浇之败。冀君觉悟,反于正道而还己也。是时,秦昭王使张仪谲诈怀王,令绝齐交;又使诱楚,请与俱会武关,遂胁与俱归,拘留不遣,卒客死于秦。其子襄王,复用谗言,迁屈原于江南。屈原放在草(一作山)野,复作《九章》,援天引圣,以自证明,终不见省。不忍以清白久居浊世,遂赴汨渊自沉而死。《离骚》之文,依《诗》取兴,引类譬谕。故善鸟香草,以配忠贞;恶禽臭物,以比谗佞;灵修美人,以媲于君;宓妃佚女,以譬贤臣;虬龙鸾凤,以托君子;飘(一作飙)风云霓,以为小人。其词温而雅,其义皎而朗(一作明)。

凡百君子，莫不慕其清高，嘉其文采，哀其不遇，而愍（一作闵）其志焉。"

关于"离骚"一词，历代有多种解释，如刘安的"离忧"说，班固的"遭忧"说，戴震的"牢骚"说，游国恩的楚"劳商"曲说等。案王逸说："离，别也。骚，愁也。"《离骚》主题，实际是表现屈原在离开楚国或者不离开楚国之间徘徊的矛盾心理，最后归结为"不难夫离别"，则离骚之意，应以"离别的忧愁"最有说服力。

《史记·太史公自序》说，"屈原放逐，著《离骚》"，"此人皆意有所郁结，不得通其道也，故述往事，思来者"。《史记·屈原贾生列传》说："屈平疾王听之不聪也，谗谄之蔽明也，邪曲之害公也，方正之不容也，故忧愁幽思而作《离骚》。《离骚》者，犹离忧也。夫天者，人之始也；父母者，人之本也。人穷则反本，故劳苦倦极，未尝不呼天也；疾痛惨怛，未尝不呼父母也。屈平正道直行，竭忠尽智以事其君，谗人间之，可谓穷矣。信而见疑，忠而被谤，能无怨乎？屈平之作《离骚》，盖自怨生也。"屈原的不朽诗篇《离骚》，整篇文章所要表达的，是"离别的忧愁"。而之所以要离别，就是因为在楚国没有受到公正待遇。

在《离骚》中，屈原首先陈述自己的才能，"纷吾既有此内美兮，又重之以修能"，自己认为自己是正道直行的君子，但是，楚国谗佞当道，"固时俗之工巧兮，偭规矩而改错。背绳墨以追曲兮，竞周容以为度"，楚王不觉悟，不但不能近君子而远小人，反倒是远君子而近小人。屈原虽然知道楚国社会氛围黑暗阴险，但决不妥协，"宁溘死以流亡兮，余不忍为此态也"。屈原试图改变在楚国的处境，曾经"上下而求索"，"哀高丘之无女"，"求宓妃之所在"，"见有娀之佚女"，"留有虞之二姚"，屈原虽然努力了，但是，介绍人不过硬，世俗混浊，楚王昏庸，所有的努力都失败了。"理弱而媒拙兮，恐导言之不固。世混浊而嫉贤兮，好蔽美而称恶。闺中既以邃远兮,哲王又不寤"。屈原求灵氛占卜,灵氛说:"勉远逝而无狐疑兮,孰求美而释女?何所独无芳草兮,尔何怀乎故宇?"认为以屈原的才能,可以周游任何国家。而巫咸则认为屈原在楚国的机会尚多,"及年岁之未晏兮,时亦犹其未央"。屈原忖度自己在楚国不可能有任何前途,因此携仆夫与马周游,但周游一圈后,"忽临睨夫旧乡","仆夫悲余马怀兮,蜷局顾而不行"。《离骚》乱词说:"已矣哉!国无人莫我知兮,又何怀乎故都!既莫足与为美政兮,吾将从彭咸之所居!"屈原虽然最终不能离去,但对于楚国的政治已经失望了。

屈原在《离骚》中,既抒发了他对君主佞臣和世俗的憎恨,也表现了他对楚国命运的关怀,以及他绝不与奸佞小人同流合污,誓死以报的决心,九死不悔。

屈原是富于批判精神的,屈原以深沉的悲愤和怨愁批判了楚君的壅塞和群小的奸佞,世俗之谄媚,歌颂了彭咸、比干、伍子胥等忠直之士的勇敢品质。屈原欲楚王如尧舜,而不学桀纣羿浇,但楚王不悟,他只能"长太息以掩涕兮",感激叹息,终于酝酿成决绝的愤怒,赴渊而死。其自杀之行为,是对楚国君臣最沉痛的批判。

屈原的理想是远大的,其系念楚国的热情是赤诚的。他在楚国这样一个上有昏君、下有佞臣的国度里,为实现理想,奔走先后,表现出了对人民和国家的责任感,甚至因此而抛弃对个人得失的计较,"以余心之所善兮,虽九死其犹未悔","民生各有所乐兮,余独好修以为常。虽体解吾犹未变兮,岂余心之可惩","夫孰非义而可用兮,孰非善而可服。阽余身而危死节兮,览余初其犹未悔"。他执着于理想,不为形势的险恶而动摇,表现出为理想献身的极大勇气。

帝高阳之苗裔兮,朕皇考曰伯庸。[1]
摄提贞于孟陬兮,惟庚寅吾以降。[2]
皇览揆余于初度兮,肇锡余以嘉名。[3]
名余曰正则兮,字余曰灵均。[4]
纷吾既有此内美兮,又重之以修能。[5]
扈江离与辟芷兮,纫秋兰以为佩。[6]
汩余若将弗及兮,恐年岁之不吾与。[7]
朝搴阰之木兰兮,夕揽中洲之宿莽。[8]
日月忽其不淹兮,春与秋其代序。[9]
惟草木之零落兮,恐美人之迟暮。[10]
不抚壮而弃秽兮,何不改乎此度也?[11]
乘骐骥以驰骋兮,来吾道夫先路![12]

昔三后之纯粹兮,固众芳之所在。[13]
杂申椒与菌桂兮,岂维纫夫蕙茝![14]
彼尧舜之耿介兮,既遵道而得路。[15]
何桀纣之昌被兮,夫唯捷径以窘步。[16]
惟党人之偷乐兮,路幽昧以险隘。[17]
岂余身之惮殃兮,恐皇舆之败绩![18]
忽奔走以先后兮,及前王之踵武。[19]
荃不揆余之中情兮,反信谗而齌怒。[20]
余固知謇謇之为患兮,余忍而不能舍也。[21]
指九天以为正兮,夫惟灵修之故也。[22]
曰黄昏以为期兮,羌中道而改路![23]
初既与余成言兮,后悔遁而有他。[24]

余既不难夫离别兮,伤灵修之数化。[25]

余既滋兰之九畹兮,又树蕙之百亩。[26]
畦留夷与揭车兮,杂杜衡与芳芷。[27]
冀枝叶之峻茂兮,愿竢时乎吾将刈。[28]
虽萎绝其亦何伤兮,哀众芳之芜秽。[29]
众皆竞进而贪婪兮,凭不厌乎求索。[30]
羌内恕己以量人兮,各兴心而嫉妒。[31]
忽驰骛以追逐兮,非余心之所急。[32]
老冉冉其将至兮,恐修名之不立。[33]

朝饮木兰之坠露兮,夕餐秋菊之落英。[34]
苟余情其信姱以练要兮,长顑颔亦何伤。[35]
擥木根以结茝兮,贯薜荔之落蕊。[36]
矫菌桂以纫蕙兮,索胡绳之纚纚。[37]
謇吾法夫前修兮,非世俗之所服。[38]
虽不周于今之人兮,愿依彭咸之遗则。[39]

长太息以掩涕兮,哀民生之多艰。[40]
余虽好修姱以鞿羁兮,謇朝谇而夕替。[41]
既替余以蕙纕兮,又申之以揽茝。[42]
亦余心之所善兮,虽九死其犹未悔。[43]
怨灵修之浩荡兮,终不察夫民心。[44]
众女嫉余之蛾眉兮,谣诼谓余以善淫。[45]
固时俗之工巧兮,偭规矩而改错。[46]

背绳墨以追曲兮,竞周容以为度。[47]
忳郁邑余侘傺兮,吾独穷困乎此时也。[48]
宁溘死而流亡兮,余不忍为此态也。[49]

鸷鸟之不群兮,自前世而固然。[50]
何方圜之能周兮,夫孰异道而相安?[51]
屈心而抑志兮,忍尤而攘诟。[52]
伏清白以死直兮,固前圣之所厚。[53]
悔相道之不察兮,延伫乎吾将反。[54]
回朕车以复路兮,及行迷之未远。[55]
步余马于兰皋兮,驰椒丘且焉止息。[56]
进不入以离尤兮,退将复修吾初服。[57]

制芰荷以为衣兮,集芙蓉以为裳。[58]
不吾知其亦已兮,苟余情其信芳。[59]
高余冠之岌岌兮,长余佩之陆离。[60]
芳与泽其杂糅兮,唯昭质其犹未亏。[61]
忽反顾以游目兮,将往观乎四荒。[62]
佩缤纷其繁饰兮,芳菲菲其弥章。[63]
民生各有所乐兮,余独好修以为常。[64]
虽体解吾犹未变兮,岂余心之可惩。[65]

女嬃之婵媛兮,申申其詈余。[66]
曰:"鲧婞直以亡身兮,终然殀乎羽之野。[67]
汝何博謇而好修兮,纷独有此姱节?[68]

苏葏菉葹以盈室兮,判独离而不服。[69]
众不可户说兮,孰云察余之中情?[70]
世并举而好朋兮,夫何茕独而不余听?"[71]

依前圣以节中兮,喟凭心而历兹。[72]
济沅湘以南征兮,就重华而陈词。[73]
启《九辩》与《九歌》兮,夏康娱以自纵。[74]
不顾难以图后兮,五子用失乎家巷。[75]
羿淫游以佚田兮,又好射夫封狐。[76]
固乱流其鲜终兮,浞又贪夫厥家。[77]
浇身被服强圉兮,纵欲杀而不忍。[78]
日康娱以自忘兮,厥首用夫颠陨。[79]
夏桀之常违兮,乃遂焉而逢殃。[80]
后辛之菹醢兮,殷宗用之不长。[81]

汤禹严而祗敬兮,周论道而莫差。[82]
举贤而授能兮,循绳墨而不颇。[83]
皇天无私阿兮,览民德焉错辅。[84]
夫维圣哲以茂行兮,苟得用此下土。[85]
瞻前而顾后兮,相观民之计极。[86]
夫孰非义而可用兮?孰非善而可服?[87]
阽余身而危死节兮,览余初其犹未悔。[88]
不量凿而正枘兮,固前修以菹醢。[89]

曾歔欷余郁邑兮,哀朕时之不当。[90]

揽茹蕙以掩涕兮,霑余襟之浪浪。[91]
跪敷衽以陈辞兮,耿吾既得此中正。[92]
驷玉虬以乘鹥兮,溘埃风余上征。[93]
朝发轫于苍梧兮,夕余至乎县圃。[94]
欲少留此灵琐兮,日忽忽其将暮。[95]
吾令羲和弭节兮,望崦嵫而勿迫。[96]
路曼曼其修远兮,吾将上下而求索。[97]

饮余马于咸池兮,总余辔乎扶桑。[98]
折若木以拂日兮,聊逍遥以相羊。[99]
前望舒使先驱兮,后飞廉使奔属。[100]
鸾皇为余前戒兮,雷师告余以未具。[101]
吾令凤鸟飞腾兮,继之以日夜。[102]
飘风屯其相离兮,率云霓而来御。[103]
纷总总其离合兮,斑陆离其上下。[104]
吾令帝阍开关兮,倚阊阖而望予。[105]
时暧暧其将罢兮,结幽兰以延伫。[106]
世溷浊而不分兮,好蔽美而嫉妒。[107]

朝吾将济于白水兮,登阆风而绁马。[108]
忽反顾以流涕兮,哀高丘之无女。[109]
溘吾游此春宫兮,折琼枝以继佩。[110]
及荣华之未落兮,相下女之可诒。[111]
吾令丰隆乘云兮,求宓妃之所在。[112]
解佩纕以结言兮,吾令蹇修以为理。[113]

纷总总其离合兮,忽纬繣其难迁。[114]
夕归次于穷石兮,朝濯发乎洧盘。[115]
保厥美以骄敖兮,日康娱以淫游。[116]
虽信美而无礼兮,来违弃而改求。[117]

览相观于四极兮,周流乎天余乃下。[118]
望瑶台之偃蹇兮,见有娀之佚女。[119]
吾令鸩为媒兮,鸩告余以不好。[120]
雄鸠之鸣逝兮,余犹恶其佻巧。[121]
心犹豫而狐疑兮,欲自适而不可。[122]
凤皇既受诒兮,恐高辛之先我。[123]
欲远集而无所止兮,聊浮游以逍遥。[124]
及少康之未家兮,留有虞之二姚。[125]
理弱而媒拙兮,恐导言之不固。[126]
世溷浊而嫉贤兮,好蔽善而称恶。[127]

闺中既以邃远兮,哲王又不寤。[128]
怀朕情而不发兮,余焉能忍与此终古?[129]
索藑茅以筳篿兮,命灵氛为余占之。[130]
曰:"两美其必合兮,孰信修而慕之?[131]
思九州之博大兮,岂惟是其有女?"[132]
曰:"勉远逝而无狐疑兮,孰求美而释女?[133]
何所独无芳草兮,尔何怀乎故宇?"[134]
世幽昧以眩曜兮,孰云察余之善恶?[135]
民好恶其不同兮,惟此党人其独异![136]

9

户服艾以盈要兮,谓幽兰兮不可佩。[137]
览察草木其犹未得兮,岂珵美之能当?[138]
苏粪壤以充帏兮,谓申椒其不芳。[139]

欲从灵氛之吉占兮,心犹豫而狐疑。[140]
巫咸将夕降兮,怀椒糈而要之。[141]
百神翳其备降兮,九嶷缤其并迎。[142]
皇剡剡其扬灵兮,告余以吉故。[143]

曰:"勉升降以上下兮,求榘矱之所同。[144]
汤禹俨而求合兮,挚咎繇而能调。[145]
苟中情其好修兮,又何必用夫行媒?[146]
说操筑于傅岩兮,武丁用而不疑。[147]
吕望之鼓刀兮,遭周文而得举。[148]
宁戚之讴歌兮,齐桓闻以该辅。[149]
及年岁之未晏兮,时亦犹其未央。[150]
恐鹈鴂之先鸣兮,使夫百草为之不芳。"[151]

何琼佩之偃蹇兮,众薆然而蔽之。[152]
惟此党人之不谅兮,恐嫉妒而折之。[153]
时缤纷以变易兮,又何可以淹留?[154]
兰芷变而不芳兮,荃蕙化而为茅。[155]
何昔日之芳草兮,今直为此萧艾也?[156]
岂其有他故兮,莫好修之害也![157]
余以兰为可恃兮,羌无实而容长。[158]

委厥美以从俗兮,苟得列乎众芳。[159]
椒专佞以慢慆兮,樧又欲充夫佩帏。[160]
既干进而务入兮,又何芳之能祗?[161]
固时俗之从流兮,又孰能无变化?[162]
览椒兰其若兹兮,又况揭车与江离?[163]

惟兹佩之可贵兮,委厥美而历兹。[164]
芳菲菲而难亏兮,芬至今犹未沬。[165]
和调度以自娱兮,聊浮游而求女。[166]
及余饰之方壮兮,周流观乎上下。[167]

灵氛既告余以吉占兮,历吉日乎吾将行。[168]
折琼枝以为羞兮,精琼爢以为粻。[169]
为余驾飞龙兮,杂瑶象以为车。[170]
何离心之可同兮?吾将远逝以自疏。[171]

邅吾道夫昆仑兮,路修远以周流。[172]
扬云霓之晻蔼兮,鸣玉鸾之啾啾。[173]
朝发轫于天津兮,夕余至乎西极。[174]
凤皇翼其承旂兮,高翱翔之翼翼。[175]
忽吾行此流沙兮,遵赤水而容与。[176]
麾蛟龙使梁津兮,诏西皇使涉余。[177]
路修远以多艰兮,腾众车使径待。[178]
路不周以左转兮,指西海以为期。[179]
屯余车其千乘兮,齐玉轪而并驰。[180]

驾八龙之婉婉兮,载云旗之委蛇。[181]
抑志而弭节兮,神高驰之邈邈。[182]
奏《九歌》而舞《韶》兮,聊假日以婾乐。[183]
陟升皇之赫戏兮,忽临睨夫旧乡。[184]
仆夫悲余马怀兮,蜷局顾而不行。[185]

乱曰:已矣哉![186]
国无人莫我知兮,又何怀乎故都![187]
既莫足与为美政兮,吾将从彭咸之所居![188]

【注释】

〔1〕帝:春秋战国时所谓"帝",专指"三代"之前的"五帝"而言。五帝以道治天下,实行禅让制度,天下为公。高阳:即帝颛顼,五帝之一。苗裔:远孙。朕:我,屈原自称。"朕"本是古人自称,自秦代开始专为帝王自称。皇考:对故去的父亲的尊称。伯庸:屈原父亲的字。近代学者也有人认为是屈原远祖或屈氏得姓之祖名。案下文"皇览揆余",则"皇考"即"皇",以父亲为正确。

〔2〕摄提:星名。也有认为是摄提格的省称。贞:正当,正在。孟:开始。陬(zōu邹):正月。王逸曰:"正月为陬。"降:降生。王逸曰:"太岁在寅曰摄提格。"王逸认为这句话指太岁在寅,正月始春,庚寅之日,屈原降生。朱熹曰:"摄提,星名,随斗柄以指十二辰者也。"朱熹认为"摄提贞于孟陬"指斗柄正指寅位之月而已,如此,并不是指年而言。《史记·历书》云:"孟陬殄灭,摄提无纪,历数失序。"案裴骃《史记集解》引《汉书音义》云:"正月为孟陬。闰余乖错,不与正岁相值,谓之殄灭。"又云:"摄提,星名,随斗杓所指建十二月。若历误,春三月当指辰而指巳,是谓失序。"屈原称其降生在庚寅,当为"庚寅"年。庚寅当为周显王三十八年,即公元前331年,这一年是楚威王九年。近人认为庚寅纪年起源较晚,以情理推

测,若无纪年何有月日。

〔3〕皇:即上文"皇考"的省称。览揆:观察并且揣度。览,观察;揆,揣度。初:始。度:年月时节。朱熹曰:"初度之度,犹言时节也。"钱杲之曰:"犹态也。"初度:出生的年月时节。也有人认为是出生时的态度或者气象。肇:始,也有以为当"乃"、"于是"讲(黄灵庚《离骚校诂》)。锡:同"赐"。嘉:美、善。两"余"字一作"予"。下文同。

〔4〕正则、灵均:有人认为它们从屈原的名字化出。褚斌杰先生认为:"所谓'正则''灵均'这一嘉名美字,应是全诗象征手法的一部分,未必是由屈原的真名实字所直接化出。"(《离骚"正则""灵均"解》,载《文史知识》1991年2期)

〔5〕纷:繁盛的样子。内美:内在之美。重:加上。洪兴祖曰:"重,储用切(chóng虫),再也,非轻重之重。"修:美。能:才能。洪兴祖曰:"能,本兽名,熊属,固有绝人之才者,谓之能。"能:一作"态"。

〔6〕扈(hù户):披。王逸曰:"被也。楚人名被为扈。"江离、辟芷(zhǐ纸):离、芷皆是香草名。离生于江中,芷生于幽僻之处,故曰江离辟芷。离:一作"蓠"。纫(rèn认):连结。汪瑗曰:"以线贯针为纫。"佩:佩饰,古人佩饰象征品德。

〔7〕汩(yù玉):水流疾速的样子。弗:一作"不"。

〔8〕搴(qiān千):采,取。阰(pí皮):山坡。一说是楚地的山名。王逸曰:"阰,山名。"王夫之曰:"阰,与陂同。"木兰:乔木名。洪兴祖曰:"《本草》云:木兰皮似桂而香,状如楠树,高数仞。"揽:采。一作"擥"。洲:水中陆地,一作"州"。王逸曰:"水中可居者曰洲。"宿莽:经冬不死的草,楚人称为宿莽。楚人称草为莽。一本无"中"。

〔9〕忽:一作"曶"。王树柟:"《广雅》:忽,疾也。"其:语助词。不淹:不久停留。代序:更替。

〔10〕惟:思。零落:凋零、坠落。零:一作"苓"。美人:此处自喻。也有人以为是指楚怀王。王逸曰:"谓怀王也。人君服饰美好,故言美人也。"黄文焕曰:"原自谓也。"迟暮:岁暮年老。

〔11〕抚:凭据,持。壮:壮年。弃秽:丢弃恶性。度:行为、态度。一

说法度。钱澄之曰:"法也。"一无"也"字。

〔12〕乘:一作"椉",一作"策"。骐骥:骏马。驰骋:马快速奔跑。喻楚王施政有作为。驰:汪瑗曰:"直奔曰驰,横奔曰骋,皆疾走也。"来:招呼、引导之词。道:引导。一作"导"。先路:意思如前驱。一说,是车名,"路"通"辂"。杨慎曰:"先路,车名。"汪瑗曰:"前驱以启路。"

〔13〕三后:三位先王。三后具体何指,大概有两类看法,一类认为是古代的君主,一类认为是楚国的先王。王逸曰:"后,君也。谓禹、汤、文王也。"朱熹曰:"疑谓三皇。或少昊、颛顼、高辛。"汪瑗曰:"然此所谓'三后'者,以理揆之,当指祝融、鬻熊、熊绎也。"案"三后"指"三王"较为可靠。三王当指夏禹、商汤、周文王、周武王。案夏禹实行禅让政体,让位于益,被其子启所篡,因此,建立夏朝世袭体制的实为夏后启。周文王、周武王皆在其中。夏禹本应列入"帝",但他未能预见启的篡逆,孔子虽说于禹无间然,但儿子篡位,他必有责任。三王指三代之贤王。纯粹:至纯至美。固:本来。众芳:喻群贤、美才。

〔14〕杂:兼集,不同种类的聚集在一起。申椒:申地产的花椒。花椒味香,申地所产的花椒尤其香烈。申,叔齐后代的封国,周穆王时封于平阳,在今陕西宝鸡一带。周幽王娶申侯女,生太子宜臼。幽王欲废太子,申侯联合鄫国、犬戎杀幽王,西周遂东迁。申属秦地,古代秦椒闻名。申椒当即秦椒。另有南申国,在河南南阳谢邑。又有西申国,在今河南信阳一带。皆为楚占。菌桂:一种香木。菌,一从"竹"。岂维:难道只是。纫:连结。蕙茝:蕙、茝都是香草名。蕙草一名熏草,茝一说是白芷。

〔15〕尧、舜:唐尧、虞舜,五帝之二,倡导天下为公之大同。耿介:光明正大。既:以,因。彭泽陶曰:"既,以也。"遵:遵循。道:正道。得:登上,得到。路:道路、路径。

〔16〕何:为什么。一说何等。《楚辞校释》:"何,犹言何为、何故。"金开诚曰:"何,何等,多么。"桀纣:夏桀和商纣王,夏朝和商朝因为暴虐无道而亡国的君主。昌被:一作"猖披",衣服不束带的样子。这里喻行为不自我约束。捷径:能快速到达的邪出小路。《论语·雍也》曰:"行不由径。"窘步:窘困难行。汪瑗曰:"窘步,谓不由正道而所行蹙迫,多踬仆之

虞也。"

〔17〕党人:指楚朝中结党营私之人。《论语》曰:"君子朋而不党,小人党而不朋。"君子之交,为了谋取道义,是为"朋";小人之交,抛弃真理和正义,以集团利益或者个人利益至上,是为"党"。偷乐:苟且享乐。偷:一作"媮"。幽昧:不明、昏暗。险隘:危险狭窄。

〔18〕岂:难道。惮殃:畏惧祸患。汪瑗曰:"惮,畏难也。殃,祸患也。"皇舆:皇,大也。皇舆指大车,代指国家。败绩:车颠覆曰败绩。

〔19〕忽:一作"曶",一作"急",快速的样子。洪兴祖曰:"疾貌。"奔走先后:前后奔走的意思。及:追上。前王:泛指前代贤王,此处应是指以"三王"为代表的前代贤王。踵武:踵,脚跟;武,脚印。代指前王的事业。

〔20〕荃(quán 全):一种香草,喻指楚王。中情:内心的真情。"中"一作"忠"。汪瑗曰:"中心之情实。"齌(jì 记)怒:疾怒。齌:一作"齐",一作"齋"。《文选》五臣注曰同怒。

〔21〕謇(jiǎn 减)謇:此处指直言进谏而难以出言的样子。朱熹曰:"謇謇,难于言也。直词进谏,己所难言,而君亦难听,故其言之出有不易者,如謇吃然也。"一作"蹇蹇"。忍:此处指按捺而不言。舍:舍弃。"忍"上一无"余"。

〔22〕指:指着。汪瑗曰:"指者,援引之意,谓以手而指天也。"九天:古时言天有九重。朱熹曰:"天有九重也。"正:证明。灵修:灵,神明;修,美。此处谓怀王。

〔23〕黄昏:古人婚礼在黄昏之时,此处喻指诗人与楚王在政治上的约定。羌:犹言何为。朱熹曰:"楚人发语端之词,犹言卿何为也。"中道:道中,半途。改路:改道。此处喻指毁约。一本无此二句。芙蓉馆本"期"下无"兮"字。

〔24〕成言:约定的话。悔遁:后悔而逃避。有他:找托词,一说有别的想法。

〔25〕余:一作"予"。伤:痛惜。数化:多次变化。

〔26〕滋:此处意为种植。畹:十二亩为一畹。也有说三十亩为一畹。王逸曰:"十二亩曰畹,或曰田之长为畹也。"《文选》五臣注曰:"三十亩曰

畹。"树:种。蕙:兰花的一种。亩,一作"晦"(mǔ 亩)。

〔27〕畦:田间划分的小区域。这里指分畦种植。《文选集注》曰:"畦,为区隔也。"朱熹曰:"畦,垄种也。"留夷:香草名。揭车:香草名。一名艺舆。杜衡、芳芷:都是香草名。留夷、揭、衡,一皆从"艹"。

〔28〕冀:希望。峻茂:高大茂盛。竢(sì 四):等待。一作"俟"。刈(yì 义):收割。

〔29〕萎:草木枯死。绝:凋落。哀:哀痛惋惜。芜秽:荒芜。

〔30〕众:众人,此处指党人。一无"众"。竞进:争着求进,即钻营。贪婪:贪求,不知道满足。凭:满,此处意为已经取得很多。王逸曰:"满也,楚人名满曰凭。"凭:一作"冯"。不厌:不满足。求索:此处指钻营。而,一作"以"。

〔31〕羌:犹言何为。恕己以量(liáng 良)人:以自己的心思去揣测度量别人的想法,此处当指以小人之心度君子之腹。恕己:一无"己",不责己。刘梦鹏曰:"是恕者,推己之谓,并非宽假之谓。推己之仁心谓之恕,推己之邪心亦谓之恕。"按:孔子曰"忠恕",意指己所不欲,忽施于人;己欲立而立人,己欲达而达人。兴心:起了念头。

〔32〕忽:王逸注:急也;钱杲之注:将。驰骛(wù 务):此处指疾驰。

〔33〕冉冉:渐渐地。修名:美名。立:成。

〔34〕餐:一作"湌"。英:华,花。

〔35〕苟:如果,只要。信姱(kuā 夸):言确实美好,与下文"信芳""信美"同义。信,确实;姱,大,盛美。练要:抓住重点。朱熹曰:"言所修精练,所守要约也。"练,《文选》五臣注曰:"拣也。"顑颔(kǎn hàn 坎汉):因饥饿而面色黄的样子。顑:一作"咸"。颔:一作"领"。何伤:有何损害。

〔36〕擥(lǎn 揽):持,采。木根:泛言香木之根。结茝:结,束结。茝:一作"芷"。贯:串起。薜(bì 必)荔:一种香草。蕊:王逸曰:"实也。"

〔37〕矫:举持。《文选》五臣注曰:"举也。"一说"矫菌桂",即指纠合菌桂枝条以为绳。汪瑗曰:"揉使之柔,易以纫也。"索:此处指以手搓绳。胡绳:香草名。纚(xǐ 喜)纚:修长美丽的样子。王逸曰:"纚纚,索好貌。"

〔38〕謇:发语词。法:效仿。前修:谓前代贤人。世,一作"时"。服:

被服,佩带。

〔39〕周:合。彭咸:人名,具体事迹失考。王逸曰:"殷贤大夫,谏其君不听,自投水而死。"一说:"彭,老彭;咸,巫咸。殷臣传道德者。"遗则:遗留的法则。据汪瑗考证,"彭贤之遗则",非投水,乃谏而不听,弃其君。

〔40〕长(cháng 常):长长地。太息:叹息。掩涕:抹擦眼泪。民生:即人生。汪瑗曰:"一作人。人字是屈原自谓也。"按:"人生"虽是屈原自指,人民却是各个个体所构成,中国早期观念强调结果正义与程序正义兼具,因此,孔子说:"可与适道,未可与立。"(《论语·子罕》)《说苑·贵德》引孔子云:"夫仁,必恕然后行。行一不义,杀一无罪,虽以得高官大位,仁者不为也。"《荀子·王霸》曰:"行一不义,杀一无罪,而得天下,仁者不为也。"人人得不艰难,屈原当然也不艰难。艰:难,险。

〔41〕靰羁(jī jī击鸡):马缰绳和马络头,此处诗人以马自喻,说自己自律很严,不放纵自己。朱熹曰:"以马自喻。鞿在口曰靰,革络头曰羁,言为人所系累也。言自绳束,不放纵也。"谇(suì 岁):进谏。王逸曰:"谏也,《诗》曰:'谇予不顾。'"替:废。

〔42〕以:一无"以"。蕙纕:填充蕙的香囊。申:重。茞:一作"芷"。

〔43〕亦:助词,无意义。九:数之极也,言其多。

〔44〕怨:恨。浩荡:本意指水面宽阔,此处指心思不着边际。王逸曰:"浩犹浩浩,荡犹荡荡,无思虑貌也。"民心:人心。此处指朝臣的忠心或者邪曲害公之心。

〔45〕众女:指朝廷中的群小。屈原常以男女关系喻君臣关系。蛾眉:如蚕蛾之触角一样细长而好看的眉,指女子貌美。此处诗人自喻。谣诼(zhuó 浊):造谣中伤。

〔46〕时俗:当时的社会风气。时:一作"世"。工巧:工于取巧。偭(miǎn 免):面向,训为"向"或"背",皆可通。规矩:圆曰规,方曰矩,比喻法则。改错:改变措施或安排。改,更改。错,通"措"。

〔47〕背:违背。绳墨:木工墨斗上装有墨绳来取直,喻指法度。朱熹曰:"引绳弹墨,以取直者,所以正曲直也,今墨斗绳是也。"追曲:追,随也。随意弯曲没有定则。王夫之曰:"随意曲直,无定则也。"竞:争。周容:此

处指追随世俗以取悦他人。王夫之曰:"比周以求容。追逐世俗之所好尚,以求容悦;或曰,投于所媚人意,莫不周遍以取容,故曰周容。"度:常规或法度。

〔48〕忳(tún屯):忧郁烦闷不得排解。胡文英曰:"有物屯于心而不得去也。"王夫之曰:"言积忧也,忧盛貌。"郁邑:烦闷之意。佗傺(chà chì差赤):失意怅然,无所适从的样子。邑:一作"悒"。一无"也"。

〔49〕宁(nìng佞):宁可,宁愿。溘(kè克),突然。洪兴祖曰:"奄忽,忽然。"流亡:流放而死。此态:这种姿态,指上文"竞周容以为度"而言。

〔50〕鸷鸟:猛禽,如鹰、隼之类。诗人自喻,取鸷鸟威猛,有凌云壮志之意。汪瑗曰:"鸷鸟,雕鹗鹰鸢之属,此取其威猛英杰,凌云摩霄之志,非谓悍厉博执之恶也。"不群:不屑与众鸟为伍。世:一作"时"。

〔51〕圜:一作"圆"。周:相合。此处言方与圆无法相合,喻诗人与群小和世俗不相容。周,一作"同"。

〔52〕抑:抑制,压抑。尤:罪过。攘诟:忍受外加的耻辱。汪瑗曰:"耻自外来而受之。"诟:一作"诟"。

〔53〕伏:保持。张德纯曰:"犹服也。"死直:因直道而死。厚:重,看重。

〔54〕相道:审视选择道路。相,审视判断。察:明审,明察。延伫(zhù住):引颈伫立。延,引颈,伸长脖子;伫,长立。朱熹曰:"延,长也,引颈也。伫,立貌也,跂立也。"反:同"返",返回。

〔55〕回:掉转。复路:返回原来的路,走原来的路。行迷:即走上迷惑的道路。

〔56〕步:徐行,慢慢走。兰皋:生有兰草的岸边。椒丘:长有椒的山丘。驰:芙蓉馆本作"驼"。

〔57〕进:进仕途。汪瑗曰:"仕也。"入:容纳,此处当作被容纳讲。离:同"罹",遭受。尤:罪过。退:离开,隐去。复修:重整。一无"复"。初服:当为初事,指修身之事。服,钱杲之曰:"事也。"

〔58〕制:剪裁,制作。芰(jì记):菱叶。荷,此处指荷叶。集:采集。衣裳:上衣曰衣,下装曰裳。芙蓉:荷花。

〔59〕不吾知:不知吾,不了解我。其亦已:那也就罢了吧。亦:也。已:止,罢了。苟:诚,确实。信:的确,确实。芳:芳香。汪瑗曰:"借芰荷、芙蓉而言己德之馨香而不臭秽也。"

〔60〕高余冠:使我的帽子高高的,指戴高帽。岌岌(jí急):高高的样子。长余佩:使我的佩饰长长的,指佩长佩。陆离:有两个意思,一为色彩繁杂,一为长的意思。此处当为"长"的意思。

〔61〕芳与泽:芳香与水泽。此处指芙蓉生于水中,出淤泥而不污。糅:错杂。唯:独,唯独。昭质:光明之质,美质。犹:尚且,仍然。未亏:未缺少。

〔62〕反顾:回头看。游目:四处望。汪瑗曰:"谓众目以流观也。"往:去。四荒:荒,远也。四荒指四方很远的地方。《尚书·夏书·禹贡》有甸服、侯服、绥服、要服、荒服,荒服最远。

〔63〕缤纷:盛貌,多貌。繁饰:众多的饰物。芳菲菲:香气浓。弥章:更加明显。

〔64〕民生:人生。民:一作"人"。乐:喜好。常:常态。

〔65〕体解:肢解,古代一种酷刑。钱杲之曰:"支裂之也。"王逸曰:"言己好循忠信,以为常行,虽获罪支解,志犹不艾也。"非:一作"岂"。惩:惩罚。此处指因受惩罚而改变。

〔66〕女媭(xū须):王逸注:"屈原姊也。"郑玄《周易》注:"屈原妹名。"有以女媭为侍女、女巫或楚人妇女的通称。婵媛:为"啴咺"的假借。此处指情绪激动而说话喘息急促的样子。申申:此处指再三反复地说。骂余:一作"詈(lì立)予"。责骂我。

〔67〕曰:说,主语是女媭。鲧(gǔn滚):尧臣,治水失败,被舜杀于羽山之野。婞直:刚直,倔强。亡身:亡,通"忘",忘身,不顾自身安危。一说"亡身"即"方命",违命的意思。亡:一作"方"。终然:最终。殀(yāo腰):早死,一作"夭"。羽之野:羽山的郊野。一"羽"下有"山"字。案鲧之治水,传说偷得"息壤",以为堵水之用,实际是鲧治水方式不当,堵截洪水,必然带来更大决的堤之灾难。至鲧之子禹治水,用疏导的方式,最终解决了水患。因此,鲧应是因渎职而被杀。此处说鲧因婞直而被杀,未必

19

准确。

〔68〕汝:指屈原。博謇:知无不言。一说广博而忠直。謇:一作"蹇"。朱熹曰:"广博而忠直。"钱澄之曰:"謇,难于言而必欲言也,博謇即知无不言也。"纷:繁盛的样子。姱节:美节,美好的节操。

〔69〕薋(cí词):草多,这里意为把草聚在一起。《说文解字注》曰:"《说文》:'薋,草多貌'。《离骚》曰'薋菉葹以盈室',据许君说,正谓多积菉葹盈室,薋非草名"。一说薋意为荆棘,与下文的菉、葹都是杂草。"薋"一作"茨"。菉葹(lù shī 路师):均为杂草名。菉,一作"绿"。盈:满也。判:区别。王逸曰:"别也。"离:舍弃。服:被服,佩戴。

〔70〕众:众人。户说(shuì 睡):挨家挨户去说明。汪瑗曰:"谓户户而说也。"在此当作复数,指"我们"。中情:内心之情,衷心。

〔71〕世并举:举世。钱澄之曰:"犹言举世也。"好朋:喜欢结为朋党。茕(qióng 穷):孤单的样子。不余听:也就是"不听余",不听我的观点。当是女媭的话。

〔72〕依:依照,遵照。前圣:古圣贤,前代圣贤。节中:犹言折中,衡量。在这里是说依前圣为准来衡量判断。汪瑗曰:"谓樽节至于中道,不使有太过不及之弊。"喟(kuì 溃):叹息。凭心:犹言满心愤懑。洪兴祖曰:"《方言》云:凭,怒也,楚曰凭。"凭:一作"冯"。历兹:到现在。历,洪兴祖曰"犹逢也",朱熹曰"经历之意"。

〔73〕济:渡,渡过。沅(yuán 元)、湘:沅水和湘水,均在今湖南境内。南征:南行。就:往。重华:舜名重华。陈词:陈说。陈,列举之意,洪兴祖曰:"列也。"词,一作"辞"。

〔74〕启:禹的儿子。《九辩》、《九歌》:古乐曲名,传说启从天上偷到人间。夏:夏朝,指夏后启。康娱:康娱连文,享乐的意思。也有以为"夏康"连文指夏之君主太康的。案此处当指夏后启。夏后启颠覆后益,破坏了天下为公的大同秩序,开始了天下为家的新时代,是中国上古历史走向黑暗的第一步。《天问》说:"启代益作后,卒然离孽。何启惟忧,而能拘是达?皆归蓺澫,而无害厥躬?何后益作革,而禹播降?启棘宾商,九辩九歌;何勤子屠母,而尸分竟地。"就指启的无道而言。自纵:自我放纵,不加

约束。

〔75〕顾难：考虑灾难。图后：为日后打算。五子：启的儿子五观。用：因。失其家巷：指失其所居。巷，一作"衖"，一作"居"。游国恩曰："此条所云，即述启之荒乐，而不顾其后，以致起五观叛乱之事也。"

〔76〕羿（yì 义）：夏时有穷氏部落的首领，与传说中射日的后羿非一人。帝喾时射官，夏少康灭之。淫游：无节制地闲游。淫，过也。佚田：恣意畋猎。田，一作"畋"。封狐：大狐。

〔77〕国：蒋天枢说指后羿所都。一作"固"。乱流：乱逆之辈。鲜终：少有善终，少有好下场。浞（zhuó 浊）：寒浞，羿的相，使羿的家臣射杀了羿，占有羿妻。贪：贪取，贪图。厥家：他的家室，羿的妻子。

〔78〕浇（ào 傲）：寒浞之子。一作"奡"。被服：芙蓉馆本作"被于"，此处犹言依仗。强圉（yù 玉）：力大。杀：指杀戮。一本"欲"后无"杀"。不忍：不节制。

〔79〕日：天天。康娱：享乐。自忘：忘记自身危险，也即这样做的后果。厥：其也。首：头。用夫：因此。颠陨：坠落。颠，倒，自上而下曰"颠"，一作"巅"。陨，从高而下坠。

〔80〕夏桀：夏亡国之君，以残暴著名。常违：违常，指做违背天道之事。《文选》五臣注曰："言常背天违道。"遂焉：终于。卫瑗章曰："遂焉，犹终然也。"逢殃：遭受灾祸。朱熹曰："为汤所放也。"

〔81〕后辛：殷纣王。后，王。辛，纣的名；菹醢（zū hǎi 租海）：把人剁成肉酱。指纣王残害大臣。菹，腌菜；醢，肉酱。殷宗：殷王朝。宗，汪瑗曰："犹统也。"

〔82〕严：一作"俨"，庄重恭敬。祗敬：敬重不放纵。祗，敬。周：周室。论道：讨论治国之道。道，治世之道。莫差：没有差失。差，一作"蹉"。

〔83〕举贤：推举贤才。芙蓉馆本"贤"下有"才"。授能：犹言用能，任用有才能之人。《礼记·礼运》言五帝之世大同，"选贤与能"。循：遵循。一作"修"。朱冀《离骚辨》曰："尧舜以来，历代相传之治法，即前所谓先路也。"不颇：公正，不偏颇。朱熹曰："依正道而行。"

21

〔84〕私阿：偏爱，偏私。王逸曰："窃爱为私，所私为阿。"民：一作"人"。错辅：采取措施辅佐。指皇天会采取措施辅佐人君有德者。错，同"措"，采取措施。辅，辅佐。一说，皇天会安排有德之人来辅佐人君。王逸曰："言皇天神明，无所私阿，观外民之中有道德者，因置以为君。使贤能辅佐，以成其志。故桀为无道，传与汤；纣为淫虐，传与文王。"

〔85〕夫维：发语词。维，独，通"唯"。圣哲：圣明。茂行：美好的德行。钱杲之曰："美行也。"刘梦鹏曰："盛德也。"苟得：乃得。苟，王夫之曰："乃也。"用：享有。汪瑗曰："犹有也。"下土：天下。

〔86〕瞻前顾后：远观前代，还视当今。钱杲之曰："前谓古也，后谓今也。"相观：审视，仔细观察。汪瑗曰："相者，视之审也；观者，视之周也，曰瞻顾，曰相观，详言之也。"民：一作"人"。计极：极计，犹言极则。

〔87〕孰：谁。义：道义。善：善行。用：享有，此处指享有天下。服：使人心服。

〔88〕阽（diàn 电）：面临危险。朱熹曰："临危也，言近边而欲坠也。"危死：濒临死亡。朱熹曰："言几死也。"节：一本无。初：当初的志向。汪瑗曰："初志。"

〔89〕量：度量。凿：凿孔，孔眼。正：修正，一作"进"。枘（ruì 瑞）：插入凿孔的木端。前修：前贤。

〔90〕曾（zēng 增）：累次，一次次。游国恩曰："'曾'字当贯歔欷与郁邑两事言之。"歔欷（xū xī 须西）：悲泣抽噎的声音。郁邑：忧郁。邑，一作"悒"。时之不当：不当时，没遇到好时候。当，遇。

〔91〕茹蕙：柔软的蕙草。茹，柔。掩涕：掩面涕泣。霑：濡湿。襟：古代指衣的交领。浪浪：流泪多的样子。

〔92〕敷：铺开。衽：衣前面的部分，衣服的前襟。耿：光明。中正：即中正之道。

〔93〕驷：四匹马拉车，这里做动词用，驾。汪瑗曰："犹乘也，如骖字，亦可虚实两用。"虬：一种龙，没有角。王逸曰："有角曰龙，无角曰虬。"一作"蚪"。乘（chéng 成）：一作"桀"。鹥（yì 义）：凤凰的别名。《山海经·海内经》说："有五采之鸟，飞蔽一乡，名曰鹥鸟。"溘埃风：即迅速地乘

着埃风向天上飞行。溘(kè克),突然。埃风,卷起尘土的风。

〔94〕发轫(rèn认):出发,启程。轫,防止车轮转动的木头。苍梧:苍梧山,相传舜葬于苍梧山。县(xuán旋)圃:悬圃,神山,在昆仑山上。县,一作"悬"。

〔95〕少:稍稍。留:蒋天枢:"迟留,止而有所待。"灵琐:神灵处所的大门。灵,神。琐,门上镂空的花纹,形状像连琐。王逸曰:"琐,门镂也,文如连琐。"暮:一作"莫"。

〔96〕羲和:神话中为太阳驾车的神。王逸曰:"日御也。"弭节:按节徐步慢行。王逸曰:"弭,按也,按节,徐步也。"崦嵫(yān zī 焉姿):传说太阳落下的地方。一作"奄兹"。未:一作"勿"。迫:近,靠近。

〔97〕曼曼:遥远的样子。曼,一作"漫"。《文选》五臣注曰:"远貌。"修:长。求索:寻求,探索。

〔98〕饮(yìn印):把水给人或牲畜喝。咸池:神话传说中太阳升起前沐浴的地方。王逸曰:"日浴处也。"总:握住缰绳。是驱车的动作。扶桑:神话传说中的神树,太阳登上扶桑而后开始行程。

〔99〕若木:神话传说中的神树,长在西方日落之处。王逸曰:"若木,在昆仑西极,其华照下地。"拂:拂拭。一说击打,一说遮蔽。王逸曰:"击也,一云蔽也。"聊:暂且,姑且。相羊:安闲自在地游走,从容游玩的样子。羊:一作"佯",一作"徉"。

〔100〕望舒:神话传说中给月亮驾车的神。王逸曰:"月御也。"先驱:前驱,在前导路。飞廉:神话传说中的风神。王逸曰:"飞廉,风伯也。"奔属(zhǔ主):紧紧相随的随从。汪瑗曰:"奔,疾走也。"林仲懿曰:"属,从也。"

〔101〕鸾皇:凤凰之类的神鸟。皇,一作"凰"。前戒:在前方警戒,犹言前驱。一本作"先戒"。雷师:雷神。未具:还没有齐备。

〔102〕鸟:芙蓉馆本作"凤"。继之以日夜:日夜相继,不停息。

〔103〕飘风:旋风。屯:聚。离:丽,附着。王夫之曰:"离,丽也,附也。"率:一作"帅"。云霓:副虹,彩虹的一种。霓,一作"蜺"。御:驾驶。

〔104〕纷总总:纷繁众多的样子。纷,繁盛的样子。总总,众多的样

子。离合:乍离乍合。斑:色彩错杂的样子。一作"班"。陆离:王夫之曰:"杂色貌。"

〔105〕帝:天帝。王逸曰:"谓天帝。"王闿运曰:"喻怀王。"阍(hūn昏):守门人。王逸曰:"主门者也。"阊阖(chāng hé 昌河):传说中的天门。

〔106〕暧(ài 爱)暧:昏暗的样子。罢:终了。以:一作"而"。延伫:长久伫立。汪瑗曰:"延,迟缓也。伫,久立也。"

〔107〕溷(hùn 混)浊:混浊,混乱。蔽:遮隐。

〔108〕济:渡。白水:传说中的神水,出自昆仑山,饮之可以不死。王逸曰:"《淮南子》言,白水出昆仑之山,饮之不死。"《淮南子·墬形》曰:"白水宜玉。"阆(làng 浪)风:神话传说中的神山,在昆仑山上。缧马(xiè 谢):拴马,系马。缧,牵牲口的绳子,这里做动词用。一作"绁"。

〔109〕高丘:楚地的山名。王逸曰:"楚有高丘之山。"女:此处比喻可以理解诗人、可以通君侧之人。一说喻忠臣,或者喻贤君。王逸曰:"以喻臣。"朱熹曰:"神女,喻贤君也。"游国恩曰:"隐喻可通君侧之人。"

〔110〕春宫:神话传说中东方青帝的住所。王逸曰:"东方青帝舍也。"琼枝:传说中神树的树枝。继:续。

〔111〕荣华:草木的花朵。汪瑗曰:"草木之英也,草曰荣,木曰华。"落:坠落,凋落。相:审视。下女:人间之女。指以下宓妃等人。诒(yí 疑):同"贻",赠送。一作"贻"。

〔112〕丰隆:传说中的云神。一说雷师。宓(fú 福)妃:传说伏羲氏女,溺洛水而死,遂为河神。

〔113〕纕(xiāng 香):佩带。一说香囊。结言:犹言约言。此处指相约为好。汪瑗曰:"结言,通二家之言而相结以为好者也。"蹇修:人名,王逸认为是传说中伏羲氏的大臣。理:媒人。指使者,此处指媒人。朱熹曰:"为媒以通词理也。"

〔114〕纬繣(huà 话):性情乖戾。王逸曰:"乖戾也。"纬:一作"徽"。难迁:难以改变。

〔115〕次:住宿。王逸曰:"次,舍也。再宿为信,过信为次。"穷石:传说里的山名。《淮南子·墬形训》:"赤水之东,弱水出自穷石,至于合黎。"

濯(zhuó浊):洗。洧(wěi伟)盘:传说中的水名。盘,一作"槃"。王逸曰:"水名。《禹大传》曰:'洧盘之水,出崦嵫之山。'"

〔116〕保厥美:自持其美丽。淫游:恣意游荡。

〔117〕违弃:离开,放弃。汪瑗曰:"违者,去其地也。弃者,舍其人也。"

〔118〕四极:指天的四方极远之处。周流:遍游,周游。下:下界,人间。

〔119〕瑶台:玉石砌成的高台。偃蹇:高高的样子。有娀(sōng松):传说中的古国。佚女:美女。洪兴祖曰:"《淮南子》曰:'有娀在不周之北,长女简翟,少女建疵。'注云:'姊妹二人在瑶台也。'"

〔120〕鸩(zhèn镇):鸩鸟,有毒。不好:不美。王逸曰:"言我使鸩鸟为媒,以求简狄。其性谗贼,不可信用,还诈告我言不好也。"彭泽陶曰:"不好,不喜为媒也。"

〔121〕鸣逝:鸣叫着飞远。佻(tiāo挑阴平)巧:轻薄虚浮。

〔122〕自适:自己前往。

〔123〕诒(yí移):同"贻",赠送,这里做名词,当礼物讲。高辛:帝喾,五帝之一。帝喾娶有娀氏女为次妃,生契。《史记·殷本纪》说:"殷契,母曰简狄,为帝喾次妃。"

〔124〕集:停留,犹言安身。一作"进"。汪瑗曰:"犹言远去也。或曰,集亦止也。止,居也。初止曰集,既集曰止。群居曰集,久居曰止。"聊:姑且。

〔125〕少康:夏后相之子。未家:未有家室,未娶。有虞:国名,姚姓。二姚:有虞氏国君的两个女儿。

〔126〕理弱媒拙:媒人能力弱,拙笨。理,媒人。导言:传达言语。这里指传达愿意结为婚姻之言。导:一作"道"。不固:意谓不能坚固有虞氏之心。

〔127〕溷(hùn混):混浊,混乱。蔽善而称恶:蔽隐美善,称扬邪恶。善,一作美。

〔128〕闺中:指上述女子的住所。闺,小门。邃远:深远。哲王:明智

的君主。汪瑗曰:"犹言明君。"寤:觉悟,醒悟。

〔129〕朕情:我的忠贞求索之情。不发:不能抒发。一本"忍"下有"而"。终古:无尽的来日。朱熹曰:"终古者,古之所终,谓来日之无穷也。"

〔130〕索:索取。王逸曰:"取也。"藑(qióng穷)茅:古人占卜用的一种草。藑,一作"琼"。筳篿(tíng tuán 廷团):古代占卜用具,一种小竹片。篿,一作"专"。《文选》五臣注:"《尔雅》云:'营(fú 服),藑茅。'《注》云:'藑、营一种,花有赤者为藑。'"王逸曰:"筳,小折竹也,楚人名结草折竹以卜曰篿。"洪兴祖曰:"筳,竹筹也。"灵氛:灵,巫。氛,巫的名字。灵氛以及女媭、謇修在《离骚》中可以看作为寓言类人物,不必指实。

〔131〕曰:主语是灵氛。两美:以美男美女结合喻明君贤臣聚合。朱熹曰:"盖以男女俱美,比君臣俱贤也。"信修:确实美好。慕:爱慕,仰慕。

〔132〕九州:古代中国区域划分。这里以九州指天下。是:这地方。一说指楚国。女:此处以美女喻贤君。朱熹曰:"美女以比贤君。"

〔133〕勉远逝:努力远行。释:舍弃。女:汝。朱熹曰:"言天下之大,非独楚有美女,但当远逝而无疑,岂有美女求贤夫而舍汝者乎?"此处所言者仍旧是灵氛。

〔134〕芳草:喻明君。一说喻贤士。怀:思,留恋。故宇:旧居,故居。宇,一作"宅"。

〔135〕眩曜:炫目而看不清楚,失去辨别的能力。眩,一作"眩"。王逸曰:"惑乱貌。"徐焕龙曰:"目当日曜,眩然不辨黑白也。"

〔136〕民:人。这里指一般人。党人:指小人,结党营私之人。

〔137〕户:家家户户。服艾:佩戴艾草。盈要:佩满腰间。盈,满;要,通"腰"。

〔138〕未得:没有得当。珵(chéng 呈)美:珵玉之美。能当:能恰当判断价值。王逸曰:"言时人无能知臧否,观众草尚不能别其香臭,岂当知玉之美恶乎?"

〔139〕苏:通"索",取也。充帏:填充香囊。王逸曰:"帏,谓之縢。縢,香囊也。"

〔140〕从:听从。

〔141〕巫咸:古代神巫,名咸。王逸曰:"古神巫也,当殷中宗之世。"怀:怀揣着。椒糈(xǔ 许):椒,香料,降神用;糈,精米,享神用。王逸曰:"椒,香物所以降神。糈,精米,所以享神。"要:同"邀",邀请。

〔142〕翳(yì 义):遮蔽。形容众神灵遮空而下。王逸曰:"蔽也。"备降:汪瑗曰:"犹言齐来也。"九嶷:楚地有九嶷山。一说此处指九嶷山之神。嶷,一作疑。

〔143〕皇剡(yǎn 眼)剡:光芒大盛的样子。皇,大。剡剡,光明貌。一说恍恍惚惚的样子。扬灵:灵光发扬。吉故:为了吉祥的原因。也即上文所言两美必合之事。汪瑗曰:"谓两美必合也。"

〔144〕勉:努力。王逸曰:"强也。"升降、上下:犹言升到上天降到下界。榘矱(jǔ yuē 举约):法度。榘,一作"矩",画直角或者方形的工具。王逸曰:"榘,法也。矱,度也。"此处为巫咸语。

〔145〕俨:恭敬。此处指敬重贤士。一作"严"。合:匹合。王逸曰:"匹也。"挚:伊尹,汤的大臣。王逸曰:"伊尹,名,汤臣也。"咎繇(gāo yáo 高摇):皋陶。禹的大臣,一作"皋陶"。调:和谐。王逸曰:"和也。"

〔146〕行媒:指前面使媒人代为传达而言。王逸曰:"喻左右之臣也。"

〔147〕说(yuè 月):殷贤臣傅说。操筑:指从事筑墙的劳动。操,持,从事;筑,筑墙,古代筑墙是用夹板夹住泥土,再用木杵把土夯实。傅岩:地名。在今山西省境内。武丁:殷高宗。传说傅说遭遇刑罚,在傅岩筑墙,后遇武丁,成为贤相。

〔148〕吕望:即姜尚,姜太公。鼓刀:鸣刀。姜尚曾经做屠夫。遭:遇到。周文:周文王姬昌。

〔149〕宁戚:卫人,经商,后齐桓公拜为客卿。王逸曰:"宁戚修德不用,退而商贾,宿齐东门外,桓公夜出,宁戚方饭牛,叩角而商歌,桓公闻之,知其贤,举用为客卿,备辅佐也。"该辅:充任辅佐。该,备,充任。

〔150〕及:趁着。未晏:未晚,此处指未到暮年。未央:未尽,未完。央,王逸曰:"尽也。"

〔151〕鹈鴂(tí jué 提决)：杜鹃，秋分时鸣叫，鸣叫则众芳凋谢。一说立夏时鸣叫。

〔152〕琼佩：玉佩。偃蹇：繁盛的样子。王逸曰："众盛貌。"菱然：因密集而遮蔽的样子。洪兴祖曰："《方言》云：'掩、翳，菱也。'注云：'谓菱蔽也。'"

〔153〕谅：相信。一作"亮"。王逸曰："谅，信也。"折：折毁。汪瑗曰："折者，挫衄(nù 女去声)败毁之意。"

〔154〕缤纷：混乱的样子。汪瑗曰："乱之盛也。"淹留：久留。

〔155〕茅：恶草，喻恶人。

〔156〕萧艾：恶草名，喻坏人。

〔157〕莫：不。

〔158〕兰：比喻贤才。钱杲之曰："喻所收贤才也。"一说指司马子兰。可恃：可依靠。羌：何乃。容长：徒以容貌见长。马其昶曰："长，多也，谓容饰多而无实德。"

〔159〕委：弃，放弃。厥：其。从俗：追随世俗。苟得：苟且得以。

〔160〕椒：香木，比喻贤才。一说指楚大夫子椒。专佞：专事谗佞。慢慆(tāo 掏)：怠慢放纵。汪瑗曰："慢者容貌之傲惰也，慆者情性之淫泆也。"榝(shā 杀)：恶草，喻似贤非贤者。王逸曰："茱萸也。似椒而非。"一说榝是香物，喻贤才。钱杲之曰："椒、榝亦香物，皆喻所收贤才也。"帏：香囊。王逸曰："盛香之囊，以喻亲近。"

〔161〕干进而务入：遍求钻营之道。汪瑗曰："干者求之遍也，务者事之专也，将进曰进，既进曰入。干进务入，互文而重言也。"祗(zhī 支)：敬，敬重。而，一作"以"。

〔162〕从流：顺从时下风气。一作"流从"。

〔163〕揭车、江离：均为香草名。洪兴祖曰："皆香草，不若椒兰之盛。"

〔164〕兹佩：这个佩饰。历：经历，遭遇。王逸曰："逢也。"

〔165〕亏：减损。沬(mèi 妹)：竭，终止。

〔166〕和：调和。调：格调。度：法度。一说，玉佩声音有调有度。钱

澄之曰:"指玉音之璆(qiú求)然,有调有度也。"聊:姑且,暂且。浮游:漫游,周游。朱冀曰:"浮游,谓浮生,如物在水上,优游而任其所之也。"女:此处喻相合的君主。

〔167〕及:趁着。余饰方壮:我的服饰佩饰仍旧盛美,也即"年未晏、时未央"之意。朱熹曰:"余佩,谓琼佩及前章冠服之盛。方状,亦巫咸所谓年未晏、时未央之意。"

〔168〕历:选择。朱熹曰:"遍数而实选也。"

〔169〕羞:美味食物。精:捣碎。《文选》五臣注曰:"捣也。"琼靡(mí迷):玉屑。粻(zhāng张):粮。

〔170〕杂:杂用。瑶象:美玉和象牙。此处指杂用美玉和象牙为车饰。

〔171〕离心:不同心。自疏:自动疏远。

〔172〕邅(zhān詹):转,楚方言。昆仑:山名。神话中常见的昆仑,已经不是实际中所指地名,指神仙清净之处。"昆仑",一本皆从"山"。汪瑗曰:"屈子之所用昆仑、阆风、悬圃等山,即如《列子》之所谓蓬莱、方丈、员峤、方壶诸山耳。盖虽有是名而本无是山,假设其号以为神仙清净高远之居也。"

〔173〕扬云霓:云霓飞扬。晻(yǎn眼)霭:遮蔽天日的样子。李周翰曰:"旌旗蔽日貌。"此以云霓喻旗帜。玉鸾:车铃,玉质,雕成鸾的样子。啾啾:本为鸟叫声,这里指车铃声。

〔174〕天津:传说中天河渡口。西极:刘梦鹏曰:"西方之极。"

〔175〕翼:展翅。承:接。旍:旗。刘梦鹏曰:"承,接也。言凤皇同翔其上,其翼与车旍相承接也。"翼翼:闲暇自得的样子。

〔176〕流沙:传说中的西方沙漠。洪兴祖曰:"《山海经》:'流沙出钟山,西行。'注云:'今西海居延泽,《尚书》所谓流沙者,形如月生五日。'"遵:沿着。赤水:传说中的水名,源于昆仑山。容与:踌躇不前。

〔177〕麾(huī挥):指挥,用手指挥。王逸曰:"举手曰麾。或言以手教曰麾。"梁津:在水上架桥梁。徐焕龙曰:"梁津,为梁于津上。"诏:告知。王逸曰:"告也。"西皇:传说中的帝少皞。王逸曰:"帝少皞(hào浩)也。"

29

使：一作"以"。涉余：把我渡过水去。涉，渡。

〔178〕艰：难，一作"囏"。腾：飞腾。径待：路上等待。

〔179〕不周：不周山。传说中山名，在昆仑山西北。王逸曰："山名，在昆仑山西北。"西海：传说中西方的海。期：相约的地点。

〔180〕屯：聚集。《文选》五臣注："聚。"齐玉轪（dài 代）：犹言并毂而驱。轪，车毂端的盖帽。一说车轮。

〔181〕婉婉：形容龙在行进中伸屈自如不疾不徐的样子。一作"蜿蜿"。钱杲之曰："曲折貌。"徐焕龙曰："龙行不疾不徐貌。"委蛇：旗帜摆动飘扬的样子。汪瑗曰："犹飘扬，谓载之于车，车腾则旗动而飘扬也。"委蛇：一作"逶迤"。蛇，一作"移"。

〔182〕抑志：平抚心情。"抑"上一有"聊"字。汪瑗曰："谓按仰其西涉之志也。"弭节：按节徐步慢行。高驰：向高远之处飞驰。汪瑗曰："谓远举之意。"邈邈：遥远的样子。王逸曰："远貌。"

〔183〕《九歌》：王逸曰："九德之歌，禹乐也。《韶》，《九韶》，舜乐也。"假：借。钱杲之曰："借也。"媮：愉快。

〔184〕陟：上升。皇：皇天。赫戏：非常光明的样子。赫，赫然；戏，曦，戏一作"曦"。徐焕龙曰："赫，盛大；戏，显明也。"临睨（nì 逆）：俯视。睨，斜视，徐焕龙曰："有所不忍正视也。"旧乡：故土。王逸曰："楚国也。"

〔185〕仆夫：御者，驾车人。怀：思，怀恋故土。蜷（quán 全）局：蜷曲身子不肯前行的样子。王逸曰："诘屈不行貌。"顾：回视。

〔186〕乱：乱词。乱有治义，指总结。诗歌的乱词一般总结诗义。王逸曰："理也。所以发理词指，总撮其要也。"已矣：表示失望绝望。王逸曰："绝望之词也。"

〔187〕莫我知：莫知我，没人理解我。

〔188〕美政：指屈原所主张的以五帝三王为代表的善政理想。

楚辞卷二

九歌第二

屈　原

【题解】

王逸《楚辞章句》说："《九歌》者,屈原之所作也。昔楚国南郢之邑,沅、湘之间,其俗信鬼而好祠(祠,一作祀),其祠必作歌乐鼓舞以乐诸神(一无歌字)。屈原放逐,窜伏其域,怀忧苦毒,愁思沸郁,出见俗人祭祀之礼,歌舞之乐,其词鄙陋。因为作《九歌》之曲。上陈事神之敬,下见己之冤结,托之以风谏,故其文意不同,章句错杂而广异义焉(一云:故其文词意周章杂错)。"王逸的话,包含三层意思,一是说楚地南郢之邑,沅湘之间,有信鬼而好祠之俗,每当祭祀之时,必作鼓舞歌乐,以乐诸神;二是说屈原在放逐过程中,深入到南郢之邑,沅湘之间,接触到当地的鼓舞歌乐,改其鄙俗风格,而成《九歌》新曲;三是说屈原《九歌》包含事神、舒冤、讽谏三个目的。

《楚辞·九歌》是屈原创作的一组诗歌,《九歌》包括《东皇太一》、《云中君》、《湘君》、《湘夫人》、《大司命》、《少司命》、《东君》、《河伯》、《山鬼》、《国殇》、《礼魂》等作品十一篇。关于其内容,戴震《屈原赋注》说:"《九歌》迁于江南所作也。昭诚敬,作《东皇太一》。怀幽思,作《云中君》,盖以况事君精忠也。致怨慕,作《湘君》、《湘夫人》,以己之弃于人世,犹巫之致神而神不顾也。正于天,作《大司命》、《少司命》,皆言神之正直,而惓惓欲亲之也。怀王入秦不反,而顷襄继世,作《东君》。末言狼狐,秦之占星也,其辞有报秦之心焉。从河伯水游,作《河伯》。与魑魅为群,作《山鬼》。闵战争之不已,作《国殇》。恐常祀之或绝,作《礼魂》。"

朱熹《楚辞集注》指出:"荆蛮陋俗,词既鄙俚,而其阴阳人鬼之间,又或不能无亵慢淫荒之杂。原既放逐,见而感之,故颇为更定其词,去其泰甚。而又因彼事神之心,以寄吾忠君爱国、眷恋不忘之意。"

王逸与朱熹都指出了《九歌》与旧乐章的关系,但却没有说明屈原《九歌》与旧有《九歌》乐章的关系;又说楚俗信鬼,事神之词鄙俗,而没有强调旧有《九歌》乐章实际上是一种宫廷音乐,非楚民间歌谣,也应该非楚国所独有。

《九歌》与《九辩》一样本来是个古代的乐歌名,是在夏代就存在的乐歌。传为三《易》之一的《归藏·启筮篇》载:"昔彼九冥,是与帝《辩》同宫之序,是为《九歌》。"又说:"不得窃《辩》与《九歌》,以国于下。"而《山海经·大荒西经》载:"西南海之外,赤水之南,流沙之西,有人珥两青蛇,乘两龙,名曰夏后开。开上三嫔于天,得《九辩》与《九歌》以下。此天穆之野,高二千仞。开焉得始歌《九招》。"

根据以上记载可知,《九歌》、《九辩》的存在早于屈原、宋玉,应该是夏后启时代就存在的乐歌。当然,说此二乐歌是夏后启偷之于天的音乐,显然是就其精美而言。屈原多次提到了《九辩》、《九歌》与夏后启的关系,如《离骚》说:"启《九辩》与《九歌》兮,夏康娱以自纵。"又说:"奏《九歌》而舞《韶》兮,聊假日以媮乐。"又《天问》说:"启棘宾商,《九辩》、《九歌》。"在这些地方,屈原所说的《九辩》、《九歌》,与《楚辞》中的《九辩》、《九歌》显然不一样。

《九歌》、《九辩》原本是夏代的乐章,而屈原又在自己的诗歌中多次提到《九歌》、《九辩》,并且把《九歌》、《九辩》与《韶》《舞》等乐并列在一起,说明在屈原时代,夏禹的《九歌》、《九辩》乐还存在,并且,《九歌》、《九辩》应该也是宫廷音乐,而不是民间音乐。另外,如果说屈原和宋玉分别作《九辩》、《九歌》,与夏后启的乐歌完全没有干系,显然是不能让人信服的。《九歌》描述的音乐场面极其盛大。二十世纪以来发掘的春秋战国时期楚国贵族坟墓中的乐器,有编钟、编磬、鼓、瑟、琴、竽、篪、排箫等,与《九歌》所载乐器大体相同,由此可推测《九歌》至少曾经在宫廷演奏过。所以,屈原的《九歌》与宋玉的《九辩》理应与夏后启的宫廷音乐《九辩》、《九歌》有关系。如果仔细考察《九歌》诸篇主旨,就可以清晰地发现,《九歌》不能只是楚地的歌谣,所祀神祇,也具有地域的普遍性,而不独独是楚国一地的神祇。

东 皇 太 一

【题解】

本篇是《九歌》的第一篇,所祀的是最尊贵的天神。太一神是天神中最尊贵的一个,居东方,所以称为东皇太一。他并不是楚地之神。他是天子的祭祀对象,不是诸侯可以祭祀的。大约楚王奄王坐大后,模仿周天子,开始祭祀太一神,也未可知。作为《九歌》的第一篇,《东皇太一》所祀的是最尊贵的天神,但对于神的功德,并没有作正面歌颂,只是从环境气氛的渲染里表达出敬神之心、娱神之意。诗歌最初四句,简洁而又明了地写出了祭祀的时间与祭祀者们对东皇太一神的恭敬与虔诚。接着描述了祭祀所必备的祭品瑶席、玉瑱,以及欢迎太一神的鲜花、美酒和佳肴。这期间,乐师们举槌击鼓,奏起舒缓、悠扬的音乐,预示着神将要降临了。末尾四句描述的是祭祀的高潮,神穿着美丽的衣服跳着动人的舞姿来到了人间。这时候钟鼓齐奏、笙箫齐鸣,欢乐气氛达到最高潮。末句"君欣欣兮乐康",描绘了东皇太一神安康欣喜的神态。全诗紧紧围绕着"祭神以祈福"这个中心,篇首以"穆将愉兮上皇"统摄全文,篇末以"君欣欣兮乐康"作结,一呼一应,贯穿着祭神时人们的精神活动,所以诗歌虽短小精悍,但层次清晰,生动展现了祭神的整个过程和场面,气氛热烈,给人一种既庄重又欢快的感觉,充分表达了人们对太一神的敬重与祈望。

吉日兮辰良,穆将愉兮上皇。[1]
抚长剑兮玉珥,璆锵鸣兮琳琅。[2]
瑶席兮玉瑱,盍将把兮琼芳。[3]
蕙肴蒸兮兰藉,奠桂酒兮椒浆。[4]
扬枹兮拊鼓,疏缓节兮安歌,陈竽瑟兮浩倡。[5]
灵偃蹇兮姣服,芳菲菲兮满堂。[6]
五音纷兮繁会,君欣欣兮乐康。[7]

【注释】

〔1〕穆:虔诚,恭敬。王逸曰:"敬也。"愉:快乐,此处是使动用法,使快乐。上皇:谓东皇太一。

〔2〕抚:持。王逸曰:"抚,持也。"玉珥(ěr 耳):玉镶的剑把。王逸曰:"玉珥,谓剑镡也。"璆锵(qiú qiāng 求枪):璆,美玉;锵,玉佩声音,一作"铃"。琳琅(láng 狼):美玉。琅,一作"瑯"。王逸曰:"璆、琳琅,皆美玉名也。锵,佩声也。"

〔3〕瑶席:华美如瑶的席子。瑶,美玉。王夫之曰:"席,神席。瑶席,席华美如瑶也。"一说,瑶席,用瑶草编成的坐席,放在神座前。瑱(zhèn镇):玉镇,用来压坐席。朱熹曰:"瑱,与镇同,所以压神位之席也。"一作"镇"。盍(hé合):何不。王逸曰:"盍,何不也。"把:持。琼:玉枝。王逸曰:"琼,玉枝也。"

〔4〕蕙肴:以蕙草蒸的肉。蕙,香草名。王逸曰:"蕙肴,以蕙草蒸肉也。"蒸:奉而进之。洪兴祖曰:"蒸,进也。"兰藉:香兰一类的衬垫之物,或以香兰之类衬垫在祭品之下。王逸曰:"藉,所以藉饭食也。《易》曰'藉用白茅'也。"奠:置祭,献祭。洪兴祖引《说文》曰:"奠,置祭也。"按:此处"蕙肴"、"兰藉"、"桂酒"、"椒浆",皆举芳香之物形容祭品之丰,祭礼之隆,不一定都是实指。

〔5〕扬枹(fú伏):扬起鼓槌,挥动鼓槌。拊:击。疏:稀疏,王逸曰:"希也。"缓:缓慢。节:击鼓之节拍。安歌:指歌声随着节奏疏缓而平稳。陈:陈列,王逸曰:"列也。"竽:古代一种簧管乐器,多为三十六簧。瑟:古代一种拨弦乐器,多为二十五弦,形似古琴。浩倡:引吭高歌。浩,大;倡,同"唱"。

〔6〕灵:此指扮演天神的灵巫。偃蹇(yǎn jiǎn眼减):形容舞姿屈伸自如,婉转灵活。王逸曰:"舞貌。"洪兴祖曰:"委屈貌。"姣服:指美丽的服饰。王逸曰:"姣,好也。服,饰也。"芳菲菲:形容芳香大盛。

〔7〕五音:是我国古代传下来的"五声"音阶,相当于今之音阶的1、2、3、5、6。王逸曰:"宫、商、角、徵、羽也。"纷:王逸曰:"盛貌。"繁会:形容乐声繁盛而错杂交会。王逸曰:"繁,众也。"君:指东皇太一。欣欣:高兴的样子。王逸曰:"喜貌。"李周翰曰:"和悦貌。"

云　中　君

【题解】

本篇乃是祭天上云神的诗歌,颂扬了云神的神威无边,泽及四海,也表达了祭者对神的依恋。云中君:云神。王逸说:"云神,丰隆也。一曰屏翳。"

  《云中君》所祀之神或以为是云梦泽之水神、月神、云中郡地方神。然而1977年江陵天星观一号墓出土战国祭祀竹简有"云君",显然是"云中君"的简称,可证云中君就是云神。汤漳平由楚墓竹简祭祀"云君"的记录,结合《云中君》一诗的分析,认为《云中君》应该就是写祭云神的,其中描写云中君形象时,以一系列象征云彩形象的诗句来描写,如"灵连蜷兮既留","连蜷"即象征云彩在空中回环宛曲;"翱游周章"则是喻云在空中往来翱翔时的疾速之状。"灵皇皇兮既降,猋远举兮云中。览冀州兮有余,横四海兮焉穷"四句,集中描绘了云朵的来去无定时,翱翔无定处,茫茫宇宙,自由驰骋的情状。

  本篇前两句写神降临前人们所做的准备——香汤沐浴、华衣着身,虔诚之意毕现,表达人们对云神的祈求,从侧面也可看出云神的威严。紧接着四句写云中君"降临"祭堂,安然快乐地出现于神堂之上,颂其德泽"与日月兮齐光"。后六句写云神乘着龙车,身着彩服,逍遥遨游。"览冀州兮有余"正说明云神的恩德是遍及九州四海的。最后两句写祭者对神的依恋,云神既降而去,所以思之太息。

    浴兰汤兮沐芳,华采衣兮若英。[1]
    灵连蜷兮既留,烂昭昭兮未央。[2]
    蹇将憺兮寿宫,与日月兮齐光。[3]
    龙驾兮帝服,聊翱游兮周章。[4]
    灵皇皇兮既降,猋远举兮云中。[5]
    览冀州兮有余,横四海兮焉穷。[6]

思夫君兮太息,极劳心兮忡忡。[7]

【注释】

〔1〕浴:洗身。沐:洗头。古人在祭祀前斋戒沐浴,以示虔诚。兰汤:指香汤。兰,香草。此处"兰汤"与"芳"互文,指加香料的热水,不一定是以兰花配成,而是以兰代指香物。华采:指色彩华艳鲜明。王逸曰:"五色采也。"若英:杜若的花。此处写衣之华彩灿烂。

〔2〕灵:旧说以为指扮云中君的主巫,亦即由主巫扮演的神灵。案:"灵"应指云中君。连蜷(quán全):舒曲回环的样子。既留:指已留止云中,或已降留于主巫之身。王逸曰:"既,已也。留,止也。"烂昭昭:此处指神灵降临时显现出的灿烂光辉。烂,王逸曰:"光貌也。"昭昭,王逸曰:"明也。"未央:未已,无尽。

〔3〕蹇(jiǎn简):又作"謇",楚方言之发语词,无实义。憺(dàn但):安适。王逸曰:"安也。"寿宫:本是虚拟云中君在天上的宫室,也实指精心陈设布置的祭神坛场。王逸曰:"供神之处也。祠祀皆欲得寿,故名为寿宫也。"齐:一作"争"。

〔4〕龙驾:此指以龙驾驶之车。朱熹曰:"龙驾,以龙引车也。"帝服:指天帝穿的五彩之服。聊:聊且,姑且。王逸曰:"且也。"翱游:自由往来貌。王夫之曰:"言其停聚迟回而不下。"周章:周游浏览。王逸曰:"犹周流也。言云神居无常处,动则翱翔,周流往来,且游戏也。"

〔5〕皇皇:犹"煌煌",美好貌。王逸曰:"皇皇,美貌。"既降:指云神已降临人间。猋(biāo标):本为群犬疾奔貌,引申为迅疾貌。一作"焱"。远举:远扬高飞。云中:王逸曰:"云神所居也。"

〔6〕览:观览。冀州:谓今四海之内。据《尚书·禹贡》,古中国分为冀、兖、青、徐、扬、荆、豫、梁、雍九州。冀州为九州之首,故以冀州代称全中国。其故地在黄河以北,河北省一带。有余:指超过这个范围,不止全中国。横四海:即横绝四海。横,洪兴祖曰:"《礼记》云:'以横于天下。'注云:'横,充也。'"四海,古代人们认为中国大陆四面环海,"四海之内"就是全国,"四海"就是中国的四极,在古人的认识中这是最大的范围。焉

穷:安穷,何穷,此言无穷,与上句"有余"相对。

〔7〕夫:语助词。君:云神。太息:叹息。极劳心:极尽其思慕之劳忧。忡(chōng充)忡:忧心貌,忧思不宁貌。一作"憃"。

湘　　君

【题解】

　　《湘君》和《湘夫人》是古代楚人对湘江水神的祭歌。湘君是湘水男神,湘夫人是湘水女神。《湘君》表达了湘夫人由希望到失望再到怀疑、哀伤以至怨恨的复杂感情。

　　该诗首先描写湘夫人对湘君热烈的等待和期望,可湘君始终不见,于是失望地吹起了哀怨的排箫,倾吐对湘君的无限思念,希望湘君听到熟悉的曲调后闻声赶来。"驾飞龙兮北征"至"隐思君兮陫侧"描写了湘夫人的急切心情。由于久等湘君不至,湘夫人便驾着轻舟向北往洞庭湖去寻找,忙碌地奔波在湖中江岸,她从湘江北上,转道洞庭,西望涔阳极浦,而后进入大江,行遍了洞庭湖及周围的主要江河,仍然不见湘君的踪影。湘夫人执着的追求使身边的侍女也为她叹息。旁人的叹息,深深地触动和刺激了湘夫人,她更加悲伤与委屈,因而伤心痛哭以至泪如泉涌。接着十句写由失望至极而生的怨恨之情。诗中连用几个比喻来描写其失望的痛苦:兰桂制成的桨、舵,怎能敲开坚冰积雪?水中如何采得生长在山上的薜荔?树梢上又怎能摘到生长于水中的芙蓉花?湘君"心不同"、"恩不甚"、"交不忠"、"期不信",自己的追求不过是一种徒劳。所谓爱之愈深,责之愈切,湘夫人的愤激之语,把一个大胆追求爱情的女子的内心世界表现得淋漓尽致。由"晁骋鹜兮江皋"至结束为诗歌的最后部分,描述了湘夫人再次回到约会地"北渚"时,还是没有见到湘君的痛苦之情,她毅然把代表爱慕和忠贞的信物玉环抛入江中。最后四句则写湘夫人心情平静下来后内心的失望与不安,她既希望再次见到湘君,又怀疑见面的机会不会再来,只得在无聊中往返徘徊,消磨时光。结尾余音袅袅,与篇首的疑问遥相呼应,给人留下想象的空间。

君不行兮夷犹,蹇谁留兮中洲?[1]
美要眇兮宜修,沛吾乘兮桂舟。[2]
令沅湘兮无波,使江水兮安流。[3]
望夫君兮未来,吹参差兮谁思?[4]
驾飞龙兮北征,邅吾道兮洞庭。[5]
薜荔柏兮蕙绸,荪桡兮兰旌。[6]
望涔阳兮极浦,横大江兮扬灵。[7]
扬灵兮未极,女婵媛兮为余太息![8]
横流涕兮潺湲,隐思君兮陫侧。[9]
桂棹兮兰枻,斲冰兮积雪。[10]
采薜荔兮水中,搴芙蓉兮木末。[11]
心不同兮媒劳,恩不甚兮轻绝。[12]
石濑兮浅浅,飞龙兮翩翩。[13]
交不忠兮怨长,期不信兮告余以不闲。[14]
晁骋骛兮江皋,夕弭节兮北渚。[15]
鸟次兮屋上,水周兮堂下。[16]
捐余玦兮江中,遗余佩兮澧浦。[17]

采芳洲兮杜若,将以遗兮下女。[18]
时不可兮再得,聊逍遥兮容与。[19]

【注释】

　　[1] 君:谓湘君。是湘夫人对湘君的称呼。不行:指不动身走来。夷犹:犹豫不定貌。又作"夷由"、"易由"。蹇(jiǎn 简):楚地发语词,无实义。或曰难行貌。谁留:为何淹留,或为谁淹留。中洲:犹言洲中。水中陆地曰洲。此篇湘夫人所唱之词。

　　[2] 要眇(yāo miǎo 腰秒):文雅美好的样子。又作"要妙"。宜修:修饰合宜得体,善于修饰。沛:行动疾速的样子。王逸曰:"行貌。"吾:湘夫人自称。桂舟:用桂木做成的船,含芳洁之意。下文的"苏桡"、"兰旌"、"桂棹"、"兰枻"都与此同义。

　　[3] 令、使:义同,表达的是水神的语气。沅、湘:皆为古楚南部水名,入洞庭湖。江:指长江。

　　[4] 望:慕望。夫:语中助词。君:谓湘君。参差(cēn cī 岑疵阴平):本指不齐貌,此处指由长短不齐若干竹管组成的洞箫。谁思:思者何,思者谁。

　　[5] 飞龙:即上文之"桂舟",舟名。以龙引舟,或舟形似龙、舟行如龙飞,故曰"飞龙"。北征:北行。征,王逸曰:"行也。"遭(zhān 沾):楚方言,转弯,迂回。洞庭:即洞庭湖,在今湖南省境内。

　　[6] 薜荔(bì lì 必利):香草。常绿藤本植物,多附石壁或树木上生长。柏:一作"柏",壁衣,屋饰。蕙绸:言以蕙为帷帐,或以蕙饰帷帐。绸,帷帐。荪(sūn 孙):香草名,又叫溪荪,俗名石菖蒲。桡(ráo 饶):旗杆上的曲柄,一说为船桨。兰旌:以兰草饰于旗杆顶端,或直指以兰草为旌旗。旌,旗的一种,旗杆顶端饰以旄牛尾或羽毛。

　　[7] 望:遥望。涔阳:涔水北岸的地名,位于洞庭湖西北。涔,水名,在澧水之北。极浦:遥远的水涯。极,远也。横:横绝,即渡水。扬灵:神驰远眺。一说,"灵"当作"舲",指有舱有窗的船,扬灵则指奋力划舲船。

　　[8] 未极:指未到湘君之侧。女:当指湘夫人身边的侍女。王逸曰:

"女谓女嬃,屈原姊也。"蒋骥曰:"湘君侍女。"胡文英曰:"湘君之侍女,借喻君侧之贤人。"婵媛(chán yuán 缠原):指由于内心的关切而表现出牵持不舍的样子。余:湘夫人自谓。太息:叹息。

〔9〕横流涕:指涕泪纵横的样子。横,纵横。潺湲(chán yuán 缠原):本指水徐流,此处指涕泪缓缓涌流。王逸曰:"流貌。"隐:痛苦。君:湘君。陫(fēi 非)侧:悲苦凄切。朱熹曰:"陫,隐也。侧,不安也。"

〔10〕桂、兰:《文选》五臣注曰:"桂兰,取其香也。"棹(zhào 照):长桨。枻(yì 义):船舷,一说,短桨。马茂元《楚辞选》:"棹,船旁拨水的工具。长的叫做棹,短的叫做枻。"斲:此有凿开之义。一作"斵"。积:"击"的同声假借字。冰、雪:马茂元《楚辞选》:"'冰'和'雪'在这里都不是实指,而是借以形容水光的空明澄澈。'斲冰击雪',借指在水光中打桨前进。旧说谓'冰''雪'实指天寒,不妥。因为这不是湘、沅一带的景象。"袁梅《屈原赋译注》:"'斲冰击雪',是形容船行迅速,破浪前进,船头、船桨、船舷激起浪花,如破冰,如积雪。同时也透露女神寻求男神之急切情绪。"

〔11〕搴(qiān 牵):摘取。芙蓉:指已开的荷花,未开的叫菡萏。王逸曰:"荷华也,生水中。"木末:树梢。

〔12〕心不同:湘夫人认为湘君与自己不同心。媒劳:媒妁虽劳于说合也难成婚姻,言媒妁的徒劳无益。恩:恩爱。不甚:即不够笃诚,或不甚深厚。轻绝:轻易绝弃。林云铭曰:"易于相弃。"

〔13〕濑(lài 赖):沙石上的流水。浅(jiān 煎)浅:水流急速貌。汪瑗曰:"水浅流疾貌。"翩翩:此以鸟飞貌喻舟行轻快。

〔14〕交:相交。王逸曰:"友也。"怨长:怨深。期:约会。不信:不守信约。余:湘夫人自谓。闲:不闲,不得空闲。王逸曰:"暇也。"

〔15〕晁(zhāo 招):通"朝",早晨。骋骛(chěng wù 逞务):此指急行舟。江皋(gāo 高):江边。皋,沼泽。弭(mǐ 米)节:停止行舟。节,度,指舟行的速度。渚:水中的小洲岛。

〔16〕次:栖宿。王逸曰:"舍也。再宿曰信,过信曰次。"周:环流。王逸曰:"旋也。"

〔17〕捐:弃也,与下文"遗"互文。玦(jué决):指环形而有缺口的玉器。余玦,是以湘夫人的口吻说"湘君以前送给我的玉玦"。遗:与"捐"意同,丢下。王逸曰:"离也。"一作"捐"。佩:玉饰。澧(lǐ里)浦:澧水之滨。澧,湖南省河流名,由澧县纳涔水而入洞庭湖。

〔18〕芳洲:生长着鲜花野草的洲岛。王逸曰:"香草丛生水中之处。"杜若:香草名。遗(wèi未):赠予。王逸曰:"与也。"下女:此指湘君之侍女。

〔19〕时:以前和湘君在一起的美好时光,或欢会的时机。聊:姑且。逍遥:优游自得貌。容与:悠闲自适貌。按:此处连言"逍遥""容与",实际上湘夫人不可能如此逍遥悠闲,这只不过是她自慰自遣之词。

湘　夫　人

【题解】

　　作为《湘君》的姊妹篇,《湘夫人》为祭湘水女神的诗歌,描述了湘君来到约会地北渚,却不见湘夫人的惆怅和迷惘,表达了湘君对湘夫人的思念。诗歌从开始到"观流水兮潺湲"描写了湘君对湘夫人虔诚的期盼与渴望。第一句"帝子降兮北渚"紧承《湘君》"夕弭节兮北渚",但湘君望而不见,内心十分忧愁,只觉得秋风吹来阵阵凉意,洞庭湖一片渺茫。忧心忡忡的湘君久候湘夫人不至,心生怨恨之意。"沅有芷兮澧有兰",我的湘夫人在哪里呢?以水边泽畔的香草兴起对湘夫人的思念,但是又不能说出来,泪眼迷茫,恍恍惚惚似绝望。下文则以麋食中庭和蛟滞水边两个反常现象隐喻爱而不见,事愿相违。接着与湘夫人一样,在久等不至的焦虑中,湘君也从早到晚骑马去寻找,结果则与湘夫人稍有不同:他在急切的求觅中,忽然听到了佳人的召唤,于是与她一起乘车而去。湘君满腔热情地设计着未来的美好生活:奇花异草香木装饰着他们的庭堂,九嶷山的众神热烈地欢迎他们。然而这一切只不过是幻觉。梦很快就醒了,湘君在绝望之余,也像湘夫人那样情绪激动,向江中和岸边抛弃了对方的赠礼,但他最终同样恢复了平静,决定再耐心等待一下。

《湘君》和《湘夫人》是一个完整的整体,表现着同一个主题,生动刻画了热恋中的男女在爱情遭遇挫折时的复杂情状。虽然说湘君、湘夫人是湘水之神,但是因为他们与舜的联系,所以也不能认为这两首诗祭祀的是楚国独有的神祇。这两首诗自始至终充满离别的悲哀与失望的感情,这种悲剧情感由舜与二妃故事的内容所决定,有人认为这两诗是屈原用以抒发自己的"愁思",似也不无道理。

帝子降兮北渚,目眇眇兮愁予。[1]
嫋嫋兮秋风,洞庭波兮木叶下。[2]
登白薠兮骋望,与佳期兮夕张。[3]
鸟何萃兮蘋中?罾何为兮木上?[4]
沅有芷兮澧有兰,思公子兮未敢言。[5]
慌惚兮远望,观流水兮潺湲。[6]
麋何食兮庭中?蛟何为兮水裔?[7]
朝驰余马兮江皋,夕济兮西澨。[8]
闻佳人兮召予,将腾驾兮偕逝。[9]
筑室兮水中,葺之兮荷盖。[10]
荪壁兮紫坛,播芳椒兮盈堂。[11]
桂栋兮兰橑,辛夷楣兮药房。[12]
罔薜荔兮为帷,擗蕙櫋兮既张。[13]

白玉兮为镇,疏石兰兮为芳。[14]
芷葺兮荷屋,缭之兮杜衡。[15]
合百草兮实庭,建芳馨兮庑门。[16]
九嶷缤兮并迎,灵之来兮如云。[17]
捐余袂兮江中,遗余褋兮澧浦。[18]
搴汀洲兮杜若,将以遗兮远者。[19]
时不可兮骤得,聊逍遥兮容与。[20]

【注释】

〔1〕帝子:谓湘夫人。古代传说她们(娥皇、女英)是唐尧的女儿,故称。一说,是天帝之女。降:降临。王逸曰:"下也。"北渚:即《湘君》所言"北渚"。眇(miǎo 秒)眇:瞻望弗及、望眼欲穿之貌。愁予:此处当指湘君。愁予,即予愁,因望而不见使我(湘君)痛苦。予,芙蓉馆本作"余"。

〔2〕嫋(niǎo 鸟)嫋:柔弱蔓长貌,此指微风轻拂貌。洞庭:洞庭湖,在今湖南省北部。波:动词,扬波。木叶:特指秋天枯黄的落叶。下:落下。

〔3〕登白薠(fán 烦):指登到长着薠草的地方。白薠。湖畔小草,秋天生。骋望:纵目远望。汪瑗曰:"纵目而远望也。"佳:佳人,指湘夫人,古代多以"佳人"称私爱之人,不一定指容貌之美。一本"佳"下有"人"字。期:动词,约期相会。夕:黄昏。张:陈设布置。洪兴祖曰:"陈设也。"

〔4〕萃:集聚。一本"萃"上无"何"字。蘋(pín 贫):水草,生于浅水,又称"四叶菜"。罾(zēng 增):用竿撑起的一种鱼网。木上:树梢。此处以求非其所喻心愿不可能实现,含有责怪对方之意。

〔5〕芷(zhǐ 止):即白芷,香草名。兰:香草,即兰草或泽兰。公子:犹言"帝子",指湘夫人,古人亦称女子为"公子"。

〔6〕慌惚:同"恍惚",渺茫隐约、若有若无貌。一作"荒忽"。潺湲:水流不断貌。

〔7〕麋(mí 迷):麋鹿。食:一作"为"。蛟:传说中一种无角龙,常居深渊,能发洪水。王逸曰:"龙类也。"裔(yì 易):水裔,水边。蛟在水裔,犹

所谓神龙失水而陆居。此处用法与"鸟何萃兮蘋中？罾何为兮木上"类似。

〔8〕江皋:江边高地。澨(shì 士):水边。

〔9〕予:指湘君。腾驾:驾车奔腾,形容车行极快。偕逝:与佳人同去。王逸曰:"偕,俱也。逝,往也。"二句意谓:听说佳人召唤我,我要和她一起驾车远去,共建美好生活。以下是对美好生活的具体设计。

〔10〕筑:建造。洪兴祖曰:"版筑也。"葺(qì 气):本指以草盖屋顶,此处只笼统地讲补缀、覆盖之意。

〔11〕荪壁:把香草溪荪编织起来装饰屋内墙壁。紫坛:用紫贝铺砌中庭。紫,紫贝。朱熹曰:"坛,中庭也。"播:敷布。朱熹曰:"布也。"一作"匊"。芳椒:气味芬芳的花椒。洪兴祖引《汉官仪》曰:"椒房,以椒涂壁,取其温也。"盈堂:满堂。盈,一作"成"。

〔12〕桂、兰:香木名。栋:屋梁。橑(lǎo 老,一读 liáo 聊):屋椽。洪兴祖曰:"《说文》:'椽也。'"辛夷:香草。楣:门楣。药房:药,白芷。房,室。

〔13〕罔:同"网",此处用作动词,编织。王逸曰:"结也。"帷:幔帐。洪兴祖曰:"在旁曰帷。"擗(pǐ 痞):剖分。櫋(mián 棉):室中隔扇,相当于现在的屏风,古代叫屋联。张:陈设。

〔14〕镇:镇席之物。朱熹曰:"压坐席者也。"一作"瑱"。疏:分散布置。王逸曰:"布陈也。"石兰:香草。为芳:取其芳香。

〔15〕葺:盖屋。缭:缠绕。王夫之曰:"四周萦绕之也。"杜衡:叶似葵而有香,亦名杜葵,俗名马蹄香。一作"杜蘅"。

〔16〕合:汇集。百草:各种香草。实:充实。建:设置,植立之意。馨:散布很远的香气。庑(wǔ 五)门:谓庑与门,是对整个建筑的概括。庑,厅堂四周的廊屋。

〔17〕九嶷(yí 疑):即九嶷山,在今湖南省宁远县东南。这里"九嶷"当指九嶷山诸神。嶷,一作"疑"。缤:纷纷然,指神灵众多的样子。灵:神灵。

〔18〕捐、遗:均为丢弃之意。袂(mèi 妹):衣袖。褋(dié 叠):无里的内衣,指贴身汗衫之类。按:这里"袂""褋"对举成文。袂褋可能是湘夫人

赠送给湘君的爱情信物。此二句之微意,与《湘君》之"捐余玦""遗余佩"同。

〔19〕搴:采集。汀(tīng 听):王逸曰:"平也。"洪兴祖曰:"水际平地。"远者:指在远处的人,即湘夫人。按:此二句之微意亦近于《湘君》之"采芳洲"二句。

〔20〕骤:屡次。

大　司　命

【题解】

　　司命神是管理生命的重要神祇,《周礼·春官·宗伯》说:"大宗伯之职,掌建邦之天神、人鬼、地祇之礼,以佐王建保邦国。以吉礼事邦国之鬼神祇,以禋祀祀昊天上帝,以实柴祀日、月、星、辰,以槱燎祀司中、司命、飌师、雨师,以血祭祭社稷、五祀、五岳,以貍沉祭山林川泽,以疈辜祭四方百物。"《礼记·祭法》说:"王为群姓立七祀,曰司命,曰中霤,曰国门,曰国行,曰泰厉,曰户,曰灶。王自为立七祀。诸侯为国立五祀,曰司命,曰中霤,曰国门,曰国行,曰公厉。诸侯自为立五祀。大夫立三祀,曰族厉,曰门,曰行。适士立二祀,曰门,曰行。庶士、庶人,立一祀,或立户或立灶。"《史记·孝武本纪》说:"神君最贵者太一,其佐曰大禁,司命之属,皆从之。"《史记·天官书》说:"斗魁戴匡六星曰文昌宫:一曰上将,二曰次将,三曰贵相,四曰司命,五曰司中,六曰司禄。在斗魁中,贵人之牢。魁下六星,两两相比者,名曰三能。三能色齐,君臣和;不齐,为乖戾。辅星明近,辅臣亲彊;斥小,疏弱。"《史记·封禅书》说:"晋巫,祠五帝、东君、云中君、司命、巫社、巫祠、族人、先炊之属。"足见周秦至汉,对司命神的祭祀极其普遍。

司命神为何分大、少，现存文献中没有可以判断的根据，或认为源于男女的不同，大司命为男神，少司命为女神。也有人主张大司命总管人类的生死，所以称之为大；少司命则专司儿童的命运，所以称之为少。王夫之认为大司命统司人之生死，而少司命则司人子嗣之有无，以其所司者婴稚，故曰少，大则统摄之辞。《大司命》说"纷总总兮九州，何寿夭兮在予"，《少司命》说"夫人自有兮美子，荪何以兮愁苦"，似乎也不无道理。

《大司命》所祀为寿命之神，表现的是人们对生命无常的看法，人们为了永命延年，虔诚而迫切地向神祈福。从开头到"众莫知兮余所为"，淋漓尽致地表现了大司命呼风唤雨、声势夺人的气势，他以龙为马，以云为车，旋风开路，暴雨洒尘，他身着华美的衣服，于九州间传达天帝的命令，掌管众人的夭寿，俨然是主宰一切的天帝。"折疏麻兮瑶华"以下，与前文的威严壮观不同，尽力表现对大司命的怀念。"折疏麻兮瑶华，将以遗兮离居。"为什么要折疏麻呢？主要是因为麻秆折断后皮仍连在一起，故以"折麻"喻藕断丝连之意，来表现对大司命的依依不舍之情，但大司命最终还是"乘龙"而去。"愿若今兮无亏"表现了对美好生命的乐观期待，而"固人命兮有当，孰离合兮可为"却让人感觉到人生的无可奈何。

广开兮天门，纷吾乘兮玄云。[1]
令飘风兮先驱，使冻雨兮洒尘。[2]
君回翔兮以下，逾空桑兮从女。[3]
纷总总兮九州，何寿夭兮在予！[4]
高飞兮安翔，乘清气兮御阴阳。[5]

吾与君兮斋速,道帝之兮九坑。[6]
灵衣兮披披,玉佩兮陆离。[7]
壹阴兮壹阳,众莫知兮余所为。[8]
折疏麻兮瑶华,将以遗兮离居。[9]
老冉冉兮既极,不寖近兮愈疏。[10]
乘龙兮辚辚,高驰兮冲天。[11]
结桂枝兮延伫,羌愈思兮愁人。[12]
愁人兮奈何!愿若今兮无亏。[13]
固人命兮有当,孰离合兮可为?[14]

【注释】

〔1〕广开:大开。广开天门,说明将要降神。吾:这里指大司命。按:本篇关于神的称谓,随着行文语气变化极多。称"君",是巫用第三人称的叙述语气;称"女(汝)",是巫对神而言的第二人称;称"吾""余""予",是巫代神自述的第一人称;"吾"与"君"对举,则"吾"是巫自指,各视具体情况而定。纷:盛多貌。玄云:指黑里透出红色的云彩。乘:一作"椉"。

〔2〕令、使:都是祈使语气。飘风:迅疾的旋风。先驱:前驱。冻雨:暴雨。冻,一作"涷"。洒尘:洗涤尘埃。

〔3〕君、女:皆指神,君尊而女亲。女,读作汝,亲近之辞。是迎神的众巫对大司命的称呼。回翔:本指鸟在空中回旋地飞翔着,天空宽阔,神自上而下的过程中也必然要打许多旋转,故借以形容。以下:下来。一本"以"作"来"。逾:越过。空桑:神话传说中的一座山。从:此言"迎而从之"。

〔4〕纷总总:此处形容人多。九州:代指天下。寿夭:寿,指长寿;夭,指短命早死,相对成文。在予:执掌于我之手。予,谓司命。

〔5〕安翔:从容翱翔。乘:犹乘车也。一作"椉"。清气:这里指古人

认为的存在于天地之间的正气。御:犹御马也。指乘坐驾驭,有掌握控制之意。阴阳:古人以为人类万物的化生、成长和衰退、死亡,都是阴阳二气的作用。

〔6〕吾:指众巫。君:指大司命。斋速:又作"斋肃",敏疾谦诚貌。斋,一说斋戒义。一作"齐"。道:一作"导",引导。帝:天帝,一说指大司命。之:往。九坑(gāng冈):九州之山。一说指九冈,楚地名。坑,同"岗"。

〔7〕灵衣:神灵之衣。灵,一作"云",袁梅以为"灵"(靈)乃"云"(雲)之误。披披:衣长飘舞之貌,一作"被被"。玉佩:佩于身上之玉饰,琼琚之属。陆离:此处形容玉佩众多,参差不齐,光彩美好。

〔8〕壹阴壹阳:形容天神时阴时阳,若晦若明,若有若无,变化无穷。众:众人。余所为:表现了大司命神秘莫测的形象,反映出人们对命运不可知的思想。余,大司命自称。

〔9〕疏麻:神麻。瑶华:言神麻如瑶之白花。遗(wèi位):赠予。离居:指离此远去之神,即大司命。王逸曰:"谓隐者也。"

〔10〕冉冉(rǎn染):渐进貌,犹渐渐。既极:已至。王逸曰:"穷也。"寖(qìn沁):逐渐。疏:疏远。王逸曰:"远也。"

〔11〕乘龙:乘龙车。乘,一作"椉"。辚(lín林)辚:车轮滚动之声。王逸曰:"车声。《诗》云:'有车辚辚。'"高驰:向高远的境界驱驰。驰,一本作"驼","驼"为"驰"的古字。冲:向上直飞。

〔12〕结:采集而束之。桂枝:桂树之枝,取其芳洁。延伫:徘徊顾盼。王逸曰:"延,长也。伫,立也,一作'伫'。《诗》曰:'伫立以泣。'"羌:楚语中的发语词。愈思:越加思念。汪瑗曰:"思者,愁苦之情思。"愁人:使人忧愁。愁,在此处是使动用法。

〔13〕若今:如今。无亏:当指情无亏减。汪瑗曰:"谓无离别之叹与衰老之情也。"

〔14〕固:本来。人命:人的生死、寿夭、臧否等命运。有当:犹言有规律。当,指常规、规律、气运之类。孰:何。离合:指与神的分离聚合。为:作为,作用。

少　司　命

【题解】

　　《少司命》中的神执掌人间子嗣及儿童命运，美丽、温柔、善良、圣洁，充满慈爱，手挥大帚，横扫奸凶，为民除害，篇中对少司命的敬慕赞美，让我们完全可以猜测少司命是一位可爱的女神，与大司命中严肃的男神形象形成鲜明的对比。文章开头"秋兰"四句描述了清雅素净的祭祀现场。接下来两句则安慰少司命不必担忧，人们已在她的护祐下喜得贵子，说明神、人间的相互体贴与关怀。下四句讲少司命降临人间了，"满堂兮美人，忽独与余兮目成"，这句话的解释历来有争议，有人认为讲的是男巫与女神的情感，有人则认为"满堂美人"既是女性，那么少司命就应该是男神，还有人肯定少司命为女神，把满堂美人说成是"美男子"。有人则认为"美人"是指群巫，她们是代表人世的女性来礼神、乐神的。"目成"是说通过眉目传情来结成友谊。少司命专管子嗣和儿童命运，自然要和女性发生亲密的关系；少司命又是女神，所以她与"满堂美人"结成的是友谊而非爱情。但少司命并没有过多的时间与这些新的朋友交谈，"入不言兮出不辞"，"倏而来兮忽而逝"，她甚至进来没说一句话，临走也未告别，就要乘车返航了。她不胜感慨地说："悲莫悲兮生别离，乐莫乐兮新相知"，字里行间洋溢着感伤、幽怨之情。夜晚群巫问宿于天帝之郊的女神：您在这等候什么人呢？少司命答道：我在天郊等的就是你们啊，我要和你们一起在天池里沐浴，在初升的太阳里晒干头发。但人间的朋友们怎会跑到天上来呢？少司命感到惆怅，当风高歌以抒发她的感情。最后四句诗人想象少司命已经远去,带着全副仪仗登上九天,拿着"扫帚"为人类扫除邪恶与灾祸。

秋兰兮麋芜,罗生兮堂下。[1]
绿叶兮素枝,芳菲菲兮袭予。[2]
夫人兮自有美子,荪何以兮愁苦?[3]
秋兰兮青青,绿叶兮紫茎。[4]
满堂兮美人,忽独与余兮目成。[5]
入不言兮出不辞,乘回风兮载云旗。[6]
悲莫悲兮生别离,乐莫乐兮新相知。[7]
荷衣兮蕙带,儵而来兮忽而逝。[8]
夕宿兮帝郊,君谁须兮云之际?[9]
与女游兮九河,冲风至兮水扬波。[10]
与女沐兮咸池,晞女发兮阳之阿。[11]
望美人兮未来,临风怳兮浩歌。[12]
孔盖兮翠旌,登九天兮抚彗星。[13]
竦长剑兮拥幼艾,荪独宜兮为民正。[14]

【注释】

〔1〕秋兰:香草,即兰草或泽兰,秋末开花时香气更浓,所以也叫"秋兰"。麋芜(mí wú 迷无):香草。罗生:罗列并生。朱熹曰:"言二物并列而生也。"

〔2〕素枝:素色的花,秋兰和麋芜的花颜色都是淡素的。菲菲:形容芳香大盛。袭:侵及,言香气袭人。予:我,主祭者自称。以上四句,描述供神之地有秋兰、麋芜之芳美。

〔3〕夫人:犹言众人。夫:语助词。美子:指美好的子女。该句一作

"夫人自有兮美子"。荪:香草名,屈原多以称君。此处是对少司命的美称。

〔4〕青(jīng京)青:"菁菁"之假借。草木茂盛貌。

〔5〕美人:指参加祭礼之人。忽:快的样子。目成:指两情相悦,用目光来传达情意。

〔6〕辞:言语,告别的话。承上句"目成"而言。回风:犹"飘风",迅疾的旋风。载:设置,此指在车上插着。云旗:即以云为旗。乘:一作"棨"。

〔7〕"悲莫"二句:表达别离之苦与相知之乐。

〔8〕荷衣:以荷为衣。蕙带:以蕙为带。倏(shū书)、忽:形容迅疾、飘忽。倏,一作"儵"。逝:往,去。

〔9〕帝郊:天帝的城郊,犹言"天界"。君:指少司命。谁须:即"须谁"之倒装。须,等待。云之际:云间、云端。

〔10〕"与女"二句:王逸无注。洪兴祖说"古本无此二句。此二句,《河伯》章中语也"。应删。

〔11〕女:古"汝"字,此处指少司命。沐:洗发。咸池:神话中太阳洗浴之水。池,一作"沱"。晞(xī希):晒干。阳之阿:初日所照之地。

〔12〕美人:谓少司命。美,一作"嫭"。来,一作"倈"。临风:犹"迎风"。怳(huǎng恍):怅惘失意,神思不定貌。浩歌:大声唱歌。

〔13〕孔盖:以孔雀尾为车盖。翠旌:以翡翠羽为旌旗。旌,旌旗,一作"旍"。九天:古人以为天有九层,此指天之最高处。抚:持,一说"抚"是降伏的意思。彗星:又称扫帚星。古代传说天上有扫帚星,彗星像帚,是用来扫除污秽的。一说"彗星"指为害于人类的灾星。

〔14〕竦(sǒng耸):执。一作"怂"。拥:护卫。幼艾:此处犹指"美子",与篇首相应。荃:少司命。一作"荪"。正:平正无私。由形容词转为名词。一说古人称官长为正,与"主"同义。

东　君

【题解】

　　《东君》一般认为是祭祀日神的歌辞。《广雅》说："日名耀灵，一名朱明，一名东君，一名大明，亦名阳乌，日御曰羲和。"但是，有些学者主张日神就是羲和，实际上羲和本是帝尧时期的大臣，《尚书·虞书·尧典》说："乃命羲和，钦若昊天，历象日月星辰，敬授人时。"《尚书·夏书·胤征》说："羲和废厥职，酒荒于厥邑，胤后承王命徂征。"《吕氏春秋·审分览·勿躬》说："羲和作占日。"后来在传说中，羲和的身份变成了日御，《文选》左思《三都赋·蜀都赋》李善注引《广雅》说："日御谓之羲和。"又《初学记》引《淮南子·天文》说："爰止羲和，爰息六螭。"徐坚注云："日乘车，驾以六龙，羲和御之。"屈原《离骚》说："吾令羲和弭节兮，望崦嵫而勿迫。"又《山海经·大荒南经》说："东南海之外，甘水之间，有羲和之国，有女子名曰羲和。……羲和者，帝俊之妻，生十日。"在这里，羲和又是太阳的母亲。从这些例子中，我们清楚地看到，日神即东君，但是日神并不是羲和，羲和只是和日神有密切关系的一个人或者神而已。

　　《东君》是对太阳神的一曲颂歌，诗歌以一轮喷薄而出的红日为开端，将气氛渲染得十分浓烈。紧接着描写了一个日神行天的壮丽场面，它驾着龙车，响声如雷，云旗招展，煞是显赫。后二句笔锋一转，东君发出长长的叹息，叹息自己将回到栖息之所，而不能长久陶醉在给人类带来光明的荣耀中。从"羌声色兮娱人"到"展诗兮会舞"则描述了一个极其隆重热烈迎祭日神的场面。人们弹起琴瑟，敲起钟鼓，吹起篪竽，翩翩起舞。祭祀场面的描写很热烈,不过,尽管祭祀是如此的隆重,场面是如此的热闹,但日神并未降临,仅仅是在高空的俯瞰中表示愉悦之意,他之所以不停留,是因为要永不停息地运行,放射光和热,使人们持续不断地生存着。最后六句写太阳神的司职——为人类带来光明,除去侵略的灾难,显示出大公无私的威灵。和其他篇一样,本篇所塑造的日神形象就是太阳本身的形象。他从吐出光明到渐渐升起,从丽影当空到金乌西坠,始终在勤劳不息地运行,给人以光明的、伟大的、具有永久意义的美感。凡此一切,都是紧紧围绕着一个主题,即对太阳的礼赞。

暾将出兮东方,照吾槛兮扶桑。[1]
抚余马兮安驱,夜皎皎兮既明。[2]
驾龙辀兮乘雷,载云旗兮委蛇。[3]
长太息兮将上,心低佪兮顾怀。[4]
羌色声兮娱人,观者憺兮忘归。[5]
縆瑟兮交鼓,箫钟兮瑶簴。[6]
鸣篪兮吹竽,思灵保兮贤姱。[7]
翾飞兮翠曾,展诗兮会舞。[8]
应律兮合节,灵之来兮蔽日。[9]
青云衣兮白霓裳,举长矢兮射天狼。[10]
操余弧兮反沦降,援北斗兮酌桂浆。[11]
撰余辔兮高驰翔,杳冥冥兮以东行。[12]

【注释】

〔1〕暾(tūn吞):初升的太阳。一说,暾是"暾暾"的省文,指旭日之辉温暖光明。吾:此处是由灵巫代扮的日神自称"我"。槛(jiàn建):栏

杆,或门槛。扶桑:传说中的树名。《山海经·海外东经》:"汤谷上有扶桑。"《说文》:"榑桑。神木,日所出也。"

〔2〕抚:通"拊",拍,击。余:一作"予",王逸曰:"谓日也。"同上文之"吾"。马:车,日所乘也。安驱:徐徐前行。皎皎:光明貌。一作"咬咬"。这句话大意是说,拍马缓缓前行,夜色渐淡,转眼间太阳已升而大放光明。

〔3〕辀(zhōu 舟):车辕,这里以局部代整体,代车。乘雷:指车轮滚动之声洪大如雷,或指轮声如雷之大车,即"龙辀"。乘:一作"椉"。云旗:以云霞为旗,或美如云霞之旗。委蛇(wēi yí 威仪):亦作"逶迤",舒卷自如貌,宛转延伸貌。这句话大意是说,我乘坐神龙拉的大车,车轮滚动之声洪大如雷;车上插着云霞之旗,迎风招展。

〔4〕上:上升于中天。低佪:徘徊不进,意为眷顾怀恋,一作"佽佪"。

〔5〕羌:楚方言之发语词。色声:一作"声色",指乐舞。娱人:使人快乐。观者:指祭者、观礼者。憺(dàn 旦):安适,安逸。王逸曰:"安也。"

〔6〕縆(gēng 耕):把弦上紧。王逸曰:"急张弦也。"一作"絙"。交鼓:对击鼓。箫:"捎"的假借字,敲击。瑶:"摇"的借字,摇动。簴(jù 巨):悬挂钟、磬的木架。

〔7〕鸣篪(chí 迟):吹响篪。篪,乐器名,竹制,横吹。一作"籥"。灵保:指扮日神的灵巫,亦即巫所扮之日神。贤:善良。姱(kuā 夸):美好。王逸曰:"好貌。"

〔8〕翾(xuān 宣):鸟轻轻飞翔貌。翠:一种羽毛翠绿的鸟。曾(zēng 增):举翼。王逸曰:"举也。"展诗:此指陈诗而唱。王夫之曰:"陈而歌之。"会舞:此指以歌配合舞蹈。洪兴祖曰:"犹合舞也。"

〔9〕应律:指歌舞与音律相和谐。合节:与音乐的节拍相协和。灵:此指日神及其从属。蔽日:遮天蔽日,言神灵之多。

〔10〕青云衣:以青云为上装。王逸曰:"言日神来下,青云为上衣,白蜺为下裳也。日出东方,入西方,故用其方色以为饰也。"白霓裳:以白虹为下装。霓,亦称副虹。矢:星宿名,指弧矢星,又称天弓,由九颗星组成弓箭形,箭头常指向天狼星。与下文之"弧"同义。天狼:星宿名,一颗星,

位于东井之南,弧矢星之西北。古代传说,天狼星主侵掠,是恶星;弧矢星主备盗贼,是善吉之星。按:自此以下又是扮日神的灵巫所唱,表达日神为民除害、运行不息的精神。

〔11〕操:持。洪兴祖曰:"持也。"弧:星宿名,指弧矢星。反:反身。沦降:指太阳西沉。援:举起。北斗:此以北斗喻酒器者。酌:斟酒,饮酒。桂浆:桂花酒。

〔12〕撰:控握。辔:马缰绳。高驰:一作"高驼",向高远的境界驱驰。杳冥:深幽昏暗貌,一作"杳冥冥"。按:古人以为日月星辰都是围绕大地运行,传说太阳从东方的旸谷升起,西行至蒙汜止息,当夜又向东返回,明朝又从东方升起,周而复始,运行不息。

河　　伯

【题解】

本篇是祭祀河神的诗歌。战国时就有河伯之名。关于本篇的主题,游国恩《楚辞论文集·论九歌山川之神》说:"窃尝反复玩索,以意逆志,而后知其确为咏河伯娶妇事也。"另外,郭沫若《屈原赋今译》说:"女,当指洛水的女神。下文有'送美人兮南浦',我了解为男性的河神与女性的洛神讲恋爱。"刘永济《屈赋通笺》说:"此篇所言虽皆巫迎神时候的想望之词,然观其中写九河之风涛汹涌,则极其悲壮,写洲渚之冰渐纷流,又极其苍凉。"

河伯是黄河之神,其得名缘于黄河是众河之长。河为四渎之一,是尊贵的地祇,殷、周以来均入祀典。春秋时河伯称为河神。褚少孙补《史记·滑稽列传》载有河伯娶妇事,《庄子·秋水》说:"秋水时至,百川灌河。泾流之大,两涘渚崖之间,不辩牛马。于是焉河伯欣然自喜，以天下之美为尽在己。顺流而东行，至于北海，东面而视，不见水端，于是焉河伯始旋其面目，望洋向若而叹曰：'野语有之曰，闻道百以为莫己若者，我之谓也。且夫我尝闻少仲尼之闻而轻伯夷之义者，始吾弗信；今我睹子之难穷也，吾非至于子之门则殆矣，吾长见笑于大方之家。'"《九歌》所祭神祇，不只楚地，河伯也是一例。

本篇从开始至"流澌纷兮将来下"，描写与河神共游的情景。大风起兮，波浪翻腾，河神坐在由飞龙驾车的水车上，车顶覆盖着荷叶，遨游黄河，溯流而上，一直飞到黄河的发源地昆仑山。来到昆仑，登高一望，面对浩浩荡荡的黄河，不禁心胸大张，意气昂扬。但是很遗憾天色将晚，忘了归去。他所思念的家在哪里呢？那是一个鱼鳞盖屋，满堂纹龙，紫贝作阙，朱丹文殿的水中之宫。河伯乘着大鳖，边上跟随着有斑纹的鲤鱼，在河上畅游，浩荡的黄河之水缓缓流来。长沙子弹库楚墓出土的帛画中有神人驾龙车、鲤鱼在旁边游动的画面，可与这个画面互相印证。该诗最后四句为第二层，写河伯与女巫的依依惜别。河伯巡视于黄河下游，波涛滚滚而来，热烈地欢迎河伯的莅临，成群结队排列成行的鱼儿也赶来为他护驾。故事到此结束，河伯的水神形象也得以淋漓尽致的展现。

与女游兮九河，冲风起兮横波。[1]
乘水车兮荷盖，驾两龙兮骖螭。[2]
登昆仑兮四望，心飞扬兮浩荡。[3]
日将暮兮怅忘归，惟极浦兮寤怀。[4]
鱼鳞屋兮龙堂，紫贝阙兮珠宫。[5]
灵何为兮水中？乘白鼋兮逐文鱼。[6]

与女游兮河之渚,流澌纷兮将来下。[7]
子交手兮东行,送美人兮南浦。[8]
波滔滔兮来迎,鱼鳞鳞兮媵予。[9]

【注释】

〔1〕女:汝。九河:传说大禹治水时,把黄河分为九道,所以称黄河为九河。冲风:暴风。横波:指黄河掀起汹涌的波涛。芙蓉馆本作"水横波"。

〔2〕水车:能在水中行驶的车,是河伯所乘。荷盖:以荷叶为盖。骖螭:以两螭为边马。骖,古车独辕,车辕两内侧的马叫"服",两外侧的马叫"骖"。乘:一作"棻"。

〔3〕登昆仑:指溯河而上,直至河源昆仑山。飞扬:心意飞扬。浩荡:指意绪放达,无拘无束,浩荡无边。

〔4〕怅:惆怅失意。忘归:忘记回家。惟:思念。极浦:遥远的水崖。寤怀:眷怀。

〔5〕阙:古代宫门两侧高台上的楼观。珠宫:以珍珠为宫。又作"朱宫"。

〔6〕灵:指河伯。鼋(yuán元):鳖科爬行动物,一说大鳖。逐:跟从。

〔7〕渚:洲。流澌(sī斯):犹言流水。一说当作"澌",指融解的冰块。纷:盛多貌。将:语中助词。

〔8〕子:谓河伯。一本"子"前有"与"字。交手:拱手揖别。美人:指河伯。一说指洛水女神。南浦:地名,在黄河之南。蒋骥曰:"南浦,以在大河之南,故名。"

〔9〕滔滔:水流貌。迎:指迎接河伯。鳞鳞:比次相连貌,一作"隣隣"。媵(yìng映):本指随嫁之人,此处有"伴随"之意。

山　鬼

【题解】

山鬼,即山中之神。称之为鬼,因其非正神。楚国有巫山神女的传说,本篇所描写的可能就是巫山神女的形象。山鬼应是女性。

本篇是一首恋歌,通过美丽善良的山鬼的自述,表达了山鬼对爱人的思恋。从开篇到"折芳馨兮遗所思"为第一部分。起始四句用极其精练的语言正面描绘了女神的意态和姿容,她是那样的空灵缥缈,仪态万方。接着又极力渲染她的车驾随从:火红的豹子,毛色斑斓的花狸,还有开着笔尖状花朵的辛夷,芬芳四溢的桂枝。自"余处幽篁兮终不见天"以下可看作第二部分,描写山鬼在长时间的期待中产生的细微而复杂的心情,通过她的失恋,表现出一种坚贞不渝的情操。作者对心理活动的刻画细致而深微:"岁既晏兮孰华予",蕴含着"美人迟暮"的无限哀怨;"采三秀兮於山间"表现她对爱情的执著追求,而"君思我兮不得闲""君思我兮然疑作""思公子兮徒离忧",则标志着心理变化的三个过程。"思而忧""忧而思"两两交织,互为因果,千回百折,愈折愈深,缠绵无尽。

若有人兮山之阿,被薜荔兮带女萝。[1]
既含睇兮又宜笑,子慕予兮善窈窕。[2]
乘赤豹兮从文狸,辛夷车兮结桂旗。[3]
被石兰兮带杜蘅,折芳馨兮遗所思。[4]

余处幽篁兮终不见天,路险难兮独后来。[5]
表独立兮山之上,云容容兮而在下。[6]
杳冥冥兮羌昼晦,东风飘飘兮神灵雨。[7]
留灵修兮憺忘归,岁既晏兮孰华予?[8]
采三秀兮於山间,石磊磊兮葛蔓蔓。[9]
怨公子兮怅忘归,君思我兮不得闲。[10]
山中人兮芳杜若,饮石泉兮荫松柏。[11]
君思我兮然疑作。[12]
雷填填兮雨冥冥,猨啾啾兮狖夜鸣。[13]
风飒飒兮木萧萧,思公子兮徒离忧。[14]

【注释】

〔1〕若有人:仿佛似人,指山鬼。山之阿(ē 婀),指山中深曲的地方。被:同"披",穿着。一作"披"。薜荔(bì lì 必利):常绿灌木,蔓生,亦名木莲。带女萝:以女萝为带。女萝,又叫菟丝,一种爬蔓寄生植物。萝,一作"罗"。

〔2〕含睇(dì弟):含情而视。宜笑:恰当的笑,指笑得很自然。子、予:"子"为山鬼思念之人,"予"为山鬼。慕:爱慕。窈窕(yǎo tiǎo 咬挑):美的姿态,洪兴祖曰:"《方言》有言'美状为窈,美心为窕'。"以上两句是山鬼自述其打扮和情态。

〔3〕乘赤豹:让赤豹驾车。乘,驾,一作"椉"。从:使随从。文狸:有花纹的狸。狸,一作"貍"。辛夷车:以辛夷香木做的车。结:编织。桂:桂树的枝叶。

〔4〕石兰、杜蘅:皆香草。芳馨:指香花香草,即石兰、杜蘅等。馨,远播之香气。蘅,一作"衡"。遗(wèi未):赠与。所思:指所思念的人。

〔5〕余:山鬼自称。幽篁(huáng皇):竹林深处。蒋骥曰:"幽,深也。篁,竹丛也。"终:始终,或终日。险难:形容处境的恶劣,说明"独后来"的

原因。后来:来迟。

〔6〕表:特出,突出。独立:独自站在。容容:同"溶溶",本指流水盛大貌,此谓云霞舒展飘荡犹如流水,形成一片云海。

〔7〕杳:幽深,深远。冥冥:昏暗不明貌。羌:楚方言发语词,无实义。昼晦:白昼也晦暗不明。东:一本无。飘飘:风猛烈貌。一本少一"飘"字。神灵:指雨神。雨:动词,降雨。

〔8〕留:挽留,或留恋。灵修:此处美称私爱之人,同于"子""公子"等。憺(dàn旦):安适,舒适。按:这句是山鬼的愿望,她希望爱人能到这里,然后留住他,使他乐而忘返。岁:年岁。晏:迟,晚,指年纪大了。此处表达了"美人迟暮"之叹。孰:王逸曰:"谁也。"华予:犹"美予",以我为美丽可爱。华,美。一说,"华"同"花",使动用法,使我重新开花,意指使我重新年轻。

〔9〕三秀:灵芝的别名。秀,开花。於山:於,郭沫若认为古音wū(巫),即"巫"字之通借。巫山,是传说中巫山神女所居之处。磊磊:众石堆叠貌。葛:植物名,藤本蔓生,茎中纤维可织成葛布。蔓蔓:形容葛藤蔓延绵长貌。

〔10〕公子:"公子"与"君"皆指山鬼的恋人。怅:惆怅,失意。

〔11〕山中人:当为山鬼自称。芳杜若:即说自己芳洁如杜若。杜若,香草名,亦名山姜。饮石泉:饮山岩间的清泉。荫松柏:以松柏为荫庇,指居息于松柏下。荫,动词,遮蔽。此处以"芳杜若"、"饮石泉"喻己之高洁清白,以"荫松柏"喻己之坚贞。

〔12〕然疑:将信将疑,半信半疑。然,肯定、相信之词,与"疑"相对。作:起。按:闻一多《九歌解诂》认为此句之上脱去一句,恐不足为凭。

〔13〕填填:指雷声。冥冥:形容雨下得迷蒙昏暗。啾(jiū纠)啾:猿的叫声。狖(yòu又),一作"又",指黑色长尾猴。

〔14〕飒(sà萨)飒:风声。萧萧:指风吹树叶发出的声音。徒:徒然,白白地。离:通"罹(lí离)",遭受。忧:忧愁。

国　　殇

【题解】

　　《九歌》以九命名,却有十一篇之多。王逸《楚辞章句·九歌序》没有对《九歌》的"九"给予解释,《楚辞章句·九辩序》则指出:"九者,阳之数,道之纲纪也。故天有九星,以正机衡;地有九州,以成万邦;人有九窍,以通精明。屈原怀忠贞之性而被谗邪,伤君阍蔽,国将危亡,乃援天地之数,列人形之要,而作《九歌》、《九章》之颂,以讽谏怀王。明己所言,与天地合度,可履而行也。"王逸认为,"九"是一个体现纲纪的数字,天有九星,地有九州,人有九窍,屈原之所以选择"九"作为他的诗歌篇名,是为了体现效法天地的意思。按照王逸的意思,《九歌》的"九",不应该一定按照实数或者虚数来处理,应该表示的是天地的道理。因为很明显,即使是王逸,也没有把《九辩》当作九篇作品来处理。

　　但是,王逸关于"九"的解释,显然比较牵强。既然同样作为屈原作品的《九章》是九篇,《九歌》当然也存在着九篇的可能性。林云铭《楚辞灯》认为,《九歌》(十一篇),实际应该是九篇,因为《山鬼》、《国殇》、《礼魂》实际是一篇。但他同时也指出,不必对《九歌》是否是实数的问题太过认真追究,这似乎表明林云铭对自己提出的建议方案并没有充足的信心。蒋骥《山带阁注楚辞》说:"《九歌》本十一章,其言九者,盖以神之类有九而名,两司命,类也,湘君与湘夫人,亦类也。神之同类者,所祭之时与地亦同,故其歌而言之。"蒋骥认为《九歌》十一篇,作品所祀神有九类。

近代以来,有人主张《九歌》十一篇,所祀九神而已,因为《九歌》的第一篇和最后一篇不应算在内,第一篇《东皇太一》是迎神曲,最后一篇《礼魂》是送神曲。

就《九歌》内容来看,除《国殇》外,其他诸篇都是有关神的内容,而《礼魂》篇幅极短,可能不能独立存在,所以,明人陆时雍《楚辞疏》认为"《国殇》、《礼魂》不属《九歌》"。清李光地《离骚经九歌解义》、徐焕龙《楚辞洗髓》、王闿运《楚辞释》都持相同的观点。王闿运指出:"此《九歌》十一篇。《礼魂》者,每篇之乱也。《国殇》旧祀所无,兵兴以来新增之,故不在数。"王闿运认为《国殇》应该是后加,《礼魂》为九篇的乱词。也就是说,在《九歌》十一篇中,前九篇和最后的《礼魂》是《九歌》九篇的内容,而《国殇》不是本来就有的,《礼魂》虽然是《九歌》的组成部分,但不是九篇的构成部分,而是辅助的乱词,不能独立成篇。

关于《国殇》的归属,刘永济《屈赋音注详解》提出《国殇》是司马迁《史记·屈原贾生列传》中所提到的他所读的屈原作品《招魂》;《礼魂》为送神曲,为前面九篇的乱词。谭介甫《屈赋新编》则认为《国殇》为屈原所作《招魂》,而《礼魂》为《国殇》之乱词。

把《国殇》和《礼魂》排除在《九歌》之外的说法,是有道理的,因为《国殇》的确与《九歌》其他各篇不同,而《国殇》作为屈原所作《招魂》之说,似嫌牵强,但把《礼魂》一篇看作是《国殇》的乱词,是值得肯定的。今存宋人米芾、欧阳询等人抄写的《九歌》,皆不存《国殇》和《礼魂》,也说明《国殇》和《礼魂》在《楚辞补注》之前,或并不在《九歌》中。

《国殇》是《九歌》的第十篇,《礼魂》是《九歌》的第十一篇,我们相信这两篇作品,本来应该是一篇,也就是说,《礼魂》是《国殇》的乱词。而《国殇》也本来不在《九歌》之中,是在流传过程中加入到《九歌》中的。

王逸《楚辞章句》指出,国殇"谓死于国事者。《小尔雅》曰'无主之鬼谓之殇'"。戴震《屈原赋注》说:"殇之义二:男女未冠(二十岁)笄(十五岁)而死者,谓之殇;在外而死者,谓之殇。殇之言伤也。国殇,死国事,则所以别于二者之殇也。歌此以吊之,通篇直赋其事。"王泗原《楚辞校释》说:"祀为国战死者。非考终命,即非正命而死,曰殇。殇而曰国殇,鬼而曰鬼雄,颂扬之极,尊崇之至。"在战场上阵亡的战士为国捐躯,国家是他们的祭主,所以称作"国殇"。

根据《史记·楚世家》,楚怀王十七年,与秦战丹阳。秦大败楚军,斩甲士八万,虏大将屈匄,遂取汉中郡。楚动用全国兵力再次袭击秦,又大败于蓝田。二十八年,秦与齐、韩、魏共攻楚,杀楚将唐眛,取重丘。二十九年,秦复攻楚,大败楚军,死者二万,杀将军景缺。三十年,秦复伐楚,取八城。楚顷襄王元年,秦攻楚,大败楚军,斩首五万。楚国在强秦的不断侵袭下,在战争中付出了惨痛的代价。

《国殇》是阵亡将士的祭歌,表现出了极其沉痛的心情,诗歌前十句将一场殊死恶战,写得栩栩如生,极富感染力:"旌蔽日兮敌若云",这是一场敌众我寡的殊死战斗,但将士们仍个个奋勇争先,当敌人来势汹汹,欲长驱直入时,主帅仍毫无惧色,他举槌擂响了进军的战鼓。一时杀气冲天,苍天也跟着威怒起来。但最终寡不敌众,战场上只留下一具具尸体,静卧荒野。后八句用饱含情感的笔触,讴歌死难将士。出征时不顾路途遥远,前程渺茫,甘愿从军,为国捐躯;战场上虽身首分离却仍然带剑持弓,毫无畏惧,将士们英勇刚强,忠魂义魄,永不泯灭!篇中不但歌颂了英雄们的勇敢和刚强,而且最后以"魂魄毅兮为鬼雄"作结,对洗雪国耻寄予了无限希冀,体现了同仇敌忾的心情。屈原在本篇采取了直赋其事的表现手法,也和其他各篇殊异。这种由热烈、慷慨、悲壮的气氛所形成的风格,在《九歌》中是独树一帜的。

操吴戈兮被犀甲,车错毂兮短兵接。[1]
旌蔽日兮敌若云,矢交坠兮士争先。[2]
凌余阵兮躐余行,左骖殪兮右刃伤。[3]
霾两轮兮絷四马,援玉枹兮击鸣鼓。[4]
天时怼兮威灵怒,严杀尽兮弃原野。[5]
出不入兮往不反,平原忽兮路超远。[6]
带长剑兮挟秦弓,首虽离兮心不惩。[7]
诚既勇兮又以武,终刚强兮不可凌。[8]
身既死兮神以灵,魂魄毅兮为鬼雄。[9]

【注释】

〔1〕吴戈:吴国所制的戈,当时最锋利。这里用吴戈并非实指,而是比喻武器精良。一作"吾科"。王逸说:"吾科,楯之名也。"犀甲:以犀牛皮为铠。错毂(gǔ谷):指双方的战车交错在一起,古代战车轮轴突出轮外,所以会错毂。错,交。毂,指车轮中心用以贯轴的圆木。短兵:短兵器。王逸曰:"刀剑也。"短,相对于弓矢一类长射程的兵器而言的。

〔2〕旌:古代一种旗,旗杆顶端装饰旄牛尾和鸟羽。蔽日、若云:都是形容多的样子。交坠:指敌我对射,箭在双方战阵上交相坠落。一说,箭从各方交相坠落在楚军阵地上。坠,一作"隧",一作"队"。

〔3〕凌:侵犯。阵:战阵,古代作战部署的阵式。一作"陈"。躐(liè列):践踏。行:行列。"凌余阵"与"躐余行"为互文。骖(cān参):周代驾车用马四匹,夹车辕的两匹叫"服",外侧两匹叫"骖"。殪(yì义):死。右刃伤:右边的骖马被刀砍伤。

65

〔4〕霾(mái埋)：此处指车轮深陷于地下。一作"埋"。絷(zhí值)：绊。按："霾两轮兮絷四马"在这里有两种理解：一说此处引用古代一个战术用语，《孙子·九地》："方马埋轮。"曹操注："方，缚马也；埋轮，示不动也。"指把两轮埋在土里，把战马的腿用绳绊住，以示必死之心，也就是破釜沉舟的意思。另一说法是车轮陷入污泥，战马绊倒在地。援：拿着。一作"摇"。洪兴祖曰："引也。"枹(fú服)：指嵌玉为饰的鼓槌。一说，玉枹只是对鼓槌的美称，并非以玉为饰者。一作"桴"。鸣鼓：犹言响鼓。"鸣"是形容词。按：古代作战，击鼓指挥，击鼓者为主将。

〔5〕天时怼：即天怨神怒，惊天地泣鬼神的意思。怼，一作"坠"，当为"怼"，怨。天时，天象。威灵：一般理解为威严的神灵。严：副词，严厉，严酷。尽：犹终止，谓战事结束。弃原野：野，一作"壄"，古音蜀(shǔ)。朱熹曰："骸骨弃于原野也。"

〔6〕出不入，往不反：互文，吊死者一去而不归，即"壮士一去不复返"之意。"反"，同"返"。忽：荒忽、萧索。超远：即遥远。"平原忽"与"路超远"意近。

〔7〕秦弓：指最好的弓。秦国制的弓当时最强。惩：恐惧。与《离骚》"岂余心之可惩"意同，言身可杀而心终不悔。虽：一作"身"。

〔8〕诚：副词，真，实在。以：句中助词。蒋骥曰："勇，称其气也；武，称其艺也。勇武，以战时言；刚强，以死后言。"

〔9〕神以灵：指死而有知，英灵不泯。神：精神。魂魄毅：一作"子魂魄"，一作"子魄毅"。毅，指威武不屈。鬼雄：指鬼中之豪杰。

礼　魂

【题解】

《礼魂》旧说以为是致礼于善终者的祭歌。一本作"祀魂"。我们认为应该是《国殇》的乱词，是对国殇之魂的赞美，蒋骥《山带阁注楚辞》:"礼魂,盖有礼法之士,如先贤之类,故备礼乐歌舞以享之,而又期之千秋万祀而不祧也。"只是这个部分针对的应该只是《国殇》一篇而已。在完成了对阵亡将士的祭祀过程后,重申祭祀时的虔诚,并表明以祀典终古不绝作结,表现无尽的思念之意。

成礼兮会鼓,传芭兮代舞。[1]
姱女倡兮容与。[2]
春兰兮秋菊,长无绝兮终古。[3]

【注释】

〔1〕成礼:是"礼成"的倒文,指祭祀的完成。祭祀最后一个礼节是送神,故云。成,一作"盛"。会鼓:指鼓声齐作。传芭:指女巫舞时,把花朵互相传递。芭,一作"巴"。代舞:指轮番跳舞。马茂元《楚辞选》说:"'会鼓'和'代舞'对举成文。打鼓是一齐打,跳舞则是更番代替,'代舞'时以'传芭'为信号,可能是楚国民间舞蹈的一种独特形式。"

〔2〕姱(kuā 夸)女倡:指美丽的女巫唱歌。容与:从容貌。这里状歌舞进退的容态。与,一作"冶"。

〔3〕春兰、秋菊:这里用兰和菊代表时序的变化。菊,一作鞠。王逸曰:"春祠以兰,秋祠以菊,为芳香长相继承,无绝于终古之道也。"王夫之曰:"祀典不废,长得事神。"

楚辞卷三

天问第三

屈 原

【题解】

王逸《楚辞章句》说："《天问》者,屈原之所作也。何不言问天？天尊不可问,故曰天问也。屈原放逐,忧心愁悴(一作瘁),彷徨山泽(一作川泽),经历陵陆,嗟号昊旻,仰天叹息。见楚有先王之庙及公卿祠堂,图画天地山川神灵,琦玮僪佹(一作谲诡),及古贤圣怪物行事,周流罢倦,休息其下,仰见图画,因书其壁,何(一作呵)而问之,以渫愤懑,舒泻愁思。楚人哀惜屈原,因共论述,故其文义不次序云尔。"游国恩《天问纂义》以为,"天"是宇宙间一切事物的总称,《天问》乃是对自然界发问,从而探其究竟,明其事理之文,与直抒愁愤或专为讽谏的《离骚》、《九章》有所不同。

朱潜源《楚辞新注求确》说："《天问》一篇大旨,总为楚怀王嬖色信谗弃贤,以致亡国辱身而发。而故杂引荒诞以乱之,似疑非疑,愤极悲极也。"此篇中一口气提出一百七十多个问题,从天地开辟以前问到天体的构造,地上的布置,从神话传说时代问到有史时代,从身外的一切问到作者自己,天地万象之理,造化变迁之众,存亡兴废之端,贤凶善恶之报,神奇鬼怪之说,妖妄不经之谈,一一欲明其所以,探其因果。

王逸《楚辞章句》以为是屈原仰见楚先王神庙壁画,呵问而泄愤懑之作,其"文义不次序",是缘于楚人论述之时错简的缘故。洪兴祖《楚辞补注》反对错简之说,指出:"《天问》之作,其旨远矣。盖曰遂古以来,天地事物之忧,不可胜穷,欲付之无言乎?而耳目所接,有感于吾心者,不可以不发也。欲具道其所以然乎?而天地变化,岂思虑智识之所能究哉?天固不可问,聊以寄吾之意耳。楚之兴衰,天邪人邪?吾之用舍,天邪人邪?国无人,莫我知也,知我者其天乎?此《天问》所为作也。太史公读《天问》,悲其志者以此。……王逸以为文义不次序,夫天地之间,千变万化,岂可以次序陈哉?"洪兴祖以《天问》寄托屈原之意,因而千变万化,其叙述不依次序,是最准确地把握了屈原作品的特点的观点。屈原作《天问》之时,"忧心愁悴,彷徨山泽,经历陵陆,嗟号昊旻,仰天叹息",其诗书于壁上,一气而成,"以渫愤懑,舒泻愁思",完全是一时激情所左右。蒋骥《山带阁注楚辞》说:"《天问》多漫兴语。盖其阅览千古,仗气爱奇。广集遐异之谈,以成瑰奇之制。……盖寓意在若有若无之间,而文体结撰,在可知不可知之间。"漫兴之语,可知与不可知,正是一种激情与非理性的直觉。而这种特点,不独是《天问》,在《离骚》等其他作品中同样存在。

屈原作品的无序化特征,是以气驭文,以情驭文,是一种磅礴的、排山倒海的气势和挚烈的、深沉而哀婉的思绪流动的轨迹,这是与其主观宣泄的创作动机相一致的。屈原《天问》,甚至包括《离骚》等抒情诗,回环往复,忠怨之辞一说再说,也正是体现出了屈原情绪化思维的无序化特征。但这种无序不是杂乱无章,而是有精神贯穿。宋人范温《潜溪诗眼》说:"语或似无伦次,而意若贯珠。"如果认为这是一种混乱,那就浮浅了。刘熙载《艺概·赋概》说:"《离骚》东一句,西一句,天上一句,地下一句,极开阖抑扬之变,而其中自有不变者存。"正是指的这一点。《天问》作为咏史之奇作,其所咏包括大自然的形成,天地开辟,天象,地理,夏、商、周三代兴衰,春秋霸主及楚人事迹,以及其自身身世之叹,内容通贯古今上下,而所咏不采取正叙方式,却一概诘问,自开篇至结尾,向读者提出了一系列问题,这些问题的提出就如狂涛拍岸,使人窒息,连缀起来,我们又无法寻得机隙思考和回答。但这些问题本身所代表了一种倾向性和立场,实在说来,已不用我们回答,所以,其意旨同样是清晰的。屈原采用了那种前无古人、后无来者、气势磅礴的叙述结构,反倒更突出地表现出了屈原的激情和叛逆精神。清人夏大霖《屈骚心印》的认识则更具体,他说:"有言奇文共欣赏,不图二千年余来,尚留《天问》篇之奇文以待赏。其创格奇,设问奇,穷幽极渺奇,不伦不类奇,不经不典奇。一枝笔排出八门六花,堂堂井井,转使读者没寻绪处,大奇大奇。……愚细看到'皇天集命','悟过改更'句,知其态意所归。就他讲帝王的正道,推寻入去,却好是一篇道德广崇、治乱条贯的平正文字,庶几欣赏矣乎!观其神联意会,如龙变云蒸,奇气纵横,独步千古。今而后识其奇也。"不伦不类,不经不典,正是无序化的情感宣泄。

曰:
遂古之初,谁传道之?[1]
上下未形,何由考之?[2]
冥昭瞢闇,谁能极之?[3]
冯翼惟像,何以识之?[4]
明明闇闇,惟时何为?[5]
阴阳三合,何本何化?[6]

圜则九重,孰营度之?[7]
惟兹何功,孰初作之?[8]
斡维焉系,天极焉加?[9]
八柱何当,东南何亏?[10]
九天之际,安放安属?[11]
隅隈多有,谁知其数?[12]
天何所沓? 十二焉分?[13]
日月安属? 列星安陈?[14]
出自汤谷,次于蒙汜。[15]
自明及晦,所行几里?
夜光何德,死则又育?[16]
厥利维何,而顾菟在腹?[17]
女歧无合,夫焉取九子?[18]
伯强何处? 惠气安在?[19]
何阖而晦? 何开而明?[20]
角宿未旦,曜灵安藏?[21]

不任汩鸿,师何以尚之?[22]
佥答何忧,何不课而行之?[23]
鸱龟曳衔,鲧何听焉?[24]
顺欲成功,帝何刑焉?[25]
永遏在羽山,夫何三年不施?[26]
伯禹愎鲧,夫何以变化?[27]
纂就前绪,遂成考功。[28]
何续初继业,而厥谋不同?[29]

洪泉极深,何以寘之?[30]
地方九州,则何以坟之?[31]
应龙何画？河海何历?[32]
鲧何所营？禹何所成?[33]
康回冯怒,地何故以东南倾?[34]
九州何错？川谷何洿?[35]
东流不溢,孰知其故?[36]
东西南北,其修孰多?[37]
南北顺㯲,其衍几何?[38]
昆仑县圃,其尻安在?[39]
增城九重,其高几里?[40]
四方之门,其谁从焉?[41]
西北辟启,何气通焉?[42]

日安不到？烛龙何照?[43]
羲和之未扬,若华何光?[44]
何所冬暖？何所夏寒？
焉有石林？何兽能言?[45]
焉有虬龙,负熊以游?[46]
雄虺九首,倏忽焉在?[47]
何所不死？长人何守?[48]
靡蓱九衢,枲华安居?[49]
一蛇吞象,厥大何如?[50]
黑水、玄趾、三危安在?[51]
延年不死,寿何所止？

鲮鱼何所？鬿堆焉处？[52]
羿焉彃日？乌焉解羽？[53]

禹之力献功，降省下土四方。[54]
焉得彼嵞山女，而通之于台桑？[55]
闵妃匹合，厥身是继。[56]
胡维嗜欲不同味，而快鼌饱？[57]
启代益作后，卒然离蠥。[58]
何启惟忧，而能拘是达？[59]
皆归射鞠，而无害厥躬？[60]
何后益作革，而禹播降？[61]
启棘宾商，《九辩》、《九歌》。[62]
何勤子屠母，而死分竟坠？[63]
帝降夷羿，革孽夏民。[64]
胡羿射夫河伯，而妻彼雒嫔？[65]
冯珧利决，封豨是射。[66]
何献蒸肉之膏，而后帝不若？[67]
浞娶纯狐，眩妻爰谋。[68]
何羿之射革，而交吞揆之？[69]
阻穷西征，岩何越焉？[70]
化而为黄熊，巫何活焉？[71]
咸播秬黍，莆雚是营。[72]
何由并投，而鲧疾修盈？[73]

白蜺婴茀，胡为此堂？[74]

安得夫良药,不能固臧?[75]
天式从横,阳离爰死。
大鸟何鸣,夫焉丧厥体?[76]
蓱号起雨,何以兴之?[77]
撰体协胁,鹿何膺之?[78]
鳌戴山抃,何以安之?[79]
释舟陵行,何之迁之?[80]

惟浇在户,何求于嫂?[81]
何少康逐犬,而颠陨厥首?[82]
女歧缝裳,而馆同爰止。[83]
何颠易厥首,而亲以逢殆?[84]
汤谋易旅,何以厚之?[85]
覆舟斟寻,何道取之?[86]
桀伐蒙山,何所得焉?[87]
妹嬉何肆,汤何殛焉?[88]

舜闵在家,父何以鳏?[89]
尧不姚告,二女何亲?[90]
厥萌在初,何所意焉?[91]
璜台十成,谁所极焉?[92]
登立为帝,孰道尚之?[93]
女娲有体,孰制匠之?[94]

舜服厥弟,终然为害。[95]

何肆犬体，而厥身不危败？[96]
吴获迄古，南岳是止。[97]
孰期去斯，得两男子？[98]
缘鹄饰玉，后帝是飨。[99]
何承谋夏桀，终以灭丧？[100]
帝乃降观，下逢伊挚。[101]
何条放致罚，而黎伏大说？[102]
简狄在台，喾何宜？[103]
玄鸟致贻，女何喜？[104]
该秉季德，厥父是臧。[105]
胡终弊于有扈，牧夫牛羊？[106]
干协时舞，何以怀之？[107]
平胁曼肤，何以肥之？[108]
有扈牧竖，云何而逢？[109]
击床先出，其命何从？[110]
恒秉季德，焉得夫朴牛？[111]
何往营班禄，不但还来？[112]
昏微遵迹，有狄不宁。[113]
何繁鸟萃棘，负子肆情？[114]
眩弟并淫，危害厥兄。[115]
何变化以作诈，后嗣而逢长？[116]
成汤东巡，有莘爰极。[117]
何乞彼小臣，而吉妃是得？[118]
水滨之木，得彼小子。[119]
夫何恶之，媵有莘之妇？[120]

汤出重泉,夫何辠尤?[121]
不胜心伐帝,夫谁使挑之?[122]

会鼂争盟,何践吾期?[123]
苍鸟群飞,孰使萃之?[124]
到击纣躬,叔旦不嘉。[125]
何亲揆发足,周之命以咨嗟?[126]
授殷天下,其位安施?[127]
反成乃亡,其罪伊何?[128]
争遣伐器,何以行之?[129]
并驱击翼,何以将之?[130]
昭后成游,南土爰底。[131]
厥利惟何,逢彼白雉?[132]
穆王巧挴,夫何周流?[133]
环理天下,夫何索求?[134]
妖夫曳衒,何号于市?[135]
周幽谁诛?焉得夫褒姒?[136]
天命反侧,何罚何佑?[137]
齐桓九会,卒然身杀。[138]
彼王纣之躬,孰使乱惑?[139]
何恶辅弼,谗谄是服?[140]
比干何逆,而抑沉之?[141]
雷开阿顺,而赐封之金?[142]
何圣人之一德,卒其异方:[143]
梅伯受醢,箕子佯狂?[144]

稷维元子,帝何笃之?[145]
投之于冰上,鸟何燠之?[146]
何冯弓挟矢,殊能将之?[147]
既惊帝切激,何逢长之?

伯昌号衰,秉鞭作牧。[148]
何令彻彼岐社,命有殷之国?[149]
迁藏就岐,何能依?[150]
殷有惑妇,何所讥?[151]
受赐兹醢,西伯上告。[152]
何亲就上帝罚,殷之命以不救?[153]
师望在肆,昌何志?[154]
鼓刀扬声,后何喜?[155]
武发杀殷,何所悒?[156]
载尸集战,何所急?[157]
伯林雉经,维其何故?[158]
何感天抑墬,夫谁畏惧?[159]
皇天集命,惟何戒之?[160]
受礼天下,又使至代之?[161]
初汤臣挚,后兹承辅。[162]
何卒官汤,尊食宗绪?[163]
勋阖梦生,少离散亡。[164]
何壮武厉,能流厥严?[165]
彭铿斟雉,帝何飨?[166]
受寿永多,夫何久长?[167]

中央共牧,后何怒?[168]
蜂蚁微命,力何固?[169]

惊女采薇,鹿何祐?[170]
北至回水,萃何喜?[171]
兄有噬犬,弟何欲?[172]
易之以百两,卒无禄?[173]

薄暮雷电,归何忧?[174]
厥严不奉,帝何求?[175]
伏匿穴处,爰何云?[176]
荆勋作师,夫何长?[177]
悟过改更,我又何言?[178]
吴光争国,久余是胜。[179]
何环穿自闾社丘陵,爰出子文?[180]
吾告堵敖以不长。[181]
何试上自予,忠名弥彰?[182]

【注释】

〔1〕遂:通"邃",深远。道:道理,真理。这是说人类之初,文明是谁所传播。

〔2〕上下:天地。考:考定。

〔3〕冥昭:指昼夜。冥,幽。昭,明。曹:不明。闇(àn 暗):本意闭门,此处指昏暗。极:穷极,穷究。

〔4〕冯(píng 平)翼:氤氲浮动之貌。冯,满。翼,盛。惟像:惟有此像,指无形之像。

〔5〕明明阇阇:阴阳晦明,指日夜相代。惟时:其时。何为:何所作为。

〔6〕阴阳三合:"三"一说指天地人,一说指阴、阳、冲气。按近年出土的简帛文献中多见"阴阳掺合"句,故"三"当与"参"同,音"参"。本:本体。化:变化,此处指变化的结果。

〔7〕圜:同"圆",指天体,谓天形之圆。九重:九层。孰:谁。营度:经营度量,一说,从事测量。

〔8〕惟兹:这样。何功:何等的功绩,何等的事功。作之:为之,指建成。

〔9〕斡(guǎn 管)维:此处指系在枢纽上的绳索。斡,王逸曰:"转也。"朱熹曰:"车毂受轴处。"一作"筦"。维:绳。游国恩曰:"筦谓旋转之维耳,与天极为对文。"天极:天的极点,天的最高点。加:放,安放。

〔10〕八柱:古人以为,天由八座如同柱子一般的山支撑起来。王夫之曰:"地有八山,当四方四隅,以上升其气,与天地相通者当在也。"东南何亏:指东南低。亏,亏缺。

〔11〕九天:古人以为天有九重。即前所谓"圜则九重"。际:九重天彼此相交接的空间。游国恩曰:"九天之际者,谓九野之天,彼此相交接之间也。"放:放置。属:连接。

〔12〕隅:角。隈(wěi 伟):弯曲的地方。

〔13〕沓:交沓。一说沓为"踏"的假借字,意思为践履。十二:十二辰。

〔14〕属:系。陈:陈设,陈列。

〔15〕汤谷:传说中太阳升起的地方。次:住宿。蒙汜(sì 四):传说中太阳落下的地方。

〔16〕夜光:指月亮。洪兴祖引《博雅》曰:"夜光谓之月。"德:秉性,本性。死:晦而无光。育:生。重新明亮起来。此处说的是月亮盈亏的变化。

〔17〕厥:其。此处指月亮。利:利益,好处。顾:眷顾。一说抚育,游国恩《天问纂义》:"盖顾者,犹言抚育也。"菟:通"兔"。

79

〔18〕女歧：传说中的神女。王逸曰："女歧，神女，无夫而生九子也。"合：交合，匹合。取：取得，此处指生育。九子：九子星。二十八星宿的尾宿有九颗星，又称九子星。

〔19〕伯强：生风之神，类于飞廉。游国恩曰："伯强，则生风之神，犹风伯飞廉之类也。"一说"伯强"是大厉、疠鬼。惠气：和顺之风。

〔20〕阖（hé 盒）：关闭。此处指天门的闭合。

〔21〕角宿：东方星。未旦：还没有亮。曜灵：太阳。以上部分是就宇宙起源、天体构造以及日月星辰的运行的发问。

〔22〕不任：不堪，不胜任。汨（gǔ 古）：治理。一说水泛滥四溢。鸿：大水。师：众，指众民。尚：崇尚，推举。此句指鲧如果不能胜任治水，为何众民还要崇尚推举他？

〔23〕佥（qiān 千）：都，皆。答：一作"曰"。课：考察。洪兴祖曰："试也"。行：用。

〔24〕鸱（chī 吃）：一种猛禽。洪兴祖曰："一名鸢也。"一说鸱龟是一种动物，鸟头鳖身。曳（yè 业）：牵引。洪兴祖曰："曳，牵也，引也。"衔：口衔。鲧：尧帝时大臣，奉命治水，筑堤防洪，九年不见其效，被尧放逐羽山之野。王逸曰："言鲧治水，绩用不成，尧乃放杀之羽山，飞鸟水虫，曳衔而食之。鲧何能复不听乎？"

〔25〕顺欲：按照其本意。成功：成就治水之功。帝：帝尧。一说上帝。刑：施加刑罚。王逸曰："言鲧设能顺众人之欲，而成其功，尧当何为刑戮之乎？"洪兴祖《楚辞补注》引《山海经》曰："鲧窃帝之息壤，以淹洪水，帝令祝融杀鲧于羽郊。"

〔26〕遏：禁锢，拘禁。三年：多年。施：释。游国恩曰："夫何三年不施者，谓何以久不杀之也。"

〔27〕伯禹：指夏禹。愎：王逸曰："言鲧愚很，愎而生禹，禹小见其所为，何以能变化而有圣德也？"一作"腹"。

〔28〕纂：继续。绪：前人留下的事业。考：故去的父亲称考。

〔29〕续初继业：也即继续初业，这里指禹继续当初鲧治水的事业。厥：其，指禹。谋：方法。

〔30〕洪泉:指洪水的源头。泉,水源。寘(tián 填):与"填"同,一作"寔"。洪兴祖《楚辞补注》引《淮南子》曰:"凡鸿水渊薮,自三百仞以上,二亿三万三千五百五十里,有九渊,禹乃以息土填洪水,以为名山。"

〔31〕九州:一作"九则"。王逸曰:"谓九州之地,凡有九品,禹何以能分别之乎?"坟:分,分别。一说"坟"指高起的地方,这里作动词用,意思是使高起。朱熹曰:"土之高者也。"一本"何"前无"则"字。

〔32〕"应龙"二句:一作"河海应龙,何尽何历?"前人或怀疑此处有错简或脱简。应龙,传说中一种有翅膀的龙。神话传说,大禹治水时,有应龙以尾画地而导水,协助治水。历:经历,经过。

〔33〕营:经营。成:指治水成功。

〔34〕康回:此处指共工。洪兴祖引《列子》注云:"共工氏兴霸于伏羲、神农之间,其后苗裔恃其强,与颛顼争为帝。"冯(píng 平)怒:大怒,盛怒。倾:倾斜。按:此言共工怒触不周山之事。王逸曰:"《淮南子》言共工与颛顼争为帝,不得,怒而触不周之山,天维绝,地柱折,故东南倾也。"地:一作"墬"。

〔35〕错:设置。王夫之曰:"'错'与'厝'通,安置也。""何错"一作"安错"。洿(wū 乌):水深。一说浊水不流。

〔36〕溢:水满而漫出。王逸曰:"言百川东流,不知满溢,谁有知其故也?"

〔37〕修:长。王逸曰:"言天地东西南北,谁为长乎?"

〔38〕顺椭:犹言渐渐狭而长。衍:余出。此问天地南北狭长,与东西距离相比,多出多少?

〔39〕县(xuán 玄):古"悬"字。尻:当作"尻"(kāo 考阴平),椎骨尾端,指臀部。此处犹言根基。

〔40〕增城:传说中昆仑山上的高城。洪兴祖引《淮南子》曰:"增城九重,其高万一千里百一十四步二尺六寸。"

〔41〕门:此处指天门。传说天有东西南北四门。从:犹言出入。

〔42〕辟:开,打开。启:开启。王逸曰:"言天西北之门,每常开启,岂元气之所通?"

81

〔43〕安：哪里有。烛龙：古代神话中的神,在日光照射不到的地方以其目代日为光。《山海经》曰："西北海之外,赤水之北,有章尾山,有神,人面蛇身而赤,直目正乘,其瞑乃晦,其视乃明。不食,不寝,不息,风雨是谒,是烛九阴,是谓烛龙。"

〔44〕羲和：神话中的日御,为太阳驾车的人。扬：袁梅曰："飞腾,此处指开动太阳车。"若华：若木之花。若木是神话中的树,能发光而照耀大地。传说若木之花端有十个太阳。王逸曰："言日未出之时,若木何能有明赤之光华乎？"

〔45〕此句王逸曰："言天下何所有石木之林,林中有兽能言语者乎？"洪光祖曰："石林怀能言之兽,各指一物,非必林中有此兽也。"

〔46〕虺：神话传说中无角的龙。王逸曰："有角曰龙,无角曰虺。"虺龙：一作"龙虺"。负：背负。

〔47〕虺（huǐ 毁）：毒蛇。倏（shū 书）忽：速度很快的样子。游国恩曰："谓雄虺出没急疾无定在也。"

〔48〕守：所居,所在之意。《淮南子》、《山海经》等书记载不死之国人不老。《春秋》、《国语》记防风氏身长高大,"身横九亩"。

〔49〕靡：分散,蔓延。蓱（píng 平）：萍,浮萍。衢：本意为四通八达的道路,比喻枝叶分岔。九衢,形容植物枝杈之多。枲（xǐ 喜）：麻类。一说所指不详,传说无枝。

〔50〕一：一作"灵",一作"巴"。王逸引《山海经》云："南方有灵蛇,吞象,三年然后出其骨。"

〔51〕黑水：传说中的水名,出于昆仑山。玄趾：传说中的地名,那里的人因涉黑水而脚被染黑。玄,黑色；趾,脚。玄趾,黑色的脚。三危：神话中的山名。按:《广博物志》："黑河之藻,可以千岁。三危之露,可以轻举。"

〔52〕鲮鱼：传说中的鱼,人面,有手足,鱼身。《山海经·海内北经》载："鲮鱼,人面,手足,鱼身,在海中。"鬿（qí 其）堆：即鬿雀,传说中一种能吃人的猛禽。《山海经》曰："有鸟焉,其状如鸡而白首,鼠足而虎爪,其名曰鬿雀,亦食人。"

〔53〕羿:传说中的神射手。传说尧时,十个太阳同时现于空中,草木庄稼枯萎或被晒死,尧就让羿射下了九个太阳。弹(bì 必):射。乌:此处指传说中居住于太阳中的三足乌。王逸引《淮南子》曰:"言尧时十日并出,草木焦枯,尧命羿仰射十日,中其九日,日中九乌皆死,堕其羽翼,故留其一日也。"

〔54〕力:致力于。献:进献。功:功绩。降省:下降省察。降,下,从天上下来。一本无"四方"二字。省,察。

〔55〕奎(tú 图)山女:涂山氏之女,大禹治水,道娶涂山氏女。涂,一作"涂"。涂山,地名,位于会稽。通:相爱。台桑:地名。一说桑林。

〔56〕闵:担忧。王逸曰:"忧也。"妃:配偶。《左传》:"嘉偶曰妃。"厥:其,此处指禹。继:后代,后嗣。

〔57〕胡:为何。嗜欲:嗜好,爱好。一本无"欲"。快鼌饱:即快一朝之饱,隐喻一时情欲的满足。鼌:即"朝"。王逸曰:"言禹治水道娶者,忧无继嗣耳。何特与人人同嗜欲,苟欲饱快一朝之情乎?"

〔58〕启:禹之子,史称夏后启。益:禹之贤臣。后:君。离孽(niè 聂):犹言遭受灾难。孽,一作"孽"。王逸曰:"言禹以天下禅与益,益避启于箕山之阳,天下皆去益而归启,以为君。益卒不得立,故曰遭忧也。"一说指启遭遇有扈氏的叛乱。

〔59〕惟忧:是忧。这个忧患。拘:拘禁。达:解脱,逸出。传说禹传位于伯益,启谋求帝位,遭伯益拘禁,后逃脱杀伯益,为帝。启篡位,五帝时代结束,三王时代开始。

〔60〕归:归附。射:弓矢。鞠:游国恩曰:"踢鞠也。今谓之毯。"一作"篝"。王逸曰:"射,行也。篝,穷也。"厥躬:指启。王逸曰:"言有扈氏所行,皆归于穷恶,故启诛之,长无害于其身也。"

〔61〕革:变革。播降:比喻禹的后代得以相传。播,播种;降,下。

〔62〕棘:急也。商:当为"帝"之误字,天帝。《九辩》、《九歌》:此处指传说中的两部天乐,由启把他们偷到人间。

〔63〕勤:企望。屠母:此言启出生的故事,传说启母涂山氏女化成石头,石头裂开而生启。死:尸(屍)。竟坠:一作"竟墬",一作"竟地"。王

83

逸曰:"禹䱤剥母背而生,其母之身,分散竟地,何以能有圣德,忧劳天下乎?"游国恩曰:"'死分竟地'者,谓'尸'分散遍地也。"

〔64〕夷羿:传说中人物,神话中有同名为羿者。因属于东夷族而称夷羿。革:革除。孽:灾祸。

〔65〕胡:为何。一本"胡"下无"羿"字。妻:动词,以之为妻。雒嫔:洛水女神。传说中洛神是伏羲氏之女,河伯的妻子。王逸曰:"传曰:河伯化为白龙,游于水旁,羿见射之,眇其左目,河伯上诉天帝,曰:为我杀羿。天帝曰:你何故得见射?河伯曰:我时化为白龙出游。天帝曰:使汝深守神灵,羿何从得犯?汝今为虫兽,当为人所射,固其宜也。羿何罪欤?"

〔66〕冯(píng 平):满,弓拉满。朱熹曰:"满也,言引满也。"珧(yáo 摇):蚌壳,古代用在刀、弓上做装饰物,此处借指装饰华贵的弓箭。利:灵巧。决:搬指。用于勾弦放箭的小工具。封豨(xī 希):大野猪。此处泛指大的野兽。

〔67〕蒸:通"烝",冬祭。古有四时之祭而各有专名,冬祭谓之烝。此处蒸肉为泛言,不一定专指冬祭。膏:油脂,指肥美的肉。后帝:天帝。若:顺。此句是说羿迷恋畋猎,拉满弓灵巧地放箭,只射那些大野兽。为什么他进献肥美的肉味祭品,而上帝并不满意呢?

〔68〕浞(zhuó 浊):羿之相。纯狐:纯狐氏之女,羿妻。眩:迷惑,迷乱。王逸曰:"言浞娶于纯狐氏女,眩惑爱之,遂与浞谋杀羿也。"

〔69〕射革:相传指羿射箭有力,能穿透多层皮革。揆(kuí 奎):谋,算计。王逸曰:"言羿好射猎,不恤政事法度,浞交接国中,布恩施德而吞灭之也。"

〔70〕阻:险阻。穷:穷绝。西征:西行。岩:山岩。一说,险。王逸曰:"言尧放鲧羽山,西行度越岑岩之险,因堕死也。"

〔71〕黄熊:传说鲧死后化为黄熊。一说是化作黄能,能是三足鳖,熊当为能之误。按:一说此句是讲羿之事。一本"化为"作"化而"。

〔72〕咸:都。秬(jù 巨):黑色的黍。蒲:蒲草。藿(huán 环):同"萑",芦类植物。一作:"莆藿"。

〔73〕由：缘故，缘由。并：一并。投：放逐。疾：恶。修：长。盈：满。洪兴祖曰："言禹平水土，民得并种五谷矣，何由鲧恶长满天下乎？所谓盖前人之愆。"

〔74〕蜺：同"霓"，副虹。弗（fú 扶）：形状逶迤似蛇的白云。王逸曰："言此有蜺弗，气逶移相婴，何为此堂乎？盖屈原所见祠堂也。"

〔75〕臧：读为"藏"。王逸曰："臧，善也。言崔文子学仙于王子侨，子侨化为白蜺而婴弗，持药与崔文子，崔文子惊怪，引戈击蜺，中之，因堕其药，俯而视之，王子侨之尸。故言得药不善也。"

〔76〕大鸟：指王子侨变化而成的鸟。王逸曰："崔文子取王子侨之尸，置之室中，覆之以弊筐，须臾则化为大鸟而鸣。开而视之，翻飞而去，文子焉能亡子侨之身乎！"

〔77〕蓱（píng 平）：蓱翳，雨师的名字。号：呼号。兴：兴起。即兴雨。

〔78〕撰：通"巽"，顺也，温顺之义。一作"僎"。协：合。胁：胸部两侧。膺：受，当。王逸曰："言天撰十二神鹿，一身八足两头，独何膺受此形体乎？"游国恩曰："此盖言鹿体柔懦，所以它的两肋可以骈合。"一云"撰体胁鹿，何以膺之"。

〔79〕鳌：巨龟。戴山：头顶着山。抃（biàn 变）：拍手。王逸曰："《列仙传》曰：有巨灵之龟，背负蓬莱之山而抃舞，戏沧海之中。独何以安之乎？"

〔80〕释：放下。陵：山陵。迁：移。王逸曰："舟释水而陵行，则何能迁徙也？言龟所以能负山若舟船者，以其在水中也。使龟释水而陵行，则何以能迁徙山乎？"

〔81〕浇：古时有力之人。王逸曰："言浇无义，淫佚其嫂。往至其户，佯有所求，因与行淫乱也。"

〔82〕少康：传说中夏代的第五代君主。逐犬：追逐猎犬，指畋猎时追逐猎犬。王逸曰："言夏少康因田猎放犬逐兽，遂袭杀浇而断其头。"

〔83〕女歧：浇的嫂子。馆：屋舍。止：止息。王逸曰："言女歧与浇淫佚，为之缝裳。于是共舍而宿止也。"

〔84〕易：换。颠：一本下有"陨"。亲：自身。指女歧自身。殆：灾祸，

危险。王逸曰:"言少康夜袭得女歧头,以为浇,因断之,故言易首,遇危殆也。"

〔85〕汤:殷王成汤。一说为康之误字,当指少康。旅:众,指夏朝民众。厚:厚待。王逸曰:"言殷欲变易夏众,使之从己,独何以厚待之乎?"

〔86〕斟寻:古国名。道:方法。王逸曰:"言少康灭斟寻氏,奄若覆舟,独以何道取之乎?"洪兴祖引《左传》曰:"有过浇杀斟灌,以伐斟寻,灭夏后相。注云:二斟,夏同姓诸侯,相失国,依于二斟,为浇所灭。然取斟寻者,乃有过浇,非少康也。"

〔87〕桀:夏桀,夏朝的末代君主。蒙山:古国名。

〔88〕妹嬉(mò xǐ 末喜):夏桀妃。肆:放肆。殛(jí及):诛罚。王逸曰:"言桀得妹嬉,肆其情意,故汤放之南巢。"

〔89〕闵:同"悯",忧。鳏(guān 官):同"鳏",成年男子无妻室。王逸曰:"言舜为布衣,忧闵其家。其父顽母嚚嚚,不为娶妇,乃至于鳏也。"

〔90〕不姚告:即"不告姚",不告诉舜的父亲。姚,舜的姓,此处指舜的父亲。二女:指尧的两个女儿娥皇、女英。王逸曰:"言尧不告舜父母而妻之,如令告之,则不听,尧女当何所亲附乎?"

〔91〕厥:其。萌:草木发芽,喻开始,发端。意:臆,推测。王逸曰:"言贤者预见施行萌芽之端,而知其存之善恶所终,非虚亿也。"

〔92〕璜台:玉台。王逸曰:"璜,石次玉者也。"成:级,层。极:极点,极尽。王逸曰:"言纣作象箸,而箕子叹,预知象箸必有玉杯,玉杯必盛熊蹯豹胎,如此,必崇广官室。纣果作玉台十重,糟丘洒池,以至于亡也。"

〔93〕登:上,升。立:通"位"。闻一多曰:"立,位也。"为帝:指女娲被尊为帝。尚:尊崇。

〔94〕体:身体,形体。《太平御览·皇王部》引《风俗通》:"俗说开天辟地,未有人民,女娲抟黄土作人。剧务,力不暇供,乃引绳于泥中,举以为人。故富贵者,黄土人;贫贱凡庸者,引絙人也。"女娲人首蛇身,一日七十变。匠:制作,制造。王逸曰:"传言女娲人头蛇身,一日七十化,其体如此,谁所制匠而图之乎?"

〔95〕服:委屈顺从。弟:指舜的异母弟象。

〔96〕肆：放肆。此处指肆意作恶。王逸曰："方舜弟象，施行无道，舜犹服而事之，然象终欲害舜也。"犬体：一作"犬豕"，此处斥责象如同猪狗一般没有人心。不危败：指象虽然作恶多端却没有遭受报应而危败。

〔97〕吴：古国名。获：得。迄古：至古，言其久远。

〔98〕期：期待，预想。去斯：离开这里。两男子：指太伯、仲雍。林庚曰："这两句的意思是问：吴民族乃舜的后裔或分支，终古以来得以依居于衡山一带。之后离开南岳，向江汉一带移民，怎么会在征途中遇见太伯兄弟二人，奉为君王，最后在古句曲山一带建立了吴的国号？"

〔99〕鹄：天鹅。饰玉：饰以玉，用玉装饰。游国恩以为，缘鹄饰玉对文，皆指祭器言。后帝：天帝。飨：献祭。王逸曰："言伊尹始仕，因缘烹鹄鸟之羹，修五鼎，以事于汤。汤贤之，遂以为相也。"

〔100〕承：继承。谋：谋划。

〔101〕帝：指上帝。或谓指商汤。降观：下降视察。伊挚：即伊尹。贤臣，辅佐商汤。

〔102〕条：地名，鸣条。传说夏桀败走鸣条。黎：黎民。伏：一作"服"。林云铭曰："黎服，五服之黎民也。"五服指甸服、侯服、绥服、要服、荒服。说见《尚书·禹贡》。说：同"悦"，喜悦。

〔103〕简狄：王逸曰："帝喾之妃"。传说简狄吞燕卵而生契。《诗经》："天命玄鸟，降而生商。"喾（kù 酷）：传说中五帝之一。宜：相宜，适当。意同于《诗经》"宜其室家"之宜。

〔104〕玄鸟：燕子。致：送来，送给。贻：遗也，赠予。喜：喜悦。一作"嘉"。戴震曰："谓嘉祥而有子。"王逸曰："言简狄待帝喾于台上，有飞燕堕遗其卵，喜而吞之，因生契也。"

〔105〕该：当指王亥。殷人远祖契的六世孙。秉：秉持，秉承。季：王亥之父。厥：其。臧：善，好。

〔106〕弊：败。一说通"毙"。有扈：古国名。王逸曰："有扈，浇国名也。浇灭夏后相，相之遗腹子曰少康，后为有仍牧正，典主牛羊，遂攻杀浇，灭有扈，复禹旧迹，祀夏配天也。"洪兴祖补注则以为"禹得天下以揖让，而启用兵以灭有扈氏，有扈遂为牧竖也。"

〔107〕干：盾。协：和也。时：是。王逸曰："言夏后相既失天下，少康幼小，复能求得时务，调和百姓，使之归己，何以怀来之也？"

〔108〕平胁曼肤：旧说为肥泽之貌。胁，胸部两侧。平胁，不见肋骨，言胸肌结实。曼肤，肌肤柔美。王逸："言纣为无道，诸侯背叛，天下乖离，当怀忧癯瘦，而后形体曼泽，独何以能平胁肥盛乎？"按，此处当指王亥身体结实强壮。

〔109〕牧竖：当指王亥。游国恩曰："言子亥曾以服牛为事，故以牧竖称之。"

〔110〕击床先出：指刺杀王亥于床笫之间，而王亥抢先逃出去，暂免死。从：自。游国恩曰："此言王亥事。前两句言有扈之与王亥何以巧相遭遇若此乎？非谓有扈氏本为牧竖之人也。后两句言王亥淫于有扈，有扈使人袭击之于床笫，斯时适值王亥先出，暂得免死，故曰其命何从。"

〔111〕恒：人名。王季之子，王亥之弟。季：王季。朴牛：即服牛、驯牛。

〔112〕营：从事。班禄：颁布爵禄。

〔113〕微：一说指上甲微，王亥之子。有狄：指有扈氏。上甲微向有扈氏报仇。一说：昏微：昏即婚，一说暗。微，非。遵：循。

〔114〕繁鸟萃棘：许多鸟聚集在酸枣树上，比喻众目睽睽之下。负子：负兹。游国恩曰："犹淹滞床蓐之意。"肆：肆意，放纵。游国恩曰："此问襄王违正道而婚狄女，卒以此来狄祸，不得安宁。何竟有不畏千夫所指，纵其淫乐，为禽兽行，如王子带与隗后之事者乎？怪其无耻之甚也。"

〔115〕眩弟：王逸曰："眩，惑也。"洪兴祖曰："惑乱之弟。"厥：其。

〔116〕后嗣：后代。逢：遇到。长：长久。后嗣而逢长：一云"而后嗣逢长"。

〔117〕有莘(shēn 申)：古国名。爰：乃。极：至，达到。

〔118〕乞：求。小臣：指伊尹。吉妃：有德淑妃。王逸曰："言汤东巡狩，从有莘氏乞匄伊尹，因得吉善之妃，以为内辅也。"

〔119〕水滨：伊水之滨。木：空桑。小子：谓伊尹。

〔120〕恶:厌恶。媵(yìng硬):陪嫁的人。游国恩曰:"此致疑于伊尹出空桑,及其媵女妇汤之事也。"

〔121〕重泉:地名。相传汤被夏桀囚禁在重泉,后放出。皋尤:罪过。皋同"罪"。尤:过。

〔122〕不胜心:游国恩曰:"盖不胜心者,犹云情不自禁也。"伐:讨伐。挑:挑动,招呼。一作"桃"。王逸曰:"言汤不胜众之心,而以伐桀,谁使桀先挑之也?"

〔123〕会鼌争盟:游国恩曰:"言八百诸侯会师于甲子之朝,争来赴其盟约也。"会,会合;鼌,同"朝",早上;争,争着;盟,盟誓。践:履行。吾期:我约定的(伐纣)期限,此处是以武王的口吻。游国恩曰:"讶其如赴约之不爽也。"

〔124〕苍鸟:鹰。萃:聚集。王逸曰:"言武王伐纣,将帅勇猛,如鹰鸟群飞。谁使武王集聚之者乎?"

〔125〕到:一作"列",诛,杀。躬:身体。叔旦:周公旦,武王的弟弟,名旦。不嘉:不赞许。嘉,善。王逸曰:"言武王始至孟津,八百诸侯不期而到,皆曰纣可伐也。白鱼入于王舟,群臣咸曰:'休哉!'周公曰:'虽休勿休。'故曰:'叔旦不嘉'也。"

〔126〕揆:度,谋。咨嗟:叹息。王逸曰:"言周公于孟津揆度天命,发足还师而归,当此之时,周之命令已行天下,百姓咨嗟,叹而美之也。"

〔127〕授:授予,指上天给予。安施:如何做。施,施用。王逸曰:"言天始授殷家以天下,其王位安所施用乎?善施若汤也。"

〔128〕成:成功。伊:语气助词。王逸曰:"王位已成,反覆亡之,其罪惟何乎?罪若纣也。"罪:一作"皋"。

〔129〕伐器:攻伐之器,兵器。王逸曰:"言武王伐纣,发遣干戈攻伐之器,争先在前,独何以行之乎。"

〔130〕并驱:犹言齐驱,指伐纣的军队争相驱进。击翼:攻击纣王军队的左右两翼。将:率领,统率。王逸曰:"武王三军,人人乐战,并载驱载驰,赴敌争先,前歌后舞,凫藻欢呼,奋击其翼,独何以率之也?"

〔131〕昭后:指周昭王。成游:实现、完成出游。游国恩曰:"事之遂

其愿者曰成。成游,谓成此游也。"南土:南方。底:至,到。

〔132〕逢:迎取。白雉:白色的雉鸟。

〔133〕穆王:周穆王。巧梅:巧于贪求。梅,一作"侮"。周流:周游。

〔134〕环理:周行。

〔135〕妖夫:妖怪。曳:牵,引。衒(xuán 玄):行且卖也。一说叫卖。王逸曰:"昔周幽王前世有童谣曰:'檿弧箕服,实亡周国。'后有夫妇卖是器,以为妖怪,执而曳戮之于市也。"

〔136〕诛:求也,责也。按:此言周幽王宠幸褒姒而亡国之事。王逸曰:"昔夏后氏之衰也,有二神龙止于夏庭而言曰:'余褒之二君也。'夏后布币糈而告之,龙亡而漦在,椟而藏之。夏亡传殷,殷亡传周,比三代莫敢发也。至厉王之末,发而观之,漦流于庭,化为玄鼋,入王后宫。后宫处妾遇之而孕,无夫而生子,惧而弃之。时被戮夫妇夜亡,道闻后宫处妾所弃女啼声,哀而收之,遂奔褒。褒人后有罪,幽王欲诛之,褒人乃入此女以赎罪,是为褒姒,立以为后。惑而爱之,遂为犬戎所杀也。"

〔137〕反侧:反复无常。

〔138〕齐桓:齐桓公,春秋五霸之一。会:会盟。齐桓公多次会合诸侯。一作"合"。卒然:终然,终于。身杀:遭杀身之祸。齐桓公后任用奸人,引起内乱而死于宫中,多日不得殓。

〔139〕躬:身体。

〔140〕恶:厌恶。辅弼:辅佐的贤臣。谗谄:谗言,谄媚。服:用。戴震曰:"习用曰服。"

〔141〕比干:殷纣王的叔父,因为直谏被纣王剖心。逆:逆于纣王之心意。抑沉:压抑埋没。

〔142〕雷开:佞臣之名。顺:顺服。一本"封之"下无"金"。

〔143〕圣人:指箕子和梅伯。一德:犹言一样有德。方:方法,方式。异方,不同的方式。

〔144〕梅伯:纣时的忠臣,屡次进谏而被杀。受醢(hǎi 海):遭受醢刑。醢,古代一种酷刑,把人杀死并剁成肉酱。箕子:纣的叔父,封于箕。佯狂:假装发疯。佯,假装,一作"详"。箕子屡次劝谏,纣王不听,箕子装

疯避祸。

〔145〕稷:后稷。周人始祖。元:首生之子。一说元妃姜嫄之子。帝:帝喾。一说天帝。笃:毒,毒苦之意。一作"竺"。蒋骥曰:"古竺、笃、毒三字通用。"一说笃,厚也。

〔146〕燠(yù 玉):温暖。按:此处言后稷出生的传说,可参见《诗经·大雅·生民》。

〔147〕冯:同"凭",拉满弓。朱熹曰:"引弓持满也。"挟:持。殊能:特殊的才能。按:洪兴祖以为讲武王事,毛奇龄、游国恩以为讲文王事。

〔148〕伯昌:指周文王。号:号令。衰:衰微。朱熹曰:"号令于殷世衰微之际也。"秉:执,持。牧:牧长。姬昌曾为殷雍州牧。

〔149〕彻:撤去。一本"国"上无"之"字。

〔150〕藏:宝藏。依:依从。王逸曰:"言太王始与百姓徙其宝藏,来就岐下,何能使其民依倚而随之也?"一说,"依"意为依凭,是依凭立国之意。

〔151〕惑妇:指妲己。讥:讥谏。

〔152〕受:指纣王。赐兹醢:纣王醢梅伯,并且将肉酱分给众人。兹,王逸曰:"此也。"游国恩以为疑为莅字,形音并近而误。上告:游国恩曰:"上告当指文王谏纣言。"

〔153〕亲:亲身。就:遭受。

〔154〕师望:吕望,姜尚。肆:市肆。昌:姬昌。志:一作"识",识别。犹言发现和了解。

〔155〕鼓刀:指从事屠夫行业。扬声:以屠而有名。一说,高声叫卖。

〔156〕武发:武王姬发。杀殷:讨伐殷纣。一说如前"到击纣躬"之意。悒:愤恨不快。

〔157〕尸:木主。灵牌上写死者姓名。集战:会战。王逸曰:"言武王伐纣,载文王木主,称太子发,急欲奉行天诛,为民除害。"

〔158〕伯林:一说指晋献公太子申生,一说指商纣王。此处当指商纣王自尽事。王逸曰:"伯,长也。林,君也。"一说伯林疑当作柏林。雉经:自缢而死。游国恩曰:"雉,牛鼻绳。雉经,谓以牛绳自缢而死。"

〔159〕抑隆(dì 地):即"抑地",动地之意。按:以上有以为言骊姬害申生之事,也有人以为言纣王自缢之事。

〔160〕命:天命。戒之:告诫之,警告之。之,指受命之君主。

〔161〕受礼:犹言受天之赐。王逸曰:"王者既已修行礼义,受天命而有天下矣。"

〔162〕初:当初。汤:商汤。臣挚:以挚为臣。挚,伊尹之名。承辅:蒋骥曰:"言进为桀辅也。"

〔163〕卒:终于。官汤:犹言相汤。尊食:言尹配享于商庙。

〔164〕勋:功。阖(hé 盒):指吴王阖闾。梦:吴王寿梦,阖闾祖父。生:与姓同,孙也。少:年少。离:同"罹"遭受。

〔165〕壮:大,壮年。武厉:雄武猛厉。严:当作"庄"。谥法称杀伐为庄。

〔166〕彭铿:彭祖。传说中的长寿者,善养生。斟:取,酌。雉:雉鸡。此处指雉鸡羹。帝:帝尧。飨:享用。

〔167〕长:长久。一说意同"怅",怅恨。

〔168〕中央:犹言中国,中土。牧:治也。后:君主。怒:怒而相争。

〔169〕微命:性命微小。蚁:一作"蛾"。

〔170〕惊女:受惊吓的女子。薇:一种野菜。祐:保佑。王逸曰:"祐,福也。言昔者有女子采薇菜,有所惊而走,因获得鹿,其家遂昌炽,乃天祐之。"《文选》刘峻《辩命论》李善注引《古史考》:"伯夷、叔齐者,殷之末世孤竹君之二子也。隐于首阳山,采薇而食之。野有妇人谓之曰:'子义不食周粟,此亦周之草木也。'于是饿死。"此指伯夷、叔齐故事。

〔171〕萃:止。王逸曰:"萃,止也。言女子惊而北走,至于回水之上,止而得鹿,遂有禧喜也。"按《水经注》,漯水有支流太拨回水。伯夷、叔齐的孤竹国在今河北唐山一带,首阳山在今河南偃师邙岭。此句应指伯夷、叔齐事。

〔172〕兄:秦景公。噬犬:咬人的犬。弟:公子鍼。指景公同母弟后子鍼。

〔173〕易:交换。百两:车百辆。一说百两黄金。卒:最终。无禄:失

去禄位。

〔174〕薄暮:日将暮,黄昏。暮,一作"莫"。雷电:雷电交加。归:归去。

〔175〕厥:其。指楚王。严:威严。不奉:不可奉承,不能保持。

〔176〕伏匿:隐藏。穴处:处于洞穴。

〔177〕荆:楚国。作师:兴师。长:长久。一本作"长先"。

〔178〕悟:醒悟。

〔179〕吴光:吴公子光,阖闾。久余是胜:王逸曰:"言大胜我也。"

〔180〕子文:楚令尹。王逸曰:"子文之母,郧公之女,旋穿闾社,通于丘陵以淫,而生子文,弃之梦中,有虎乳之,以为神异,乃取收养焉。"一本此句作"何环闾穿社,以及丘陵,是淫是荡,爰出子文"。

〔181〕堵敖:楚贤臣。一本作"吾告堵敖以楚不长"。

〔182〕自予:自许,自以为是。弥彰:更加明显。

楚辞卷四

九章第四

屈 原

【题解】

　　王逸《楚辞章句》说："《九章》者，屈原之所作也。屈原放于江南之野，思君念国，忧心罔极，故复作《九章》。章者，著也，明也。言己所陈忠信之道，甚著明也。卒不见纳，委命自沉。楚人惜而哀之，世论其词以相传焉。"《九章》一共九篇，为《惜诵》、《涉江》、《哀郢》、《抽思》、《怀沙》、《思美人》、《惜往日》、《橘颂》和《悲回风》。案：《九章》九篇，大体记录屈原在楚怀王时被疏，以及离开楚都回汉北楚三户之封邑，及因联齐被召回，再到楚顷襄王时被驱逐而至江南流浪的旅程。《惜诵》的写作时间紧接《离骚》，《抽思》、《橘颂》写于汉北封邑。《哀郢》写于顷襄王时被逐离开郢都，此后写了《思美人》、《涉江》、《悲回风》、《怀沙》、《惜往日》。金开诚《屈原集校注》说："九篇里，除《橘颂》《悲回风》两篇风格特异，其余的七篇，记录并反映了屈原一生中某些时期的经历、遭遇及当时的思想活动。"

惜　　诵

【题解】

　　洪兴祖《楚辞补注》说:"此章言己以忠信事君,可质于神明,而为谗邪所蔽,进退不可,惟博采众善以自处而已。"惜诵,洪兴祖说:"惜其君而诵之。"汪瑗说:"谓己叹息而作此篇之文也。"惜,王逸说:"贪也。"朱熹《楚辞集注》说:"爱而有忍之意。"诵:述说,陈述。朱熹说:"言也。"这首诗应与《离骚》的写作时间相仿佛,大体应是屈原遭谗被疏时所作。诗中作者抒发了他因忠被小人迫害的冤屈,面对被罚的处境,思考自处之道。马茂元《楚辞选》说:"惜诵是说以悼惜的心情称述过去的事实。本篇作于被谗见疏之后,叙述在政治上遭受打击的始末,和自己对待现实的态度,基本内容与《离骚》前半篇大致相似。"

惜诵以致愍兮,发愤以抒情。[1]
所作忠而言之兮,指苍天以为正。[2]
令五帝以折中兮,戒六神与向服。[3]
俾山川以备御兮,命咎繇使听直。[4]
竭忠诚以事君子兮,反离群而赘肬。[5]
忘儇媚以背众兮,待明君其知之。[6]
言与行其可迹兮,情与貌其不变。[7]
故相臣莫若君兮,所以证之而不远。[8]
吾谊先君而后身兮,羌众人之所仇也。[9]
专惟君而无他兮,又众兆之所雠。[10]

壹心而不豫兮,羌不可保。[11]
疾亲君而无他兮,有招祸之道。[12]

思君其莫我忠兮,忽忘身之贱贫。[13]
事君而不贰兮,迷不知宠之门。[14]
忠何罪以遇罚兮,亦非余之所志。[15]
行不群以巅越兮,又众兆之所咍。[16]
纷逢尤以离谤兮,謇不可释。[17]
情沉抑而不达兮,又蔽而莫之白。[18]
心郁邑余侘傺兮,又莫察余之中情。[19]
固烦言不可结诒兮,愿陈志而无路。[20]
退静默而莫余知兮,进号呼又莫吾闻。[21]
申侘傺之烦惑兮,中闷瞀之忳忳。[22]

昔余梦登天兮,魂中道而无杭。[23]
吾使厉神占之兮,曰有志极而无旁。[24]
终危独以离异兮,曰君可思而不可恃。[25]
故众口其铄金兮,初若是而逢殆。[26]
惩于羹者而吹齑兮,何不变此志也?[27]
欲释阶而登天兮,犹有曩之态也。[28]
骇遽以离心兮,又何以为此伴也?[29]
同极而异路兮,又何以为此援也?[30]
晋申生之孝子兮,父信谗而不好。[31]
行婞直而不豫兮,鲧功用而不就。[32]

96

吾闻作忠以造怨兮,忽谓之过言。〔33〕
九折臂而成医兮,吾今而知其信然。〔34〕
矰弋机而在上兮,罻罗张而在下。〔35〕
设张辟以娱君兮,愿侧身而无所。〔36〕
欲儃佪以干傺兮,恐重患而离尤。〔37〕
欲高飞而远集兮,君罔谓汝何之?〔38〕
欲横奔而失路兮,坚志而不忍。〔39〕
背膺牉以交痛兮,心郁结而纡轸。〔40〕
捣木兰以矫蕙兮,凿申椒以为粮。〔41〕
播江离与滋菊兮,愿春日以为糗芳。〔42〕
恐情质之不信兮,故重著以自明。〔43〕
矫兹媚以私处兮,愿曾思而远身。〔44〕

【注释】

〔1〕惜:痛惜。诵:言语。致:极,至。愍(mǐn 敏):忧患,忧愁。一作"闵"。愤:懑,不平之气。汪瑗曰:"言其不平之气。"抒:抒发,疏泄。一作"杼",一作"纾"。

〔2〕作:为。一作"非"。正:证。一本"忠"下有"心",一本有"者"。

〔3〕五帝:五方神,东方太皞、南方炎帝、西方少昊、北方颛顼、中央黄帝。折:分,判断。中:当。戒:告。六神:六宗之神。六宗,时、寒暑、日、月、星、水旱。一说,星、辰、风伯、雨师、司中、司命。另有其他说法。向:对。服:事也。

〔4〕俾(bǐ 比):使。山川:此处指山川之神。御:王逸曰:"侍也。"命:一作"会"。咎繇:皋陶。听直:判其曲直。

〔5〕竭:尽。君子:指楚王。群:众。赘肬(zhuì yóu 坠油):即赘疣,俗称瘊子。此处形容多余的。朱熹曰:"肉外之余肉。"王夫之曰:"肬,音侯,痣也。"肬,一作"尤",一作"疣"。一本"君"下无"子"。

97

〔6〕儇(xuān宣):佞,轻捷。王逸曰:"佞也。"陆时雍曰:"轻捷貌。"媚:柔佞。背众:犹言离群。背,违背。一"君"前无"明"。一"明"后无"君"。

〔7〕可迹:说自己言行合一,都是明白可以考查印证的。迹,足迹,此处当考查讲。情:内心想法,情志。貌:容貌,外表。王逸曰:"志愿为情,颜色为貌。"

〔8〕相:察看,审查。证:验证。一"之"下无"而"。

〔9〕谊:义,合宜的道德行为或道理。羌:语气助词,在这里表转折。众人:群小。仇:仇视、仇怨。一"羌"下有"然"。一无"也"。

〔10〕惟:思念。朱熹曰:"思念也。"一作"思",一作"为"。众兆:犹言众人。兆,众。姜亮夫以为众兆为古成语,是众庶兆民之省文。一作"人"。雠:仇恨。此句以及下二句韵脚后,一本有"也"字。

〔11〕豫:犹豫。王闿运曰:"度也。"蒋天枢曰:"豫防祸难。"保:犹言担保。一"保"下有"也"。

〔12〕疾:急切从事。朱熹曰:"犹力也。"

〔13〕莫我忠:没有谁比我忠。王逸曰:"言众人思君,皆欲自利,无若己欲尽忠信之节。"忠,一作"知"。

〔14〕贰:二,不专一。迷:迷惑。门:犹言道,径。而:一作"其"。一"宠"前有"得"。

〔15〕遇:遭遇,遭到。罚:王逸曰:"刑"。蒋天枢曰:"谓责遣之并黜己职。"志:知,犹言意料。以:一作"而"。罪:一作"辜"。一"余"下有"心"。此句及下三句韵脚后,一本有"也"字。

〔16〕不群:言自己言行高洁,不同于众兆。巅:跌落,倒下。王逸曰:"殒。"王夫之曰:"巅与颠同,仆也。"一作"颠"。越:坠落。王逸曰:"坠。"咍(hāi嗨阴平):嗤笑。王逸曰:"笑也。楚人谓相啁笑曰咍。"汪瑗曰:"讪笑之意,犹嗤哂也。"

〔17〕纷:多而乱的样子。尤:指责。离:同"罹",遭遇。謇:难言。释:解释。

〔18〕沉抑:犹言沉闷、压抑。不达:犹言不能达之于君。蔽:遮蔽。

98

白：明辩。

〔19〕郁邑：忧愁。侘傺（chà chì 岔翅）：楚人谓失志怅然伫立为侘傺。心：一作"忳"。

〔20〕固：本来。一作"故"。烦言：多次所进之言。胡文英曰："谓己之前后所欲进言于君者。"一说烦乱之言，朱熹曰："谓烦乱之言。"结：结言。汪瑗曰："谓葺其词也。"一"结"下有"而"。诒：赠言。愿：想，希望。陈志：陈述情志。路：道，途径。

〔21〕号（háo 豪）：大呼，大声喊叫。吾：一作"予"。

〔22〕申：重复。中：犹言内心，心中。一作"心"，一作"心中"。闷：烦闷。瞀（mào 茂）：烦乱。忳（tún 屯）忳：忧伤的样子。

〔23〕昔：过去。一说夜晚。汪瑗曰："夜也。"中道：道中，半途。杭：通"航"，渡。王逸曰："度也。《诗》曰：'一苇杭之。'"一作"航"。

〔24〕厉神：殇鬼。占：占卜。极：极尽。无旁：无人旁助。

〔25〕危：危殆。恃：依靠。

〔26〕铄金：熔化金属。初：当初。殆：危险。

〔27〕惩：受到打击而警惕。羹：用肉和菜做成的带汤的食物。齑（jī 积）：一说是捣碎的葱姜蒜等物。此句及下三句韵脚后，一本无"也"字。

〔28〕释：置。王逸曰："置也。"阶：台阶，梯子。朱熹曰："梯也。"曩（nǎng 攮）：以往。王逸曰："曏也。"犹有：一作"又犹"。

〔29〕骇遽（jù 惧）：惊慌恐惧的样子。一本"骇"前有"众"。伴：王逸曰："侣也。"

〔30〕同极：王夫之曰："同极，同有所欲至。"援：援助。洪兴祖曰："接援救助也。"

〔31〕申生：晋献公太子，被献公后妻骊姬谗害，后自杀。好：爱。王逸曰："爱也。"一无"晋"。

〔32〕婞（xìng 姓）直：婞狠劲直，恣心自用。婞，狠。王逸曰："狠也。"不豫：不知满足。豫，王逸曰："厌也。"一作"斁"。鲧（gǔn 滚）：尧的大臣，治水未成功，后被杀死于羽山之郊。用：由。汪瑗曰："犹由也。"

〔33〕作忠造怨：作，为。造，制造，招致。忽：轻视而忽略之意。朱熹

曰:"易而略之之意。"过言:言过其实的说法。

〔34〕九折臂而成医:盖为古时习语。《左传·定公十三年》有"三折肱知为良医"。臂,肱。信然:的确如此。一"今"上有"至"。而:一作"乃"。

〔35〕矰弋(zēng yì 增义):射鸟的短箭。洪兴祖曰:"矰弋,射鸟短矢也。"矰,射鸟的短箭,上系有丝线;弋,用带绳子的箭射,一从"隹"。机:弓弩上发射的机关,此处指张开机关等待发射。朱熹曰:"张机以待发。"罻(wèi 喂)罗:捕鸟的网。王逸曰:"捕鸟网也。"

〔36〕辟(bì 必):法。娱:乐,取悦。

〔37〕儃佪(zhàn huí 站回):低回不进。王逸曰:"犹低佪也。"洪兴祖曰:"不进貌。"干傺(chì 翅):寻求机会。王逸曰:"谓求仕而不去也。"干,求。重(chóng 虫):增益。一说犹言再。离:遭。尤:罪过。

〔38〕集:鸟停在树上,停留。罔:王逸曰:"无也。"一说犹言该不会。金开诚曰:"意思是莫非,能不,该不会。"汝:一作"女"。

〔39〕横奔:横行。失路:失道。

〔40〕膺:胸。胖(pàn 判):分半。王逸曰:"分也。"一"胖"下有"合"字。纡(yū 迂):曲,弯。王逸曰:"曲也。"一说缠绕,萦绕。洪兴祖曰:"萦也。"轸(zhěn 疹):悲痛。洪兴祖曰:"痛也。"

〔41〕捣:捣,舂。一作"梼"。木兰:乔木名,有香味。矫:糅。王逸曰:"犹糅也。"一作"挢"。凿:舂米。王夫之曰:"舂也。"一作"鑿"。戴震曰:"伐米使之精粲曰鑿。"申椒:椒之一种。

〔42〕播:种。滋:种植。王逸曰:"莳也。"糇:干粮。王逸曰:"糒(bèi 备)也。"

〔43〕情:志。王逸曰:"志也。"质:本性。王逸曰:"性也。"一作"志"。不信:犹言不伸。信,王夫之曰:"与伸同。"著:作。

〔44〕矫:举。兹媚:犹言此爱。媚,朱熹曰:"爱也,谓所爱之道,所受之节也。"私处:私居而远处。曾:重。

涉　江

【题解】

洪兴祖《楚辞补注》说："此章言己佩服殊异，抗志高远，国人无知之者，徘徊江之上，叹小人在位，而君子遇害也。"这首诗应该写于屈原被逐之后。写在《思美人》之后，《怀沙》、《惜往日》之前。屈原被疏是怀王时事，被逐则在顷襄王时期。屈原被逐后，先东行，后折返南行，此诗提及枉陼、辰阳、溆浦等地名，在今湖南常德、怀化、衡阳境内。诗人在诗里表现了自己不变心从俗的坚守。诗中对楚国、楚王已不抱希望。姜亮夫《屈原九章今译》说："此篇大概写在《哀郢》篇之后，亦却写于屈原仓促离开了陵阳，开始了另一次流亡的那段时间。篇中流露着无限的去国之悲。正由于诗人热烈地眷爱着祖国，因而他在末篇忍不住对于当时的统治者发出了一串无比怨恨的诅咒。"

余幼好此奇服兮，年既老而不衰。[1]
带长铗之陆离兮，冠切云之崔嵬。[2]
被明月兮珮宝璐。[3]
世溷浊而莫余知兮，吾方高驰而不顾。[4]
驾青虬兮骖白螭，吾与重华游兮瑶之圃。[5]
登昆仑兮食玉英。[6]
与天地兮同寿，与日月兮同光。[7]
哀南夷之莫吾知兮，旦余济乎江湘。[8]

乘鄂渚而反顾兮,欸秋冬之绪风。[9]
步余马兮山皋,邸余车兮方林。[10]
乘舲船余上沅兮,齐吴榜以击汰。[11]
船容与而不进兮,淹回水而凝滞。[12]
朝发枉陼兮,夕宿辰阳。[13]
苟余心其端直兮,虽僻远之何伤![14]

入溆浦余儃佪兮,迷不知吾所如。[15]
深林杳以冥冥兮,乃猿狖之所居。[16]
山峻高以蔽日兮,下幽晦以多雨。[17]
霰雪纷其无垠兮,云霏霏而承宇。[18]
哀吾生之无乐兮,幽独处乎山中。
吾不能变心而从俗兮,固将愁苦而终穷。
接舆髡首兮,桑扈臝行。[19]
忠不必用兮,贤不必以。[20]
伍子逢殃兮,比干菹醢。[21]
与前世而皆然兮,吾又何怨乎今之人!
余将董道而不豫兮,固将重昏而终身。[22]

乱曰:
鸾鸟凤皇,日以远兮。[23]
燕雀乌鹊,巢堂坛兮。[24]
露申辛夷,死林薄兮。[25]
腥臊并御,芳不得薄兮。[26]
阴阳易位,时不当兮。[27]

怀信侘傺,忽乎吾将行兮。[28]

【注释】

〔1〕幼:年少。汪瑗曰:"少年也。"好:爱。奇服:异服。一说奇伟之服。朱熹曰:"奇伟之服,以喻高洁之行,冠剑、被服皆是也。"不衰:不懈。

〔2〕长铗(jiá夹阳平):长长的剑。铗,剑把,泛指剑。王逸曰:"剑名也。其所握长剑,楚人名曰长铗也。"陆离:长长的样子。切云:高能齐云的帽子。一说冠名,《文选》五臣注曰:"冠名。"切,一作"青"。崔嵬:高高的样子。嵬,一作"巍"。

〔3〕被:披服。明月:宝珠之名。宝璐:美玉。珮:一作"佩"。

〔4〕溷浊:混浊,混乱。莫余知:即莫知余。"余"一作"予"。下同。方:正在,将要。高驰:向高远处驱驰。不顾:不回头,不返。一"知"下无"兮",一"顾"下有"兮"。

〔5〕虬(qiú求):传说中有角的龙。螭(chī痴):传说中没有角的龙。重华:舜。瑶:玉。圃:园。

〔6〕玉英:玉之英华。"昆仑"一皆从山,作崐崘。食:一作"飡"。

〔7〕同寿:一作"比寿"。同光:一作"齐光"。一本"与天地"前有"吾"。

〔8〕南夷:此处指楚人。旦:早晨。济:渡。江湘:江水和湘水。"乎"一作"兮",一作"于"。一"济"前有"将"。

〔9〕乘:登。一作"桼"。鄂渚:地名。楚国国君熊渠封次子红于鄂(在今湖北鄂州鄂城区)。反顾:回视。欸(āi哀):叹。绪:残余的。王逸曰:"余也。"

〔10〕步:徐行,慢慢走。邸:停,止。一说舍弃。一作"低"。方林:一说地名,王逸曰:"地名。"又,汪瑗曰:"犹言广林,旧解为地名,非是。"

〔11〕舲(líng灵)舡:有窗户的船。王逸曰:"船有窗牖者。"上:溯流而上。齐:同时并举。吴榜:船桨。王逸曰:"船棹(zhào兆)也。"汰(tài太):水波。沅:一作"征"。舡:一作"船"。以:一作"而"。

〔12〕容与:徘徊不进的样子。汪瑗曰:"不进貌。"淹:停留。凝滞:滞

103

留。"凝"一作"疑",王逸曰:"疑:惑也;滞:留也。"船:一作"舩"。

〔13〕枉陼:地名。陼,一作"渚"。辰阳:地名,在今湖南汉寿县一带。蒋骥曰:"枉陼,地名,今属常德府。辰阳、溆浦,亦地名,今并属辰州府。辰州于楚最为西南。"

〔14〕苟:如果,果真。王逸曰:"诚也。"一作"等"。端直:正直。汪瑗曰:"端,正也。直,不曲也。皆指心言。"僻:一作"辟"。王逸曰:"左也。"汪瑗曰:"幽也。"一无"心"。其:一作"之"。

〔15〕溆(xù 续)浦:王逸曰:水名。《文选》五臣注:"溆,亦浦之类也。"胡文英曰:"在今辰州府,今有屈子昭灵祠。"儃佪:徘徊。一作"邅迴"。如:之,往。案:溆浦在今湖南境内。

〔16〕杳:一作"晦"。冥冥:昏暗的样子。一作"冥寞"。狖(yòu 又):一种黑色的猴子。《文选》五臣注:"轻捷之兽。喻国之昏乱,邪巧生焉,非贤智所能处也。"

〔17〕以:一作"而"。

〔18〕霰(xiàn 现):小雪珠,多在下雪之前降下。霏霏:云很盛的样子。宇:朱熹曰:"屋檐也。"而:一作"其"。

〔19〕接舆:楚狂人接舆,见《论语·微子》。髡(kūn 昆)首:古代一种剃发的刑罚。接舆自刑身体,避世不仕。桑扈:隐士名。臝(luǒ 裸):同"裸",赤裸。

〔20〕以:用,任用。

〔21〕伍子:伍子胥。吴王夫差大臣,谏令伐越,夫差不听,遂赐剑而自杀,后越竟灭吴,故曰逢殃。逢殃:遭祸。比干:纣之诸父,因直谏而被纣王剖心。菹醢(zū hǎi 租海):均为古代酷刑,把人剁成肉酱。菹,一作"葅"。

〔22〕董:正,守正。豫:犹豫。昏:乱,烦闷。

〔23〕鸾鸟凤皇:古人以为俊鸟,有圣君则来,无德则去。

〔24〕燕雀乌鹊:王逸曰:"多口妄鸣,以喻谗佞。"堂坛:犹言庙堂。坛,土筑的高台,古代用于祭祀、朝会、盟誓、封拜。

〔25〕露:暴露。申:重。一说露申是申椒。王夫之曰:"即申椒,状若

繁露,故名。"辛夷:香草。林薄:树林及草木交错的地方。王逸曰:"丛木曰林,草木交错曰薄。"

〔26〕腥臊:恶臭之物。御:用。芳:芳草香花之属。薄:接近。

〔27〕阴阳:一说分别喻臣和君,一说分别喻小人和君子。

〔28〕怀信:怀抱忠信。侘傺(chà chì 诧赤):楚人谓失志怅然伫立为侘傺。

哀　郢

【题解】

洪兴祖《楚辞补注》说:"此章言己虽被放,心在楚国,徘徊而不忍去,蔽于谗谄,思见君而不得。故太史公读《哀郢》而悲其志也。"该诗应是屈原被逐离开郢都时所写,时间在《涉江》之前。诗人离开郢都,沿洞庭湖东行,到了位于今安徽境内的九华山一带。诗人虽东行,但仍思念楚国都城的人与事,对自己无罪而被逐耿耿于怀。汤炳正《楚辞今注》说:"这篇作品写于屈原被流放至陵阳的第九年,其中亦包括对自己于顷襄王二年被流放时启行的追忆。因本篇主题是写对故都的思念和痛惜,故以'哀郢'为题。"马茂元《楚辞选》说:"本篇以'哀郢'名篇,实质上是对危亡前夕的祖国的无穷悼念,其中对人民苦痛的同情,个人沉沦迁谪的伤感,则是彼此交织而成为一个整体的。"

皇天之不纯命兮,何百姓之震愆?[1]
民离散而相失兮,方仲春而东迁。[2]

去故乡而就远兮,遵江夏以流亡。[3]

出国门而轸怀兮,甲之鼂吾以行。[4]
发郢都而去闾兮,怊荒忽其焉极?[5]
楫齐扬以容与兮,哀见君而不再得。[6]
望长楸而太息兮,涕淫淫其若霰。[7]
过夏首而西浮兮,顾龙门而不见。[8]
心婵媛而伤怀兮,眇不知其所蹠。[9]
顺风波以从流兮,焉洋洋而为客。[10]
凌阳侯之氾滥兮,忽翱翔之焉薄?[11]
心绲结而不解兮,思蹇产而不释。[12]
将运舟而下浮兮,上洞庭而下江。[13]
去终古之所居兮,今逍遥而来东。[14]

羌灵魂之欲归兮,何须臾而忘反![15]
背夏浦而西思兮,哀故都之日远。[16]
登大坟以远望兮,聊以舒吾忧心。[17]
哀州土之平乐兮,悲江介之遗风。[18]
当陵阳之焉至兮,淼南渡之焉如?[19]
曾不知夏之为丘兮,孰两东门之可芜?[20]

心不怡之长久兮,忧与愁其相接。[21]
惟郢路之辽远兮,江与夏之不可涉。
忽若去不信兮,至今九年而不复。[22]
惨郁郁而不开兮,蹇佗傺而含慼。[23]

外承欢之汋约兮,谌荏弱而难持。[24]

忠湛湛而愿进兮,妒被离而鄣之。[25]
尧舜之抗行兮,瞭杳杳而薄天。[26]
众谗人之嫉妒兮,被以不慈之伪名。[27]
憎愠㥕之修美兮,好夫人之忼慨。[28]
众踥蹀而日进兮,美超远而逾迈。[29]

乱曰:
曼余目以流观兮,冀壹反之何时?[30]
鸟飞反故乡兮,狐死必首丘。[31]
信非吾罪而弃逐兮,何日夜而忘之?[32]

【注释】

〔1〕纯:常,始终如一。朱熹曰:"不杂而有常也。"震愆:震惧于罪愆。蒋骥曰:"震惧于愆罪也。"震,动。愆(qiān 千),过错。

〔2〕东迁:向东迁徙,此指屈原东行。有人认为此东迁与郢都沦陷有关。《史记·楚世家》载,"(楚顷襄王)二十一年(公元前278年),秦将白起遂拔我郢,烧先王墓,夷陵。楚襄王兵散,遂不复战,东北保于陈城"。王夫之曰:"顷襄畏秦,弃故都而迁于陈。"按:《史记·屈原贾生列传》说"令尹子兰闻之大怒,卒使上官大夫短屈原于顷襄王,顷襄王怒而迁之"。屈原离开郢都的时间早于郢亡。一无"方"字。

〔3〕去:离开。故乡:指郢都。汪瑗曰:"指郢都也。"就远:指东迁。汪瑗曰:"谓东迁也。"遵:循,沿着。江夏:一说水名,王逸曰:"水名也。"应劭曰:"沔水自江别至南郡华容为夏水,过郡入江,故曰江夏。"一说指江夏郡,洪兴祖曰:"前汉有江夏郡。"一说两水名,朱熹曰:"江,大江也。夏,水名。或以为自江而别以通于汉,还复入江,冬竭夏流,故谓之夏。"以两水名说最有道理,与下文的"江与夏"相应。

〔4〕国门:国都之门。轸(zhěn 疹):悲痛。怀:怀念,思念。甲:甲

107

日。鼌(zhāo 招):早晨,一作"朝"。

〔5〕郢:故楚都。洪兴祖曰:"前汉南郡江陵县,故楚郢都。"一无"都"字。闾:里巷的大门,洪兴祖曰:"里门也。"怊(chāo 超):怅然貌,惆怅。一本无"怊"字。荒忽:恍惚。极:至。

〔6〕楫(jí 及):船桨。扬:举。容与:徘徊不进的样子。

〔7〕长楸:长,大也。楸(qiū 秋):一种树木,王逸曰:"大梓。"太,一作"叹"。淫淫:泪流不止的样子。

〔8〕夏首:夏水口,又称夏口。王逸曰:"夏水口也。"蒋骥曰:"夏水发源于江之处。"浮:船漂流。朱熹曰:"不进之而自流也。"龙门:楚都城东门。

〔9〕婵媛:心牵引而不舍。眇(miǎo 秒):远。蹠(zhí 直):脚踏地。王逸曰:"践也。"

〔10〕洋洋:无家可归的样子。王逸曰:"无所归貌。"从流:一作"流从"。

〔11〕凌:乘。阳侯:传说是古代的诸侯,溺死于水,成为水神,能兴起大波浪。王逸曰:"大波之神。"洪兴祖曰:"《战国策》云:'塞漏舟而轻阳侯之波,则舟覆矣。'《淮南》云:'武王伐纣,渡于孟津,阳侯之波,逆流而击。'注云:'阳侯,陵阳国侯也。其国近水,溺死于水,其神龙为大波,有所伤害,因谓之阳侯之波也。'"氾滥:大水漫流。薄:止。王逸曰:"止也。"一说通"泊",王夫之曰:"与泊通。"

〔12〕絓(guà 挂)结:缠绕郁结。蹇产:诘曲。释:解除。

〔13〕运:回转。下浮:顺流而下。

〔14〕终古之所居:自古居住之地,指郢都。钱澄之曰:"指郢也。"

〔15〕羌:发语词。须臾:顷刻,片刻。

〔16〕背:背向。夏:一作"下"。浦:水涯。西思:西向思念。

〔17〕坟:水中高地为坟。

〔18〕州土:谓郢都之风土。平乐:土地广博人民富饶。朱熹曰:"地宽博而人富饶也。"介:间。一作"界"。遗风:一说指民俗,王夫之曰:"吴之故俗,与楚殊者。"一说犹言绪风,汪瑗曰:"犹言绪风也。"

〔19〕当：抵。陵阳：即今安徽池州市青阳县。王夫之以为是宣城。蒋骥曰："在今宁国池州之界，《汉书》丹阳郡陵阳县是也，以陵阳山而名。"陵阳山，指今九华山。淼：水大无边的样子。王逸曰："淼，弥望无际极也。"焉如：到哪里，去哪里。如，往，之。

〔20〕夏：厦，大殿。丘：废墟。王逸曰："墟也。"孰：何。两东门：郢都东关的两门。芜：荒芜。

〔21〕怡：愉快。接：连续，接连。愁：一作"忧"。

〔22〕一本无"去"字。不信：不被信任。刘梦鹏曰："言去国而不见信用也。"一说形容时间过得快，仿佛才一两天。古称一宿曰宿，再宿曰信。不复：汪瑗曰："不召还也。"

〔23〕惨：伤感的样子。汪瑗曰："感伤貌。"郁郁：忧愁沉闷的样子。开：一作"通"。謇：困苦。蹙（cù 醋）：局促不安。汪瑗曰："促也。"一说悲伤。一作"慽"。

〔24〕外：汪瑗曰："外貌也，以见中心之不然。"承欢：得到君王的欢心。汪瑗曰："承，奉也。承欢，承奉君之欢心也。"王夫之曰："上下相承以相娱也。"汤炳正曰："此指求取秦国的欢心。"汋（chuò 绰）约：通"绰约"，美好的样子。王逸曰："好貌。"谌（chén 陈）：确实。王逸曰："诚也。"荏（rěn 忍）：软弱，怯懦。朱熹曰："亦弱也。"持：扶持。一说自持。

〔25〕湛（zhàn 站）湛：厚重的样子，王逸曰："重厚貌。"一说，深沉的样子，陆时雍曰："深沉貌。"被离：众多的样子，朱熹曰："众盛貌。"一说杂乱的样子，汪瑗曰："乱杂貌。故花之将败，草之将衰，皆谓之被离，谓纷披而离散也。"被：一作"披"。鄣：壅蔽。朱熹曰："鄣，壅也。"

〔26〕一本"尧"前有"彼"。抗行：犹言高尚的行为。瞭（liǎo 了上声）：眼珠明亮。洪兴祖曰："目明也。"一本无"瞭"字。杳杳：远。洪兴祖曰："远貌。"瞭杳杳：一作"杳冥冥"。薄天：迫近于天。薄，迫近。

〔27〕不慈：洪兴祖曰："尧、舜与贤而不与子，故有不慈之名。《庄子》曰：'尧不慈，舜不孝。'言此者，以明尧舜大圣，犹不免谗谤，况余人乎？"案：郭店楚简《唐虞之道》认为禅让是大仁、大慈、大孝，立意在倡导天下为公之思想。伪：一作"诡"。

〔28〕憎:厌恶。王逸曰:"恶也。"愠恰(yùn lún 运轮):朱熹曰:"愠,心所愠积也。恰,思求晓知谓之恰。"忼慨:激昂。朱熹曰:"激昂之意。"王逸曰:"君子之愠恰,若可鄙者;小人之忼慨,若可喜者,惟明者能察之。"

〔29〕众:指结党营私的谗佞之徒。汪瑷曰:"指忼慨之徒。"踥蹀(qiè dié妾蝶):行进的样子。洪兴祖曰:"行貌。"踥,一作"蹳"。美:指贤才。超远:超然远去。汪瑷曰:"谓超然远去也。"逾(yú于)迈:汪瑷曰:"犹言遁逸也。"逾,越,一作"踰"。迈,行,去。

〔30〕曼:长,远。王逸曰:"远貌。"流观:犹言遍观。汪瑷曰:"谓周流遍观也。"冀:期望,希望。反:一作"及"。

〔31〕首丘:首枕丘而死。朱熹曰:"谓以首枕丘而死,不忘其所自生也。"

〔32〕罪:一作"辜"。

抽　思

【题解】

洪兴祖《楚辞补注》说:"此章言己所以多忧者,以君信谗而自圣,眩于名实,昧于施报,己虽忠直,无所赴愬,故反复其词以泄忧思也。"此诗是屈原被疏后至汉水北所写。其写作时代大体在《离骚》、《惜诵》之后。应是楚怀王时屈原不复在位,返回汉北三户,做三闾邑大夫时写的。诗中体现了对楚王不用他继续进行"美政"事业极度失望,而求有机会再得重用。汉北之地,即今河南南阳、湖北襄阳、郧阳一带。金开诚《屈原集校注》曰:"本篇以'抽思'为题,是选取了篇中少歌中'抽思'(或作抽怨)一词。'抽思'的意思是抽绎其所思,也就是将自己心中万端思绪理出头绪,以吐出心中的愁闷。屈原在《抽思》中,抒发了自己遭谗被逐、忠直之心不为怀王所知、政治理想不得实现的忧思。他希望得到怀王的理解,热切地盼望有一天能回到郢都,重新被怀王所信用,以实现他的政治理想。《抽思》表达了屈原在流放地对郢都深切的思念,他那梦魂一夕而九逝、眷顾楚国、系心怀王的拳拳之心感人肺腑,使《抽思》仍然具有动人心魄的艺术力量。"

  心郁郁之忧思兮,独永叹乎增伤。[1]
  思蹇产之不释兮,曼遭夜之方长。[2]
  悲秋风之动容兮,何回极之浮浮![3]
  数惟荪之多怒兮,伤余心之忧忧。[4]
  愿摇起而横奔兮,览民尤以自镇。[5]
  结微情以陈词兮,矫以遗夫美人。[6]
  昔君与我诚言兮,曰黄昏以为期。[7]
  羌中道而回畔兮,反既有此他志。[8]
  憍吾以其美好兮,览余以其修姱。[9]
  与余言而不信兮,盖为余而造怒。[10]

  愿承间而自察兮,心震悼而不敢。[11]
  悲夷犹而冀进兮,心怛伤之憺憺。[12]
  兹历情以陈辞兮,荪详聋而不闻。[13]
  固切人之不媚兮,众果以我为患。[14]
  初吾所陈之耿著兮,岂不至今其庸亡?[15]
  何独乐斯之蹇蹇兮?愿荪美之可完。[16]
  望三五以为像兮,指彭咸以为仪。[17]
  夫何极而不至兮,故远闻而难亏。[18]
  善不由外来兮,名不可以虚作。[19]

孰无施而有报兮,孰不实而有获?[20]

少歌曰:[21]
与美人抽怨兮,并日夜而无正。[22]
憍吾以其美好兮,敖朕辞而不听。[23]

倡曰:[24]
有鸟自南兮,来集汉北。[25]
好姱佳丽兮,牉独处此异域。[26]
既惸独而不群兮,又无良媒在其侧。[27]
道卓远而日忘兮,愿自申而不得。[28]
望北山而流涕兮,临流水而太息。[29]
望孟夏之短夜兮,何晦明之若岁![30]
惟郢路之辽远兮,魂一夕而九逝。[31]
曾不知路之曲直兮,南指月与列星。[32]
愿径逝而不得兮,魂识路之营营。[33]
何灵魂之信直兮,人之心不与吾心同![34]
理弱而媒不通兮,尚不知余之从容。[35]

乱曰:
长濑湍流,泝江潭兮。[36]
狂顾南行,聊以娱心兮。[37]
轸石崴嵬,蹇吾愿兮。[38]
超回志度,行隐进兮。[39]
低佪夷犹,宿北姑兮。[40]

烦冤瞀容,实沛徂兮。[41]
愁叹苦神,灵遥思兮。[42]
路远处幽,又无行媒兮。[43]
道思作颂,聊以自救兮。[44]
忧心不遂,斯言谁告兮![45]

【注释】

〔1〕一无"心"。郁郁:忧伤沉闷的样子。

〔2〕謇产:诘曲。不释:不能排解,不能释怀。曼:长。

〔3〕动容:一说秋风起而草木摇动。一说人容颜改变,汪瑗曰:"犹言变色改容耳。"动,摇动。王逸曰:"摇也。"回:邪。极:至。浮浮:盛行、势重的样子。王逸曰:"行貌。"洪兴祖曰:"水流貌。"

〔4〕数(shuò硕):频繁,屡次。汪瑗曰:"频也。"惟:思。洪兴祖曰:"思也。"荪:香草,喻君主。一作"荃"。王逸曰:"香草也,以喻君。"懮(yōu忧)慢:伤痛的样子。王逸曰:"痛貌也。"

〔5〕愿:欲,想要。汪瑗曰:"欲也。"横奔:横行,急行。览:看,观察。汪瑗曰:"犹省察也。"镇:止。摇起:一作"遥赴"。《方言》曰:"摇,疾也。"摇起即疾起。

〔6〕微情:隐情。矫:举。遗(wèi畏):送。美人:此处指君主。

〔7〕昔:往昔。诚言:约言,约定的话。诚,一作"成"。

〔8〕羌:犹言为何。中道:中途,半道。回:转。畔:叛。林云铭曰:"畔,田中路也。"他志:其他想法。他,一作"它"。

〔9〕憍(jiāo交):矜伐,夸耀。洪兴祖曰:"矜也。"美好:此处指服器宝玩。王逸曰:"握持宝玩,以侮余也。"览:示。一作"鉴"。姱:美好。洪兴祖曰:"好也。"

〔10〕余:一作"途"。盖:一作"盍"。造:作。

〔11〕承:趁着。间:一作"闲",闲暇。朱熹曰:"闲暇也。"察:陆时雍曰:"白也。"震悼:害怕,恐惧。

〔12〕夷犹:犹豫不定的样子。怛(dá达)伤:痛苦悲伤。汪瑗曰:"恻

怛而伤感也。"怛,一作"怕"。憺(dàn但)憺:安静。

〔13〕兹:此。历:犹言列。荪:香草,喻君主。一作"荃"。佯:佯装,假装。一作"详"。

〔14〕切:恳切。媚:谄媚。众:众人。患:忧患。

〔15〕初:当初。耿著:犹言光明正大。耿,光明;著,明显。岂不至今其庸亡:一作"岂至今其庸止",王逸曰:"文辞尚在,可求索也。"庸,乃。亡,忘。

〔16〕独乐斯:一作"毒药"。謇謇:忠诚正直。汪瑗曰:"忠直貌。"荪美:君主的美德。荪,一作"荃"。完:一作"光"。

〔17〕三五:当指三王五帝。即黄帝、颛顼、帝喾、尧、舜和夏禹、商汤、周文王与周武王。朱熹曰:"谓三皇五帝,或曰三王五伯也。"按:战国时,帝、王有明显分野,屈原不言三皇,但五帝三王皆有提及。一作"前圣"。像:榜样。彭咸:殷之贤大夫。仪:犹言榜样或标准。朱熹曰:"谓以彼人为法而效其仪。"

〔18〕极:尽。至:到。闻:名声。亏:亏减。

〔19〕作:兴起。

〔20〕实:果实,这里作动词。

〔21〕少歌:少,一作"小"。洪兴祖曰:"《荀子》曰:'其小歌也。'注云:'此下一章,极其反辞,总论前意,反复说之也。'"

〔22〕抽:拔,引,陈述。朱熹曰:"拔也。"怨:一作"思"。并:一作"弃"。无正:犹言没有评价是非,朱熹曰:"无与平其是非也。"

〔23〕敖:傲,倨傲。洪兴祖曰:"倨也,与傲同。"一作"警"。侨:一作"骄"。

〔24〕倡:唱。洪兴祖曰:"与唱同。"

〔25〕汉:汉水。

〔26〕胖(pàn判):叛,离叛。一作"叛"。异域:他邑,指离开故乡。

〔27〕惸(qióng穷):独。一作"茕"。不群:不同于众人。良媒:犹言通君侧之人。

〔28〕卓:远。一本作"逴"。申:陈述,说明。不:一作"未"。

〔29〕北:一作"南",一作"丘"。流:一作"深"。

〔30〕孟夏:夏季首月。王逸曰:"四月之末,阴极盛也。"晦明:一作"明晦"。晦,夜晚;明,白天。

〔31〕惟:一说思念,一说发语词,无意义。九:非实指,言多。一本作"肠一夕而九回"。

〔32〕列星:众星。

〔33〕径:直往。逝:去。营营:来来往往的样子。洪兴祖曰:"《诗》注曰:往来貌。"一作"荣荣"。

〔34〕信直:忠信正直。一本"南指月"句,在"何灵魂"句下;"魂识路"句,在"曾不知"句下;"愿径逝"句,在"人之心"句上。

〔35〕理:媒。从容:不慌忙。朱熹曰:"彼又安能知我之闲暇而不变所守乎?"

〔36〕濑(lài赖):流得很急的水。湍:水流急。溯(sù素):逆流而上。潭:深渊。王逸曰:"渊也。楚人名渊曰潭。"湍流:一作"流湍"。

〔37〕狂遽,忧惧。王逸曰:"犹遽也。"狂顾:朱熹曰:"忧惧而惊视也。"娱:乐。一本无"聊"字。

〔38〕轸石:方石。王逸曰:"轸,方也。故曰:轸之方也,以象地。"崴嵬(wēi wéi威唯):高高的样子。王逸曰:"崴嵬,崔巍,高貌也。"

〔39〕超:超越。回:回邪。度:法度。隐:安稳。忘:一作"志"。

〔40〕低佪:犹言徘徊。夷犹:犹豫。北姑:地名。汪瑗曰:"汉北中之地名。"

〔41〕烦冤:烦闷冤屈。汪瑗曰:"烦,脑闷也。冤,屈枉也。"瞀(mào冒)容:朱熹曰:"瞀乱之意,见于容貌也。"瞀,烦乱。实沛徂:王逸曰:"诚欲随水沛然而流去也。"沛,水流急速。徂,去。

〔42〕苦神:伤神,劳神。灵:灵魂。

〔43〕幽:幽僻。

〔44〕道思:朱熹曰:"道思者,且行且思也。"道,道中。自救:自解。

〔45〕遂:达。

怀　沙

【题解】

　　该诗应是屈原被逐南行时所作,其创作时代应晚于《思美人》。诗人在诗中表现了对现实黑暗的绝望之情,对自己的才能不被重视多有怨愤,但已明白身处乱世,其遭遇是必然的。屈原以仁义自许,其政治观之核心不在推行法治,而是要建立儒家所倡导的为民服务的政治规则。司马迁以《怀沙》为屈原绝笔,以文意推测,《怀沙》似在《惜往日》之前。洪兴祖《楚辞补注》说:"此章言己虽放逐,不以穷困易其行。小人蔽贤,群起而攻之。举世之人,无知我者。思古人而不得见,仗节死义而已。太史公曰:'乃作《怀沙》之赋,遂自投汨罗以死。'原所以死,见于此赋,故太史公独载之。"朱熹《楚辞集注》说:"言怀抱沙石以自沉。"游国恩在《楚辞论文集》中说道:"《怀沙》一篇大致说他坚持正义,不改初衷。由于'党人之鄙固',颠倒黑白,不能了解他,所以自己的理想与愿望不能实现。他虽然也说到'冤屈',说到'曾伤''永叹',然而不比《抽思》、《哀郢》、《悲回风》等篇所表现得那么悲痛。"

　　陶陶孟夏兮,草木莽莽。[1]
　　伤怀永哀兮,汩徂南土。[2]
　　眴兮杳杳,孔静幽默。[3]
　　郁结纡轸兮,离愍而长鞠。[4]

抚情效志兮,俛屈而自抑。[5]

刓方以为圜兮,常度未替。[6]
易初本迪兮,君子所鄙。[7]
章画志墨兮,前图未改。[8]
内厚质正兮,大人所盛。[9]
巧倕不斵兮,孰察其拨正。[10]

玄文处幽兮,矇瞍谓之不章。[11]
离娄微睇兮,瞽以为无明。[12]
变白以为黑兮,倒上以为下。[13]
凤皇在笯兮,鸡鹜翔舞。[14]
同糅玉石兮,一概而相量。[15]
夫惟党人鄙固兮,羌不知余之所臧。[16]

任重载盛兮,陷滞而不济。[17]
怀瑾握瑜兮,穷不得所示。[18]
邑犬群吠兮,吠所怪也。[19]
非骏疑杰兮,固庸态也。[20]
文质疏内兮,众不知余之异采。[21]
材朴委积兮,莫知余之所有。[22]

重仁袭义兮,谨厚以为丰。[23]
重华不可遌兮,孰知余之从容![24]

古固有不并兮,岂知其故也![25]
汤禹久远兮,邈不可慕也。[26]
惩违改忿兮,抑心而自强。[27]
离愍而不迁兮,愿志之有像。[28]
进路北次兮,日昧昧其将暮。[29]
舒忧娱哀兮,限之以大故。[30]

乱曰:
浩浩沅湘,分流汨兮。[31]
修路幽蔽,道远忽兮。[32]
曾吟恒悲兮,永叹慨兮。
世既莫吾知兮,人心不可谓兮。[33]
怀情抱质,独无匹兮。[34]
伯乐既殁,骥将焉程兮。[35]
万民之生,各有所错兮。[36]
定心广志,余何畏惧兮![37]
曾伤爰哀,永叹喟兮。[38]
世溷浊不吾知,心不可谓兮。[39]
知死不可让兮,愿勿爱兮。[40]
明以告君子兮,吾将以为类兮。[41]

【注释】

〔1〕陶陶:阳气盛大的样子。王逸曰:"陶陶,盛阳貌也。"一说水大,漫漫的样子。一作"滔滔"。孟夏:夏季首月。王逸曰:"四月也。"莽莽:草木旺盛的样子。

〔2〕怀:王逸曰:"思也。"永:长久。王逸曰:"长也。"汩:水流般疾速的样子。王逸曰:"行貌。"徂南土:朱熹曰:"沅沅湘也。"徂,往。王逸曰:"往也。"土,一作"去"。

〔3〕眴(shùn顺):目动。王逸曰:"视貌也。"杳杳:深远昏暗的样子。王逸曰:"深冥貌也。"一作"窈窈",一作"窈窕"。孔:很,甚。王逸曰:"甚也。"默:无声。"兮"一在"杳杳"下。一"静"下有"兮"。

〔4〕郁:一作"宛",一作"菀"。纡(yū迂):屈曲。王逸曰:"曲也。"轸(zhěn疹):悲痛。王逸曰:"痛也。"离:遭。愍(mǐn敏):痛。一作"慜"。长:永。鞠:穷。而:一作"之"。

〔5〕抚:安慰。王逸曰:"循也。"效:效验。王逸曰:"犹覆也。"俛:同"俯",一作"冤"。抑:压抑。王逸曰:"按也。"

〔6〕刓(wán完):削。王逸曰:"削也。"圜:圆。度:法。替:废也。未:一作"永"。

〔7〕易:改变。本:常。迪:道路。一作"由"。一无"初"字。鄙:耻,鄙视。王逸曰:"耻也。"

〔8〕章:明显。王逸曰:"明也。"画:汪瑗曰:"言所指示之法也。"陆时雍曰:"界限也。"黄文焕曰:"刻画之痕也。"王夫之曰:"匠。"刘梦鹏曰:"画然较,一职守也。"志:王逸曰:"念也。"王夫之曰:"记也。"一作"识"。墨:朱熹曰:"谓绳墨。"图:法度。王逸曰:"法也。"一作"度"。改:改变。

〔9〕内厚:犹言秉性敦厚。厚,一作"直"。正:正直。一作"重"。大人:刘梦鹏曰:"犹言君子。"所盛:所盛美也。盛,一作"晟",一作"晠"。

〔10〕倕(chuí垂):人名,传说中的巧匠。王逸曰:"尧巧工也。"一作"匠"。斲(zhuó卓):砍,削。王逸曰:"削也。"朱熹曰:"斫也。"一作"斩"。察:王逸曰:"知也。"汪瑗曰:"审也。"拨:治理,管理。王逸曰:"治也。"一作"揆"。

〔11〕玄文:黑色的花纹。汪瑗曰:"谓太素白贲自然之文也,如玄酒味方淡之玄。"玄,黑色。王逸曰:"墨也。"幽:暗。王逸曰:"冥也。"矇

(méng蒙)：盲人。王逸曰："盲者也。"瞍：亦指盲人。洪兴祖曰："有眸子而无见曰矇，无眸子曰瞍。"章：明显，显著。王逸曰："明也。"一本无"瞍"。

〔12〕离娄：传说古代视力极好的人。王逸曰："古明目者也。"洪兴祖曰："《淮南》曰：离朱之明。即离娄也，黄帝时人，明目，能见百步之外，秋毫之末。"睇(dì弟)：斜视。王逸曰："眄之也。"瞽(gǔ古)：盲人。王逸曰："盲者也。"

〔13〕以：一作"而"。

〔14〕籹(nú奴)：笼。王逸曰："笼落也。"戴震曰："《方言》：笼，南楚江沔之间为之筹，或谓之籹。"一作"郊"。鹜：一作"雉"。

〔15〕糅：杂。概：平斗的斛木。

〔16〕鄙：鄙陋。汪瑗曰："庸恶陋劣之意。"一作"交"。固：顽固。一作"妒"。臧：善。一无"惟"。一无"之"。

〔17〕盛：多。洪兴祖曰："多也。"陷：王逸曰："没也。"滞：滞留。朱熹曰："留也。"汪瑗曰："溺之久也。"济：成。王逸曰："成也。"朱熹曰："度也。"

〔18〕怀：怀揣。王逸曰："在衣为怀。"握：手握。王逸曰："在手为握。"瑾、瑜：二者都是美玉。王逸曰："皆美玉也。"

〔19〕邑犬：邑中之犬。吠：犬叫。一"犬"下有"之"。一"群"下无"吠"。一无"也"。

〔20〕非：否定、毁谤。疑：怀疑、猜忌。骏、杰：有才能的人。洪兴祖曰："《淮南》云：知过万人谓之英，千人谓之俊，百人谓之豪，十人谓之杰。"何剑熏曰："孔颖达《左传疏》引《辨名记》曰：'倍人曰茂，十人曰选。倍选曰俊。千人曰英，倍英曰贤。万人曰杰，倍杰曰圣。'"骏，一作"俊"。庸态：庸人之常态。

〔21〕文质：文质朴而不艳。疏：犹言迂阔。朱熹曰："迂阔也。"内：讷。异：一作"奥"。

〔22〕材：可用之木。朴：未加工的木材。委积：堆积。积，一作"质"。莫：没有人。

〔23〕重袭，汪瑗曰："皆积累之意。"重，累积。王逸曰："累也。"袭，重

复。王逸曰:"仍也。"谨:善。丰:大。

〔24〕重华:舜,名重华。遌(è 饿):遇到。一作"遻"(wǔ 忤),同"迕"。王逸曰:"逢也。"从容:举动。

〔25〕不并:指圣君贤臣生不同时。汪瑗曰:"谓或有君而无臣,或有臣而无君也。"并,王逸曰:"俱也。"

〔26〕邈(miǎo 秒):远。慕:思慕。

〔27〕惩:受创而止。王逸曰:"止也。"违:朱熹曰:"过也。"一作"连"。忿:愤恨,不平。王逸曰:"恨也。"抑:抑制。王逸曰:"按也。"自强:自勉。汪瑗曰:"自勉也。"

〔28〕慭:一作"憖",忧患,忧虑。王逸曰:"病也。"迁:迁移,改变。王逸曰:"即徙也。"像:法式,榜样。王逸曰:"法也。"

〔29〕次:住宿。王逸曰:"舍也。"昧昧:昏暗的样子。暮:一作"莫"。

〔30〕舒:排遣。娱:乐。大故:死亡。

〔31〕浩浩:水大的样子。一本"湘"下有"兮"字。分:一作"汾"。汩(yù 玉):水流疾速的样子。王逸曰:"流也。"

〔32〕修:长。幽蔽:幽僻隐蔽。忽:遥远渺茫的样子。一"蔽"下有"兮"字。

〔33〕一无"曾吟恒悲兮"四句。谓:说。

〔34〕匹:双。怀情抱质:一作"怀质抱情"。一"质"下有"兮"字。

〔35〕伯乐:善于相马的人。骥:良马。程:估量。殁:一作"没"。一"殁"下有"兮"字。一"骥"下无"将"。

〔36〕错:安放。王逸曰:"安也。"万民之生:一作"人生有命兮",一作"民生禀命兮"。

〔37〕"定心"二句:王逸曰:"言己既安于忠信,广我志意,当复何惧乎?"

〔38〕曾:一作"增"。戴震曰:"累也。"胡文英曰:"重也。"爰哀:王念孙、王引之曰:"谓哀而不止也。"爰(yuán 圆),止。王逸曰:"于也。"蒋骥曰:"牵引也。"刘梦鹏曰:"恚(huì 汇)也,楚人谓恚曰爰。"王泗原曰:"助词。"喟(kuì 愧):叹息。王逸曰:"息也。"一作"慨"。

〔39〕谓：说。不：一作"莫"。
〔40〕让：辞让。王逸曰："辞也。"爱：吝惜。
〔41〕类：榜样，法式。王逸曰："法也。"一"明"下无"以"。

思　美　人

【题解】

　　洪兴祖《楚辞补注》说："此章言己思念其君，不能自达，然反观初志，不可变易，益自修饬，死而后已也。"这首诗中提到江夏，南行，应是被逐后的作品。其写作时代在《哀郢》之后。作者提到"媒绝路阻"问题，显然在被逐初期，屈原还寄希望能重新得到报效楚国的机会。蒋骥《山带阁注楚辞》说："此篇大旨承《抽思》立说。然《抽思》始欲陈词美人，终曰斯言谁告。此篇始言舒情莫达，终欲以死谏君。夫乍困者气雄而渐沮，久淹者心郁而愈激，势固然也。两篇皆作于怀王时，与《离骚》皆以彭咸自命。"马茂元《楚辞选》说："本篇是顷襄王初期屈原被放逐到江南时途中的作品。篇中所纪途程及追述的往事，均一一可证。以篇首'思美人'三字名篇，'美人'系指顷襄王，当时屈原思国之情，还没到灰心绝望的境地。他热切地希望顷襄王能够幡然改悟，发奋图强，报仇雪耻。"

　　思美人兮，览涕而伫眙。[1]
　　媒绝路阻兮，言不可结而诒。[2]
　　蹇蹇之烦冤兮，陷滞而不发。[3]
　　申旦以舒中情兮，志沉菀而莫达。[4]

愿寄言于浮云兮,遇丰隆而不将。[5]
因归鸟而致辞兮,羌迅高而难当。[6]
高辛之灵盛兮,遭玄鸟而致诒。[7]
欲变节以从俗兮,媿易初而屈志。[8]
独历年而离愍兮,羌冯心犹未化。[9]
宁隐闵而寿考兮,何变易之可为。[10]
知前辙之不遂兮,未改此度。[11]
车既覆而马颠兮,蹇独怀此异路。[12]
勒骐骥而更驾兮,造父为我操之。[13]
迁逡次而勿驱兮,聊假日以须臾。[14]
指嶓冢之西隈兮,与纁黄以为期。[15]

开春发岁兮,白日出之悠悠。[16]
吾将荡志而愉乐兮,遵江夏以娱忧。[17]
擥大薄之芳茝兮,搴长洲之宿莽。[18]
惜吾不及古人兮,吾谁与玩此芳草。[19]
解萹薄与杂菜兮,备以为交佩。[20]
佩缤纷以缭转兮,遂萎绝而离异。[21]
吾且儃佪以娱忧兮,观南人之变态。[22]
窃快中心兮,扬厥凭而不竢。[23]

芳与泽其杂糅兮,羌芳华自中出。[24]
纷郁郁其远承兮,满内而外扬。[25]
情与质信可保兮,羌居蔽而闻章。[26]
令薜荔而为理兮,惮举趾而缘木。[27]

123

因芙蓉而为媒兮,惮褰裳而濡足。[28]
登高吾不说兮,入下吾不能。[29]
固朕形之不服兮,然容与而狐疑。[30]
广遂前画兮,未改此度也。[31]
命则处幽吾将罢兮,愿及白日之未暮。[32]
独茕茕而南行兮,思彭咸之故也。[33]

【注释】

〔1〕美人:此处指怀王。王逸曰:"怀王。"一说指顷襄王。览:一作"揽",一作"擎",擦拭眼泪。竚(zhù住):长久站立。眙(chì 赤):注视,直视。洪兴祖曰:"直视也。"

〔2〕媒:此处指能与楚王连接的介绍人。诒:赠送。

〔3〕蹇蹇:忠诚正直的样子。冤:一作"愗"。滔:一作"陷",陷没。滞:滞留。

〔4〕以:一作"不"。一无"志"字。申旦:犹言累日,日日。申,重复。旦,天将晓。沉菀(yù玉):犹言沉积。

〔5〕丰隆:传说中的云神。一说雷师。不将:不致。

〔6〕致辞:犹言寄言。羌:乃。迅:一作"宿"。难当:王夫之曰:"不可相就也。"

〔7〕高辛:指帝喾。玄鸟:燕子。盛:一作"晟",一作"咸"。

〔8〕媿(kuì 溃):惭愧。易初:改变初衷。

〔9〕离愍:遭遇疲病。冯:犹言愤懑。化:改变。

〔10〕隐闵:汪瑗曰:"犹隐忍也。"寿考:全寿而善终。

〔11〕前辙:即初志。辙,一作"道"。遂:顺利。度:态度。

〔12〕颠:倾倒。塞:发语词。

〔13〕骐骥:骏马。更:汪瑗曰:"重复整顿之意。"张诗曰:"更改也。"驾:汪瑗曰:"谓车也。"奚禄诒曰:"驾车也。"造父:善御之人。操:犹言驾驭。

〔14〕迁逡：犹言逡巡，徘徊不进的样子。次：止。聊：姑且，聊且。假：借。须旹：即"须时"，犹言等待时机。旹，古"时"字，一作"时"。

〔15〕嶓（bō波）冢：山名。《尚书·禹贡》注："在梁州。"在今甘肃天水、礼县之间，陕西宁强北部。隈（wēi威）：山隅，汪瑗曰："山隅也。"隈，一作"隅"。曛（xūn熏）黄：黄昏。曛，一作"纁"，朱熹曰："浅绛也，日将入时色，纁且黄也。"

〔16〕开春发岁：开春岁首。悠悠：闲静悠长的样子。

〔17〕荡志：犹言荡涤忧思。荡，一作"盪"。遵：循。江夏：两水名。娱忧：犹言消解忧愁。汪瑗曰："犹言消愁。"

〔18〕擥（lǎn揽）：摘取。薄：草木丛生处。茝（chǎi柴上声）：一作"芷"，香草。搴：采摘。宿莽：经冬不死的草，楚人称为宿莽。王逸曰："楚人名冬生草。"

〔19〕惜：一作"然"。玩：玩赏。古人：一作"古之人"。

〔20〕解：折取。篇：一作"萹"（biān编）：洪兴祖曰："《尔雅》曰：竹萹蓄。注云：似小藜，赤茎节，好生道旁。《本草》云：亦呼为萹竹。萹薄，谓萹蓄之成丛者。按萹蓄、杂菜，皆非芳草。"杂菜：王逸曰："杂香之菜。"备：一作"修"。交佩：合而佩之。交，合。

〔21〕缤纷：盛多貌。缭：缭绕。萎绝：草木枯死凋落。离异：姜亮夫曰："叛离而异路也。"蒋天枢曰："谓与众芳隔离。"汤炳正曰："分离、散乱。"以：一作"其"。

〔22〕儃（chán缠）佪：一作"徘徊"。变态：习俗改变。

〔23〕窃快：隐藏而不敢公开的快乐。一本"快"下有"在其"。扬厥凭：犹言抒发愤懑。凭，一作"冯"。厥，其。竢（sì四）：等待。

〔24〕芳：芳草。泽：水泽。泽有污泥。糅：错杂。羌：语气助词。芳华自中出：朱熹曰："则其芬芳自从中出，初不借美于外物也。"

〔25〕郁郁：繁盛的样子。朱熹曰："盛也。"承：一作"蒸"。洪兴祖曰："奉也。"满内而外扬：汪瑗曰："积于中者深，故发于外者盛，承上章芳华自中出而言。"

〔26〕信：诚。保：恃。居蔽：处于偏僻处。居，处。一作"重"。闻章：

犹言名誉彰显。

〔27〕薜(bì 必)荔:一种香草。汪瑗曰:"生于木者。"理:媒。惮:畏惧,害怕。王逸曰:"难也。"趾:足。缘木:爬树。前"而"一作"以"。

〔28〕因:一作"用"。褰:犹言褰,提起衣服。洪兴祖曰:"谓抠衣也。"濡:沾湿,浸湿。前"而"一作"以"。

〔29〕说:一作"悦"。陈第曰:"登高入下,正缘木濡足之意。"

〔30〕朕形:即指我自身。服:习惯,熟习。容与:徘徊不进的样子。

〔31〕广:大。遂:做到。前画:当初的谋划。画,计策。度:法度。

〔32〕命则:犹言命该。处幽:处于幽蔽处。犹前言"居蔽"。罢:止也。暮:一作"莫"。

〔33〕茕茕:即"茕茕",孤单的样子。王逸曰:"独行貌。"

惜 往 日

【题解】

洪兴祖《楚辞补注》说:"此章言己初见信任,楚国几于治矣。而怀王不知君子小人之情状,以忠为邪,以僭为信,卒见放逐,无以自明也。"该诗通过对自己过往政治经历的叙述,发见正道直行的贤才被弃用、枉道邪行的小人受重用是昏庸时代的普遍现象,因此表示自己对楚国政治的失望,愿为躲灾祸而马上赴渊自尽。因这首诗表达了极度失望之情,有人认为是屈原的绝命词,似也有一定道理。游国恩《楚辞论文集·屈原的作品介绍》说:"《惜往日》是屈原的绝笔,是他的最后一首述志诗。"马茂元《楚辞选》说:"本篇以首句'惜往日'名篇。综括叙述生平的政治遭遇,痛惜自己的理想和主张受到谗人的破坏而未能实现,说明自己不得不死的苦衷;并希望以一死刺激顷襄王的最后觉悟。通篇语意明切,可以肯定是作于《怀沙》以后的绝命词。"胡念贻《楚辞选注及考证》说:"这首诗讲了他的法治主张,是了解屈原进步思想的一篇重要作品。屈原的诗,涉及政治的地方一般很少直接表现,而是多用比兴手法,或征引前代故事,使人不是那样容易探明他的经历和了解他的思想。《忆往昔》这首诗却比较直截了当地说出了他早期的政治主张,这是这首诗的价值所在。"

惜往日之曾信兮,受命诏以昭诗。[1]
奉先功以照下兮,明法度之嫌疑。[2]
国富强而法立兮,属贞臣而日娭。[3]
秘密事之载心兮,虽过失犹弗治。[4]

心纯庞而不泄兮,遭谗人而嫉之。[5]
君含怒而待臣兮,不清澈其然否。[6]
蔽晦君之聪明兮,虚惑误又以欺。[7]
弗参验以考实兮,远迁臣而弗思。[8]
信谗谀之溷浊兮,盛气志而过之。[9]

何贞臣之无罪兮,被离谤而见尤![10]
惭光景之诚信兮,身幽隐而备之。[11]
临沅湘之玄渊兮,遂自忍而沉流。[12]
卒没身而绝名兮,惜壅君之不昭。[13]
君无度而弗察兮,使芳草为薮幽。[14]
焉舒情而抽信兮,恬死亡而不聊。[15]
独鄣壅而蔽隐兮,使贞臣而无由。[16]

闻百里之为虏兮,伊尹烹于庖厨。[17]
吕望屠于朝歌兮,宁戚歌而饭牛。[18]
不逢汤武与桓缪兮,世孰云而知之![19]
吴信谗而弗味兮,子胥死而后忧。[20]
介子忠而立枯兮,文君寤而追求。
封介山而为之禁兮,报大德之优游。[21]
思久故亲身兮,因缟素而哭之。[22]

或忠信而死节兮,或訑谩而不疑。[23]
弗省察而按实兮,听谗人之虚辞。[24]
芳与泽其杂糅兮,孰申旦而别之?[25]
何芳草之早殀兮,微霜降而下戒。[26]
谅不聪明而蔽壅兮,使谗谀而日得。[27]
自前世之嫉贤兮,谓蕙若其不可佩。[28]
妒佳冶之芬芳兮,嫫母姣而自好。[29]
虽有西施之美容兮,谗妒入以自代。[30]

愿陈情以白行兮,得罪过之不意。[31]
情冤见之日明兮,如列宿之错置。[32]
乘骐骥而驰骋兮,无辔衔而自载。[33]
乘氾泭以下流兮,无舟楫而自备。[34]
背法度而心治兮,辟与此其无异。[35]
宁溘死而流亡兮,恐祸殃之有再。[36]
不毕辞而赴渊兮,惜壅君之不识。[37]

【注释】

〔1〕惜:忆。一说痛惜。曾:尝。昭:明。诗:指法度、典文,一作"时"。

〔2〕奉:承。先功:先君的功烈、法度、典章等。照:示。明:明确。法度:犹言典章制度等。嫌疑:有疑问之处。朱熹曰:"谓事有同异而可疑者也。"

〔3〕富:货财富足。强:兵力强盛。属(zhǔ 煮):托付。贞臣:忠正之臣。贞,正。日娭(xī 西):指君王将国事付之正直大臣,自己完全可以终日无事而游息。娭,嬉戏。

〔4〕秘:不外泄。一作"移"。密事:机密之事。载心:藏之于心。弗治:不治罪。

〔5〕纯:专一。庞:一作"厐(máng 忙)",敦厚。泄:泄露。

〔6〕而:一作"以"。清澈:犹言澄清,明辨。澈,一作"澄"。朱熹曰:"犹审察也。"然否:是非,虚实。

〔7〕蔽晦:壅蔽,遮挡。蔽,汪瑗曰:"雍其聪也。"晦,汪瑗曰:"郛其明也。"虚:空。朱熹曰:"空言也。"惑:惑乱。汪瑗曰:"乱其君之心志。"误:耽误。欺:欺骗。

〔8〕参验:比较并验证。迁:放逐。

〔9〕谗谀:谗言和阿谀。溷浊:混浊,混乱。一作"浮说"。盛气志:汪瑗曰:"谓怒之甚也。"盛,一作"喊",一作"晟"。过:责怪,怪罪。

〔10〕被:遭。离谤:离间毁谤。王夫之曰:"谤以离其上下之交也。"离,一作"蠡"。尤:指责。罪:一作"皋"。

〔11〕惭:惭愧。光景:光影。景,同"影"。汪瑗曰:"犹言光辉也,诚信之见于外者也。"张诗曰:"言在外之文章。"幽隐:犹言身处幽蔽隐晦处。备:完备。

〔12〕玄:水色。一说黑色。渊:深水。遂:终,竟。一作"不"。

〔13〕卒:终。没身:犹言丧身。没,一作"沉"。绝名:汪瑗曰:"灭其名也。"蒋天枢曰:"断绝己立功事之名。"壅君:壅蔽之君。壅,一作"廱"。下文同。不昭:不觉悟。

〔14〕度:标准。薮(sǒu叟):湖泽。

〔15〕焉:安。一说于是。舒:抒发。抽信,钱澄之曰:"谓拔出诚心以示人也。"抽,拔出。恬:安于。聊:苟且。

〔16〕鄣壅:障蔽壅塞。蔽隐:如上言"幽隐"。无由:犹言没有可由经之路。

〔17〕百里:百里奚,秦穆公时大臣。虏:俘虏。烹:烧煮。伊尹:商汤宰相。庖厨:厨房。

〔18〕吕望:吕尚,周武王重臣。屠:宰杀牲畜。朝歌:地名,殷国都。宁戚:卫人,齐国大臣。饭:喂。

〔19〕逢汤武与桓缪:伊尹得汤之重视,吕望得武王之重视,宁戚得齐桓公之重视,百里奚得秦穆公重视,俱得重用,而成著名贤臣。孰云:犹言谁说。

〔20〕吴:指吴王夫差。味:本意指辨别食物味道,此处指辨别事物正误。子胥:即伍子胥。

〔21〕介子:介子推。晋文公逃亡途中乏食,介子推曾割股给文公充饥。立枯:介子推隐于绵山中不肯出,晋文公烧山,介子推抱树烧死,故曰立枯。文君:晋文公。寤:觉悟,醒悟。优游:有余。"封介山"二句:晋文公改绵山为介山,禁止人民采樵,而祭祀供奉介子推。

〔22〕久:旧。亲身:一说谓割股,一说谓亲近左右。缟素:此处指丧服。缟,白绢。素,本色未染的生绢。洪兴祖曰:"《说文》云:缟素,白缴缯(zhì zēng质增)也。"一本"故"下有"之"。

〔23〕死节:为坚守节操而死。訑谩(yí mán疑蛮):欺诳。不疑:言人君不疑。

〔24〕按:考察。虚辞:不实之说。

〔25〕申旦:日日。参上篇注〔4〕。别:辨别,识别。

〔26〕殀(yāo腰):夭亡。下:一作"不"。戒:警戒,一说告诫。金开诚曰:"以上二句说:为什么芳草短命早死?那是微霜降下对它的摧残。"

〔27〕谅:信,诚。得:得志。不聪明:一作"聪不明"。

〔28〕若:指杜若。

〔29〕佳冶:指容貌美者。佳,一作"娃"。嫫(mó魔)母:貌丑者。洪兴祖曰:"《说文》云:'嫫母,都丑也。'一曰黄帝妻,貌甚丑。"姣:妖媚。

〔30〕西施:越之美女。代:取代。汪瑗曰:"谓丑妇夺美女之宠也。"

〔31〕愿:想要。陈情:陈述衷情。白:告诉,陈述。行:行为。意:意料。罪:一作"辠"。

〔32〕情冤:情实和冤枉,犹言曲直。冤:一作"宛"。列宿:众星。错置:交错陈布。金开诚曰:"以上二句是说:我的冤情一天比一天明了,就像天上错杂排列的星宿那样明显。"

〔33〕驰骋:马快速奔跑。辔:马缰绳。衔:马嚼子。载:乘。

〔34〕氾(fàn饭):浮。泭(fú福):竹木编成的筏子。下流:顺水势而下也。楫(jí急):船桨。

〔35〕背:违背。心治:任心意而治。治,一作"殆"。辟:一作"譬"。

〔36〕溘:突然。恐:惧。祸:一作"飢"。

〔37〕毕辞:犹言尽言。毕,完毕。壅君:壅蔽不明之君。识:明白,懂得。一作"明"。

橘　　颂

【题解】

洪兴祖《楚辞补注》说:"美橘之有是德,故曰颂。《管子》篇名有《国颂》。说者云:颂,容也。陈为国之形容。"该诗颂扬橘树受命不迁,始终如一,坚持人生底线的独立精神,其中也寄托了作者的个人情怀。屈原精神价值的核心,是他继承儒家的价值坚守,不随波逐流。这首咏物诗正体现了这一点。马茂元《楚辞选》说:"通篇就橘的特性和形象细致地作出拟人化的描写,实际上就是作者完整人格和个性的缩影。它不黏滞于所歌颂的事物的本身;但同时也没有脱离所歌颂的事物。这样就使得在本篇中作者的主观心情渗透了客观事物,而凝成了一个完满的艺术形象,为后来的咏物诗开辟了一条宽广的道路,树了一个光辉的榜样。"

后皇嘉树,橘徕服兮。[1]
受命不迁,生南国兮。[2]
深固难徙,更壹志兮。[3]
绿叶素荣,纷其可喜兮。[4]
曾枝剡棘,圆果抟兮。[5]
青黄杂糅,文章烂兮。[6]
精色内白,类可任兮。[7]
纷缊宜修,姱而不丑兮。[8]

嗟尔幼志,有以异兮。[9]
独立不迁,岂不可喜兮![10]
深固难徙,廓其无求兮。[11]
苏世独立,横而不流兮。[12]
闭心自慎,终不失过兮。[13]
秉德无私,参天地兮。[14]
愿岁并谢,与长友兮。[15]
淑离不淫,梗其有理兮。[16]
年岁虽少,可师长兮。
行比伯夷,置以为像兮。[17]

【注释】

〔1〕后:后土。皇:皇天。嘉:美。徕:同"来"。服:谓服习当地水土。

〔2〕受命:受天命。迁:迁徙。

〔3〕深固:根深而坚固。徙:迁徙。壹:专一。

〔4〕素:白。荣:华,花。一作"华"。纷:纷纷然,言多。可喜:犹言可爱。

〔5〕曾枝:层层叠叠的树枝。曾,通"层"。剡(yǎn 掩)棘:锐利的刺。王逸曰:"橘枝刺,若棘也。"果:果实。抟:通"团",圆。一作"抟"。

〔6〕杂糅:参差错杂。文章:美丽的图案和花纹。烂:灿烂。

〔7〕精:明亮。内白:内质洁白。类:似、貌。可任:一作"任道",王逸曰:"可任以道而事用之也。"

〔8〕纷缊(yùn 运):繁盛的样子。宜修:修饰合宜得体,指善于修饰。姱:美。

〔9〕嗟:叹词。尔:汝,指橘而言。幼志:自幼的志向。有以异:汪瑗曰:"谓与众木不同也。"

〔10〕不迁:不迁徙,不可移植。

〔11〕廓:空阔广大。姜亮夫曰:"恢廓宽大也。"无求:无所求。

〔12〕苏:清醒。一说疏远。横:刘梦鹏曰:"独立貌。"金开诚曰:"横,横绝,横断,当间阻截,与'流'相对。"流:随流于俗。

〔13〕闭心:将独立之志藏在心里。蒋骥曰:"谓固闭其心,不为物所摇也。"自慎:谨慎自守。

〔14〕秉:执。参:比。

〔15〕岁:年岁,时日。谢:去。长友:长为朋友。此二句之意,洪兴祖曰:"此言己年虽与岁俱逝,愿长与橘为友也。"

〔16〕淑:善。离:孤特。不淫:不淫惑。梗:正直。理:条理。

〔17〕行:德行。伯夷:孤竹君之子,拒绝君主之位,行为清洁,不受世俗利益引诱,后饿死。孔子以为"求仁而得仁",孟子以为"圣之清者也"。像:法式,榜样。

悲 回 风

【题解】

洪兴祖《楚辞补注》说:"此章言小人之盛,君子所忧,故托游天地之间,以泄愤懑,终沉汨罗,从子胥、申徒以毕其志也。"此诗作于被逐流亡时,其写作时代大体在《思美人》、《涉江》之后,但在《怀沙》、《惜往日》之前。其中涉及地域较广,其中应有虚拟成分,而提及江淮,应是现实。此诗表现了绝望之情,以及对过去幻想的后悔。汤炳正在《楚辞今注》中说:"作品是屈原到达溆浦后所作。其内容一方面是抒发自己不合时俗的志向,另一方面是描写流放途中寂寞幽愤的思绪。"马茂元《楚辞选》说:"通篇是纯粹的抒情,没有什么事实的叙述。所表现的感情,极为深沉、忧郁。"

悲回风之摇蕙兮,心冤结而内伤。[1]
物有微而陨性兮,声有隐而先倡。[2]
夫何彭咸之造思兮,暨志介而不忘![3]
万变其情岂可盖兮,孰虚伪之可长。[4]
鸟兽鸣以号群兮,草苴比而不芳。[5]
鱼葺鳞以自别兮,蛟龙隐其文章。[6]
故荼荠不同亩兮,兰茝幽而独芳。[7]
惟佳人之永都兮,更统世而自贶。[8]
眇远志之所及兮,怜浮云之相羊。[9]
介眇志之所惑兮,窃赋诗之所明。[10]

惟佳人之独怀兮,折芳椒以自处。[11]
曾歔欷之嗟嗟兮,独隐伏而思虑。[12]
涕泣交而凄凄兮,思不眠以至曙。[13]
终长夜之曼曼兮,掩此哀而不去。[14]

寤从容以周流兮,聊逍遥以自恃。[15]
伤太息之愍叹兮,气於邑而不可止。[16]
纠思心以为纕兮,编愁苦以为膺。[17]
折若木以蔽光兮,随飘风之所仍。[18]
存髣髴而不见兮,心踊跃其若汤。[19]
抚珮衽以案志兮,超惘惘而遂行。[20]
岁曶曶其若颓兮,时亦冉冉而将至。[21]
蘋蘅槁而节离兮,芳以歇而不比。[22]
怜思心之不可惩兮,证此言之不可聊。[23]
宁逝死而流亡兮,不忍此心之常愁。[24]
孤子唫而抆泪兮,放子出而不还。[25]
孰能思而不隐兮,昭彭咸之所闻。[26]

登石峦以远望兮,路眇眇之默默。[27]
入景响之无应兮,闻省想而不可得。[28]
愁郁郁之无快兮,居戚戚而不可解。[29]
心鞿羁而不开兮,气缭转而自缔。[30]
穆眇眇之无垠兮,莽芒芒之无仪。[31]

声有隐而相感兮,物有纯而不可为。[32]
貌蔓蔓之不可量兮,缥绵绵之不可纡。[33]
愁悄悄之常悲兮,翩冥冥之不可娱。[34]
凌大波而流风兮,托彭咸之所居。[35]

上高岩之峭岸兮,处雌蜺之标颠。[36]
据青冥而摅虹兮,遂倏忽而扪天。[37]
吸湛露之浮凉兮,漱凝霜之雰雰。[38]
依风穴以自息兮,忽倾寤以婵媛。[39]
冯昆仑以瞰雾露兮,隐岷山以清江。[40]
惮涌湍之礚礚兮,听波声之汹汹。[41]
纷容容之无经兮,罔芒芒之无纪。[42]
轧洋洋之无从兮,驰委移之焉止。[43]
漂翻翻其上下兮,翼遥遥其左右。[44]
氾潏潏其前后兮,伴张弛之信期。[45]
观炎气之相仍兮,窥烟液之所积。[46]
悲霜雪之俱下兮,听潮水之相击。[47]
借光景以往来兮,施黄棘之枉策。[48]
求介子之所存兮,见伯夷之放迹。[49]
心调度而弗去兮,刻著志之无适。[50]

曰:
吾怨往昔之所冀兮,悼来者之逖逖。[51]
浮江淮而入海兮,从子胥而自适。[52]
望大河之洲渚兮,悲申徒之抗迹。[53]

骤谏君而不听兮,重任石之何益！[54]
心结绲而不解兮,思蹇产而不释。[55]

【注释】

〔1〕回风:旋转的风。摇:摇落。冤结:犹言冤枉之情结于心而不可解。伤:伤痛。汪瑗曰:"痛也。"

〔2〕微:小。陨:陨落。王逸曰:"言芳草为物,其性微妙,易以陨落。"声:回风之声。隐:隐匿。倡:始。王逸曰:"言谗人之言隐匿其声,先倡导君,使乱惑也。"

〔3〕夫:发语词。彭咸之造思:即造思彭咸之倒装,犹言追思彭咸。造,兴。思,思念。暨:与。介:耿介。忘:失。

〔4〕万变:反复无常。盖:掩饰,覆盖。长:长久。

〔5〕号群:呼唤同类。号,呼号。草苴(jū居):枯草。王逸曰:"生曰草,枯曰苴。"比:挨着。

〔6〕茸(qì气):重叠。别:犹言分出,区别。隐:隐匿。文章:谓龙鳞的光彩。

〔7〕荼(tú图)荠:两种植物,荼苦而荠甘。荠,一作"苦"。不同亩:不长在一起。亩,王逸曰:"二百四十八步为亩。"

〔8〕惟:思。一说是发语词。都:美。一说邑有先君之庙谓都,王逸曰:"邑有先君之庙,曰都也。"更:更历。统:相承的系统。朱熹曰:"谓先世之垂统传世也。"贶(kuàng矿):与。

〔9〕眇:高远,渺远。远志:犹言高远的志向。相徉:无所依据的样子。徉,一作"羊"。

〔10〕介:节。眇志:高眇之志。惑:一作"感"。王逸曰:"言己能守耿介之眇节,以自惑误,不用于世也。"赋诗之所明:即赋诗以自明其志。

〔11〕怀:怀念。椒:申椒。处:居。芳:一作"若"。

〔12〕曾:重。一作"增"。欷歔(xū xī 虚西):哭泣时哽咽,一说嗟叹。嗟嗟:叹息。

〔13〕交:并。凄凄:悲伤的样子。一说流淌的样子。曙:天明。

〔14〕曼曼:漫长的样子。

〔15〕寤:醒来。周流:犹言周游,遍游。自恃:犹言自娱。恃,一作"持"。

〔16〕憯叹:忧悴重叹。一作"憯怜"。於邑:愁闷,郁邑。

〔17〕纠(jiū 纠):编结。纕(xiāng 香):佩带。一作"瓖",玉名。膺:胸。此处指络胸之物。

〔18〕光:日光。蔽:遮蔽。仍:因。

〔19〕髣髴(fǎng fú 仿佛):形似。汤:热水。

〔20〕佩:玉佩。汪瑗曰:"杂佩也。"衽(rèn 认):衣襟。案:按,抑。惘惘:恍惚的样子。

〔21〕智智(hū 忽):一作"忽忽",快。旹(shí 时):同"时"。冉冉:渐渐。

〔22〕薠(fán 烦)蘅:香草。槁:一作"稿",枯。节离:草木枯萎则节处断落。歇:草木败落。比:合,谓聚合而茂盛。

〔23〕思心:心中的愁思。惩:受创而止。聊:依赖。

〔24〕逝死:一作"溢死",突然死去。流亡:流散消亡。

〔25〕唫:一作"吟",叹息。抆(wěn 吻):擦拭。放:驱逐,流放。

〔26〕隐:忧,一说痛。昭:明。闻:声誉,名声。

〔27〕眇眇:遥远。之:与。马其昶曰:"犹与也。"默默:寂寥无人。

〔28〕景:影。响:声响。无应:没有回应。省想:省记而思想。朱熹曰:"闻见所不能接,而但可省记思想者也。"省,省察。

〔29〕郁郁:忧伤沉闷貌。怏:一作"怢"。居:一作"处"。戚戚:悲戚忧愁。

〔30〕靷羁:马缰绳和马络头,谓受约束。开:一作"形"。缭转:缠绕。缔:结。

〔31〕穆:静默。无垠:无边际。莽芒芒:草木茂盛。仪:匹配。洪兴祖曰:"匹也。"

〔32〕纯:美,善。朱熹曰:"声有隐而相感,意其可以寤于君心也。物有纯而不可为,则其心已一于彼而不可变矣。"

〔33〕藐(miǎo 秒):远。一作"邈"。蔓蔓:一作"漫漫",漫长貌。缥:微细。绵绵:谓延绵不绝的样子。纡(yū 迂):屈曲。

〔34〕翩:疾飞。冥冥:幽远。娱:乐。

〔35〕凌:乘。流:犹言随。托彭咸之所居:即从彭咸之所居。

〔36〕岩:崖岸。峭:险峻,一作"陗"。朱熹曰:"峻也。"处:居。雌蜺:副虹。标:树梢。颠:顶。

〔37〕据:靠,依。青冥:玄冥。摅(shū 书):舒。倏忽:迅速,快。扪:摸。

〔38〕湛:浓重,厚。凉:一作"源"。雰雰:本指雪下得大的样子,此处形容霜浓重。

〔39〕风穴:风口。洪兴祖曰:"《淮南》曰:'凤皇羽翼弱水,暮宿风穴。'注云:'风穴,北方寒风从地出也。'"寤:悟。婵媛:伤感而流连。一作"儃徊"。

〔40〕冯:登。瞰:俯视,一作"澂",澄清。隐:伏也。洪兴祖曰:"依据也。"岷:一作"崏"。一作"汶",即岷山,过去以为是长江的发源地,在今甘肃南部与四川交界处。王逸曰:"江所出也。《尚书》曰:岷山导江。"清江:使江清澈。一本无"露"。

〔41〕惮:畏惧。涌湍:奔涌的流水。湍,急流之水。礚(kē 科)礚:流水声,一说水石相激的声音。泅泅:水涌动的样子。

〔42〕纷:杂乱。容容:变化不定的样子。无经:无则。罔:惘然。芒芒:茫茫,模糊不清。无纪:无纲纪。

〔43〕轧:碾压。刘梦鹏曰:"转毂前形貌,进也。"一说指倾轧。洋洋:无边际。一说众多。委移:逶迤,曲折而长。

〔44〕翻翻:上下翻腾不定的样子。翼摇摇:汤炳正曰:"水势急速流动貌。"金开诚曰:"以上二句的意思是:波浪上下翻腾着漂流向前;左右摆荡着像飞一样奔向远方。"

〔45〕氾:洪兴祖曰:"滥也。"刘梦鹏:"亦浮舟意。"潏(jué 决)潏:涌流之貌。伴:一说俱。王逸曰:"俱也。"一说犹言背叛之叛,洪兴祖曰:"读若背畔之畔。"张弛:一说犹言屈伸缓急。一说弛为毁坏废弛之意。王逸

曰:"毁也。"信期:准确之期。刘梦鹏曰:"寒暑往来,按候不爽,故曰信期。"王泗原曰:"适宜之时。"汤炳正曰:"指潮水消长所遵循的时间。"

〔46〕炎气:火气,热气。王逸曰:"南方火也。"相仍:相从。烟液:古人认为火气上升为云,云凝为液是雨。积:聚。

〔47〕俱下:齐降下。

〔48〕借光景:犹言假时日。施:挥动。刘梦鹏曰:"陈也。"蒋天枢曰:"行也。"黄棘:棘刺。一说地名。洪兴祖补注:楚怀王二十五年,入秦昭王盟约于黄棘,为秦欺,终客死于秦。顷襄王信任奸回,将至七国,是与黄棘之行相似。枉:曲。策:马鞭。

〔49〕介子:介子推。所存:所在。介子推生于今山西运城闻喜县,后隐于绵山,死后葬于绵山。绵山在今介休市,绵山又称介山。见:览。放:放逐。一说远。迹:行迹。伯夷、叔齐不愿做孤竹国君,先至岐周,后隐于首阳山。首阳山在今河北迁安市岚山。

〔50〕调度:调和自己的行度。刻:铭刻。王泗原曰:"副词,深,作著的状语。"著:明。适:去,之。

〔51〕冀:希望。悼:伤感,悲伤。逖(tì 替)逖:一作"愁愁",忧惧的样子。

〔52〕自适:顺适自己意志。适,之。

〔53〕申徒:申徒狄。洪兴祖曰:"《淮南》注云:申徒狄,殷末人也,不忍见纣乱,自沉于渊。"抗迹:高亢之举。

〔54〕骤:数次。重:一百三十斤为重。任:负。

〔55〕结纡(guà 挂):一作"纡结",缠绕郁结。塞产:抑塞不平。

楚辞卷五

远游第五

屈 原

【题解】

王逸《楚辞章句》说:"《远游》者,屈原之所作也。屈原履方直之行,不容于世。上为谗佞所谮毁,下为俗人所困极,章皇山泽,无所告诉。乃深惟元一,修执恬漠。思欲济世,则意中愤然,文采铺发,遂叙妙思,托配仙人,与俱游戏,周历天地,无所不到。然犹怀念楚国,思慕旧故,忠信之笃,仁义之厚也。是以君子珍重其志,而玮其辞焉。"汤炳正《楚辞今注》说:"屈原晚年政治失败,复遭谗言,为顷襄王所流放。其辅佐楚王推行改革的政治理想不能实现,流放在外,返国无望,故以黄老道家中神仙方士之说,抒发愤懑,排遣苦闷。"

清人胡濬源《楚辞新注求确》主张《远游》为汉人所做;廖平《楚辞新解》、《楚辞讲义》主张《远游》为秦博士作。总括各家观点,主要证据有三:第一,《远游》是模拟司马相如《大人赋》的作品,赋产生于汉代,因此,《远游》应是司马相如以后的作品;第二,《远游》的神仙思想与屈原的思想不同;第三,《远游》中提到的"韩众",应该是秦始皇时期的"韩终"。游国恩先生早期在《楚辞概论》中曾主张《远游》为汉代作品,后来他在《屈原》一书中认为《远游》是屈原作品,屈原受战国时期流行于南方的神仙思想影响,而作《远游》。

根据近年出土文献,赋兴盛于战国,同时,神仙思想也在战国多有。《史记·秦始皇本纪》有方士"韩终",洪兴祖《楚辞补注》引《列仙传》有药仙"韩终",晋葛洪《神仙传》、李白《古风》都写为"韩众"。《远游》作为屈原的作品,应该是毋庸置疑的,司马相如写《大人赋》,多有模仿《远游》处。《远游》的主题和写作手法与《离骚》多相类似,是中国古代游仙文学的源头。

悲时俗之迫阨兮,愿轻举而远游。[1]
质菲薄而无因兮,焉托乘而上浮?[2]
遭沉浊而污秽兮,独郁结其谁语![3]
夜耿耿而不寐兮,魂营营而至曙。[4]
惟天地之无穷兮,哀人生之长勤。[5]
往者余弗及兮,来者吾不闻。[6]
步徙倚而遥思兮,怊惝怳而永怀。[7]
意荒忽而流荡兮,心愁凄而增悲。[8]
神倏忽而不返兮,形枯槁而独留。[9]
内惟省以端操兮,求正气之所由。[10]

漠虚静以恬愉兮,澹无为而自得。[11]
闻赤松之清尘兮,愿承风乎遗则。[12]
贵真人之休德兮,美往世之登仙。[13]
与化去而不见兮,名声著而日延。[14]
奇傅说之托辰星兮,羡韩众之得一。[15]

形穆穆以浸远兮,离人群而遁逸。[16]
因气变而遂曾举兮,忽神奔而鬼怪。[17]
时髣髴以遥见兮,精皎皎以往来。[18]
绝氛埃而淑尤兮,终不反其故都。[19]
免众患而不惧兮,世莫知其所如。[20]

恐天时之代序兮,耀灵晔而西征。[21]
微霜降而下沦兮,悼芳草之先零。[22]
聊仿佯而逍遥兮,永历年而无成。[23]
谁可与玩斯遗芳兮,晨向风而舒情。[24]
高阳邈以远兮,余将焉所程。[25]

重曰:
春秋忽其不淹兮,奚久留此故居?[26]
轩辕不可攀援兮,吾将从王乔而娱戏![27]
飡六气而饮沆瀣兮,漱正阳而含朝霞。[28]
保神明之清澄兮,精气入而粗秽除。[29]
顺凯风以从游兮,至南巢而壹息。[30]
见王子而宿之兮,审壹气之和德。[31]

曰:
"道可受兮,而不可传。[32]
其小无内兮,其大无垠。[33]
无滑而魂兮,彼将自然。[34]
壹气孔神兮,于中夜存。[35]

虚以待之兮,无为之先。[36]
庶类以成兮,此德之门。"[37]

闻至贵而遂徂兮,忽乎吾将行。[38]
仍羽人于丹丘兮,留不死之旧乡。[39]
朝濯发于汤谷兮,夕晞余身兮九阳。[40]
吸飞泉之微液兮,怀琬琰之华英。[41]
玉色頩以脕颜兮,精醇粹而始壮。[42]
质销铄以汋约兮,神要眇以淫放。[43]
嘉南州之炎德兮,丽桂树之冬荣。[44]
山萧条而无兽兮,野寂寞其无人。[45]
载营魄而登霞兮,掩浮云而上征。[46]
命天阍其开关兮,排阊阖而望予。[47]
召丰隆使先导兮,问大微之所居。[48]
集重阳入帝宫兮,造旬始而观清都。[49]
朝发轫于太仪兮,夕始临乎於微间。[50]
屯余车之万乘兮,纷容与而并驰。[51]
驾八龙之婉婉兮,载云旗之逶蛇。[52]
建雄虹之采旄兮,五色杂而炫耀。[53]
服偃蹇以低昂兮,骖连蜷以骄骜。[54]
骑胶葛以杂乱兮,斑漫衍而方行。[55]
撰余辔而正策兮,吾将过乎句芒。[56]
历太皓以右转兮,前飞廉以启路。[57]
阳杲杲其未光兮,凌天地以径度。[58]
风伯为余先驱兮,辟氛埃而清凉。[59]

凤凰翼其承旂兮,遇蓐收乎西皇。[60]
擥彗星以为旍兮,举斗柄以为麾。[61]
叛陆离其上下兮,游惊雾之流波。[62]
岂晻曀其曚莽兮,召玄武而奔属。[63]
后文昌使掌行兮,选署众神以并毂。[64]
路曼曼其悠远兮,徐弭节而高厉。[65]
左雨师使径侍兮,右雷公以为卫。[66]
欲远度世以忘归兮,意恣睢以担挢。[67]
内欣欣而自美兮,聊婾娱以自乐。[68]
涉青云以泛滥游兮,忽临睨夫旧乡。[69]
僕夫怀余心悲兮,边马顾而不行。[70]
思旧故以想像兮,长太息而掩涕。
氾容与而遐举兮,聊抑志而自弭。[71]

指炎神而直驰兮,吾将往乎南疑。[72]
览方外之荒忽兮,沛罔象而自浮。[73]
祝融戒而跸御兮,腾告鸾鸟迎宓妃。[74]
张乐《咸池》奏《承云》兮,二女御《九韶》歌。[75]
使湘灵鼓瑟兮,令海若舞冯夷。[76]
玄螭虫象并出进兮,形蟉虬而逶迤。[77]
雌蜺便娟以增挠兮,鸾鸟轩翥而翔飞。[78]
音乐博衍无终极兮,焉乃逝以徘徊。[79]
舒并节以驰骛兮,逴绝垠乎寒门。[80]
轶迅风于清源兮,从颛顼乎增冰。[81]
历玄冥以邪径兮,乘间维以反顾。[82]

召黔嬴而见之兮,为余先乎平路。[83]
经营四荒兮,周流六漠。[84]
上至列缺兮,降望大壑。[85]
下峥嵘而无地兮,上寥廓而无天。[86]
视倏忽而无见兮,听惝怳而无闻。[87]
超无为以至清兮,与泰初而为邻。[88]

【注释】

〔1〕时俗:当时的风俗习惯和社会风气。迫阨(è饿):困窘不安,无立身之地。轻举:轻身高飞。

〔2〕质:气质、资质。菲薄:鄙陋、浅薄。无因:无所凭借。因,一作"由"。托乘:依托、乘载。乘,一作"桼"。上浮:上升。

〔3〕沉浊、污秽:都是指当时世道的混浊。郁结:忧郁苦闷在心中滞结。谁语:即语谁,告诉谁。

〔4〕耿耿:心中不安的样子。一作"炯炯"。营营:孤独惶惧的样子。一作"茕茕"。

〔5〕惟:思。勤:辛劳、忧患。

〔6〕往者:往古之事。一说指前世的圣人,王逸曰:"三皇五帝,不可逮也。"来者:未来之事。

〔7〕徙倚:徘徊不前的样子。遥思:思绪悠远。怊(chāo抄):失意怅惘的样子。惝怳(chǎng huǎng 厂谎):心神不安的样子。

〔8〕意:情思。荒忽:即恍惚,神志不清,思绪不定的样子。流荡:流动不居,无所依托。愁凄:愁闷、凄楚。

〔9〕倏(shū书)忽:极快的样子。返:一作"反"。枯槁(gǎo搞):形容人的身体憔悴瘦损。

〔10〕内:内心。惟省:思考。端操:端正操守。正气:正大刚直之气。

〔11〕漠:漠然。虚静:不为外物所扰,内心平和。恬愉:恬静愉快。澹:恬淡。无为:顺应自然,超越尘俗。自得:悟道而忘却尘俗,自得其乐。

〔12〕赤松：传说中的仙人。《列仙传》认为是神农的雨师，《韩诗外传》认为是帝喾的老师。清尘：清静无为，超凡脱俗的境界。尘，一作"虚"。承：秉承。风：教化。遗则：遗留的法则。

〔13〕贵：以之为贵，珍视、珍惜。真人：道家称得道者。真，一作"至"。休：美。美：以之为美，赞美。一作"羡"。往世：过去。登仙：成仙，这里指成仙者。

〔14〕化去：蜕形而去。汪瑗曰："即谓升仙也。"著：彰显、流传。一作"彰"。延：长久。

〔15〕奇：以之为奇，惊奇。傅说(yuè 悦)：殷王武丁的贤相，传说死后托化为星辰。托(tuō 脱)：化为。辰星：王逸曰："辰星，房星，东方之宿，苍龙之体也。"羡：羡慕。一作"美"。韩众：传说中的古代仙人。《列仙传》曰："齐人韩终为王采药，王不肯服，终自服之，遂得仙也。"一：为天地万物之本，是最纯粹的道。

〔16〕形：形体。穆穆：沉静安详的样子。浸远：渐行渐远。遁逸：遁去，隐逸。

〔17〕气变：道家所指的真气的变化。一说指乘风驾雾，如王逸云："乘风蹈雾，升皇庭也。"曾举：高飞。曾，通"增"。忽：迅速。神奔：如神之奔，形容仙人变化往来之快。鬼怪：形容神出鬼没，让人惊叹。

〔18〕时：有时。髣髴：即仿佛。精：精魂。皎皎：明亮的样子。一作"晈晈"。以：一作"而"。

〔19〕绝：超越。一作"超"。氛埃：尘世。氛，浊气。淑尤：高蹈而避害，化凶为吉。淑，善。尤，祸。一作"邮"。

〔20〕惧：一作"思"。所如：所往。

〔21〕天时：春秋交迭，岁月更替。代序：时序相替。耀灵：太阳。曄(yè 夜)：闪耀。征：行。

〔22〕微霜：薄霜。下沦：下沉。悼：悲伤。零：落。一作"蘦"。

〔23〕聊：暂且。仿佯(páng yáng 旁羊)：游荡。逍遥：无拘无束的样子。而：一作"以"。永历年：经历了多年，年复一年。永，长久。历，经历、经过。无成：无所成就。

147

〔24〕玩:欣赏。遗芳:遗留的芳泽,指上文凋零的芳草。晨向:一作"长乡"。

〔25〕高阳:古帝颛顼,五帝之一。邈:远。程:法式,取法。

〔26〕重曰:申说未尽,再次诉说。春秋:岁月。淹:久留。故居:旧居。

〔27〕轩辕:即黄帝。攀援:攀附、跟随。王乔:即王子乔,传说中的古仙人,好吹笙,作凤鸣。娱戏:娱乐、嬉戏。

〔28〕飡(cān 餐):食用,一作"餐"。六气:天地四时之气。沆瀣(hàng xiè 杭去声谢):夜间的水气。正阳:日中之气。含:含在口里。

〔29〕神明:人的精神。清澄:清澈。精气:即上文所说的六气。粗秽:混浊之气。粗,杂而不纯。

〔30〕凯风:南风。《诗经·邶风·凯风》:"凯风自南。"南巢:南方凤鸟栖居的地方。壹息:稍事休息。

〔31〕王子:即王子乔。宿:留宿休息。审:究问,探求。壹气:精纯之气。和德:中和之妙。

〔32〕曰:即王子所言。受:用心体会获得。传:用言语传授,言传。一"不"前无"而"。

〔33〕其小无内:小到极点,没有内部可以分离。其大无垠:大到极点,以至于没有边界。

〔34〕无滑(gǔ古):一作"毋滑",一作"无淈滑"。滑,乱。而:你。彼:这里指精魂。自然:指归于自然。

〔35〕孔:很,非常。神:奇妙。中夜:夜中虚静之时。

〔36〕虚以待之:应以虚静对待万物,任凭万物自生自灭。无为之先:顺应自然,不作无用之功。

〔37〕庶类:万物。德:即上文之"壹气之和德"之德。门:途径。

〔38〕至贵:这里指最珍贵的语言,神妙之言。朱熹《楚辞集注》曰:"谓至妙之言,其贵无敌也。"一说王侯,王逸曰:"王侯。"一说独有之人,洪兴祖曰:"《庄子》曰:独有之人,是之为至贵。屈子闻其风而往焉。"徂:往,去,这里指远游。

〔39〕仍:就着。羽人:传说中的飞仙。丹丘:昼夜长明之地,传说中神仙居住的地方。留:居住。不死之旧乡:神仙居住的地方。

〔40〕濯(zhuó 卓):洗。汤谷:日所出之所。晞(xī 希):晒干。九阳:日出日落的地方。或以为旸谷,或以为即太阳。

〔41〕吸:饮用。飞泉:飞瀑。王逸曰:"玄泽之肥润也。"洪兴祖曰:"六气,日入为飞泉。"汤炳正曰:"飞瀑。"金开诚曰:"指六气。"微液:细微的汁液。怀:食用。琬琰(wǎn yǎn 晚演):美玉。华英:精华。

〔42〕玉色:容貌温润如玉。颏(pīng 乒):面色光泽艳美。腕(wǎn 晚):光泽,鲜艳。精:精气。醇粹:厚重纯粹。

〔43〕质:形体。销铄(shuò 烁):王逸曰:"癯瘦。"洪兴祖曰:"质销铄,谓凡质尽也。"这里指脱胎换骨,身体变得轻便,即将飞升。汋(chuò 辍)约:王逸曰:"柔媚善也。"这里指身体因要远游而变得轻盈柔弱。神:精神。要眇:幽远的样子。洪兴祖曰:"眇与妙同。要眇,精微貌。"朱熹曰:"深远貌。"淫放:这里指精神的彻底解脱。

〔44〕嘉:赞美。南州:南方之地。一说指楚国以南。炎德:南方气温高,属火,其德为炎。丽:以之为美,赞美。

〔45〕寞:一作"漠"。其:一作"乎"。

〔46〕载:王逸曰:"抱。"朱熹曰:"犹加也。"营魄:魂魄。汪瑗曰:"即所修炼之体魄也。"营,修炼。霞:朝霞。一说霞与"遐"通,遥远,登霞即远游。掩浮云:隐蔽于浮云之下。上征:上行。

〔47〕天阍(hūn 昏):天门的守卫者。阍,守门人。排:推。阊阖(chāng hé 昌合):天门,一作"阖阊"。

〔48〕召:召唤。丰隆:神话传说中的云神。一说是雷神。问:寻访。大微:星名,在北斗之南,轸宿和议宿之北,是传说中天帝的居所。

〔49〕集:到。重阳:指天。造:到。旬始:星名。一说皇天名。清都:天帝的居所。

〔50〕发轫(rèn 认):撤去支轮的木头,使车开动,即发车。太仪:天帝的宫廷。王逸曰:"天帝之庭,习威仪之处也。"临:到达。於微间:东方的玉山。一作"微母间"。

〔51〕屯:聚集。万乘:四马拉一车为一乘。万乘形容车马之多。纷:形容车马众多的样子。容与:车水马龙之义。容,一作"溶"。

〔52〕"驾八龙"二句:参《离骚》注〔181〕。蛇:一作"迤"。

〔53〕建:树立。雄虹:彩虹。古人以虹为雄,以霓为雌。旄:以牦牛尾作装饰的旗子。炫耀:光彩闪耀。

〔54〕服:四马驾车,中间的两马称为服。偃蹇(yǎn jiǎn 演简):回环屈曲的样子。低昂:高低俯仰。骖(cān 餐):四马拉车,旁边的两马称为骖。连蜷(quán 全):马蹄屈伸的样子。骄骜(ào 傲):形容马恣意奔驰的样子。

〔55〕骑:总指车马。胶葛:车马喧杂的样子。以:一作"其"。斑:杂色的花纹或斑点,这里形容车马之多。斑漫衍:连绵不断的样子。漫衍,无极。方行:并行。

〔56〕撰:拿着。辔:马缰绳。正:整理,端正。策:马鞭。钩(gōu 勾)芒:东方木官之神。钩,一作"句"。

〔57〕历:经过。太皓:传说中的古帝王。飞廉:神话中的风神。启路:开路。启,一作"烛"。

〔58〕杲(gǎo 搞)杲:日出时明亮的样子。其:一作"亦"。凌:超越。径度:直行。径,直。

〔59〕风伯:风神。辟:除去。氛埃:汪瑗曰:"氛,昏浊之气。埃,尘之垢也。"辟氛埃:一作"氛埃辟"。先:一作"前"。

〔60〕"凤凰"句:参《离骚》注〔175〕。凰,一作"皇"。蓐收:西方之神,少暭之子。西皇:西方之帝,少暭。

〔61〕擥(lǎn 览):一作"揽",执持,引援。彗星:绕太阳旋转的一种星体,通常在背着太阳的一面拖着一条扫帚形长尾,又叫扫帚星。旍:即"旌"字。举:握持。斗柄:北斗之柄。麾(huī 灰):古代作战时指挥用的旗子。

〔62〕叛陆离:形容各种旗子参差纷杂的样子。叛,分散。陆离,错综的样子。上下:形容旗子在风中上下飘舞。惊雾:浮动的雾气。

〔63〕旹:日光。一作"时"。掩暳(ǎn yì 俺义):一作"暧曃"(ài dài

爱戴），暗。曬莽(tǎng mǎng 躺茫)：朦胧不清的样子。玄武：二十八宿中北方七宿的总称。一说古代神话中的北方之神，其形象为龟，或龟蛇合体。属：跟随。

〔64〕文昌：星名，在紫微宫，有六颗星组成，如筐形。掌行：负责掌管行路的事宜。一说掌领从行人员，如洪兴祖曰："谓掌领从行者。"选署：挑选部署。并毂(gǔ古)：车辆并行。毂，车轮中心可以插轴的部分，这里指车。

〔65〕"路曼曼"句：参《离骚》注〔97〕。悠，一作"修"。徐：从容不迫的样子，一作"飒"。弭节、高厉：参《离骚》中注解。

〔66〕径侍：直接侍奉。

〔67〕度世：远离尘世而登仙。一"度"上无"远"。恣睢：自在任意，无拘无束。担矫(jiǎo 饺)：高举。矫，一作"挢"。

〔68〕欣欣：喜悦。而：一作"以"。自美：自得其乐。媮(yú 鱼)娱：取乐其娱。自乐，一作"淫乐"。

〔69〕涉：踏。一说为随从。泛滥游：到处漫游而无定所。泛，一作"氾"。临睨：俯视。一无"以"字，一无"游"字。

〔70〕僸(xiè 谢)夫：一作"仆夫"，随从的人。怀：伤感哀怜。边：旁，谓两骖。

〔71〕氾容与：任意徘徊。氾，任意、四处。遐举：高升而远游。遐，远。举，升。抑志：控制自己的情绪。自弭：自己安抚调剂。弭，安抚。

〔72〕炎神：南方之神，即古神话传说中的火神祝融。一作"炎帝"。直驰：径直驰骛。南疑：即九嶷。

〔73〕方外：世俗之外。荒忽：荒原渺茫。沛：水流动的样子。朱熹曰："流貌。"沛罔象：形容水浩淼无涯。罔象，即汪洋，水盛貌。罔，一从"氵"。象，一作"瀁"。自浮：漂浮不定。

〔74〕祝融：传说中帝喾时掌火的官，死后为火神。戒：告诫。跸御：陆时雍曰："跸，止行人也。御，侍也。"一作"还衡"。腾告：传报。腾，传。宓妃：参《离骚》"求宓妃之所在"句〔112〕。宓，一作"虙"。

〔75〕张：陈设。《咸池》、《承云》：都为古代乐曲名。王逸曰："《咸

池》,尧乐也。《承云》,即《云门》,黄帝乐也。"二女:传说中尧的两个女儿,娥皇和女英。御:侍。《九韶》:舜时乐曲名。一"张"下无"乐"。

〔76〕湘灵:泛指湘水之神。令:一作"命"。海若:传说中的海神。冯夷:水神。

〔77〕玄:黑色。螭(chī 吃):神话中的无角龙。虫:这里泛指水中的虫子。象:罔象,水中的神兽。蟉虬:盘曲的样子。逶迤:弯弯曲曲延续不断的样子。迤,一作"蛇"。

〔78〕雌蜺:副虹,古时候指位于主虹外侧,色彩较浅淡的虹。便娟:形容体态轻盈美丽。娟,一作"娟"。增挠:指虹霓高起弯曲。轩翥(zhù 住):高飞。轩,举。一作"骞"。翥,飞。

〔79〕博衍:博大繁盛,指音乐延续不绝。博,广大。衍,盛多。焉乃:于是。逝,往,去。以:一作"而"。

〔80〕舒并节:放开统一的节律,而任意奔驰。驰骛:奔走、奔竞。逴(chuò 辍):远。绝垠:天的边际。寒门:北极之门。乎:一作"兮"。

〔81〕轶:后面的车超过前面的,这里泛指超越。朱熹曰:"从后出前也。"迅风:疾风。清源:古代指八风所出支源,王逸曰:"八风之藏府也。"源,一作"凉"。颛顼(zhuān xū 专须):北方之帝。增冰:冰层。增,通"层"。

〔82〕历:经过。玄冥:北方之神。邪径:间道。乘:登升。间维:两维之间。维,古人给天拟定的度数。这里指天。洪兴祖曰:"《淮南》云:两维之间,九十一度。"

〔83〕黔嬴:神话传说中的造化之神,一说为水神。嬴,一作"赢"。平路:通向大道、至道的路。一本先下有"道"字。

〔84〕经营:往来周旋。四荒:四方荒远之地。荒,一作"方"。周流:遍游。六漠:六合,天地四方。

〔85〕列缺:天的缝隙。古人以为闪电来自天的缝隙,因此也以列缺为闪电的代称。降望:向下望。大壑:大海。

〔86〕岵嵘:深远的样子。无地:极其深邃而没有下的界限。寥廓:空旷广阔的样子。

〔87〕倏忽:转眼之间,极快。无见:不能看到。惝悦(chǎng huǎng 场谎):模糊不清。无闻:不能听到。

〔88〕超:上达。至清:指虚静清明的境界。泰初:即太初。

楚辞卷六

卜居第六

屈 原

【题解】

　　王逸《楚辞章句》说:"《卜居》者,屈原之所作也。屈原体忠贞之性,而见嫉妒。念谗佞之臣,承君顺非,而蒙富贵。己执忠贞而身放弃,心迷意惑,不知所为。乃往至太卜之家,稽问神明,决之蓍龟,卜己居世何所宜行,冀闻异策,以定嫌疑。故曰《卜居》也。"卜,占卜,问卦,以卜决疑。居,处世的方法和态度。卜居的意思就是说,通过问卦来决定自己在现实生活中的态度。

　　王逸认为《卜居》是屈原所作。清代学者崔述开始怀疑《卜居》的作者,认为乃后世学者"假托成文"。郭沫若在《屈原赋今译》中推论说:"可能是深知屈原生活和思想的楚人的作品。"

　　《卜居》、《渔父》二文,是屈原记录自己与他人对话的作品,其风格类似于宋玉《高唐对》这样的"对问体",是宋玉等《高唐赋》、《登徒子好色赋》所效法的范本。汤炳正《楚辞今注》说:"屈原被顷襄王流放已逾三年,对于楚国逸佞得意、忠贤遭祸的现实愈益愤懑,因而假设问答,将批评与赞颂的思想、行事并列提出,对自己的处事原则进行了重新的评估与审视。由于问答的对立面是占卜之官,因而取名'卜居'。"

屈原既放,三年不得复见。竭知尽忠,而蔽鄣于谗,[1]心烦虑乱,不知所从。乃往见太卜郑詹尹曰:"余有所疑,愿因先生决之。"[2]詹尹乃端策拂龟曰:"君将何以教之?"[3]

屈原曰:"吾宁悃悃款款朴以忠乎?[4]将送往劳来斯无穷乎?[5]宁诛锄草茅以力耕乎?将游大人以成名乎?[6]宁正言不讳以危身乎?[7]将从俗富贵以媮生乎?[8]宁超然高举以保真乎?[9]将哫訾栗斯,喔咿儒儿以事妇人乎?[10]宁廉洁正直以自清乎?将突梯滑稽,如脂如韦,以洁楹乎?[11]宁昂昂若千里之驹乎?[12]将氾氾若水中之凫乎?与波上下,偷以全吾躯乎?[13]宁与骐骥亢轭乎?将随驽马之迹乎?[14]宁与黄鹄比翼乎?将与鸡鹜争食乎?[15]此孰吉孰凶?何去何从?世溷浊而不清,蝉翼为重,千钧为轻;黄钟毁弃,瓦釜雷鸣;[16]谗人高张,贤士无名。吁嗟默默兮,谁知吾之廉真!"[17]

詹尹乃释策而谢,曰:"夫尺有所短,寸有所长,物有所不足,智有所不明,[18]数有所不逮,神有所不通。[19]用君之心,行君之意,龟策诚不能知事。[20]"

【注释】

〔1〕放:放逐。竭知:竭尽才智。汪瑗曰:"效其才力也。"蔽鄣:被蒙蔽。

〔2〕太卜:掌卜筮之官。郑詹尹:卜者姓名。因:依。先生:指郑詹尹。决:决断。之:代指所疑。

〔3〕端:端正。策:占卜用的蓍草。拂:拂拭。教:此处指想问什么问题。

〔4〕悃(kǔn捆)悃:朴质的样子。一说忠诚的样子。款款:忠诚的意思。朴以忠:犹言朴素正直。朴,质朴。

〔5〕送往劳来:犹言迎来送往,此处指奔走周旋以媚世。

〔6〕大人:指贵戚、权要之人。

〔7〕危身:高洁其身。危,高。

〔8〕媮:(yú愉):乐。一说为"偷",苟且。

〔9〕高举:犹言远去。一说超然的举动。保真:保持正直的本性。

〔10〕呢訾(zú zǐ足紫):以言语求媚。栗:一作"傈",一作"粟"。喔咿儒儿:强颜欢笑的样子。咿,一作"呀"。儒儿,一作"嚅唲"。

〔11〕突梯滑(gǔ股)稽:态度圆滑,口齿伶俐。朱熹曰:"突梯,滑溚貌。滑稽,圆转貌。"形容善于迎合世俗的好恶。如脂如韦:光滑如油脂,柔软如熟牛皮。形容善于应付环境,随机应变。脂,油脂。韦,熟牛皮。洁:通"絜",测量圆形叫絜。一作"絜"。楹:屋的柱子。

〔12〕昂昂:出群的样子。一作"卬卬",马奔走的样子。驹:小马。蒋骥曰:"马未壮者。"

〔13〕氾(fàn泛)氾:漂浮的样子。一"凫"下无"乎"。

〔14〕骐骥:良马。与骐骥亢轭(è饿):即与骏马并列。亢轭,言同等驾辕。轭,辕前套住马的部分。

〔15〕黄鹄:天鹅。刘良曰:"喻逸士也。"蒋骥《山带阁注楚辞》:"大鸟,一举千里。"王夫之《楚辞通释》:"鹄有二音,音斛者小鸟;音谷者大鸟,一举千里。"聂石樵《楚辞新注》:"黄鹄,天鹅。"比翼:并飞。鹜:鸭。鸡鸭借喻谄佞者辈。争食:喻竞争食禄。

〔16〕钧:三十斤为一钧。黄钟:汪瑗曰:"谓钟之律中黄钟者。器极大声最宏,其贵可知也。"喻礼乐之士。瓦釜:瓦锅。喻平庸之人。

〔17〕默默:不得意的样子。真:一作"贞",正也。或曰:沉默无言的样子。

〔18〕释:舍,放下。谢:辞。道歉。尺有所短,寸有所长:事物各有长处和短处。物有所不足:事物都有自己的缺陷。智有所不明:智者也有很多事情不能明白。

〔19〕数:指策而言。此指算计、计算。逮:及,到。
〔20〕知事:决定心志。一云"知此事"。

楚辞卷七

渔父第七

屈　原

【题解】

王逸《楚辞章句》说:"《渔父》者,屈原之所作也。屈原放逐,在江、湘之间,忧愁叹吟,仪容变易。而渔父避世隐身,钓鱼江滨,欣然自乐。时遇屈原川泽之域,怪而问之,遂相应答。楚人思念屈原,因叙其辞以相传焉。"林云铭《楚辞灯》说:"篇中有'葬于江鱼腹中'之语,意已决矣,故借《渔父》问答,发明己意。浊、醉二字画出当日仕楚群臣真面目。原非不知和光同尘,可以免于罪,但自惟得此清醒之体,费却许多洗濯功夫,原非易事。若入于浊醉之中,何异新沐浴者复受衣冠垢污,与未沐浴同矣,是渔父以不入耳之谈来相勤勉也。及自言其志,而渔父亦以为不然,长歌而去。此时,举世总无一可语之人,虽欲不自沉,不可得矣。此通篇之大旨也。"

屈原既放,游于江潭,行吟泽畔,颜色憔悴,形容枯槁。[1]

渔父见而问之曰:"子非三闾大夫与?何故至于斯?"[2]屈原曰:"举世皆浊而我独清,众人皆醉而我独醒,是以见放。"[3]

渔父曰:"夫圣人者不凝滞于物,而能与世推移。[4]举世皆浊,何不淈其泥而扬其波?[5]众人皆醉,何不铺其糟而歠其醨?[6]何故怀瑾握瑜,而自令见放为?"[7]屈原曰:"吾闻之,新沐者必弹冠,新浴者必振衣。[8]安能以身之察察,受物之汶汶者乎?[9]宁赴湘流,葬于江鱼之腹中。[10]安能以皓皓之白,而蒙世俗之尘埃乎?"[11]

　　渔父莞尔而笑,[12]鼓枻而去,歌曰:"沧浪之水清兮,可以濯吾缨;沧浪之水浊兮,可以濯吾足。"[13]遂去,不复与言。

【注释】

〔1〕既:已经。放:流放。江潭:泛指沅湘之间。潭,水之深处。行吟:边走边吟。泽畔:水边。颜色:脸色。憔悴:困顿萎靡的样子。形容:身体和容貌。

〔2〕渔父(fǔ甫):渔翁。子:古代对男子的尊称。三闾大夫:旧说以为掌宗室教育等项之官,钱穆认为乃邑大夫。至于斯:到了这个地步。

〔3〕举世:一作"皆浊"。举,全。清:清洁。醉:昏聩无知。醒:头脑清醒。两"而"字,一本无。是以:因此。见:被。

〔4〕夫:发语词,一本无"夫"。圣人:有最高智慧的人。者:一本无。凝滞:拘泥。物:外物。推移:推进,变化。

〔5〕举世:一作"世人"。淈(gǔ古):意为搅混。扬其波:指推波助澜。扬,扬起。

〔6〕铺(bǔ补):意为食用。糟:酒渣。歠(chuò辍):饮。醨(lí离):薄酒。

〔7〕怀瑾握瑜:一作"深思高举"。为:表疑问的语气词。一本无"而"、"见"。

〔8〕沐:洗头。弹冠:拍打帽子去掉灰尘。浴:洗澡。振衣:抖掉衣

服上的灰尘。

〔9〕安能:怎么能。察察:洁白的样子。汶(mén 门)汶:污浊的样子,蒙受尘垢的样子。

〔10〕赴:投入。

〔11〕皓皓:洁白,比喻品质高尚纯洁。蒙:遭受。

〔12〕莞尔:微笑的样子。鼓:叩动,敲击。枻(yì 亦):船舷,一说,船旁板,汪瑗曰:"船旁板也。"

〔13〕歌:一本上有"乃"字。沧浪:水名。濯(zhuó 灼):洗。缨:帽子上的带子。吾:一作"我"。

楚辞卷八

九 辩 第 八

宋　玉

【题解】

　　王逸《楚辞章句》说："《九辩》者,楚大夫宋玉之所作也。辩者,变也。谓陈道德以变说君也。九者,阳之数,道之纲纪也。故天有九星,以正机衡;地有九州,以成万邦;人有九窍,以通精明。屈原怀忠贞之性,而被谗邪,伤君阇蔽,国将危亡,乃援天地之数,列人形之要,而作《九歌》、《九章》之颂,以讽谏怀王。明己所言,与天地合度,可履而行也。宋玉者,屈原弟子也。闵惜其师忠而放逐,故作《九辩》以述其志。至于汉兴,刘向、王褒之徒,咸悲其文,依而作词,故号为'楚词',亦承其九以立意焉。"九辩本是流传在当时楚地的古代乐曲名。九,多指虚数。王夫之《楚辞通释》曾解释说:"辩,犹遍也,一阕谓之一遍。盖亦效夏启《九辩》之名,绍古体为新裁,可以被之管弦。其词激宕淋漓,异于风雅,盖楚声也。"陈时雍《楚辞疏》说:"万物凛秋,人生苦愁。彼生不辰者,直百岁无阳日耳。屈原之于怀王,始非不遇,卒以忧死,君子哀之。宋玉作《九辩》,衍述原意,兼悼来者,故语多商声。其云'贫士失职而志不平',所寄慨于千载者多矣。"

　　明代以后,有人认为《九辩》为屈原所作,其理由有四:第一,《离骚》、《天问》提及《九辩》时与《九歌》联系在一起;第二,《九辩》之内容是屈原自为悲愤之言;第三,《楚辞释文》次序《九辩》在《离骚》之后,《九歌》之前,而《离骚》、《九歌》是屈原作品,因而《九辩》也应当是屈原著作;第四,曹植《陈审举表》引屈原"国有骥而不知乘兮,焉皇皇而更索",此语出自《九辩》。

《九辩》、《九歌》是古乐名,《离骚》、《天问》所言《九辩》、《九歌》不是《楚辞》之《九辩》、《九歌》,这是我们已明了的。屈原可以旧乐章作《九歌》,宋玉又未尝不可以《九辩》旧题作《九辩》新歌;屈原既作《九歌》,却未必需要再作《九辩》,这其中并不存在必然性的联系。至于《九辩》内容,既可以是屈原自悲,又何尝不可以是宋玉之悲屈原或自悲呢?《楚辞释文》次序不以作者为次,其编集,或以收集到各篇目的先后为序,如汤炳正先生《楚辞成书之探索》一文所指出的那样,"反映出了《楚辞》一书的纂辑过程和纂辑者的主名。它证明了《楚辞》一书是由战国到东汉这一漫长的历史时期中经过很多人的陆续编纂辑补而成"。更何况《楚辞》成形,以刘向为最有贡献,刘向整理校勘《楚辞》,以《九辩》为第二,却仍以《九辩》为宋玉之作,一定有其充分理由。而曹子建以《九辩》之言为屈原语,只可能是曹植误记。游国恩先生指出引证错误,"是极平常的事",如《论语·颜渊》子夏曰"死生有命,富贵在天",而《论衡·问孔篇》误为孔子之言,即为明证。

根据《楚辞章句·九辩序》,《九辩》的内容是宋玉悲悯屈原行为,以述屈原之志;而《楚辞》之书的成名,在于自宋玉以至刘向、王褒,皆悲屈原之志,依屈原之文而作词。有了这个认识,我们就可以正确理解《九辩》与《楚辞》中大部分因袭屈原作品的现象。游国恩先生并认为《七谏》、《九怀》、《九叹》之摹仿,"实在是受了《九辩》的影响"。《九辩》大面积的因袭,如果不看作是其述屈原之志所必需,则是难以理解的。因为这种抄袭的倾向与《九辩》所表现出的创造性很不协调,只有认识到《九辩》是缘于表达悲悯屈原行为及赞赏屈原文辞之目的,才是合乎情理的。

悲哉秋之为气也！萧瑟兮草木摇落而变衰。[1]
憭慄兮若在远行,登山临水兮送将归。[2]
泬寥兮,天高而气清;寂寥兮,收潦而水清。[3]
憯凄增欷兮,薄寒之中人。[4]
怆怳懭悢兮,去故而就新,[5]
坎廪兮,贫士失职而志不平。[6]
廓落兮,羁旅而无友生。惆怅兮,而私自怜。[7]
燕翩翩其辞归兮,蝉寂漠而无声。[8]
雁廱廱而南游兮,鹍鸡啁哳而悲鸣。[9]
独申旦而不寐兮,哀蟋蟀之宵征。[10]
时亹亹而过中兮,蹇淹留而无成。[11]

悲忧穷戚兮独处廓,有美一人兮心不绎。[12]
去乡离家兮徕远客,超逍遥兮今焉薄?[13]
专思君兮不可化,君不知兮可奈何?[14]
蓄怨兮积思,心烦憺兮忘食事。[15]
愿一见兮道余意,君之心兮与余异。
车既驾兮揭而归,不得见兮心伤悲。[16]
倚结軨兮长太息,涕潺湲兮下霑轼。[17]
慷慨绝兮不得,中瞀乱兮迷惑。[18]

私自怜兮何极？心怦怦兮谅直。[19]

皇天平分四时兮，窃独悲此凛秋。[20]
白露既下百草兮，奄离披此梧楸。[21]
去白日之昭昭兮，袭长夜之悠悠。[22]
离芳蔼之方壮兮，余萎约而悲愁。[23]
秋既先戒以白露兮，冬又申之以严霜。[24]
收恢炱之孟夏兮，然欿傺而沉藏。[25]
叶菸邑而无色兮，枝烦挐而交横。[26]
颜淫溢而将罢兮，柯仿佛而萎黄。[27]
萷櫹椮之可哀兮，形销铄而瘀伤。[28]
惟其纷糅立将落兮，恨其失时而无当。[29]
擥骓辔而下节兮，聊逍遥以相佯。[30]
岁忽忽而遒尽兮，恐余寿之弗将。[31]
悼余生之不时兮，逢此世之俇攘。[32]
澹容与而独倚兮，蟋蟀鸣此西堂。[33]
心怵惕而震荡兮，何所忧之多方！[34]
仰明月而太息兮，步列星而极明。[35]

窃悲夫蕙华之曾敷兮，纷旖旎乎都房。[36]
何曾华之无实兮，从风雨而飞飏！[37]
以为君独服此蕙兮，羌无以异于众芳。[38]
闵奇思之不通兮，将去君而高翔。[39]
心闵怜之惨凄兮，愿一见而有明。[40]
重无怨而生离兮，中结轸而增伤。[41]

岂不郁陶而思君兮，君之门以九重。[42]
猛犬狺狺而迎吠兮，关梁闭而不通。[43]
皇天淫溢而秋霖兮，后土何时而得干？[44]
块独守此无泽兮，仰浮云而永叹。[45]

何时俗之工巧兮？背绳墨而改错！[46]
却骐骥而不乘兮，策驽骀而取路。[47]
当世岂无骐骥兮，诚莫之能善御。[48]
见执辔者非其人兮，故跼跳而远去。[49]
凫雁皆唼夫梁藻兮，凤愈飘翔而高举。[50]
圜凿而方枘兮，吾固知其鉏铻而难入。[51]
众鸟皆有所登栖兮，凤独惶惶而无所集。[52]
愿衔枚而无言兮，尝被君之渥洽。[53]
太公九十乃显荣兮，诚未遇其匹合。[54]
谓骐骥兮安归？谓凤皇兮安栖？[55]
变古易俗兮世衰，今之相者兮举肥。[56]
骐骥伏匿而不见兮，凤皇高飞而不下。[57]
鸟兽犹知怀德兮，何云贤士之不处？[58]
骥不骤进而求服兮，凤亦不贪馁而妄食。[59]
君弃远而不察兮，虽愿忠其焉得？
欲寂寞而绝端兮，窃不敢忘初之厚德。[60]
独悲愁其伤人兮，冯郁郁其何极？[61]

霜露惨凄而交下兮，心尚幸其弗济。[62]
霰雪雰糅其增加兮，乃知遭命之将至。[63]

愿徼幸而有待兮,泊莽莽兮与野草同死。[64]
愿自往而径游兮,路壅绝而不通。[65]
欲循道而平驱兮,又未知其所从。[66]
然中路而迷惑兮,自厌按而学诵。[67]
性愚陋以褊浅兮,信未达乎从容。[68]
窃美申包胥之气盛兮,恐时世之不固。[69]
何时俗之工巧兮?灭规榘而改凿!
独耿介而不随兮,愿慕先圣之遗教。[70]
处浊世而显荣兮,非余心之所乐。
与其无义而有名兮,宁穷处而守高。
食不媮而为饱兮,衣不苟而为温。[71]
窃慕诗人之遗风兮,愿托志乎素餐。[72]
蹇充倔而无端兮,泊莽莽而无垠。[73]
无衣裘以御冬兮,恐溘死不得见乎阳春。[74]

靓杪秋之遥夜兮,心缭悷而有哀。[75]
春秋逴逴而日高兮,然惆怅而自悲。[76]
四时递来而卒岁兮,阴阳不可与俪偕。[77]
白日晼晚其将入兮,明月销铄而减毁。[78]
岁忽忽而遒尽兮,老冉冉而愈弛。[79]
心摇悦而日幸兮,然怊怅而无冀。[80]
中憯恻之凄怆兮,长太息而增欷。[81]
年洋洋以日往兮,老嵺廓而无处。[82]
事亹亹而觊进兮,蹇淹留而踌躇。[83]

何汜滥之浮云兮？猋壅蔽此明月。[84]
忠昭昭而愿见兮,然霠曀而莫达。[85]
愿皓日之显行兮,云濛濛而蔽之。[86]
窃不自聊而愿忠兮,或黩点而污之。[87]
尧舜之抗行兮,瞭冥冥而薄天。[88]
何险巇之嫉妒兮？被以不慈之伪名。[89]
彼日月之照明兮,尚黯黮而有瑕。[90]
何况一国之事兮,亦多端而胶加。[91]
被荷裯之晏晏兮,然潢洋而不可带。[92]
既骄美而伐武兮,负左右之耿介。[93]
憎愠惀之修美兮,好夫人之慷慨。[94]
众踥蹀而日进兮,美超远而逾迈。[95]
农夫辍耕而容与兮,恐田野之芜秽。[96]
事绵绵而多私兮,窃悼后之危败。[97]
世雷同而炫曜兮,何毁誉之昧昧![98]
今修饰而窥镜兮,后尚可以窜藏。[99]
愿寄言夫流星兮,羌儵忽而难当。[100]
卒壅蔽此浮云兮,下暗漠而无光。[101]

尧舜皆有所举任兮,故高枕而自适。[102]
谅无怨于天下兮,心焉取此怵惕？[103]
乘骐骥之浏浏兮,驭安用夫强策？[104]
谅城郭之不足恃兮,虽重介之何益？[105]
遭翼翼而无终兮,忳惛惛而愁约。[106]

生天地之若过兮,功不成而无效。[107]
愿沉滞而无见兮,尚欲布名乎天下。[108]
然潢洋而不遇兮,直恟愁而自苦。[109]
莽洋洋而无极兮,忽翱翔之焉薄?[110]
国有骥而不知乘兮,焉皇皇而更索?[111]
宁戚讴于车下兮,桓公闻而知之。[112]
无伯乐之善相兮,今谁使乎誉之?[113]
罔流涕以聊虑兮,惟著意而得之。[114]
纷纯纯之愿忠兮,妒被离而鄣之。[115]

愿赐不肖之躯而别离兮,放游志乎云中。[116]

乘精气之抟抟兮,骛诸神之湛湛。[117]
骖白霓之习习兮,历群灵之丰丰。[118]
左朱雀之茇茇兮,右苍龙之躣躣。[119]
属雷师之阗阗兮,通飞廉之衙衙。[120]
前轻辌之锵锵兮,后辎乘之从从。[121]
载云旗之委蛇兮,扈屯骑之容容。[122]
计专专之不可化兮,愿遂推而为臧。[123]
赖皇天之厚德兮,还及君之无恙。[124]

【注释】

〔1〕哉:一作"夫"。萧瑟:草木萧条。

〔2〕憭栗(liáo lì 辽立):犹言凄怆。将归:一说将归之人。或曰即将完尽的一年的时间。

〔3〕沉(xuè穴)寥：犹言旷荡空虚。一作"沆瀁"。气清：一作"气平"。寂：无人声。一作"宗"。廖：一作"廖"，一作"漻"。潦(lǎo老)：雨水。

〔4〕憯凄：悲痛的样子。欷：叹息的样子。薄：微。中：伤。

〔5〕怆怳懭悢(chuàng huǎng kuàng lǎng创谎况朗)：均为悲伤之意。怆怳，失意貌，一说悲伤。懭悢，不得志，失意的样子。

〔6〕坎廪(kǎn lǐn砍凛)：犹言坎坷，本指道路不平，喻遭遇不好，困顿失意，不得志貌。廪，一作"壈"(lǎn览)。贫：一作"穷"。失职：一说失去财物，一说失去官职。

〔7〕廓落：空寂。羇：寄居在外。

〔8〕翩翩：飞翔貌。

〔9〕雁：一作"雁"，洪兴祖曰："雁与鴈同。"指雁的叫声。鹍鸡：古代指像鹤的一种鸟。啁哳(zhāo zhā招扎)：吕向曰："声也。"洪兴祖曰："声繁细貌。"

〔10〕申旦：至天亮。宵：夜。征：行。

〔11〕亹(wěi娓)亹：行进貌。此处指时光的推移。过中：已过中年，渐趋衰暮。淹留：久久滞留。

〔12〕廓：空也，旷野。有美一人：谓屈原。一说指宋玉自己。一说指怀王。洪兴祖曰："谓怀王也。"绎：通"怿"，喜悦，愉快。或曰，解也。言思君之心常不解。

〔13〕徕：一作"来"。焉薄：到达何处。焉，何。薄，止。

〔14〕不可化：不可变。化，变。

〔15〕憺(dàn但)：忧。食事：吃饭做事。

〔16〕朅(qiè窃)：去，离开。

〔17〕结轸(líng零)：古代的车厢前面和左面、右面都有栏杆，纵横连接，故称结轸。轸，洪兴祖曰："车墙间横木。"朱熹曰："车轼下纵横木也。"潺湲：眼泪流淌的样子。轼：古代车前用以凭倚的横木。

〔18〕慷：一作"忼"。绝：断绝。蒋天枢曰："犹言诀别。"王泗原曰："极。"瞀(mào茂)：烦乱。

〔19〕怜:哀。极:李周翰曰:"穷也。"怦怦:忠诚貌。一说心急的样子。谅直:忠诚正直。

〔20〕凛秋:寒秋。凛,一作"廪"。

〔21〕下:一作"降"。奄:忽然。离披:分散貌。指叶子落尽,枝条疏散。梧楸:梧桐、楸树,皆早凋。

〔22〕昭昭:光明的样子。袭:因,入。悠悠:无穷,漫长的样子。

〔23〕芳蔼:芳菲繁茂,喻壮年。或曰喻贤才。蔼,繁茂。萎:草木枯。约:穷。

〔24〕戒:警告。申:重。

〔25〕恢炱(tái台):广大,盛大。恢,大。炱,一作"台"。王夫之曰:"盛大而润悦也。"欿傺:陷止,停止。欿(kǎn砍):陷。朱熹曰:"陷也。"洪兴祖曰:"与坎同。"傺(chì赤):住。王逸曰:"楚人谓住曰傺也。"一说止,朱熹曰:"止也。"沉藏:沉埋隐藏。

〔26〕菸(yū淤)邑:枯萎。洪兴祖曰:"菸:臭草也。邑:草伤坏也。"烦挐(rú如):纠缠纷乱貌。

〔27〕颜:容也,此处指草木的外表。淫溢:过度,过分。蒋天枢曰:"精神散乱貌。"罢:通"疲",毁,乏。柯:枝。仿佛:精神仿佛的样子。萎:枯死。

〔28〕莤:同"梢",树梢。樯椮(xiāo sēn萧森):树木光秃而高耸的样子。销铄:销毁。瘀:血瘀,血败。

〔29〕惟:思。纷糅:相杂。立:一作"而"。

〔30〕擥(lǎn览):持也。骓(fēi飞)骖马。古代一车四马,中间的叫"服",两边的马叫"骓"或"骖"。下节:按节,指停车。聊:聊且,暂且。逍遥:犹翱翔也,优游自得貌。相佯:徜徉也。王逸曰:"皆游戏闲暇之意也。"

〔31〕忽忽:运行貌;迅速貌。逎:迫近。一作"逝"。弗:不。将:长,长久。

〔32〕俇攘(kuāng rǎng框嚷):忧惧貌,狂遽貌。王念孙《读书杂志》认为此处同于《哀时命》中的"柾攘",乱貌。

〔33〕儃:孤寂。倚:立。

〔34〕怵惕:惊动。荡:摇荡貌。方:犹言端。

〔35〕仰:一作"卬",仰望。太息:叹息。步列星:徘徊于星光下,观星。汤炳正曰:"谓行观众星。"列星,众星辰。极明:汤炳正曰:"直至天明。"极,至。

〔36〕蕙:香草。华:花。曾:重叠。敷:布也,引申为开花之意。旖旎(yǐ nǐ 以你):盛美貌。都:大。一说天子所居宫曰都。房:花房。

〔37〕何:为何。曾华:重重叠叠的花。实:果实。飏:飞扬。此处言蕙华而不实,因风雨飞扬。

〔38〕服:佩戴。羌:楚方言,发语词。

〔39〕闵:自伤。奇思:谓忠信。高翔:远去。

〔40〕有明:有以自明。

〔41〕重:深念,反复地想。结轸:沉痛郁结。伤:痛,忧。

〔42〕郁陶(yáo 姚):愁思郁结貌。君之门以九重:天子有九门,谓关门、远郊门、近郊门、城门、皋门、库门、雉门、应门、路门也。形容君门重重,臣民难以进见。

〔43〕猰(yín 银)猰:开口的样子。或曰犬吠声。猰,犬争。迎吠:吕向曰:"拒贤人,使不得进也。"关梁闭:比喻塞贤路。

〔44〕淫溢:过度,这里指久雨连绵。霖:久下不止的雨。后土:地。干:一作"滀"。

〔45〕块:孤独。无泽:芜泽,荒芜的草泽。

〔46〕工巧:善于取巧。绳墨:指规矩、法度。错:置。

〔47〕却:舍弃。骐骥:良马,喻贤才也。驽骀(tái 台):驽马,喻不肖。

〔48〕御:谓御马者。

〔49〕踽(jú 局)跳:曲身跳跃。

〔50〕凫:野鸭。嗫(shà 煞):鸟食。洪兴祖曰:"凫雁食貌。"粱:米。藻:水草。

〔51〕固:本来。龃龉(jǔ yǔ 举雨):相拒斥的样子。

〔52〕众鸟:喻凡庸。惶惶:不得所貌。一作"遑遑"。

〔53〕衔枚:古代行军时,士兵口里衔枚以防止出声,此处形容闭口不言之意。渥洽:深厚的恩泽。渥,厚。洽,泽。

〔54〕太公:姜太公吕尚。

〔55〕凤皇:凤凰。

〔56〕相者:相马之人。相:视。举肥:谓相马只重其肥美。

〔57〕伏匿:隐藏不露,谓贤者隐匿不出。

〔58〕犹知:尤其知道。怀德:怀念有德之人。处:指独处不仕,有坚守。

〔59〕骤:急速。服:御,驾车。倭(wèi喂):饲养。

〔60〕寞:一作"漠"。绝端:灭其端绪。

〔61〕冯(píng凭)郁郁:愁心满结也。极:穷也。

〔62〕交:交替。济:成功。

〔63〕雰:雪盛貌。糅:交杂貌。遭命:遭遇不幸命运。

〔64〕徼(jiǎo脚)幸:侥幸。有待:蒋天枢曰:"谓假以时日。"泊:安静。莽莽:草盛貌。

〔65〕径游:汤炳正曰:"谓直接向楚王陈说治国之道。"雍:障蔽。绝:隔断。

〔66〕循道:沿着大道。平驱:平稳地驱驰。

〔67〕厌按:指弭情定志。厌,安于。按,抑,止。学诵:王逸曰:"吟《诗》、《礼》也。"

〔68〕褊:急,狭。从容:朱熹曰:"婉转委曲之意。"

〔69〕申包胥:春秋时楚大夫,曾求秦助楚,而泣之以血。固:当作"同",因形近而讹。

〔70〕不随:犹言独立不倚。

〔71〕媮(tōu偷):巧。一说即"偷",谓苟且。

〔72〕诗人:指《诗经》的作者。素餐:《诗经·魏风·伐檀》曰:"彼君子兮,不素餐兮。"是说君子不素餐尸位。此处为"不素餐"的意思。王逸曰:"不空食禄,而旷官也。"

〔73〕蹇:楚方言,发语词。充倔:马茂元曰:"自满的样子。"充,盛满。

倔,蒋天枢曰:"犹言倔强。"垠:岸。

〔74〕溘(kè 克)死:突然死去。

〔75〕靓:通"静"。杪(miǎo 秒)秋:晚秋。杪,末也。缭悷(lì 立):缠绕郁结。

〔76〕逴(chuō 啜阳平)逴:远行的样子。

〔77〕递来:更迭而来。递,更易。一作"迭"。俪偕:一并,同时存在。俪,偶。

〔78〕晼:马茂元曰:"日落昏暗貌。"销铄:朱熹曰:"谓缺也。"

〔79〕遒:迫近。冉冉:渐渐地。

〔80〕摇:动也。一作"愮",忧也。怊(chāo 抄)怅:惆怅。冀:希望。

〔81〕憯(cǎn 惨)恻:凄怆。

〔82〕洋洋:广大无边貌。日往:一日日过去。廖廓:空旷貌。

〔83〕亹(wěi 伟)亹:行进貌。觊(jì 寄):企图。謇:楚方言,发语词。淹留:久留。踌躇:进进退退。

〔84〕猋:速疾。壅:一作"廱"。

〔85〕欸:一作"藂"。霠(yīn 因):云覆日。一作"雾"。曀(yì 忆):阴风。

〔86〕皓:光,明。濛濛:一本作"蒙蒙。"

〔87〕不自聊:犹言不自量。聊,一作"料"。黕(dǎn 胆):污垢。

〔88〕抗行:高尚的德行。瞭冥冥:高远貌。瞭,明,昭。一作"杳"。薄:迫近。

〔89〕险巇(xì 戏):艰难,此处谓险恶小人。

〔90〕黭黮(dàn 淡):昏暗。黮,黑。

〔91〕胶加:纠缠。

〔92〕裯(chóu 愁):短衣。晏晏:鲜艳华美。潢(huáng 黄)洋:披散貌,形容衣带宽松的样子。

〔93〕骄美而伐武:自夸的样子。负:恃。

〔94〕愠愉(wěn lún 稳轮):忠诚貌。

〔95〕蹀蹀(qiè dié 怯迭):行进貌,此言奔走钻营貌。美:谓贤士。

173

逾:一作"愈"。迈:勉力。

〔96〕容与:闲散自得貌。

〔97〕绵绵:不绝貌。绵,一作"緜"。悼:悲痛。

〔98〕昧昧:昏暗不明貌。

〔99〕窜藏:逃匿躲藏。今,一作"余"。窥,一作"视"。

〔100〕寄言:一说借此言以谏君,或曰寄语小人。羌:楚方言,发语词。儵(shū 书)忽:迅速貌。当:值,遇上。

〔101〕卒:终于。一作"上"。暗漠:昏暗貌。

〔102〕举任:举贤任能。举,一作"专"。

〔103〕谅:犹"诚",确实。怵惕:惊惧。焉,一作"安"。

〔104〕浏(liú 刘)浏:形容畅行无阻。策:马鞭。

〔105〕城郭:内为城,外为郭。介:甲,指铠甲。

〔106〕邅(zhān 沾):迂回不前。翼翼:谨慎貌。忳(tún 屯):忧愁貌。惽(mǐn 悯)惽:郁闷。约:穷困。

〔107〕过:短暂,指如云驰驷过。

〔108〕沉滞:隐匿。无,一作"不"。

〔109〕潢洋:形容无所遇合。王夫之曰:"不相附也。"马茂元曰:"形容无所遇合的样子。"抠愗(kōu mào 抠茂):愚昧,迷乱。

〔110〕莽洋洋:荒野辽阔貌。薄:止,停留。

〔111〕皇皇:遑遑,匆遽不安貌。索:寻求。

〔112〕宁戚:春秋时卫国人,传说他叩牛角而歌,齐桓公赏识他的才能,任他为大夫。讴:歌唱。

〔113〕訾(zī 姿):思考。一作"誉"。

〔114〕罔:通"惘",怅惘,失意。聊虑:深思。著意:汤炳正曰:"犹明志,指自修。"马茂元曰:"犹言注意。"

〔115〕纷:盛貌。纯纯:诚挚的样子。一作"忳忳"。被离:披离,纷乱貌。被,一作"披"。鄣:障,堵塞,阻碍。

〔116〕不肖:不贤,犹不才,自谦词。志,一作"意"。

〔117〕精气:谓日月。抟抟:王逸曰:"楚人名圆曰抟也。"骛:追逐。

湛(zhàn 站)湛:深厚貌。抟抟,一作"搏搏"。

〔118〕白霓:白虹。习习:飞动貌。丰丰:众多貌。

〔119〕芰(pèi 沛)芰:飞舞翻动貌。躣(qú 渠)躣:行进貌。

〔120〕属(zhǔ 主):跟随。雷师:雷神。阗(tián 填)阗:雷声。飞廉:风神。衙(yǔ 雨)衙:行进貌。

〔121〕轻辌(liáng 凉):轻而有窗的车。轻,一作"轾"。锵锵:车铃声。辎乘:重车。从(zōng 宗)从:长貌。王泗原曰:"连属随行貌。"

〔122〕扈(hù 户):扈从。屯骑:聚集的车辆。容容:从容的样子。屈复曰:"布列前后也。"马茂元曰:"盛貌。"王泗原曰:"行列有序貌。"

〔123〕计:心意。专专:专一。王夫之曰:"愎而不通也。"王泗原曰:"确定貌。"汤炳正曰:"专一坚定貌。"遂:终于。推:进。臧:善。

〔124〕赖:依赖。

楚辞卷九

招魂第九

宋 玉

【题解】

王逸《楚辞章句》说:"《招魂》者,宋玉之所作也。招者,召也。以手曰招,以言曰召。魂者,身之精也。宋玉怜哀屈原,忠而斥弃,愁懑山泽,魂魄放佚,厥命将落。故作《招魂》,欲以复其精神,延其年寿,外陈四方之恶,内崇楚国之美,以讽谏怀王,冀其觉悟而还之也。"

司马迁在《史记·屈原贾生列传》中说:"余读《离骚》、《天问》、《招魂》、《哀郢》,悲其志。"即《招魂》与《离骚》、《天问》、《哀郢》诸篇一样,都表现出了屈原之志气。虽然司马迁并没有明确说《招魂》是屈原的作品,但后人依据司马迁提供的线索,纷纷肯定《招魂》的作者是屈原。如黄文焕《楚辞听直》以为《大招》、《招魂》为屈原所作,其理由包括四方面:一是说"尚三王只"如此大气魄的话不是屈原之外的人所可以说的;二则屈原以春日被放,春为屈原决死之期,至于宋玉《九辩》只言夏秋,《招魂》、《大招》言春,而不及夏月,《怀沙》为屈原绝笔,其说"孟夏",宋玉招屈原之魂,则应在夏月,因此,以节候推测,《招魂》、《大招》似屈原自招;第三是说招魂为不祥之语,未死而招其魂,不合于弟子事师之道;第四是以篇目证之,屈原赋二十五,

《九歌》九篇,合《离骚》、《天问》、《九章》、《远游》、《卜居》、《渔父》凡二十三,合《招魂》、《大招》则成二十五之数。

黄文焕的四条理由,实际上是很靠不住的。首先,对三王的崇尚,是春秋战国时代文人们的共识,宋玉也未尝不可以推崇三王。《九辩》说:"尧舜之抗行兮,瞭冥冥而薄天。""尧舜皆有所举任兮,故高枕而自适。"宋玉、屈原称述尧舜,其气魄未必有多大差别。其次,屈原绝笔之诗,究竟是否是《怀沙》,自汉以来,实多分歧。《史记·屈原贾生列传》记屈原"怀石自投汨罗以死",怀石与怀沙是不同的。明人汪瑗说:"此云《怀沙》者,盖原迁至长沙,因土地之沮洳,草木之幽蔽,有感于怀,作此篇,故题之曰《怀沙》。怀者,感也,沙指长沙。题《怀沙》者,犹《哀郢》之类也。"《怀沙》曰:"知死不可让,愿勿爱兮;明告君子,吾将以为类兮。"这个声明,与屈原其他场合表现出的必死决心并无二致。《惜往日》说:"不毕辞而赴渊兮。"蒋骥《山带阁注楚辞》说:"夫欲生悟其君不得,卒以死悟之,此世所谓孤注也。默默而死,不如其已;故大声疾呼,直指谗臣蔽君之罪,深著背法败亡之祸,危辞以撼之,庶几无弗悟也。苟可以悟其主者,死轻于鸿毛,故略子推之死,而详文君之悟,不胜死后余望焉。《九章》惟此篇词最浅易,非徒垂死之言,不暇雕饰,亦欲庸君入目而易晓也。"该篇开首曰"惜往日之曾信兮",综合叙述平生政治遭遇,痛惜自己的理想受到谗人的破坏,而未能实现,因而不得不死,比《怀沙》更具有绝命辞的性质,但我们也不敢遽下结论,说屈原果真不毕辞而赴渊。《怀沙》未必是屈原绝笔,而其曰"孟夏",也就不一定是屈原死期了,且屈原之生平事迹,只有一个大致的线索,其生年死月,难有精确之说,民间传闻,司马迁所不取,自然不可作为证据。更重要的是《招魂》也可招生人之魂,未必一定是招死人之魂。人之死,魂魄离散,而人生在世,也有失魂落魄之时。一个失魂落魄之人,当然精神散失,无法凝聚思虑,而自招其魂。所以,为死人招魂的当然是活人,而不可能是死人自己。为活人招魂的,也必然是未失魂之人。屈原在被疏放逐之后,行为大异平常,"游于江潭,行吟泽畔,颜色憔悴,形容枯槁";"心烦虑乱,不知所存","被发行吟泽畔",与一向好修的仪容格格不入。而被发行吟,无异于狂人。《韩诗外传》说:"纣杀王子比干,箕子被发佯狂。"《论语·微子》说:"楚狂接舆歌而过孔子。"箕子佯狂而被发,楚人陆通,字接舆,在楚昭王时,因"政令无常,乃被发佯狂,不仕,时人谓之楚狂也"。屈原当然不会是真发狂,而是佯狂,但外人不知,以为真狂,疯癫而失常性,丢魂魄。同情他的人,便要为他召回已失去的魂魄,以使他恢复常性常形。为失魂之人或死人招魂,原是一种出自善心的习俗,并不存在不祥之意。《招魂》外陈四方之恶,内崇楚国之美,招魂返楚,必因失魂之人在楚,而非有楚人死而招魂附体。所以,黄文焕的第二与第三条理由是站不住脚的。

至于《汉书·艺文志》所云屈原二十五篇赋的说法,实际上不可以用来论证王逸是错误的。因为《汉书·艺文志·诗赋略》本出自刘向父子辑录诗赋的成果,而《楚辞》又编于刘向之手,二者不能有任何矛盾。刘向既然说《招魂》是宋玉所作,《汉书·艺文志》说屈原赋二十五篇,自然不应包含《招魂》在内。而《汉书·艺文志》说"宋玉赋十六篇",当然包括《招魂》在内。

《史记·屈原贾生列传》中,司马迁只说"余读……《招魂》,悲其志",并非明言《招魂》是屈原所作;而宋玉为招屈原之魂而作《招魂》,《招魂》当然也可体现屈原之志。清人王邦采说:"即谓读玉之文,而悲原之志,何不可者?"宋玉招屈原之魂,当然是由于怜悯屈原遭遇,同情屈原之志,所以在《招魂》时,呼唤屈原魂兮归来,恢复神志。宋玉代屈原招魂,要使屈原之魂附体,当然要用第一人称,就如司马相如《长门赋》常以"佳人"、"妾人"为自称一般。

刘向是一位博学的学者,王逸是《楚辞》专家,他们二人当然都是读过《史记·屈原贾生列传》的,却并不改正《招魂》的作者,这只能说明他们有可靠根据证明《招魂》是宋玉所作,也知道宋玉《招魂》体现了屈原之志。

朕幼清以廉洁兮,身服义而未沫。[1]
主此盛德兮,牵于俗而芜秽。[2]
上无所考此盛德兮,长离殃而愁苦。[3]
帝告巫阳曰:"有人在下,我欲辅之。[4]
魂魄离散,汝筮予之!"[5]
巫阳对曰:"掌梦。上帝其命难从。[6]
若必筮予之,恐后之谢,不能复用。"[7]

巫阳焉乃下招曰:[8]
魂兮归来![9]
去君之恒干,何为四方些?[10]
舍君之乐处,而离彼不祥些![11]
魂兮归来!东方不可以托些。[12]
长人千仞,惟魂是索些。[13]
十日代出,流金铄石些。[14]
彼皆习之,魂往必释些。[15]
归来兮!不可以托些。[16]

魂兮归来！南方不可以止些。[17]
雕题黑齿,得人肉而祀,以其骨为醢些。[18]
蝮蛇蓁蓁,封狐千里些。[19]
雄虺九首,往来儵忽,吞人以益其心些。[20]
归来归来！不可以久淫些。[21]
魂兮归来！西方之害,流沙千里些。[22]
旋入雷渊,爢散而不可止些。[23]
幸而得脱,其外旷宇些。[24]
赤蚁若象,玄蜂若壶些。[25]
五谷不生,丛菅是食些。[26]
其土烂人,求水无所得些。[27]
彷徉无所倚,广大无所极些。[28]
归来归来！恐自遗贼些。[29]
魂兮归来！北方不可以止些。
增冰峨峨,飞雪千里些。[30]
归来归来！不可以久些。
魂兮归来！君无上天些。
虎豹九关,啄害下人些。[31]
一夫九首,拔木九千些。[32]
豺狼从目,往来侁侁些。[33]
悬人以娭,投之深渊些。[34]
致命于帝,然后得瞑些。[35]
归来归来！往恐危身些。[36]
魂兮归来！君无下此幽都些。[37]
土伯九约,其角觺觺些。[38]

敦脄血拇,逐人驮驮些。[39]
参目虎首,其身若牛些。[40]
此皆甘人。归来归来!恐自遗灾些。[41]
魂兮归来!入修门些。[42]
工祝招君,背行先些。[43]
秦篝齐缕,郑绵络些。[44]
招具该备,永啸呼些。[45]
魂兮归来!反故居些。

天地四方,多贼奸些。[46]
像设君室,静闲安些。[47]
高堂邃宇,槛层轩些。[48]
层台累榭,临高山些。[49]
网户朱缀,刻方连些。[50]
冬有突厦,夏室寒些。[51]
川谷径复,流潺湲些。[52]
光风转蕙,氾崇兰些。[53]
经堂入奥,朱尘筵些。[54]
砥室翠翘,挂曲琼些。[55]
翡翠珠被,烂齐光些。[56]
蒻阿拂壁,罗帱张些。[57]
纂组绮缟,结琦璜些。[58]
室中之观,多珍怪些。
兰膏明烛,华容备些。[59]
二八侍宿,射递代些。[60]

九侯淑女,多迅众些。[61]
盛鬋不同制,实满宫些。[62]
容态好比,顺弥代些。[63]
弱颜固植,謇其有意些。[64]
姱容修态,絙洞房些。[65]
蛾眉曼睩,目腾光些。[66]
靡颜腻理,遗视矊些。[67]
离榭修幕,侍君之闲些。[68]
翡帷翠帱,饰高堂些。[69]
红壁沙版,玄玉梁些。[70]
仰观刻桷,画龙蛇些。[71]
坐堂伏槛,临曲池些。[72]
芙蓉始发,杂芰荷些。[73]
紫茎屏风,文缘波些。[74]
文异豹饰,侍陂陁些。[75]
轩辌既低,步骑罗些。[76]
兰薄户树,琼木篱些。[77]
魂兮归来!何远为些?

室家遂宗,食多方些。[78]
稻粢穱麦,挐黄粱些。[79]
大苦咸酸,辛甘行些。[80]
肥牛之腱,臑若芳些。[81]
和酸若苦,陈吴羹些。[82]
胹鳖炮羔,有柘浆些。[83]

鹄酸臇凫,煎鸿鸧些。[84]
露鸡臛蠵,厉而不爽些。[85]
粔籹蜜饵,有餦餭些。[86]
瑶浆蜜勺,实羽觞些。[87]
挫糟冻饮,酎清凉些。[88]
华酌既陈,有琼浆些。[89]
归来反故室,敬而无妨些。[90]
肴羞未通,女乐罗些。[91]
陈钟按鼓,造新歌些。[92]
《涉江》、《采菱》,发《扬荷》些。[93]
美人既醉,朱颜酡些。[94]
娭光眇视,目曾波些。[95]
被文服纤,丽而不奇些。[96]
长发曼鬋,艳陆离些。[97]
二八齐容,起郑舞些。[98]
衽若交竿,抚案下些。[99]
竽瑟狂会,搷鸣鼓些。[100]
宫庭震惊,发《激楚》些。[101]
吴歈蔡讴,奏大吕些。[102]
士女杂坐,乱而不分些。
放陈组缨,班其相纷些。[103]
郑卫妖玩,来杂陈些。[104]
《激楚》之结,独秀先些。[105]

菎蔽象棋,有六簙些。[106]

分曹并进,遒相迫些。[107]
成枭而牟,呼五白些。[108]
晋制犀比,费白日些。[109]
铿钟摇簴,揳梓瑟些。[110]
娱酒不废,沉日夜些。[111]
兰膏明烛,华镫错些。[112]
结撰至思,兰芳假些。[113]
人有所极,同心赋些。[114]
酎饮尽欢,乐先故些。[115]
魂兮归来!反故居些。

乱曰:[116]
献岁发春兮,汩吾南征。[117]
菉蘋齐叶兮,白芷生。[118]
路贯庐江兮,左长薄。[119]
倚沼畦瀛兮,遥望博。[120]
青骊结驷兮,齐千乘。[121]
悬火延起兮,玄颜烝。[122]
步及骤处兮,诱骋先。[123]
抑骛若通兮,引车右还。[124]
与王趋梦兮,课后先。[125]
君王亲发兮,惮青兕。[126]
朱明承夜兮,时不可以淹。[127]
皋兰被径兮,斯路渐。[128]
湛湛江水兮,上有枫。[129]

目极千里兮,伤心悲。[130]
魂兮归来,哀江南![131]

【注释】

〔1〕朕:我。幼清:指年轻时品德清正。服:行。沫(mèi 妹):已,停止,磨灭。游国恩认为:"沫与昧,音义同。"此二句,五臣云:"皆代原为辞。"

〔2〕主:保持。盛德:指清、廉、洁、义等美德。牵:牵累。芜秽:荒芜。

〔3〕上:君上。考:考察。离:同"罹",遭遇。殃:祸患。

〔4〕帝:天帝。巫阳:古代神话中的女巫,名阳。在下:在人间。辅:保佑。

〔5〕筮(shì 是):古代一种用蓍草占卜的方法。

〔6〕掌梦:掌管占梦的官。命:一本无。难从:难以遵从。

〔7〕若:如果。谢:去,一说萎落。之谢:一本作"谢之"。

〔8〕巫阳焉乃下招:巫阳于是向下界招魂。王逸曰:"巫阳受天帝之命,因下招屈原之魂。"旧注"巫阳焉"与上句"不能复用"连读。王念孙《读书杂志》余编下"不能复用巫阳焉乃下诏曰"条,以为"从"与"用"协韵,"巫阳焉"当与"乃下诏"连读。焉乃,连词,于是。

〔9〕归来:一作"来归"。

〔10〕恒干:指魂魄平常所依附的躯体。些(suò 索去声):句尾语气词。

〔11〕舍:弃。乐处:安乐的地方,指楚国。离:同"罹",遭遇。不祥:不善,指险恶之处。祥,善。

〔12〕托:寄托。

〔13〕长人:指异常高大的人。仞:八尺为一仞,一说七尺为一仞。索:寻求。

〔14〕十日:神话说东方的扶桑树上有十个太阳。代:更。流金:金属熔化成流动的液体。铄(shuò 硕)石:销熔石头。铄,销熔。

〔15〕彼:指东方的长人。习之:习惯那种酷热。释:熔解消释。

〔16〕归来兮:一无"兮"字。一云"归来归来"。

〔17〕止:久留。

〔18〕雕题:在额头上雕刻花纹,犹今之纹身。雕,雕刻。黑齿:把牙齿染黑,此指南方没有开化的野人。黑,一作"墨"。醢(hǎi 海):肉酱。而祀:一作"以祀"。

〔19〕蝮:蝮蛇,一种大而毒的蛇,身上有黑褐色斑纹。蓁(zhēn 真)蓁:聚集在一起的样子。封狐:大狐狸。

〔20〕虺(huǐ 毁):毒蛇。倏(shū 书)忽:迅速的样子。益:补益。

〔21〕归来归来:一作"归来兮",一作"魂兮归来"。下同。淫:淹留,久留。

〔22〕流沙:沙漠地带沙动如流水,故称流沙。

〔23〕旋:旋转。渊:室,一说泉。靡(mí 迷):粉碎。一作"糜"。

〔24〕旷宇:旷野。

〔25〕蚁(yǐ 以):蚍蜉。一作"蚁"。玄蜂:黑蜂。壶:葫芦,两头大,中间细,蜂的体形与之相似。

〔26〕丛:丛生。一作"藂"。菅(jiān 尖):茅草。

〔27〕烂人:使人肉糜烂。烂,糜烂。

〔28〕彷徉:游荡无定。倚:依托。

〔29〕遗:给予,留。贼:害。

〔30〕归来归来:一作"归来兮"。

〔31〕增冰:指冰山。增,同"层"。峨峨:高耸的样子。

〔32〕九千:极言其多。

〔33〕从目:竖着眼睛。从,同"纵"。侁(shēn 深)侁:众多的样子。

〔34〕娭(xī 西):游戏、玩乐。一作"嬉",一作"娱"。投:扔。

〔35〕致命:请命。瞑:闭上眼睛,即死亡。

〔36〕往:去。

〔37〕幽都:指阴间的都城,阴间不见天日,故称"幽都"。

〔38〕土伯:地下魔怪之王。九约:言土伯的身体有九节。觺(yí 疑)

觺:锐利的样子。

〔39〕敦:厚。敦脄(méi眉):隆起的背肉。脄,脊侧之肉。拇:手拇指,或云,足大指。駓(pī丕)駓:野兽走路很快的样子。

〔40〕参目:三个眼睛。参,一作"三"。

〔41〕此:指土伯。甘人:以人肉为美味。灾:灾害。归来归来,一作"归来兮"。

〔42〕修门:郢都的城门。

〔43〕工祝:擅长祭祀祈祷的巫人。工,擅长。祝,男巫曰祝。背行:倒退着走,面向魂魄。先:先行,引导。

〔44〕秦篝(gōu沟):秦国出产的竹笼。篝,竹笼。古代招魂的方法是巫人拿被招者的衣服,放在笼中,使魂魄有所栖止和依附。齐缕:齐国出产的线。缕,线。蒋骥曰:"五色之线,以饰篝者也。"郑绵:郑国生产的绵。络:缚。

〔45〕招具:招魂用的工具。该备:完备。啸呼:王逸曰:"夫啸者,阴也。呼者,阳也。阳主魂,阴主魄。故必啸呼以感之也。"

〔46〕贼奸:指凶恶害人的东西。贼,害;奸,恶。

〔47〕像:仿照,楚俗人死设其形貌于室而祀之。

〔48〕邃:深远。宇:庭院。槛:栏杆。层:重叠。轩:走廊。

〔49〕层,累:重叠。台:台基。榭:在台上建造的亭子。

〔50〕网户:门上镂空花格,像网眼一样。朱缀:用红色涂在格子上。刻:雕刻。方连:互相连接的方形图案。

〔51〕突(yào耀)厦:结构深邃不受外界侵袭的保暖的大屋。突,深。

〔52〕川谷:溪流。王逸曰:"流源为川,注溪为谷。川,一作溪。"径复:往来环绕。复,反,回抱。

〔53〕光风:阳光和风。转:摇转。蕙:蕙草。氾(fàn泛):洋溢,一说动摇貌。崇:聚,指丛生。

〔54〕奥:房屋的角落,此指内室。朱:红色。筵:竹席。

〔55〕砥室:用光滑的石板砌墙铺地的屋子。砥,磨平的石板。翠翘:翡翠鸟的长尾羽,用作室内的装饰品。挂:悬挂。曲琼:玉钩,悬挂衣服。

〔56〕翡翠:鸟名,雄的毛色赤,叫作翡;雌的毛色青,叫作翠。烂:灿烂。齐:同也。

〔57〕蒻(ruò 若):同"弱",细软。阿:细缯,古代一种轻细的丝织品(用林庚说)。旧说,蒻指蒻席,阿指曲隅。拂壁:挂在壁上,如同后来的墙帏。罗:古代一种丝织品。帱(chóu 仇):帐子。

〔58〕纂组:带子。绮:有花纹的绸子。缟:白色的绸子。琦:美玉。璜:半圆形的玉璧。

〔59〕兰膏:用兰草炼的灯油。华容:指美女。备:具有。

〔60〕二八:两列。古代女乐以八人为一列,大夫可享二列。射(yì异):厌。递代:依次替换。递,更。

〔61〕九侯:列侯,指楚国境内封的列侯,一说各国诸侯。淑:品德善良。迅众:超群出众。迅,通"迥",超出。

〔62〕盛鬋(jiǎn 简):浓密的鬓发。鬋,鬓发。制:此指鬓发梳结的样式。实:充。宫:宫室。

〔63〕态:姿态。比:齐、并。顺:通"询",真正。弥代:盖世,绝世。代,一作"世"。

〔64〕弱颜:柔嫩的容颜。固植:坚贞。固,坚固。有意:有情意。

〔65〕姱(kuā 夸):好。修:修长。絙(gèng 更):周遍,满。洞房:幽深的内室。洞,幽深。

〔66〕蛾眉:比喻女子的眉毛像蚕蛾的触角一样,又细又弯。曼:柔婉。睩(lù 禄):眼珠转动。一作"睇"。腾光:放光。

〔67〕靡:细致。腻:柔滑。理:皮肤的纹理。遗视:流盼。矉(mián 棉):含情而视。王逸曰:"脉也。"

〔68〕离榭:宫外的台榭。修幕:长大的帐篷。修,长。幕,大帐。闲:闲暇。一说为静。王逸曰:"闲,静也。言愿令美女于离宫别观帐幕之中侍君,闲静而宴游也。"

〔69〕翡帷翠帱(chóu 愁):绣着翡翠的帷帐。帱,一作"帐"。

〔70〕沙版:以丹砂涂户版。沙,与"砂"同,丹砂。玄玉梁:用黑玉装饰的屋梁。玄,黑色。

〔71〕刻桷:雕有花纹的屋椽。桷(jué决),方的屋椽。

〔72〕槛:楯,阑干。曲池:曲水清池。

〔73〕芙蓉:荷花。发:开。芰荷:菱叶与荷叶。

〔74〕屏风:一种水生植物,又叫凫葵,其茎紫色。文:起波纹。

〔75〕文异:指服装文采奇异。豹饰:用豹皮为衣饰。侍:侍卫。陂:山坡。陁(tuó驼):山冈。一作"陀"。

〔76〕轩:有篷的车。辌(liáng凉):有窗户并可调节温度的卧车。低:通"抵",到达。一说通邸,舍,指车停下来。步骑:指步行和骑马的随从。罗:排列。

〔77〕薄:附。户树:在门前种植。树,栽种。琼木:玉树,此泛指名贵的树木。篱:篱笆。

〔78〕室家:犹言宗族。宗:众,一说尊。多方:多样。

〔89〕粢(zī资):稷的别名,即小米。穋(jiǎo绞):一种早熟的麦。挐(nú奴):糁杂。黄粱:一种味香的黄小米。

〔80〕大苦:指苦味之甚者。咸:味咸。辛:辣味。甘:甜味。行:用。

〔81〕腱:蹄筋。臑(ěr耳)若:烂熟。一作"胹"。下同。

〔82〕和:调味。若:与。陈:陈列。吴羹:吴国肉汤。

〔83〕臑(ér而):煮烂。炮:用火烤。羔:小羊。柘(zhè这):甘蔗。

〔84〕鹄酸:即酸鹄,加醋烹制的天鹅肉。鹄,天鹅。一作"鹘"。䐹(juàn眷):少汁的羹。凫:野鸭。鸿:雁。鸧(cāng苍):水鸟名,像雁,苍黑色。鹤,一作"鹄"。

〔85〕露鸡:悬在室外以风干之鸡。臛(huò或):肉羹。蠵(xī西):大海龟。厉:浓烈。爽:败,变质,王逸曰:"败也。楚人名羹败曰爽。"

〔86〕粔籹(jù nǚ巨女):用蜜和米面煎熬出来的食品。饵:一种用米粉做的糕,里面和蜜。餦餭(zhāng huáng张黄):饴糖。

〔87〕瑶浆:像玉一样透明的美酒。勺:调和。实:装满。羽觞:古代的一种酒杯,鸟形,鸟是羽类,故叫羽觞。

〔88〕挫:挤压。糟:酒糟。冻饮:冰镇的酒。酎(zhòu宙):醇酒。

〔89〕华酌:雕饰有花纹的酒斗。酌,从酒樽中提酒用的酒斗。陈:陈

列。琼浆:纯浓的酒。

〔90〕归来:一本无"来"。反故室:一作"归来"。

〔91〕肴:肉菜,王逸曰:"鱼肉为肴。"羞:美味的食物。通:遍。女乐:女子歌舞乐队。

〔92〕陈钟:陈设乐钟。陈,一作"陈"。按鼓:击鼓。

〔93〕《涉江》、《采菱》、《扬荷》:据说都是古代楚地歌曲名。扬荷,旧注以为当作"阳阿"。

〔94〕朱:赤。酡(tuó 驮):因喝醉而面红。

〔95〕娭(xī 西):戏。眇:眇视,眺视。曾:层,重。

〔96〕被:披。文:指有花纹的绮绣衣裳。服:穿。纤:指细软的,指罗縠衣裳。丽:美好。不奇:指美观大方。

〔97〕发:一作"鬓"。鬋(jiǎn 剪):鬓发。艳:美丽。陆离:光彩夺目的样子。

〔98〕二八:指大夫之女乐,两列,八人为一列。齐容:容饰相同。齐,同。郑舞:郑国的舞蹈。

〔99〕衽(rèn 任):衣襟。交竽:交叉的竹竿。指衣衽摇动回转。竽,竹竿。抚案下:指抵着几案徐下身姿。抚,抵。案,桌子。

〔100〕竽:古代的一种管乐器,笙类,三十六簧。瑟:古代的一种弦乐器。搷(tián 田):急击。

〔101〕《激楚》:据说为楚地舞曲名。

〔102〕吴、蔡:都是古代诸侯国名。歈:歌。讴:歌。大吕:乐调名,六律之一。

〔103〕放:散开。陈:摆。一作"陈"。组:带子。缨:帽子上的绳。班:布、放。纷:杂乱。

〔104〕妖玩:指妖艳的美女及可玩赏之物。陈:列。

〔105〕《激楚》之结:王逸《章句》、洪兴祖《补注》等以为此处:"激",感也;"结",头发,束发。明陈第《屈宋古音义》认为此句"《激楚》之结,言歌杂曲者以《激楚》结之,独秀异而出众也。"似言之有理。独秀先:秀异而出众。

〔106〕菎蔽:饰玉的赌博用的筹码。菎(kūn 昆),琨的假借字,玉的一种。六簿(bó 博):古代的一种棋戏,共六个筹码十二个棋子,每人掌握六个棋子,两人对下,以决胜负。

〔107〕分曹:王夫之曰:"两人相竞。"曹,偶,相对的两方。遒:急。相迫:互相争胜。

〔108〕枭(xiāo 消):鸮,猫头鹰。牟:牛鸣声。五白:指五颗骰子组成的一种特采,走棋时双方掷骰子都希望出现五白求胜,所以大呼五白。

〔109〕晋制:晋国制作。犀比:集犀角作为雕饰。比,集。费:光耀。

〔110〕铿:撞击。摇:摇动。簴(jù 具):挂钟的木架。楔(jiá 颊):弹奏。梓瑟:用梓木做的瑟。梓,树名。

〔111〕娱酒:饮酒娱乐。废:休止。沉:沉湎。日夜:日以继夜。

〔112〕华:光华,一说刻饰美好。镫:置烛之物。错:通"措",置放。

〔113〕结撰:结构撰述,指酒后作诗。至思:用心。兰芳:指诗歌华美的辞藻。假(gǔ 古,一读 gé 格):大,美好。

〔114〕极:善。赋:诵。

〔115〕先:先祖。故:故旧。

〔116〕乱:古代乐歌的尾声,也是全篇的结语。乱,治也,在乐曲结尾,是总结之意。

〔117〕献岁:进入新的一年。献,进献。发春:开春。汨(yù 玉):急速的样子。吾:屈原自称。征:行。

〔118〕菉(lù 绿):通"绿",绿色的。蘋(pín 贫):一种水草。齐叶:叶子整齐。

〔119〕贯:穿过。庐江:地名。左:江的左岸。长薄:大片草丛处。一说为地名。薄,杂草丛生处。

〔120〕倚:靠。畦:成区的田。瀛(yíng 赢):大泽。博:广阔。

〔121〕骊(lí 离):黑色。结:连结。骊:四匹马,古代一车驾四马。齐:同。

〔122〕悬火:挂起灯火。延起:火焰连延而起,古人打猎,用火烧山林,以逐野兽。玄:黑色,王逸曰:"天也。"烝(zhēng 蒸):火气上升。

〔123〕步:徒步的从猎者。骤:乘马奔驰。处:停止。诱:引导。骋先:先骋。

〔124〕抑:勒住马。抑鹜:控纵。鹜,奔驰。通:通畅。还:转。

〔125〕趋:急走。梦:梦泽,也叫云梦泽,古代的一个大湖。在今湖北省境内。课:考察。后先:先后。

〔126〕亲发:亲自射箭。发,射。惮:惊惧。青兕:古代犀牛类兽名,一角,青色。

〔127〕朱明:指太阳。承:连续。淹:久留。

〔128〕皋(gāo高)兰:水边生的兰草。皋,水边。被:覆盖。径:路。渐:淹没。

〔129〕湛(zhàn站)湛:水清的样子。枫:树名。

〔130〕伤心悲:一本作"伤春心"。

〔131〕哀:悲伤。或曰哀江为江名。

楚辞卷十

大 招 第 十

屈原或景差

【题解】

王逸《楚辞章句》说:"《大招》者,屈原之所作也。或曰景差,疑不能明也。屈原放流九年,忧思烦乱,精神越散,与形离别,恐命将终,所行不遂,故愤然大招其魂,盛称楚国之乐,崇怀、襄之德,以比三王,能任用贤,公卿明察,能荐举人,宜辅佐之,以兴至治,因以风谏,达己之志也。"

王逸此序,显然是从屈原自招其魂的角度来讨论《大招》内容的。然而《大招》未必屈原所作,所以此说显然不可靠。林云铭虽袭屈原所作之说,而并不以自招其魂视之,《楚辞灯》说:"王逸虽知为原作,又言作于放流九年,自招其魂。宋晁补之决其为原作无疑,但不知其招何人耳。皆非确论。余谓原自放流以后念念不忘怀王,冀其生还楚国,断无客死归莽,寂无一言之理。骨肉归于土,魂魄无不之。人臣以君为归,升屋履危,北面而皋,自不能已。特谓之大,所以别于自招,乃尊君之词也。"后来吴世尚《楚辞疏》说:"《大招》本是原作,林西仲以为招怀,尤属细心巨眼。"蒋骥《山带阁注楚辞》说:"《章句》谓此篇系原自作,又云景差。后之论者,互有异同。惟林西仲以为原招怀王之辞,最为近理,今从之。"屈复《楚辞新注》说:"《大招》,三闾痛怀王之文也。"陈本礼《屈辞精义》说:"怀王卒于秦,秦归其丧,此灵车未临,而屈子赋以招之也。"林云铭以《大招》为屈原招怀王之说一出,得到了吴世尚、蒋骥、屈复、陈本礼等人的响应。

吴汝纶《古文辞类纂评点》在说《大招》之时指出:"此宜为招屈子之辞。起言顷襄初政方明,魂无遥远,此讽君之婉辞也。后言三圭重侯,聪听,极于幽隐,无不雪之。冤魂可归而辅治也。文字古质,而义则视《招魂》为俭,奇丽亦少逊之。殆依仿《招魂》而为之者。"

吴汝纶肯定《大招》为招屈原魂而作,并说《大招》似仿《招魂》,故非屈原所作,而其中内容,也应为招屈原而非招怀王。王邦采《屈子杂文笺略》说:"且二《招》文采虽极绚烂可观,而靡丽闳衍,有不免焉。使屈子秉笔,自招招君,必有一种忠爱激楚之意,溢于笔墨之外,而不徒侈陈饮食宴乐之丰,始冶歌舞之盛,堂室苑囿之娱,为此劝百讽一,如扬子云之所讥也,具明眼人,自能鉴之。"这是说《大招》、《招魂》若是屈原自招或招客死秦国的怀王,必然有愤激狂狷之态,爱国之志,而《大招》、《招魂》并没有这些内容,当不是屈原所作。

朱熹《楚辞集注》肯定《大招》为景差所作,他说:"今以宋玉《大小言赋》考之,则凡差语皆平淡醇古,意亦深靖闲退,不为词人墨客浮夸艳逸之态,然后乃知此篇决为差作无疑也。"朱熹以宋玉《大言赋》、《小言赋》中景差之言类比《大招》之言,而找出其中的一致性,这种证据虽不一定可靠,但他的结论无疑是正确的。

朱熹以后,以《大招》非屈原所作之学者,提出了一些屈原不可能作《大招》的证据,清王夫之《楚辞通释》说:"今按此篇亦招魂之辞。略言魂而系之以大,盖亦因宋玉之作而广之。其意以《招魂》盛称服食居游声色之美,而不及王伯之道,未足以慰贤士之心。故仍其旨而广之。则为绍玉之作,非屈子倡而玉和明矣。景差与宋玉齿,均为楚之词客,颉颃踵赋,互相扬榷。而昭、屈、景为楚三族,屈子旧所掌理,受教而知深。哀其誓死,而欲招之,宜矣。则景差之说为长。"

《大招》说"魂无逃只",又说"无东无西,无南无北",灵魂所居,即在中央,中央是什么地方呢?"自恣荆楚,安以定只",若以此篇为屈原招怀王之魂,怀王之魂遗在西秦,不当说四方,此为其一。其二,楚怀王客死秦国,而死魂归还楚,饮食之丰,音乐之盛,美人之色,苑囿之娱又如何可欣赏?而饮食、音乐、美人、苑囿,也是屈原辞中所乐道。其三,怀王已死,新君嗣位,处理政事,自有其人,而《大招》说:"美貌众流,德泽章知;先威后文,善美明只;名声若日,照四海只;德誉配天,万民理只。"尚贤士,禁苛暴,行赏罚,尚三王,这显然是屈原的"美政"蓝图,与已死的怀王并不相关。其四,《大招》说:"永宜厥身,保寿命只;室家盈廷,爵禄盛只;……居室定只。"保寿命,当然是针对活人而言,室家盈廷,爵禄丰厚,当然是指臣子而言;居室则是行吟人的期盼。晋人习凿齿《襄阳耆旧传》说:"宋玉者,楚之鄢人也。……始事屈原,原既放逐,求事楚友景差。"大约景差与宋玉两人中,景差地位略高,所以同时属文招魂,而以景差文为《大招》。

据此可信《大招》的作者为景差,而其主旨则大体与《招魂》相类似。汤炳正《楚辞今注》说:"全篇言四方之恶,而招以饮食、歌舞、美女、宫室游观之盛,不过是借悼屈之形式,以表达一种对圣君贤王治世的向往,崇高三王之德,实行任贤之政,四海一统,苛暴禁绝,民阜国昌,以建礼义之邦。"

青春受谢,白日昭只。[1]

春气奋发,万物遽只。[2]

冥凌浃行,魂无逃只。[3]

魂魄归徕! 无远遥只。[4]

魂乎归徕![5]

无东无西,无南无北只。

东有大海,溺水㵸㵸只。[6]

螭龙并流,上下悠悠只。[7]

雾雨淫淫,白皓胶只。[8]

魂乎无东! 汤谷寂只。[9]

魂乎无南!

南有炎火千里,蝮蛇蜒只。[10]

山林险隘,虎豹蜿只。[11]

鰅鳙短狐,王虺骞只。[12]

魂乎无南! 蜮伤躬只。[13]

魂乎无西!

西方流沙,漭洋洋只。[14]

豕首纵目,被发鬤只。[15]

长爪踞牙,诶笑狂只。[16]

魂乎无西! 多害伤只。

魂乎无北!

北有寒山,逴龙赩只。[17]

伐水不可涉,深不可测只。[18]

天白颢颢,寒凝凝只。[19]

魂乎无往! 盈北极只。[20]

魂魄归徕！闲以静只。
自恣荆楚，安以定只。[21]
逞志究欲，心意安只。[22]
穷身安乐，年寿延只。[23]
魂乎归徕！乐不可言只。
五谷六仞，设菰粱只。[24]
鼎臑盈望，和致芳只。[25]
内鸧鸽鹄，味豺羹只。[26]
魂乎归徕！恣所尝只。[27]
鲜蠵甘鸡，和楚酪只。[28]
醢豚苦狗，脍苴莼只。[29]
吴酸蒿蒌，不沾薄只。[30]
魂兮归徕！恣所择只。[31]
炙鸹烝凫，煔鹑敶只。[32]
煎鰿膗雀，遽爽存只。[33]
魂乎归徕！丽以先只。[34]
四酎并孰，不涩嗌只。[35]
清馨冻饮，不歠役只。[36]
吴醴白蘖，和楚沥只。[37]
魂乎归徕！不遽惕只。[38]

代秦郑卫，鸣竽张只。[39]
伏戏《驾辩》，楚《劳商》只。[40]
讴和《扬阿》，赵箫倡只。[41]
魂乎归徕！定空桑只。[42]

二八接舞,投诗赋只。[43]
叩钟调磬,娱人乱只。[44]
四上竞气,极声变只。[45]
魂乎归徕!听歌譔只。[46]
朱唇皓齿,嫭以姱只。[47]
比德好闲,习以都只。[48]
丰肉微骨,调以娱只。[49]
魂乎归徕!安以舒只。[50]
嫮目宜笑,娥眉曼只。[51]
容则秀雅,稚朱颜只。[52]
魂乎归徕!静以安只。[53]
姱修滂浩,丽以佳只。[54]
曾颊倚耳,曲眉规只。[55]
滂心绰态,姣丽施只。[56]
小腰秀颈,若鲜卑只。[57]
魂乎归徕!思怨移只。[58]
易中利心,以动作只。[59]
粉白黛黑,施芳泽只。[60]
长袂拂面,善留客只。[61]
魂乎归徕!以娱昔只。[62]
青色直眉,美目婳只。[63]
靥辅奇牙,宜笑嘕只。[64]
丰肉微骨,体便娟只。[65]
魂乎归徕!恣所便只。[66]

夏屋广大,沙堂秀只。[67]
南房小坛,观绝霤只。[68]
曲屋步壛,宜扰畜只。[69]
腾驾步游,猎春囿只。[70]
琼毂错衡,英华假只。[71]
茝兰桂树,郁弥路只。[72]
魂乎归徕! 恣志虑只。[73]
孔雀盈园,畜鸾皇只。[74]
鵾鸿群晨,杂鹙鸧只。[75]
鸿鹄代游,曼鹔鹴只。[76]
魂乎归徕! 凤皇翔只。
曼泽怡面,血气盛只。[77]
永宜厥身,保寿命只。[78]
室家盈廷,爵禄盛只。[79]
魂乎归徕! 居室定只。[80]

接径千里,出若云只。[81]
三圭重侯,听类神只。[82]
察笃夭隐,孤寡存只。[83]
魂兮归徕! 正始昆只。[84]
田邑千畛,人阜昌只。[85]
美冒众流,德泽章只。[86]
先威后文,善美明只。[87]
魂乎归徕! 赏罚当只。[88]
名声若日,照四海只。[89]

德誉配天,万民理只。[90]
北至幽陵,南交阯只。[91]
西薄羊肠,东穷海只。[92]
魂乎归徕!尚贤士只。[93]
发政献行,禁苛暴只。[94]
举杰压陛,诛讥罢只。[95]
直赢在位,近禹麾只。[96]
豪杰执政,流泽施只。[97]
魂乎徕归!国家为只。[98]
雄雄赫赫,天德明只。[99]
三公穆穆,登降堂只。[100]
诸侯毕极,立九卿只。[101]
昭质既设,大侯张只。[102]
执弓挟矢,揖辞让只。[103]
魂乎徕归!尚三王只。[104]

【注释】

〔1〕青春:即春天。受谢:犹代谢,谓冬天谢去,春天接着来临。谢,一作"谢"。昭:明亮。只:句尾的语气词。

〔2〕奋:有力。发:发动。遽:犹言竞争。

〔3〕冥凌:谓于幽暗中升空而去。冥,玄冥,北方之神。凌,王逸曰:"犹驰也。"浃行:即遍地行走。浃,遍。

〔4〕徕:来。遥:即飘摇。

〔5〕乎:王逸曰:"古本乎均作兮。"

〔6〕溺水:很深的水。㴲(yóu 油)㴲:水流的样子。

〔7〕螭(chī 吃):古代传说中一种没有角的龙。并流:即并行,状如

流水。悠悠:形容龙在海中自在游动的样子。

〔8〕 淫淫:阴雨连绵的样子。皓胶:指雾雨茫茫无际,似凝固在天空一样。

〔9〕 汤谷:即旸(yáng扬)谷,古人认为这里是日出之地。寂:形容无人之境。一作下有"寥"字。

〔10〕 炎火:指炎热,犹如烈火。蜒(yán延):长,即蜿蜒。

〔11〕 蜿:虎行走的样子。

〔12〕 鰅鱅(yú yǒng鱼永):一说短狐类,王逸曰:"短狐类也。"一说传说中的怪鱼。短狐:怪物,即蜮(yù育),又名射工,能含沙射影。王虺(huǐ悔):即大蛇。骞(qiān牵):头昂起的样子。

〔13〕 蜮(yù遇):上文言短狐,能在水中射人影。躬:身体。

〔14〕 流沙:沙漠地带沙动如流水,故称流沙。漭(mǎng蟒):水大貌。洋洋:无边无际。

〔15〕 豕首:即猪头。纵目:指竖目。纵,直竖。鬤(xiàng向):指头发乱的样子。

〔16〕 踞(jù据):即锯,形容牙齿锐利。诶(xǐ洗):强笑。

〔17〕 寒山:传说北方有大山,常年寒冷。逴(zhuó卓)龙:山名。赩(xì细):赤色。王逸曰:"赤色,无草木貌也。"

〔18〕 伐水:指神话中的水名。伐,一作"代"。涉:渡河。

〔19〕 颢(hào皓)颢:洁白光亮的样子,此指冰雪。凝凝:结冰的样子。

〔20〕 盈:满。北极:极北之地。

〔21〕 自恣:自由任意。

〔22〕 逞志究欲:即快志欲,尽情欲。逞,快。究,尽。

〔23〕 穷身:终身。安:一作"永"。

〔24〕 五谷:稻、稷、麦、豆、麻,此处泛指百谷。六仞:多貌。设:即施,此处指做饭。菰(gū姑)粱:即茭白。

〔25〕 臑(rú如):指煮烂。盈望:满眼望去。和致芳:指食物调理得很美味。

〔26〕 内:肥。鸧(cāng苍):鸟名。鹄(hú湖):鸟名。味:和。味豺

羹:指调和豺肉的汤。豺,豺狼。

〔27〕尝:享用。

〔28〕鲜:新鲜,朱熹曰:"生洁为鲜。"蠵(xī 西):大龟。甘:肥美。酪:乳浆。

〔29〕醢(hǎi 海)豚:即猪肉酱。醢,肉酱。苦狗:指有苦味的狗肉。苦,以胆和酱。脍(kuài 快):细切。苴莼(jū chún 居纯):一种蔬菜,梗有黏液,可以做羹。

〔30〕吴酸:吴地所产的醋。酸,这里用作动词。蒿蒌:植物名。沾:多汁。薄:无味。

〔31〕恣:随意。

〔32〕炙:烤。鸹(guā 瓜):即乌鸦。一作"鹄"。烝(zhēng 蒸):蒸。凫(fú 伏):水鸟,即野鸭。一作"枭"。煔(qián 前):将食物放入汤中煮熟。鹑:鹌鹑。敶:通"陈",陈列众味。

〔33〕鲫(jí 急):一种鱼名。臛(huò 获)雀:炒雀肉。臛,带汁的肉,此处用作动词。一作"雁"。遽:趣。爽:差。存:进前。

〔34〕丽:华美,此指美味。

〔35〕四酎(zhòu 昼):四重酿之醇酒。酎,醇酒。并:俱。不歰嗌:指不涩人的喉咙。歰:即涩。嗌(yì 益):喉咙。

〔36〕馨:散播很远的香气。冻:寒。饮:即饮料。歠(zhuó 浊):饮。

〔37〕醴(lǐ 里):一种隔夜发酵的酒。蘗(niè 涅):米曲。沥:清酒。

〔38〕不遽惕:无忧惧也。遽,慌遽。惕,怵惕。

〔39〕代秦郑卫:指代、秦、郑、卫四国的乐章。张:设张。

〔40〕伏戏:即伏羲,古帝王。《驾辩》、《劳商》:皆歌曲名。

〔41〕讴:徒歌曰讴。《扬阿》:楚歌曲名。赵箫:指赵国的洞箫。

〔42〕定:调定乐曲之音调。空桑:瑟名,一说楚地名。

〔43〕二八:指大夫的女乐,两列,八人为一列。接舞:轮流起舞。一作"武"。投:指投足踏拍。

〔44〕叩:击。钟、磬:乐器名,王逸曰:"金曰钟,石曰磬也。"娱:乐。乱:理,曲终乐章。

〔45〕四上:以上四国,即代、秦、郑、卫。竞气:竞比音乐之美。极声变:穷极声调之变化。

〔46〕诼(zhuàn 撰):陈述。指歌。一说具备。

〔47〕朱唇:一作"美人"。皓:即白。嫭(hù 户)、姱:都是美的意思。

〔48〕比德:比其才德。好闲:美好闲雅。习:指习于礼节。都:仪态雅而不野。

〔49〕丰:丰满。微:微妙。调:体态调和。娱:神情悦乐。

〔50〕安以舒:安而舒。指与其相处而心安志适。

〔51〕嫭(hù 户):美好。王逸曰:"晒瞻貌。"曼:长而细。

〔52〕则:容则,仪表。秀:异。雅:美好。稚:稚嫩。朱:赤。

〔53〕静以安:静而安。王逸曰:"言美好之女,可以静居安精神也。"

〔54〕修:长,此指身高。滂浩:广大。丽:美丽。佳:善。

〔55〕曾颊:面容丰满。曾,层,重。倚耳:指两耳贴在头侧面。规:弧形。

〔56〕滂心:即情感丰富。滂,犹广。一作"漫"。绰态:含情不尽的姿态。绰,多。姣:好。施:发出的动作。

〔57〕小腰:腰肢细小。秀颈:脖颈秀长。鲜卑:大腰带。王逸曰:"衮带头也。言腰支细小,颈锐秀长,……若以鲜卑之带,约而束之也。"

〔58〕思怨移:可以排遣思怨,乐以忘忧。王逸曰:"言美女可以忘忧,去怨思也。"移,去。

〔59〕易中利心:性情温和,内心聪慧。朱熹曰:"易中、利心,皆敏慧之意。"

〔60〕粉白:著粉面白。黛黑:画黛眉黑。芳泽:香膏。朱熹曰:"芳香之膏泽也。"

〔61〕袂:衣袖。拂:拭。

〔62〕娱昔:犹言终夜娱乐。昔,晚上。

〔63〕青色:指黑色眼眉。直:平直,谓黑色的眉毛平直连在一起。婳(mián 棉):黠慧,美目貌。

〔64〕靥(yè 夜)辅:酒窝。奇牙:长得美的牙齿。嘕(xiān 仙):巧笑。

〔65〕丰肉肉骨:肉多而骨小。便娟:谓身材美好轻盈。

〔66〕便:合宜。

〔67〕夏:大。沙堂:用丹砂涂的厅堂。沙,丹砂。

〔68〕房:室。坛:小厅堂。观:楼。绝霤(liù 六):超过屋宇,形容楼观之高。霤,屋宇也。

〔69〕曲屋:即楼与楼之间的驾空复道。步壛(yán 言):长廊。扰畜:驯养禽兽。扰,驯。畜,一作"兽"。

〔70〕腾驾:车马奔驰。腾、驰。步:徒步。春囿:春季围猎的场地。

〔71〕琼毂:用玉装饰车毂。错:涂饰。错衡:用金银装饰车上的横木。衡,车辕前端之横木。假:大。

〔72〕茝(zhǐ 止,一读 chǎi 柴上声):香草名。一作"芷"。郁:丛茂。弥:满。

〔73〕恣志虑:任心志之所欲。

〔74〕畜:养。鸾皇:鸾鸟、凤凰。

〔75〕鹍(kūn 昆):鸟名,状如鹤,红嘴长颈,黄白色羽毛。鸿:水鸟名,略大于雁。群晨:早晨群飞。王夫之曰:"晨而群飞也。"鹙鸧(qiū cāng 秋苍):即秃鹙,头秃长颈,黑色羽毛,喜食鱼、蛇。

〔76〕鸿鹄:天鹅。代游:往来游戏。曼:曼衍。指鸟陆续飞的样子。鹔鹴(sù shuāng 肃霜):水鸟名,俊鸟,一说凤凰别名。

〔77〕曼泽:细腻丰润。怡面:面色红润光泽。怡,一作"台"。

〔78〕宜:善,利。

〔79〕室家:指宗族,一说兄弟。盈廷:满朝廷。

〔80〕居室定:住在家中极其安定。

〔81〕接径:即径接,道路连接。出若云:言人多,其出如云。

〔82〕三圭重侯:皆指爵位的等次。王逸曰:"三圭,谓公、侯、伯也。公执桓圭,侯执信圭,伯执躬圭,故言三圭也。重侯,谓子、男也,子、男共一爵,故言重侯也。"圭,重臣所执。听类神:像神明一样听察。朱熹曰:"言其听察精审,如神明也。"

〔83〕笃:厚,一说病。夭:早死。隐:幽蔽。存:恤问。

〔84〕正始昆:犹言定先后。

〔85〕田邑:田野和都邑。千畛(zhěn枕):言疆域辽阔。畛,田间的道路。阜(fù复)昌:富裕昌盛。王逸曰:"阜,盛也。昌,炽也。"

〔86〕美:指美好的教化。冒:覆,引申为遍及。众流:指广大人民。章:显明。

〔87〕威:武。善美明:善与美皆明。

〔88〕当:恰当。

〔89〕"名声"二句:指楚王的美好名声像太阳的光辉,普照天下。

〔90〕德誉:功德荣誉。配天:与天相媲美。理:治理。

〔91〕幽陵:古地名幽州。交阯:又作交趾,中国古代南方地名,在今越南一带。

〔92〕羊肠:山名。《战国策》注:"赵险塞名,山形屈辟,状如羊肠。在今太原晋阳之西北。"穷:尽。

〔93〕尚:举。

〔94〕发政:发布政令。献行:进献德行之人。朱熹曰:"令百官上其行治,如《周礼》令群吏致事,汉法令郡国上计也。"王夫之曰:"进用德行之士。"献,进。

〔95〕杰:杰出人才。陛:阶次,一说殿阶。一作"阶"。诛:责退。讥:讥诮。讥罢:众人讥诮的无能者。罢,驽,无能。

〔96〕直赢:正直而才能有余的人。赢,余。禹:即夏禹。麾:举手。

〔97〕豪杰:杰出人才,王逸曰:"千人才曰豪,万人才曰杰。"杰(傑),一作"俊"。流泽施:恩泽施及众庶。

〔98〕徕归:一作"归徕"。下同。为:犹治,治理。

〔99〕雄雄:形容国家的军力。赫赫:形容国家的名声。天德:指楚王德配天地。

〔100〕三公:古代官职,《尚书·周官》:"立太师、太傅、太保,兹唯三公。"穆穆:和睦互相尊重的样子。登降:出入。堂:朝堂。

〔101〕毕极:都来,此谓诸侯朝聘。极,至。九卿:古代官职,此指周朝九卿,即少卿、少傅、少保、冢宰、司徒、宗伯、司马、司寇、司空,此极言朝

聘礼仪之盛。

〔102〕昭质:光明之质,王夫之曰:"明示可见之质也。"侯:布做的箭靶。张:设。

〔103〕揖辞让:古时射箭之礼,参加比赛者,都手持弓箭互相辞让。

〔104〕尚三王:指为政取法夏商周三代贤王。

楚辞卷十一

惜誓第十一

贾 谊

【题解】

王逸《楚辞章句》说:"《惜誓》者,不知谁所作也。或曰贾谊,疑不能明也。惜者,哀也。誓者,信也,约也。言哀惜怀王,与己信约,而复背之也。古者君臣将共为治,必以信誓相约,然后言乃从,而身以亲也,盖刺怀王有始而无终也。"作者代屈原拟辞,表明痛惜怀王背信,信用群小,而不忍浊世,意欲远逝,但最终还是"不如反余之故乡",表现了屈原对故国的一片热情。其作者为贾谊,大体可信。作者虽代屈原拟辞,却有中国情怀,体现了汉代统一后的气概。

潘啸龙《楚辞著作提要》说:"全篇托为屈原口气,抒写忠贞遭害、小人得志之悲;既企慕离世游仙,又怀思故国旧乡;而以'远浊世而自藏'作结。所表达的思想,似较《远游》复杂。艺术表现上颇具想象力,文辞亦畅达可诵,但缺少独创性。"汤炳正《楚辞今注》说:"言己伤惜年衰无成,故欲登天高举,远逝求仙,淡然自娱。然因系念故乡,故返回世间。但又目睹乱世种种邪恶,忠贤被害,奸佞得意,伤惜之情愈烈。故在辞中以'非重躯以虑难兮,惜伤身之无功'揭示'惜誓'的宗旨。"

惜余年老而日衰兮,岁忽忽而不反。
登苍天而高举兮,历众山而日远。[1]
观江河之纡曲兮,离四海之霑濡。[2]
攀北极而一息兮,吸沆瀣以充虚。[3]
飞朱鸟使先驱兮,驾太一之象舆。[4]
苍龙蚴虬于左骖兮,白虎骋而为右骓。[5]
建日月以为盖兮,载玉女于后车。[6]
驰骛于杳冥之中兮,休息虖昆仑之墟。[7]
乐穷极而不厌兮,愿从容虖神明。[8]
涉丹水而驰骋兮,右大夏之遗风。[9]
黄鹄之一举兮,知山川之纡曲。[10]
再举兮,睹天地之圜方。[11]
临中国之众人兮,托回飙乎尚羊。[12]
乃至少原之壄兮,赤松、王乔皆在旁。[13]
二子拥瑟而调均兮,余因称乎清商。[14]
澹然而自乐兮,吸众气而翱翔。[15]
念我长生而久仙兮,不如反余之故乡。[16]

黄鹄后时而寄处兮,鸱枭群而制之。[17]
神龙失水而陆居兮,为蝼蚁之所裁。[18]
夫黄鹄神龙犹如此兮,况贤者之逢乱世哉!
寿冉冉而日衰兮,固儃回而不息。[19]
俗流从而不止兮,众枉聚而矫直。[20]
或偷合而苟进兮,或隐居而深藏。[21]
苦称量之不审兮,同权概而就衡。[22]

或推迻而苟容兮,或直言之谔谔。[23]
伤诚是之不察兮,并纫茅丝以为索。[24]
方世俗之幽昏兮,眩白黑之美恶。[25]
放山渊之龟玉兮,相与贵夫砾石。[26]
梅伯数谏而至醢兮,来革顺志而用国。[27]
悲仁人之尽节兮,反为小人之所贼。[28]
比干忠谏而剖心兮,箕子被发而佯狂。[29]
水背流而源竭兮,木去根而不长。[30]
非重躯以虑难兮,惜伤身之无功。[31]

已矣哉!
独不见夫鸾凤之高翔兮,乃集太皇之壄。[32]
循四极而回周兮,见盛德而后下。[33]
彼圣人之神德兮,远浊世而自藏。[34]
使麒麟可得羁而系兮,又何以异虖犬羊?[35]

【注释】

〔1〕高举:高抗志行。历众山:经历众山。日远:指离家乡越来越远。

〔2〕纡(yū迂)曲:曲折。霑(zhān沾)濡:濡湿,沾湿。

〔3〕沆瀣(hàng xiè夯去声泻):清和之气。

〔4〕朱鸟:朱雀。太一:古天神名。象舆:以象牙装饰的车。

〔5〕蚴(yōu优)虬:龙行弯曲的样子。骖:驾车时位于两侧的马,也叫骓(fēi非)。

〔6〕建:树立。盖:车盖。玉女:神女。

〔7〕骛(wù务):奔驰。杳冥:深远而昏暗。昆仑:昆仑山。墟:

土丘。

〔8〕从容:舒缓自得的样子。

〔9〕丹水:在今河南南阳一带,为楚故都所在地。一说神话中的水名,王逸曰:"丹水,犹赤水也。《淮南》言赤水出昆仑也。"大夏:大雅。上海博物馆藏战国楚竹简《孔子诗论》大雅作大夏,小雅作小夏。一说外国地名,王逸曰:"外国名也,在西南。言己复渡丹水而驰骋,顾见大夏之俗,思念楚国也。"

〔10〕举:振翅而飞。纡曲:迂回曲折。

〔11〕圜方:天圆而地方。

〔12〕中国:指中原地区。回飙:即回风,旋风。尚(cháng 常)羊:同"徜徉",逍遥。

〔13〕少原之壄(yě,古读 shù):仙人的居所。壄,一作"野"。下同。赤松、王乔:即赤松子、王子乔,都是传说中的神仙。

〔14〕均:同"韵",音律。一说乐器,似瑟。称:奏。清商:古曲名。王逸曰:"歌曲也。"

〔15〕澹然:恬淡的样子。

〔16〕长生久仙:谓长生不死,永久做神仙。

〔17〕黄鹄:天鹅。后时:失时,晚到。天鹅为候鸟,入冬自西伯利亚迁移至中国,春天返回。其早期在中国的栖息地,当在黄河流域的湿地。今多聚集在河南三门峡、山西平陆一带的湿地。鸱枭(chī xiāo 吃消):恶鸟。

〔18〕蝼:蝼蛄。蚁:蚂蚁。裁:制。

〔19〕寿:年寿。冉冉:渐渐地。儃(chán 缠)回:运转。

〔20〕从:相从。枉:弯曲,邪。矫直:改直为曲。矫,揉。

〔21〕偷和:迎合世俗。偷,苟且。

〔22〕称量:称重和测量。权:称。概:量粮食时用来刮平的木板。

〔23〕迻(yí 移):同"移"。谔(è 恶)谔:直言的样子。

〔24〕纫茅丝:把茅草和丝线合起来捻成绳。

〔25〕方:当。幽昏:幽暗不明。眩:目视不清,引申为迷乱。

〔26〕放:放弃。龟:古人视龟为灵物。砾:小石为砾。

〔27〕梅伯:殷纣的忠臣,以数谏为纣所杀。醢(hǎi海):古时酷刑,把人剁成肉酱。来革:佞臣,朱熹曰:"来,恶来也。与革皆纣之佞臣也。"顺志:指顺从纣意。用:把持。

〔28〕仁人:指梅伯。小人:指来革。贼:害。

〔29〕比干:殷纣王时贤臣,因直谏被剖心。箕子:亦殷纣王时贤臣,见纣王无道,被发佯狂。被:披。

〔30〕背:离。竭:尽。

〔31〕重躯:以生命为重。虑难:顾虑危难。

〔32〕鸾凤:凤鸟,此喻贤者。集:止。太皇之埜:即大荒之薮。太,一作"大"。皇,大。

〔33〕四极:四方之极。回周:回旋。

〔34〕神德:非凡的功德。自藏:此孔子"舍之则藏"之意。

〔35〕麒麟:传说中的神兽。系:累,羁缚。虖,一作"夫",一作"乎"。

楚辞卷十二

招隐士第十二

淮南小山

【题解】

王逸《楚辞章句》说:"《招隐士》者,淮南小山之所作也。昔淮南王安,博雅好古,招怀天下俊伟之士。自八公之徒,咸慕其德,而归其仁,各竭才智,著作篇章,分造辞赋,以类相从,故或称小山,或称大山。其义犹《诗》有《小雅》、《大雅》也。小山之徒,闵伤屈原,又怪其文升天乘云,役使百神,似若仙者,虽身沉没,名德显闻,与隐处山泽无异,故作《招隐士》之赋,以章其志也。"此诗与《招魂》、《大招》主题相类似,皆欲以招屈原回朝廷,以实现其抱负。

汤炳正《楚辞今注》说:"从文辞观之,本篇选用奇字,气象雄奥,风骨棱嶒,且音节流离,有奇崛之境。即绍屈、宋之余韵,又显汉赋铺彩摛文之特点,实乃创新广大之杰作。"

桂树丛生兮山之幽,偃蹇连蜷兮枝相缭。[1]
山气巃嵸兮石嵯峨。溪谷崭岩兮水曾波。[2]
猨狖群啸兮虎豹嗥,攀援桂枝兮聊淹留。[3]
王孙游兮不归,春草生兮萋萋。[4]
岁暮兮不自聊,蟪蛄鸣兮啾啾。[5]

坱兮轧,山曲岪,心淹留兮洞荒忽。[6]

　　罔兮沕,憭兮慄,虎豹穴,丛薄深林兮人上慄。[7]

　　欽岑碕礒兮硱磳魂硊。[8]

　　树轮相纠兮林木茇骫,青莎杂树兮薠草靃靡。[9]

　　白鹿麏麚兮或腾或倚。状貌崯崯兮峨峨,凄凄兮漇漇。[10]

　　猕猴兮熊罴慕类兮以悲,攀援桂枝兮聊淹留。[11]

　　虎豹斗兮熊罴咆,禽兽骇兮亡其曹。[12]

　　王孙兮归来!山中兮不可以久留。

【注释】

〔1〕桂:香木。偃蹇(yǎn jiǎn 演简):树枝长的样子。连蜷(quán权):弯曲的样子。缭:缠绕。

〔2〕龙嵷(lóng sǒng 龙耸):云气貌。嵯峨:高耸的样子。嵃(chán禅)岩:险峻的样子。曾波:水波层层。曾,通"层"。

〔3〕猨:猿。一作"猱",猿猴。狖(yòu 又):长尾猿。嗥(háo嚎):野兽叫。援:持。聊:姑且。淹留:滞留,停留。

〔4〕王孙:屈原与楚同姓,故云王孙。萋萋:草茂盛的样子。

〔5〕岁暮:年老。不自聊:指情感没有依托,精神空虚。聊,赖,依托。蟪蛄:昆虫名,蝉的一种。

〔6〕坱(yǎng 仰)轧:形容云雾弥漫。曲岪(fó 佛):山势曲折盘绕的样子。洞(tóng 同):痛苦。一作"恫"。荒:一作"慌"。

〔7〕罔沕(mì 觅):指精气潜失的样子。憭(liǎo 了)慄:指恐惧的样子。丛薄:指草木丛处。慄:战栗。一作"栗"。

〔8〕欽岑(qīn yín 亲吟):指山势险峻。岑,一作"岺"。碕礒(qǐ yǐ起以):指山石错落不平。一作"崎礒"。硱磳魂硊(jūn zēng kuǐ wěi 君增

跬伟):形容山石的险峻形状。

〔9〕轮:指树的横枝。纠(jiū 纠):指纠结缠绕。一作"纠"。芰骫(bá wěi 拔伟):指树木枝叶盘曲萦绕的样子。芰,一作"茇"。莎(suō 蓑):草名。杂树:犹言丛生。树,立。蘋(fán 凡):草名,似莎而大。一作"蘈"。霍(huò 霍)靡:指草木杂芜凌乱的样子。霍,一作"靃"。

〔10〕麕(jūn 君):鹿的一种。麚(jiā 加):雄鹿。一作"麂"。腾:跳跃。倚:站立。崟崟(yín 吟)、峨峨:均指鹿的头角高耸的样子。凄凄、洗(xǐ 洗)洗:均指毛色润滑的样子。

〔11〕貊(pí 皮):熊的一种。慕类以悲:思慕同类而悲鸣。

〔12〕咆:指野兽嚎叫。骇:惊恐。曹:同类。

楚辞卷十三

七谏第十三

东方朔

【题解】

王逸《楚辞章句》说："《七谏》者,东方朔之所作也。谏者,正也,谓陈法度以谏正君也。古者,人臣三谏不从,退而待放。屈原与楚同姓,无相去之义,故加为《七谏》,殷勤之意,忠厚之节也。或曰:《七谏》者,法天子有争臣七人也。东方朔追悯屈原,故作此辞,以述其志,所以昭忠信、矫曲朝也。"该诗是屈原的代言体,作者拟屈原之吻,分初放、沉江、怨世、怨思、自悲、哀命、谬谏及乱诸部分,写出了屈原的身世经历,及其在遇到重大变故时的心路历程。东方朔是西汉初人,去战国不远,其关于屈原生平事迹的陈述,应引起重视。

洪兴祖《楚辞补注》说:"昔枚乘作《七发》,傅毅作《七激》,张衡作《七辨》,崔骃作《七依》,曹植作《七启》,张协作《七命》,皆《七谏》之类。李善云《七发》者,说七事以起发太子也。犹《楚辞·七谏》之流。五臣云:七者,少阳之数,欲发阳明于君也。《前汉》:东方朔,字曼倩,为太中大夫,免为庶人。后常为郎,上书自讼不得大官,欲求试用。"

关于《七谏》各部分的内容,东方朔在每节标题中都有清楚的概括。黄寿祺《楚辞全译》说:"东方朔的这篇《七谏》,从内容到形式都是模仿《九章》的,用代言体写成。"

初　　放[1]

平生于国兮,长于原壄。[2]
言语讷譅兮,又无强辅。[3]
浅智褊能兮,闻见又寡。[4]
数言便事兮,见怨门下。[5]
王不察其长利兮,卒见弃乎原壄。[6]
伏念思过兮,无可改者。[7]
群众成朋兮,上浸以惑。[8]
巧佞在前兮,贤者灭息。[9]
尧舜圣已没兮,孰为忠直?
高山崔巍兮,水流汤汤。[10]
死日将至兮,与麋鹿同坑。[11]
块鞠兮,当道宿。[12]
举世皆然兮,余将谁告?
斥逐鸿鹄兮,近习鸱枭。[13]
斩伐橘柚兮,列树苦桃。[14]
便娟之修竹兮,寄生乎江潭。[15]
上葳蕤而防露兮,下泠泠而来风。[16]
孰知其不合兮?若竹柏之异心。[17]

往者不可及兮,来者不可待。

悠悠苍天兮,莫我振理。[18]
窃怨君之不寤兮,吾独死而后已。

【注释】
〔1〕初放:为本节标题,也是本节中心意思所在。作者从屈原遭遇流放之初写起,交待屈原被流放的原因,描绘他的情感状态,表达了他誓死不与群小同流合污的态度。以下各节标题,都与此相类,是对一节主题的概括。

〔2〕平:屈原名。国:指楚国国都。一本作"中国"。原(yě也),即郊野。壄,同"野"。

〔3〕言语:指口才。王逸曰:"出口为言,相答为语。"讷(nè呢去声):说话迟钝,口才不好。謇(sè色):言语不流畅,口吃。强辅:强有力的辅助。

〔4〕褊:狭。寡:少。

〔5〕便事:有利于国君之事。门下:指楚王亲近之人。

〔6〕长利:对国家有长远之利。

〔7〕念:思考。思过:自省。

〔8〕朋:党。上:谓君。浸:稍。

〔9〕巧佞:巧言的佞人。灭息:没有声息。灭,消。

〔10〕崔巍:高貌。汤(shāng商)汤:水大的样子。

〔11〕麋鹿:兽名,俗称"四不象",头似马,尾似驴,蹄似牛(一说颈似骆驼),角似鹿。坑(kēng坑):"坑"的俗体字。

〔12〕块:孤独的样子。鞠:匍匐为鞠。

〔13〕鸿鹄:大鸟,为善鸟。近习:亲近。鸱枭:恶鸟。

〔14〕橘柚:指美木。苦桃:指恶木。

〔15〕便娟(pián juān 骈捐):体型美好的样子。潭(xún 旬):同"浔",水边。

〔16〕葳蕤(wēi ruí 威瑞阳平):草木茂盛枝叶下垂的样子。防:蔽。泠(líng 零)泠:清凉的样子。

〔17〕竹柏异心:指竹与柏树心虚实不同。王逸曰:"竹心空,屈原自喻志通达也;柏心实,以喻君暗塞也。"屈原与君志不合,若竹柏异心。

〔18〕理振:救助。

沉　　江[1]

惟往古之得失兮,览私微之所伤。[2]
尧舜圣而慈仁兮,后世称而弗忘。[3]
齐桓失于专任兮,夷吾忠而名彰。[4]
晋献惑于孋姬兮,申生孝而被殃。[5]
偃王行其仁义兮,荆文寤而徐亡。[6]
纣暴虐以失位兮,周得佐乎吕望。[7]
修往古以行恩兮,封比干之丘陇。[8]
贤俊慕而自附兮,日浸淫而合同。[9]
明法令而修理兮,兰芷幽而有芳。[10]

苦众人之妒予兮,箕子寤而佯狂。[11]
不顾地以贪名兮,心怫郁而内伤。[12]
联蕙芷以为佩兮,过鲍肆而失香。[13]
正臣端其操行兮,反离谤而见攘。[14]
世俗更而变化兮,伯夷饿于首阳。[15]
廉洁而不容兮,叔齐久而逾明。[16]
浮云陈而蔽晦兮,使日月乎无光。[17]
忠臣贞而欲谏兮,谗谀毁而在旁。[18]

秋草荣其将实兮,微霜下而夜降。[19]
商风肃而害生兮,百草育而不长。[20]
众并谐以妒贤兮,孤圣特而易伤。[21]
怀计谋而不见用兮,岩穴处而隐藏。[22]
成功隳而不卒兮,子胥死而不葬。[23]
世从俗而变化兮,随风靡而成行。[24]
信直退而毁败兮,虚伪进而得当。[25]
追悔过之无及兮,岂尽忠而有功。
废制度而不用兮,务行私而去公。

终不变而死节兮,惜年齿之未央。[26]
将方舟而下流兮,冀幸君之发矇。[27]
痛忠言之逆耳兮,恨申子之沉江。[28]
愿悉心之所闻兮,遭值君之不聪。
不开寤而难道兮,不别横之与纵。
听奸臣之浮说兮,绝国家之久长。[29]
灭规矩而不用兮,背绳墨之正方。[30]
离忧患而乃寤兮,若纵火于秋蓬。[31]
业失之而不救兮,尚何论乎祸凶。[32]
彼离畔而朋党兮,独行之士其何望?[33]
日渐染而不自知兮,秋毫微哉而变容。[34]
众轻积而折轴兮,原咎杂而累重。[35]
赴湘沅之流澌兮,恐逐波而复东。[36]
怀沙砾而自沉兮,不忍见君之蔽壅。[37]

【注释】

〔1〕此章言世无圣人,不忍浊世,怀沙自沉。

〔2〕往古:以前。得失:此指治国得失。私微:指君主的私心和不光明正大之行。私,私心。微,微行。

〔3〕尧舜圣而慈仁:指尧舜以天下为公,能公而忘私、慈爱人民。

〔4〕专任:使专国政。夷吾:齐相管仲名。齐桓公任用管仲而天下治。管仲去世,齐桓公任用竖刁、易牙专政,桓公死后齐国大乱。管仲生前曾告诫说竖刁自割,易牙烹子,二人不爱其身,不慈其子,不可重用。

〔5〕孋(lí 离):一作"骊"。春秋时晋献公娶骊姬,骊姬谮太子申生,申生被害,晋献公死后,晋国大乱。

〔6〕偃王:徐偃王,周穆王时徐国的国君。荆:楚。寤:通"悟",醒悟。徐偃王行仁政,楚文王恐徐国强大,遂灭徐国。徐本东夷,未受周王封建,故称王。周穆王时,伐徐偃王,徐败后受封为子爵。楚王伐徐,正是受周穆王之命。

〔7〕吕望:即姜太公,助周武王灭商纣王。

〔8〕封:封土,聚土为坟。比干为商纣王时贤臣,被纣王所杀。周武王封其墓以表彰其德。

〔9〕浸淫:逐渐。合同:和合同心。

〔10〕修理:修明而有条理。

〔11〕箕子:纣之庶兄,见纣不贤,披发佯狂。

〔12〕地:地位。怫(fú 服)郁:心情不舒畅的样子。内伤:内心伤痛。

〔13〕鲍肆:鲍鱼店铺。肆,市场。

〔14〕离:同"罹",遭受。见攮:被排挤,被排斥。

〔15〕伯夷:孤竹国君之子,不愿为君,逃亡,饿死于首阳山。

〔16〕叔齐:孤竹国君次子。商末孤竹君欲立次子叔齐,叔齐让长子伯夷,伯夷不受,二人俱奔西伯周文王。文王死,武王伐纣,叔齐与伯夷曾叩马劝谏,武王不听,同逃首阳山,后与兄不食周粟,饥饿而死。逾,通"愈"。

〔17〕陈:陈布,陈列。逾:通"愈",更加。

〔18〕贞:正。

〔19〕微霜:薄霜,喻谄谀之言,王逸曰:"秋时百草将实,微霜夜下而杀之,使不得成熟也。"

〔20〕商风:西风,秋风。依五德终始学说,商属金,季节为秋,方位为西,故称西风、秋风为商风。肃:严而疾。育:一作"堕"。

〔21〕谐:同。孤圣特:圣贤孤特无助。一作"圣孤特"。

〔22〕岩穴处:处岩穴,指居住在山林。

〔23〕隳(huī灰):坏,毁。子胥:伍子胥。伍子胥为吴伐楚破郢,立大功,吴王夫差听信谗言,赐死,盛子胥尸于革囊,浮于江中。故有此二句。

〔24〕靡:倒下。

〔25〕信直:诚恳正直。

〔26〕年齿:年龄。未央:未尽。

〔27〕方舟:两船相并。发矇(méng蒙):本意指使盲者复明,此比喻从迷惑昏乱中醒悟。矇,盲。一作"蒙"。

〔28〕痛:哀痛。恨:遗憾。申子:伍子胥。申为伍子胥封邑。

〔29〕浮说:虚浮之说。

〔30〕绳墨:木工打直线的墨线,比喻规矩或法度。

〔31〕秋蓬:秋天的蓬蒿,易燃。

〔32〕业:大业,一说副词"已"。祸凶:祸国之人。

〔33〕离畔:离经叛道。畔,通"叛"。朋党:指以利益苟合在一起,不顾大义,而以维护集团利益为目的的小人。

〔34〕变容:指变坏。

〔35〕折轴:压断车轴。洪兴祖引《战国策》云:"积羽沉舟,群轻折轴。"二句言车载众轻之物,以折其轴而不可乘,其过咎由重累杂载众多,借指国君听用群小之言。坏败法度,自致倾危。咎:过。

〔36〕流澌:流水。复东:东归于海。

〔37〕砾:小石。蔽壅:蒙蔽。

怨　　世[1]

世沉淖而难论兮,俗岭峨而嵾嵯。[2]
清泠泠而歼灭兮,溷湛湛而日多。[3]
枭鸮既以成群兮,玄鹤弭翼而屏移。[4]
蓬艾亲入御于床笫兮,马兰踸踔而日加。[5]
弃捐药芷与杜衡兮,余奈世之不知芳何。[6]
何周道之平易兮,然芜秽而险戏。[7]
高阳无故而委尘兮,唐虞点灼而毁议。[8]
谁使正其真是兮,虽有八师而不可为。[9]

皇天保其高兮,后土持其久。[10]
服清白以逍遥兮,偏与乎玄英异色。[11]
西施媞媞而不得见兮,嫫母勃屑而日侍。[12]
桂蠹不知所淹留兮,蓼虫不知徙乎葵菜。[13]
处湣湣之浊世兮,今安所达乎吾志。[14]
意有所载而远逝兮,固非众人之所识。[15]
骥踌躇于弊輂兮,遇孙阳而得代。[16]
吕望穷困而不聊生兮,遭周文而舒志。[17]
宁戚饭牛而商歌兮,桓公闻而弗置。[18]
路室女之方桑兮,孔子过之以自侍。[19]
吾独乖剌而无当兮,心悼怵而耄思。[20]
思比干之恲恲兮,哀子胥之慎事。[21]

悲楚人之和氏兮,献宝玉以为石。[22]
遇厉武之不察兮,羌两足以毕斮。[23]
小人之居势兮,视忠正之何若?
改前圣之法度兮,喜啜嚅而妄作。[24]
亲谗谀而疏贤圣兮,讼谓闾娵为丑恶。[25]
愉近习而蔽远兮,孰知察其黑白?[26]

卒不得效其心容兮,安眇眇而无所归薄。[27]
专精爽以自明兮,晦冥冥而壅蔽。[28]
年既已过太半兮,然轗轲而留滞。[29]
欲高飞而远集兮,恐离罔而灭败。[30]
独冤抑而无极兮,伤精神而寿夭。[31]
皇天既不纯命兮,余生终无所依。[32]
愿自沉于江流兮,绝横流而径逝。[33]
宁为江海之泥涂兮,安能久见此浊世?[34]

【注释】

〔1〕此章言社会黑白颠倒,小人得势,君子落魄,故欲自沉。

〔2〕沉淖(nào闹):没落。沉,沉没。淖,溺。岑(cén岑)峨、崟(cēn岑阴平)嵯:不齐的样子。

〔3〕清泠(líng)泠:比喻清白。歼:尽。灭:消。涊湛湛:喻贪浊。

〔4〕枭鸮:鹰类恶鸟。玄鹤:黑鹤。古代传说鹤千年化为苍,又千年化为黑,谓之玄鹤。一说神话中的神鸟,这里比喻圣贤的人。弭(mǐ米)翼:收敛翅膀。屏移:退避,隐退。

〔5〕蓬艾:蓬蒿,草名。马兰:恶草。踸踔(chěn chuō 碜戳):疯长的样子。

〔6〕弃捐:抛弃。药芷、杜衡:香草,喻忠贤。药,一作"兰"。

〔7〕险戏:犹言倾危。同"险巇"。

〔8〕高阳:帝颛顼。委尘:犹言被尘沾污,喻受到诬蔑。唐虞:唐尧虞舜。灼:炙。

〔9〕正:评判。真是:真伪是非。八师:八位圣人。王逸曰:"谓尧、稷、卨、皋陶、伯夷、倕、益、夔也。"

〔10〕后土:对土地的尊称。

〔11〕玄英:纯黑,比喻贪浊。

〔12〕西施:美女也。媞(tí 提)媞:人貌美的样子。嫫母:丑女。勃屑:蹒跚膝行的样子。

〔13〕蠹(dù 渡):蛀虫。蓼(liǎo 辽上声):一种植物,味辛辣。生活在这种植物上的虫叫蓼虫。葵、菜:皆植物名。

〔14〕潣(mǐn 悯)潣:昏乱的样子。

〔15〕识(zhì 志):知。

〔16〕辇(jú 菊):用马拉载货物的大车。一作"𨍳"。孙阳:伯乐的名字。

〔17〕吕望:吕尚,即姜太公。周文:周文王。舒志:舒展情志。

〔18〕宁戚:春秋时齐国大夫,以喂牛为生,后遇齐桓公,任大司田,成为齐国主管农业之官。置:错置,指不用。

〔19〕路室:客舍。孔子过之以自侍;孔子路遇女子采桑,目不视人,孔子以其贞洁,故娶之。过,一作"遇"。

〔20〕乖剌(là 辣):违背。悼怵:伤怵,伤心。眊(mào 冒):乱。

〔21〕怦(pēng 烹)怦:忠实的样子。此句言比干忠诚,伍子胥谨慎,皆遇灾祸。

〔22〕楚人卞和氏发现美玉,几次献宝石,被误以为石头,被先后砍左足与右足。

〔23〕厉:楚厉王。武:楚武王。楚厉王断卞和氏左足,楚武王断卞和氏右足。斲(zhuó 浊):断,刖足。

〔24〕喔嚅(niè rú 涅如):窃窃私语的样子,指谋私利。

〔25〕闾娵（lú zōu 驴邹）：古代美女，梁王魏罃之美女，又名闾姝子奢，又作闾媭（xū 须）子奢。

〔26〕愉：喜乐。近习：君王的亲信。

〔27〕心容：内心的忠诚和形体的劳累。眇眇：茫渺，一说微末。薄：附。

〔28〕专：专一。精爽：明亮，一说指精神。晦冥冥：昏暗。

〔29〕轗轲（kǎn kē 坎科）：道路不平，比喻境遇不顺利，不得志。轗，一作"埳"。

〔30〕离：一作"罹"，遭。冈：通"网"，罗网。灭败：灭弃、败坏。

〔31〕冤抑：含冤而压抑。无极：无尽。寿夭：指短寿。夭，夭亡。

〔32〕不纯命：指天命反复无常。

〔33〕绝：穿越，横渡。径逝：长逝。径，一作"远。"

〔34〕涂：泥。

怨　　思[1]

贤士穷而隐处兮，廉方正而不容。[2]
子胥谏而靡躯兮，比干忠而剖心。[3]
子推自割而饣食君兮，德日忘而怨深。[4]
行明白而曰黑兮，荆棘聚而成林。[5]
江离弃于穷巷兮，蒺藜蔓乎东厢。[6]
贤者蔽而不见兮，谗谀进而相朋。[7]
枭鸮并进而俱鸣兮，凤皇飞而高翔。[8]
愿壹往而径逝兮，道壅绝而不通。[9]

【注释】

〔1〕此章继续表达对小人得志,贤士悲穷现象的不满。

〔2〕穷:不达。廉:清洁方正之士。

〔3〕靡躯:灭身。靡,灭。

〔4〕子推:介子推。飤(sì寺):拿食物给人吃。晋人介子推从晋亡公子重耳,及重耳为晋君,介子推隐居介山。在从亡过程中,因无食,介子推曾割股饲君。后晋文公重耳欲寻觅介子推,介子推不愿见,与老母遁入深山,晋文公下令焚山,母子竟被烧死。后人为纪念介子推,遂有寒食节。怨深:怨恨深长。

〔5〕荆棘:比喻谗贼。

〔6〕江离:江蓠,香草名,生长于长江边。蒺藜(jí lí吉离):一种野生植物,有刺。东厢:庿序之东谓东厢。指好房屋。

〔7〕相朋:互相勾结。一作"在位"。

〔8〕枭鸮:鹰类恶鸟,喻小人。凤皇:即"凤凰"。

〔9〕壹:或作"一"。

自　　悲[1]

居愁勤其谁告兮,独永思而忧悲。[2]
内自省而不惭兮,操愈坚而不衰。[3]
隐三年而无决兮,岁忽忽其若颓。[4]
怜余身不足以卒意兮,冀一见而复归。[5]
哀人事之不幸兮,属天命而委之咸池。[6]
身被疾而不间兮,心沸热其若汤。[7]
冰炭不可以相并兮,吾固知乎命之不长。[8]
哀独苦死之无乐兮,惜予年之未央。[9]
悲不反余之所居兮,恨离予之故乡。[10]

鸟兽惊而失群兮,犹高飞而哀鸣。
狐死必首丘兮,夫人孰能不反其真情?[11]

故人疏而日忘兮,新人近而俞好。[12]
莫能行于杳冥兮,孰能施于无报?[13]
苦众人之皆然兮,乘回风而远游。[14]
凌恒山其若陋兮,聊愉娱以忘忧。[15]
悲虚言之无实兮,苦众口之铄金。[16]
过故乡而一顾兮,泣歔欷而霑衿。[17]
厌白玉以为面兮,怀琬琰以为心。[18]
邪气入而感内兮,施玉色而外淫。[19]
何青云之流澜兮,微霜降之蒙蒙。[20]
徐风至而徘徊兮,疾风过之荡荡。[21]
闻南藩乐而欲往兮,至会稽而且止。[22]
见韩众而宿之兮,问天道之所在?[23]
借浮云以送予兮,载雌霓而为旌。[24]
驾青龙以驰骛兮,班衍衍之冥冥。[25]
忽容容其安之兮,超慌忽其焉如?[26]
苦众人之难信兮,愿离群而远举。[27]
登峦山而远望兮,好桂树之冬荣。[28]
观天火之炎炀兮,听大壑之波声。[29]
引八维以自道兮,含沆瀣以长生。[30]
居不乐以时思兮,食草木之秋实。[31]
饮菌若之朝露兮,构桂木而为室。[32]
杂橘柚以为囿兮,列新夷与椒桢。[33]

鹍鹤孤而夜号兮,哀居者之诚贞。[34]

【注释】

〔1〕此章言自己以忠直被放,不得复见,悲愁辛苦,命不长久,希望能返故乡终老。

〔2〕慭(qín芹):愁苦,一作"苦"。永思:长思。

〔3〕自省:自我省察。惭(cán残):同"惭",惭愧。操:节操。

〔4〕隐三年:指隐居不复在位三年。决:结果。指不见君召。岁:指寿,身体状况。颓:衰。

〔5〕卒意:尽意,实现自己的愿望。冀:希望。一见而复归:见君主一面,然后被召回重用。

〔6〕属(zhǔ主):付。咸池:旧说水鱼之圃。当指殷贤臣彭咸投水之池。

〔7〕被疾:生病。不间:不嫌。汤:热水。

〔8〕冰炭:犹当水火。

〔9〕未央:未尽。予:一作"余"。

〔10〕反余之所居:返故乡。

〔11〕真情:犹言本心,本性。此句话说狐狸死时,头朝丘穴,人希望落叶归根,也是其本性所决定。

〔12〕俞:同"愈"。一本作"愈"。

〔13〕杳冥:昏暗,引申为暗中。

〔14〕回风:旋风。

〔15〕凌:升。恒山:北岳,在今山西曲阳境内。陋:小。

〔16〕众口之铄金:指群小以虚言诋毁自己。

〔17〕过故乡而一顾:此言北上恒山,路过故乡,却不能停留。歔欷(xū xī虚西):哀叹抽泣声。衿:衣襟。

〔18〕厌:厌恶。白玉为面:表面光亮。琬琰(wǎn yǎn晚掩):玉名。

〔19〕外淫:指内有邪气,陈玉色在外,仍然会露出邪淫之色。

〔20〕流澜:乌云密布之状。蒙蒙:霜盛的样子。一作"濛濛"。

〔21〕荡荡:风大貌。荡,一作"汤"。

〔22〕南藩:南蛮。会(kuài快)稽:山名。在浙江绍兴,为吴越故地。

〔23〕韩众:仙人。众,一作"终"。即韩终。参《远游》注〔5〕。

〔24〕雌霓:副虹,彩虹外侧色彩较素淡的部分。旌:旌旗。

〔25〕班衍衍:盘旋而飞行貌。冥冥:隐约不明。

〔26〕容容:变化不定的样子。超:遥远。慌忽:慌惚。焉如:到哪里。焉,一作"安"。

〔27〕举:去。

〔28〕峦:小山。冬荣:冬天花开。

〔29〕炎炀:火盛大。大壑:海水。

〔30〕沆瀣(hàng xiè 夯去声谢):露气。

〔31〕时思:思时。秋实:秋天的果实。

〔32〕菌若:菌桂和杜若,均为香草名。构:连结,建造。

〔33〕橘、柚:俱植物名。囿:一作"圃"。新夷:即辛夷,木兰的别名。桢:女贞。

〔34〕鹍鹤:鹍鸡和鸧鹤,均为大鸟。号:号叫。诚贞:忠诚贤贞。

哀　　命[1]

哀时命之不合兮,伤楚国之多忧。
内怀情之洁白兮,遭乱世而离尤。
恶耿介之直行兮,世溷浊而不知。[2]
何君臣之相失兮,上沅湘而分离。[3]
测汨罗之湘水兮,知时固而不反。[4]
伤离散之交乱兮,遂侧身而既远。
处玄舍之幽门兮,穴岩石而窟伏。[5]

从水蛟而为徒兮,与神龙乎休息。[6]
何山石之崭岩兮,灵魂屈而偃蹇。[7]
含素水而蒙深兮,日眇眇而既远。[8]
哀形体之离解兮,神罔两而无舍。[9]
惟椒兰之不反兮,魂迷惑而不知路。[10]
愿无过之设行兮,虽灭没之自乐。[11]
痛楚国之流亡兮,哀灵修之过到。[12]
固时俗之溷浊兮,志督迷而不知路。[13]
念私门之正匠兮,遥涉江而远去。[14]
念女嬃之婵媛兮,涕泣流乎於悒。[15]
我决死而不生兮,虽重追吾何及。[16]
戏疾濑之素水兮,望高山之蹇产。[17]
哀高丘之赤岸兮,遂没身而不反。[18]

【注释】

〔1〕此章悲叹自己命运坎坷,表达必死之决心。

〔2〕耿介:光明正大。溷浊:混浊。

〔3〕相失:失于相知,不合。

〔4〕测:揣度,知道。知时:知命。固:坚决。

〔5〕穴:穴居。岩:岩穴。窟伏:即伏窟,潜伏于洞窟,亦穴居之义。

〔6〕水蛟:龙类动物,即蛟龙。乎:一作"而"。

〔7〕崭(chán 禅)岩:险峻的样子。偃蹇(yǎn jiǎn 眼睑):屈曲的样子。

〔8〕素水:白水。眇眇:高远貌。

〔9〕离解(xiè 谢):倦怠,倦懈。神罔两:指精神如鬼怪无所据依。罔两,即魍魉,鬼怪。舍:止。

〔10〕椒兰:怀王公子令尹子兰,司马子椒。

〔11〕设行:用衡设,用也。行,通"衡"。指坚守。灭没:淹没,死亡。

〔12〕过:过分。到:通"倒",指颠倒是非。
〔13〕瞀(mào茂):烦乱。迷:迷惑。
〔14〕私门:卿大夫的家,对公室而言。正匠:犹言正教。王逸曰:"言己念众臣皆营其私,相教以利,乃以其邪心欲正国家之事,故已远去也。"
〔15〕女嬃(xū虚):王逸曰:"屈原姊也。"又见《离骚》注〔66〕。婵媛(chán yuán缠源):因急气而说话喘息的意思。於悒(wū yì乌亦):忧悒郁结,鸣咽。
〔16〕重追:再三追思。一说多次追劝。
〔17〕疾濑(lài赖):湍急的水流。蹇(jiǎn简)产:迂曲屈折的样子。
〔18〕赤岸:红色岩石构成的江岸。

谬　　谏 [1]

怨灵修之浩荡兮,夫何执操之不固?[2]
悲太山之为隍兮,孰江河之可涸?[3]
愿承闲而效志兮,恐犯忌而干讳。[4]
卒抚情以寂寞兮,然怊怅而自悲。[5]
玉与石其同匮兮,贯鱼眼与珠玑。[6]
驽骏杂而不分兮,服罢牛而骖骥。[7]
年滔滔而日远兮,寿冉冉而愈衰。[8]
心悇憛而烦冤兮,蹇超摇而无冀。[9]

固时俗之工巧兮,灭规矩而改错。[10]
却骐骥而不乘兮,策驽骀而取路。[11]
当世岂无骐骥兮,诚无王良之善驭。[12]

231

见执辔者非其人兮,故駒跳而远去。[13]
不量凿而正枘兮,恐矩䂨之不同。[14]
不论世而高举兮,恐操行之不调。[15]
弧弓弛而不张兮,孰云知其所至?[16]
无倾危之患难兮,焉知贤士之所死?[17]
俗推佞而进富兮,节行张而不著。[18]
贤良蔽而不群兮,朋曹比而党誉。[19]
邪说饰而多曲兮,正法孤而不公。[20]
直士隐而避匿兮,谗谀登乎明堂。[21]
弃彭咸之娱乐兮,灭巧倕之绳墨。[22]
菎蕗杂于廉蒸兮,机蓬矢以射革。[23]
驾蹇驴而无策兮,又何路之能极?[24]
以直针而为钓兮,又何鱼之能得?[25]
伯牙之绝弦兮,无钟子期而听之。[26]
和抱璞而泣血兮,安得良工而剖之?[27]

同音者相和兮,同类者相似。
飞鸟号其群兮,鹿鸣求其友。
故叩宫而宫应兮,弹角而角动。[28]
虎啸而谷风至兮,龙举而景云往。[29]
音声之相和兮,言物类之相感也。

夫方圜之异形兮,势不可以相错。[30]
列子隐身而穷处兮,世莫可以寄托。[31]
众鸟皆有行列兮,凤独翱翔而无所薄。[32]

经浊世而不得志兮,愿侧身岩穴而自托。
欲阖口而无言兮,尝被君之厚德。[33]
独便悁而怀毒兮,愁郁郁之焉极?[34]
念三年之积思兮,愿壹见而陈辞。[35]
不及君而骋说兮,世孰可为明之?
身寝疾而日愁兮,情沉抑而不扬。[36]
众人莫可与论道兮,悲精神之不通。

乱曰:
鸾皇孔凤日以远兮,畜凫驾鹅。[37]
鸡鹜满堂坛兮,蛙黾游乎华池。[38]
要袅奔亡兮,腾驾橐驼。[39]
铅刀进御兮,遥弃太阿。[40]
拔搴玄芝兮,列树芋荷。[41]
橘柚萎枯兮,苦李旖旎。[42]
甌瓯登于明堂兮,周鼎潜乎深渊。[43]
自古而固然兮,吾又何怨乎今之人。

【注释】

〔1〕此章表达自己不得不进谏的意愿,希望有机会见到君主。

〔2〕灵修:指楚王。浩荡:指变化无常,不守常道。操:志。固:坚固。

〔3〕隍:护城壕。洪兴祖曰:"《说文》:城池有水曰池,无水曰隍。"涸:水竭。

〔4〕承:通"乘",趁着。志:一作"忠"。干:触犯。

〔5〕怊怅:犹言惆怅。

〔6〕匦:匣。其:一作"而"。贯鱼眼与珠玑:鱼目混珠。

〔7〕驽:驽马。骏:良马。服罢(pí皮)牛:用疲倦的老牛作服马。服,车辕两内侧的马叫"服",两外侧的马叫"骖"。骖骥:用骏马作骖马。

〔8〕滔滔:水流逝貌。日:一作"自"。远:一作"往"。一作"行"。冉冉:渐渐。

〔9〕悇憛(tú tán 图谈):忧愁的样子。冤:一作"怨"。寒:乖戾。超摇:不安。冀:冀望。

〔10〕工巧:工于取巧。规矩:圆规和曲尺圆,比喻法则。改错:改变措施或安排。改,更改。错,通"措"。

〔11〕驽骀(nú tái 奴台):劣马。

〔12〕王良:春秋人名,以善驭著名。

〔13〕执辔(pèi 佩):即驾车者。辔,驾驭牲口的嘴嚼子和缰绳。驹跳:曲身跳跃。

〔14〕凿(zuò 坐):器物上的孔眼。枘(ruì 瑞):榫头。矩矱(yuē 约):测量用的工具。同:一作"周"。

〔15〕论:辨别。调:和。

〔16〕弧:一作"故"。弛:解。张:一作"明"。

〔17〕"无倾危"二句:指没有亡国之难,怎么知忠臣死节。

〔18〕张而不著:不能推广发扬。著,显著。

〔19〕蔽而不群:指受排挤而不能结盟。朋曹:结党营私之人。比:指勾结。党誉:结党而互相赞誉。

〔20〕邪:一作"邪枉"。饰而多曲:指文过饰非。正法:正言,法言。弧:当为"孤"。公:明。指正言不受重视。

〔21〕明堂:布政之宫。

〔22〕倕(chuí 垂):传说中的巧匠。此指不用贤人,不守法度。

〔23〕菎蕗(kūn lù 昆路):香直之草。廒(zōu 邹):麻秸,去皮的麻秆。蓬矢:蓬蒿之箭。矢,箭也。

〔24〕蹇:跛。策:马鞭。极:至。

〔25〕直针:直钩。钓鱼用弯钩。

〔26〕伯牙：工鼓琴者。钟子期：知音者。《列子·汤问》说俞伯牙善鼓琴，钟子期善听，能欣赏伯牙高山流水之曲。

〔27〕和：指卞和，他得善玉，不被楚王认可，被去两足。剖：犹言治。一作"刊"。玉包裹在石中，必须剖治才得见。

〔28〕叩：击。宫、角：五音之宫、角。此言叩击五音，各以其声相应。

〔29〕谷风：阳气，此指山风。景云：大云而有光者。

〔30〕错：交错。

〔31〕列子：列御寇。古代贤士，隐而不仕，容貌有饥色，著《列子》一书传世。

〔32〕薄：依，凭依。

〔33〕阖口：犹言闭口。

〔34〕便悁(biàn yuān 变渊)：同"便娟"，美好的样子。怀毒：犹言怀恨。毒，怨毒。

〔35〕积思：积聚的愁思。

〔36〕寝疾：病而卧床。寝，卧。不扬：不舒扬，不能发泄。

〔37〕孔：孔雀。鸾皇孔凤：一作"弯孔凤皇"。凫：一作"枭"。

〔38〕蛙：水虫，类似于虾蟆。黾(měng 猛)：蛙。华池：芳华之水池。

〔39〕要袅(yǎo niǎo 咬鸟)：古之骏马。橐驼：今语骆驼。

〔40〕太阿(ē 婀)：利剑名。

〔41〕搴(qiān 签)：此处当拔去讲。玄芝：神草。列树：遍植。芎荷：芎的地下茎叫芎芳，其叶叫芎荷。

〔42〕苦李：恶木。旖旎(yǐ nǐ 以你)：繁茂的样子。

〔43〕甂瓯(biān ōu 边殴)：瓦器名。周鼎：夏禹所作鼎。

楚辞卷十四

哀时命第十四

严 忌

【题解】

　　王逸《楚辞章句》说："《哀时命》者,严夫子之所作也。夫子名忌,与司马相如俱好辞赋,客游于梁,梁孝王甚奇重之。忌哀屈原受性忠贞,不遭明君而遇暗世,斐然作辞,叹而述之,故曰《哀时命》也。"汤炳正《楚辞今注》说："本篇主旨,在于抒发贤者不遇于时的感伤愤懑之情。"又说："本篇颇为后人见重,不视为'无病呻吟'之作。其体制上承屈赋,古朴雅正;但多袭屈、宋赋成句词藻,实蹈汉世拟作因袭之风。"
　　严忌即庄忌,生活在西汉文帝、景帝时期。这篇作品可以归入纪念屈原的作品一类,其中悼念屈原的内容虽然不算太多,但其主旨,皆立足于圣贤不遇,与屈原作品主题相类似。

　　哀时命之不及古人兮,夫何予生之不遘时![1]
　　往者不可扳援兮,倈者不可与期。[2]
　　志憾恨而不逞兮,抒中情而属诗。[3]
　　夜炯炯而不寐兮,怀隐忧而历兹。[4]
　　心郁郁而无告兮,众孰可与深谋?
　　欿愁悴而委惰兮,老冉冉而逮之。[5]

居处愁以隐约兮,志沉抑而不扬。[6]
道壅塞而不通兮,江河广而无梁。[7]
愿至昆仑之悬圃兮,采锺山之玉英。[8]
擥瑶木之橝枝兮,望阆风之板桐。[9]
弱水汩其为难兮,路中断而不通。[10]
势不能凌波以径度兮,又无羽翼而高翔。[11]
然隐悯而不达兮,独徙倚而彷徉。[12]
怅惝罔以永思兮,心纡轸而增伤。[13]
倚踌躇以淹留兮,日饥馑而绝粮。[14]
廓抱景而独倚兮,超永思乎故乡。[15]
廓落寂而无友兮,谁可与玩此遗芳?[16]
白日晼晚其将入兮,哀余寿之弗将。[17]
车既弊而马罷兮,蹇邅徊而不能行。[18]
身既不容于浊世兮,不知进退之宜当。[19]
冠崔嵬而切云兮,剑淋离而从横。[20]
衣摄叶以储与兮,左袪挂于榑桑。[21]
右衽拂于不周兮,六合不足以肆行。[22]
上同凿枘于伏戏兮,下合矩矱于虞唐。[23]
愿尊节而式高兮,志犹卑夫禹汤。[24]
虽知困其不改操兮,终不以邪枉害方。[25]
世并举而好朋兮,壹斗斛而相量。[26]
众比周以肩迫兮,贤者远而隐藏。[27]

为凤皇作鹑笼兮,虽翕翅其不容。[28]

灵皇其不寤知兮,焉陈词而效忠?[29]
俗嫉妒而蔽贤兮,孰知余之从容?[30]
愿舒志而抽冯兮,庸讵知其吉凶?[31]
璋珪杂于甑窐兮,陇廉与孟娵同宫。[32]
举世以为恒俗兮,固将愁苦而终穷。[33]
幽独转而不寐兮,惟烦懑而盈匈。[34]
魂眇眇而驰骋兮,心烦冤之忡忡。[35]

志欿憾而不憺兮,路幽昧而甚难。[36]
块独守此曲隅兮,然欿切而永叹。[37]
愁修夜而宛转兮,气涫漨其若波。[38]
握剞劂而不用兮,操规矩而无所施。[39]
骋骐骥于中庭兮,焉能极夫远道?[40]
置猨狖于欂槛兮,夫何以责其捷巧?[41]
驷跛鳖而上山兮,吾固知其不能升。[42]
释管晏而任臧获兮,何权衡之能称?[43]

筦簵杂于黀蒸兮,机蓬矢以射革。[44]
负担荷以丈尺兮,欲伸要而不可得。[45]
外迫胁于机臂兮,上牵联于矰隹。[46]
肩倾侧而不容兮,固陿腹而不得息。[47]
务光自投于深渊兮,不获世之尘垢。[48]
孰魁摧之可久兮,愿退身而穷处。[49]
凿山楹而为室兮,下被衣于水渚。[50]
雾露濛濛其晨降兮,云依斐而承宇。[51]

虹霓纷其朝霞兮，夕淫淫而淋雨。[52]
怊茫茫而无归兮，怅远望此旷野。[53]
下垂钓于溪谷兮，上要求于仙者。[54]
与赤松而结友兮，比王侨而为耦。[55]
使枭杨先导兮，白虎为之前后。[56]
浮云雾而入冥兮，骑白鹿而容与。[57]

魂眭眭以寄独兮，汨徂往而不归。[58]
处卓卓而日远兮，志浩荡而伤怀。[59]
鸾凤翔于苍云兮，故矰缴而不能加。[60]
蛟龙潜于旋渊兮，身不挂于罔罗。[61]
知贪饵而近死兮，不如下游乎清波。[62]
宁幽隐以远祸兮，孰侵辱之可为？[63]
子胥死而成义兮，屈原沉于汨罗。[64]
虽体解其不变兮，岂忠信之可化？[65]
志怦怦而内直兮，履绳墨而不颇。[66]
执权衡而无私兮，称轻重而不差。[67]

摡尘垢之枉攘兮，除秽累而反真。[68]
形体白而质素兮，中皎洁而淑清。[69]
时厌饫而不用兮，且隐伏而远身。[70]
聊窜端而匿迹兮，嘆寂默而无声。[71]
独便悁而烦毒兮，焉发愤而抒情。[72]
时暧暧其将罢兮，遂闷叹而无名。[73]
伯夷死于首阳兮，卒夭隐而不荣。[74]

太公不遇文王兮,身至死而不得逞。[75]
怀瑶象而佩琼兮,愿陈列而无正。[76]
生天堕之若过兮,忽烂漫而无成。[77]
邪气袭余之形体兮,疾惛怛而萌生。[78]
愿壹见阳春之白日兮,恐不终乎永年。[79]

【注释】

〔1〕遘(gòu够):遇。一作"遭"。

〔2〕扳援:即攀援,追随,攀附。期:期待。扳,一作"攀"。倈:一作"来"。

〔3〕憾:遗憾。属:缀,作。

〔4〕炯炯:即耿耿,不成寐之貌。隐,一作"殷"。历兹:历时至今。

〔5〕欿(kǎn砍):愁苦的样子。委惟:懈倦的样子。逮:及。

〔6〕隐约:隐蔽而简约。沉抑:潜伏压抑。

〔7〕壅塞:堵塞不通。梁:桥。

〔8〕锺山:山名,在昆仑山西北。

〔9〕掔:同"揽"。瑶木:瑶树。橝(tán谈)枝:长枝。橝,木名,一说通"覃",长貌。阆(làng浪)风:神话中的山名,洪兴祖曰:"《博雅》云:昆仑虚有三山,阆风、板桐、玄圃。"板桐:山名,在阆风之上。板,一作"阪"。

〔10〕弱水:水名。汩(gǔ骨):水流急速的样子。断:一作"绝"。

〔11〕凌波:乘着波浪。度:一作"渡"。

〔12〕隐悯:心伤的样子。悯,一作"闵"。徙倚:犹言低徊。彷徉:徘徊游荡的样子。

〔13〕怅惘:失意的样子。罔:迷惘。纡轸(yū zhěn淤枕):隐曲悲痛。

〔14〕淹留:长久停留。馑(jǐn紧):蔬不熟曰馑。粮:一作"粻"。

〔15〕廓:空虚寂寞的样子。景:影。独倚:独处。永思:长长地思念。乎:一作"兮"。故乡:一作"此故乡"。

〔16〕廓落:空虚寂寞的样子。芳:芳草。

〔17〕晼(wǎn 碗)晚:日暮。弗将:不久长。

〔18〕弊:朽坏。罢:疲,疲劳的意思。蹇:跛,此指难行。邅(zhān 粘)徊:徘徊,周旋不进。

〔19〕宜当:合宜。

〔20〕冠崔嵬:指帽子高。崔嵬,山峻高貌。淋离:长貌。从横:同"纵横"。

〔21〕摄:拉,拽。储:同"伫",等待。指不舒展。一说摄叶是宽广的样子,储与是拘束的样子,不得舒展。袪:袖。榑(fú 扶)桑:扶桑。

〔22〕衽:衣襟。不周:神话中的山名。六合:天地四方。肆:纵恣,放肆。

〔23〕凿枘(ruì 瑞):凿孔和插入孔中的木柄,这里比喻尺度。伏戏:伏羲。矩矱(huò 祸):规矩、法度。矩,一作"规"。虞唐:指虞舜和唐尧。

〔24〕尊节:尊崇节操。式高:以高尚的节操为标准。卑夫禹汤:以夏禹、商汤之志为下。案:作者推崇尧、舜大同之志,禹、汤以天下为家,故作者以为不高尚。

〔25〕不以邪柱害方:不用邪柱之行危害方正的操守。

〔26〕朋:相互勾结。壹斗斛(hú 狐)相量:指善恶不分,用一个标准衡量。斛,量器名,十斗为一斛。斗,一作"升"。

〔27〕比周:结党营私。迫:近。

〔28〕凤皇:即凤凰。鹑:无尾的小鸟。翕:合,敛。

〔29〕灵皇:指君。寤:醒。

〔30〕从容:指举动行为光明正大。

〔31〕冯(píng 平):愤懑。一作"凭"、"懑"、"愁"。庸:常人。讵:岂。

〔32〕璋珪:均为玉名。甑窐(zēng wā 增蛙):代指瓦器,朱熹曰:"甑,瓦器,所以炊者也。窐,甑带也。"陇廉:古代丑妇名。孟娵(jū 掬):古代美女名。洪兴祖曰:"音邹,一音须。"

〔33〕恒:常。

〔34〕懑:愤懑。盈匈:满胸。

〔35〕眇眇:飘乎不定的样子。忡忡:忧愁不安的样子。

〔36〕欿(kǎn 坎):忧愁。憺(dàn 淡):安乐。

〔37〕块:孤独。曲隅:偏僻的角落。欿切:内心切痛。欿,通"坎",指不满的样子。

〔38〕愁修夜而宛转:意为愁夜之长,忧心宛转不能入睡。而,一作"之"。涫鬻(guàn fèi 贯肺):水沸腾的样子。鬻,同"沸"。

〔39〕剞劂(jī jué 基决):雕刻刀和雕刻凿。洪兴祖曰:"应劭曰:剞,曲刀。劂,曲凿。《说文》:剞劂,曲刀也。"

〔40〕中庭:庭院。

〔41〕猭:猿。狖(yòu 又):一种黑色的猴子。櫺(líng 灵):同"棂",栏杆。槛:圈兽的栅栏。责:要求。

〔42〕驷:车驾,此指乘。鳖:甲鱼。

〔43〕管晏:即管仲和晏婴,皆齐国名相。臧获:奴婢的贱称。洪兴祖曰:"《方言》云:臧获,奴婢,贱称也。骂奴曰臧,骂婢曰获。"

〔44〕箟簬(kūn lù 昆路):竹箭。廞(zōu 邹):麻秸。蒸:细柴。廞,一作"菆"、"叢"、"麛"。蓬矢:用蓬蒿做的箭。革:没有毛的兽皮,这里指的是犀牛皮做的盾。

〔45〕负:背。担:负担。丈尺:长度单位,十尺为一丈。形容长,以身负长尺,不能直身,行进时谨慎缓慢。要:同"腰"。

〔46〕机臂:弩身。臂,一作"辟"。辟,法,机关。矰(zēng 增):一种射飞鸟的用丝绳系住的短箭,方便回收。弋(yì 易):同"弋",以绳系箭而射。

〔47〕陿(xiá 狭)腹:使腹狭小,即弯曲腰背的意思。

〔48〕务光:古隐士名。相传汤要把天下让给他,他不接受,投水而死。

〔49〕魁摧:汤勺断了把,喻不好用。魁,汤勺。

〔50〕楹:柱。指凿山石作为屋柱。被衣:浴毕换衣服。渚:水涯。

〔51〕依斐:此指云朵浓密。斐,一作"霏"。承宇:承接屋檐。

〔52〕霓:副虹。淫淫:雨水大。

〔53〕怊茫茫:心无所依,失意的样子。怊,悲伤。怅:失意恼恨的

样子。

〔54〕要:通"邀",邀约。求于仙者:访求仙人。求,一作"结"。

〔55〕赤松:传说中的仙人赤松子。王侨:即仙人王子乔。为耦:为伴。耦,通"偶"。

〔56〕枭杨:山神名,即狒狒。《山海经》作"枭举",《淮南子》作"枭阳",云其状若人,见人则笑,能食人。

〔57〕冥:高远。容与:安逸自得的样子。

〔58〕眰(zhēng征)眰:独行的样子。汩(yù育):迅疾的样子。徂(cú促阳平):往。

〔59〕卓卓:高貌。浩荡:纵恣放肆,心无所主的样子。

〔60〕苍云:青云。矰缴(zēng zhuó增酌):系有丝绳,用来射鸟的短箭。

〔61〕旋渊:有旋涡的深渊。罔罗:罗网。罔,一作"网"。

〔62〕饵:鱼食。

〔63〕孰侵辱之可为:谓隐身远祸,侵辱就没法施加到自己身上。

〔64〕子胥:伍子胥,春秋时楚人。

〔65〕化:变化。

〔66〕怦怦:忠诚的样子。怦,一作"恽"。内直:内心正直。绳墨:比喻法度。颇:偏差。

〔67〕权衡:称量物体轻重的工具。差:过,错误。

〔68〕摡(gài盖):洗涤。枉攘:混乱。枉,一作"狂"。秽累:污浊堆积。反真:返璞归真。真,一作"意"。

〔69〕形白质素:表里都很皎洁正直。淑清:明朗、洁净,谓内心纯净。

〔70〕厌饫(yù欲):饮食饱足。

〔71〕聊:暂且。窜端:藏头匿足。嘆(mò默):通"寞",寂无人声。一作"潢","叹"。

〔72〕便悁(biàn juàn变眷):同"便娟",美好的样子。一说忧愁。烦毒:烦恼愤恨。

〔73〕暧暧:昏暗不明的样子。暧,一作"菱"。罢(pí疲):尽,终了。

243

〔74〕伯夷：商朝孤竹君之子不食周粟，饿死首阳山。首阳：山名。夭：夭亡。隐而不荣：没能显其荣宠。

〔75〕太公：姜太公。文王：周文王。

〔76〕瑶、琼：都是美玉，比喻美德。

〔77〕天隆（dì弟）：同"天地"。过：经过，不停留。烂漫：犹言消散。

〔78〕憯怛（cǎn dá 惨达）：忧伤痛苦。

〔79〕不终永年：不得终其寿命。

楚辞卷十五

九怀第十五

王　褒

【题解】

　　王逸《楚辞章句》说："《九怀》者，谏议大夫王褒之所作也。怀者，思也，言屈原虽见放逐，犹思念其君，忧国倾危而不能忘也。褒读屈原之文，嘉其温雅，藻采敷衍，执握金玉，委之污渎，遭世溷浊，莫之能识。追而愍之，故作《九怀》，以裨其词。史官录第，遂列于篇。"

　　王褒，字子渊，蜀州资中人，汉宣帝时任谏议大夫，是西汉著名辞赋家，《汉书》卷六十四下载："王褒字子渊，蜀人也。宣帝时修武帝故事，讲论六艺群书，博尽奇异之好，征能为《楚辞》九江被公，召见诵读，益召高材刘向、张子侨、华龙、柳褒等待诏金马门。神爵、五凤之间，天下殷富，数有嘉应。上颇作歌诗，欲兴协律之事，丞相魏相奏言知音善鼓雅琴者渤海赵定、梁国龚德，皆召见待诏。于是益州刺史王襄欲宣风化于众庶，闻王褒有俊材，请与相见，使褒作《中和》、《乐职》、《宣布》诗，选好事者令依《鹿鸣》之声习而歌之。时，氾乡侯何武为僮子，选在歌中。久之，武等学长安，歌太学下，转而上闻。宣帝召见武等观之，皆赐帛，谓曰：'此盛德之事，吾何足以当之！'褒既为刺史作颂，又作其传，益州刺史因奏褒有轶材。上乃征褒。既至，诏褒为圣主得贤臣颂其意。……是时,上颇好神仙,故褒对及之。上令褒与张子侨等并待诏,数从褒等放猎,所幸宫馆,辄为歌颂,第其高下,以差赐帛。议者多以为淫靡不急,上曰:'不有博弈者乎,为之犹贤乎已!辞赋大者与古诗同义,小者辩丽可喜。辟如女工有绮縠,音乐有郑、卫,今世俗犹皆以此虞说耳目,辞赋比之,尚有仁义风谕,鸟兽草木多闻之观,贤于倡优博弈远矣。'顷之,擢褒为谏大夫。其后太子体不安,苦忽忽善忘,不乐。诏使褒等皆之太子宫虞侍太子,朝夕诵读奇文及所自造作。疾平复,乃归。太子喜褒所为《甘泉》及《洞箫》颂,令后宫贵人左右皆诵读之。后方士言益州有金马碧鸡之宝,可祭祀致也,宣帝使褒往祀焉。褒于道病死,上闵惜之。"

  此诗虽然有屈原作品的风格,但是内容与屈原并没有多大关系,只是借用九体这种形式,抒发自己的情怀而已,似也不应该收入《楚辞》中。估计王褒在整理楚辞的时候,强把自己的作品塞入其中,也未可知。该诗各节熟练运用楚辞各体文格,形式整齐,文风清雅,语言生动,体现了较高的书写水平。黄寿祺《楚辞全译》说:"这九篇作品,都是政治抒情诗。它们强烈的政治性,浓重的抒情意味与《离骚》基本相似。在表现手法上也多效法《离骚》,采用幻想夸张的手法,很少有纪实之辞。语言流畅、生动、形象,篇章结构跌宕有致,诚笃的爱国思想与丰富的想象相结合,是这组诗歌的主要特色。"黄先生之言有参考价值,不过,把王褒忠君思想和"爱国"思想联系起来,却未必准确。

匡　　机[1]

极运兮不中,来将屈兮困穷。[2]

余深愍兮惨怛,愿一列兮无从。[3]
乘日月兮上征,顾游心兮鄗酆。[4]
弥览兮九隅,彷徨兮兰宫。[5]
芷闾兮药房,奋摇兮众芳。[6]
菌阁兮蕙楼,观道兮从横。[7]
宝金兮委积,美玉兮盈堂。[8]
桂水兮潺湲,扬流兮洋洋。[9]
蓍蔡兮踊跃,孔鹤兮回翔。[10]
抚槛兮远望,念君兮不忘。[11]
怫郁兮莫陈,永怀兮内伤。[12]

【注释】

〔1〕匡机:意为匡正关键,指拯救国家。匡:正。机:关键。

〔2〕极运:运极。极,准则,法则。指君主为国之道。中:正。屈:指曲折。来:一作"求",一作"永"。

〔3〕愍(mǐn 敏):怜恤、哀怜之意。惨怛:痛心的样子。惨,一作"愤"。无从:无门径可入。

〔4〕鄗(hào 浩):同"镐",古地名,是周武王姬发所定的京城,在今陕西省西安市长安区西南。酆(fēng 风):古地名,周文王姬昌的都城,在今陕西省西安市鄠邑区境内。

〔5〕弥:满,周遍。览:看。九隅:九州。兰宫:指王宫。

〔6〕芷闾、药房:代指香洁美好的居处。闾,一作"室"。众:一作"种"。

〔7〕菌阁、蕙楼:代指美好的居处。观道兮从横:道路很多,纵横交错。观,多。

〔8〕盈:满。

〔9〕桂水:芳香的水流。潺湲(chán yuán 缠原):水缓缓流动的样

子。洋洋:向远处流动的样子。

〔10〕蓍(shī师):蓍草,用来占卜。蔡:大龟,亦为占卜的工具。孔:孔雀。鹤:蓍草、大龟、孔雀和鹤均为古代吉祥之物。鹤,一作"鹄"。

〔11〕槛:栏杆。王逸曰:"不,一作弗。"

〔12〕怫(fú服)郁:心情不舒畅的样子。莫陈:无处陈述。莫,一作"弗"。

通　　路[1]

天门兮墬户,孰由兮贤者?[2]
无正兮溷厕,怀德兮何睹?[3]
假寐兮愍斯,谁可与兮寤语?[4]
痛凤兮远逝,畜鹩兮近处。[5]
鲸鳣兮幽潜,从虾兮游䱇。[6]
乘虬兮登阳,载象兮上行。[7]
朝发兮葱岭,夕至兮明光。[8]
北饮兮飞泉,南采兮芝英。[9]
宣游兮列宿,顺极兮彷徉。[10]
红采兮骍衣,翠缥兮为裳。[11]
舒余佩兮綝纚,竦余剑兮干将。[12]
腾蛇兮后从,飞駏兮步旁。[13]
微观兮玄圃,览察兮瑶光。[14]
启匮兮探筴,悲命兮相当。[15]
纫蕙兮永辞,将离兮所思。[16]
浮云兮容与,道余兮何之?[17]

远望兮仟眠,闻雷兮阗阗。[18]
阴忧兮感余,惆怅兮自怜。[19]

【注释】

〔1〕通路:意为君臣相通之路。

〔2〕天门、墬户:指代君王的住处。墬,一作"地"。孰由兮贤者:即贤者孰由,贤者从哪里来。

〔3〕无正:奸邪之人。溷(hùn 混)厕:混乱杂置。溷,混乱。怀德:怀有品德之人。何睹:睹何。指看不见,哪里有。

〔4〕假寐:衣冠而寐,不脱衣服小睡。愍(mǐn 敏):悯,忧。寤语:通"晤语",晤即对,相对而言。

〔5〕凤:凤鸟,代指俊才君子。鹌(yàn 晏):小鸟,代指奸佞小人。

〔6〕鲟(xún 循):即鲟,鲟鱼。一作"鲜"(shàn 善)。幽:深。渚(zhǔ 煮):即渚,水中小洲。一作"渚"。

〔7〕虬(qiú 求):虬龙。登阳:犹言登天。象:指神象。

〔8〕葱岭:山名。洪兴祖曰:"《后汉书》云:'西至葱岭。'注云:'葱岭,山名,其山高大,生葱,故名。'"在西极,指代西方。明光:丹丘,在东极,指代东方。

〔9〕芝英:灵芝草。

〔10〕宣:遍。列宿:众星。极:北极。彷徉:犹疑不决的样子。

〔11〕骍(xīng 星):红色的马。此处指红色。缥(piāo 漂):青白色丝织品。

〔12〕舒:缓。一本后无"余"字。继缡(lín lí 林离):繁盛的样子。竦(sǒng 耸):高举的样子。干将:古剑名。

〔13〕腾蛇:即螣(téng 腾)蛇,神话中的神蛇。腾,一作"螣"。驱(jù 巨):即驱驉(xū 虚),一种兽,似骡而小。

〔14〕玄圃:同悬圃,神话中的地名,传说在昆仑山上。瑶光:北斗七星中的第七星,居于勺中。

〔15〕启:打开。匮(kuì 溃):放东西的器具,此处指放占卜用具的小

柜子。筴(cè 测):同"策",指占卜用的蓍草。相:一本作"所"。

〔16〕纫(rèn 认):连缀,联结。蕙:兰草。永:长。

〔17〕容与:来去不定的样子。道:即导,引导。何之:即之何,到哪里去。

〔18〕仟眠:暗昧不明的样子。一说原野无际的样子。一作"芊瞑",一作"晦昏"。阗(tián 田)阗:声音很大的样子。

〔19〕阴:暗地里,内心。忧:一作"愁"。

危　俊[1]

林不容兮鸣蜩,余何留兮中州?[2]
陶嘉月兮总驾,搴玉英兮自修。[3]
结荣茝兮逶逝,将去烝兮远游。[4]
径岱土兮魏阙,历九曲兮牵牛。[5]
聊假日兮相佯,遗光燿兮周流。[6]
望太一兮淹息,纡余辔兮自休。[7]
晞白日兮皎皎,弥远路兮悠悠。[8]
顾列孛兮缥缥,观幽云兮陈浮。[9]
钜宝迁兮砏磤,雊咸雊兮相求。[10]
泱莽莽兮究志,惧吾心兮侜侜。[11]
步余马兮飞柱,览可与兮匹俦。[12]
卒莫有兮纤介,永余思兮怞怞。[13]

【注释】

〔1〕危:孤危。俊:英俊,指有才德之人。题名意为孤危的才德

之士。

〔2〕蜩(tiáo条):蝉。中州:指中国,中原。

〔3〕嘉月:好日子。嘉,好。总驾:即《离骚》"总余辔",驾车出行。总:一作"驱"。搴(qiān迁):拔,采。自修:自我修饰。

〔4〕结:编结。茝(chǎi柴上声):即白芷。逖逝:犹远逝,远远地离开。逖,一作"远"。去:离开。烝:君王。

〔5〕径:经,即经过。岱:泰山之别名。阙:宫门的台观,指帝王居地。一作"国"。九曲:即九天。牵牛:指牵牛星。

〔6〕聊:且。假日:借延岁月。假,借。相佯:逍遥。相,一作"猖",一作"徜"。遗光燿:垂显光耀。周流:周游。

〔7〕太一:太一神。淹息:停滞。纡(yū迂):曲屈,引申为按着,停缓。

〔8〕睎:通"睎",远望。一说天亮时的阳光。弥:遍,满。皎皎:光辉貌。悠悠:遥远貌。

〔9〕列孛(bèi备):分布在空中的彗星。孛,彗星出现时光芒四射的现象,此处指彗星。缥缥:隐隐约约,若有似无。陈浮:犹言飘浮。

〔10〕钜宝:大宝,此指大山。迁:来。砏磤(pīn yīn拼音):象声词,石相击声。一说同"磕磴"。雉(zhì至):雉鸡。雊(gòu够):雄雉鸣。

〔11〕泱:气势宏大貌。莽莽:广阔深远。悼(chóu愁)悼:忧愁深重。

〔12〕飞柱:神话中的山。匹俦(chóu筹):指志同道合可为偶者。俦,一作"畴"。

〔13〕纤介:细小。怞(yóu由)怞:忧貌。

昭　　世[1]

世溷兮冥昏,违君兮归真。[2]

乘龙兮偃蹇,高回翔兮上臻。[3]

251

袭英衣兮缇缡,披华裳兮芳芬。[4]
登羊角兮扶舆,浮云漠兮自娱。[5]
握神精兮雍容,与神人兮相胥。[6]
流星坠兮成雨,集瞵盼兮上丘墟。[7]
览旧邦兮滃郁,余安能兮久居![8]
志怀逝兮心恻悷,纡余辔兮踌躇。[9]
闻素女兮微歌,听王后兮吹竽。[10]
魂凄怆兮感哀,肠回回兮盘纡。[11]
抚余佩兮缤纷,高太息兮自怜。[12]
使祝融兮先行,令昭明兮开门。[13]
驰六蛟兮上征,竦余驾兮入冥。[14]
历九州兮索合,谁可与兮终生?[15]
忽反顾兮西圉,睹轸丘兮崎倾。[16]
横垂涕兮泫流,悲余后兮失灵。[17]

【注释】

〔1〕昭:辅助,开导。昭世指开导世人。

〔2〕溷(hùn 混):浑浊。冥昏:黑暗。违:去,离开。归真:恢复真我,指隐居。

〔3〕偃蹇(yǎn jiǎn 眼睑):高举的样子。上臻:臻上。臻,到达。

〔4〕袭:穿。英、华:均指花。缇缡(tí xí 提袭):色彩鲜明貌。缇,红色丝织物。缡,衣边。一作"缍"(qiè 妾)。

〔5〕羊角:旋风。扶舆:盘旋上升的样子。舆,一作"与"。云漠:即云河。

〔6〕握:握持。雍容:从容不迫的样子。胥(xū 需):察看。

〔7〕瞵(lín 林)盼,左顾右盼。瞵,瞪大眼睛。集:一本作"进"。上:古本无。

〔8〕览:一作"临"。瀹郁(wěng yù 蓊遇):云烟弥漫貌。

〔9〕恻悷(liú lì 流利):忧伤的样子。踌躇:即踌躇。一作"情踌躇"。

〔10〕素女:传说中的仙女。王后:此处指宓妃。

〔11〕凄怆:悲伤。盘纡:盘曲。

〔12〕太息:叹息。

〔13〕祝融:南方之神,火神。昭明:光明,指火神举火开门。

〔14〕竦(sǒng 耸):立。冥:远。指辽阔之地。

〔15〕索:求。一作"寡"。合:指志同道合之人。

〔16〕忽:迅速,突然。西罔:指楚国。轸丘:高高的山丘。一作"丘陵"。崎倾:倾侧的样子,指倾覆。

〔17〕泫(xuán 玄):水珠下垂貌,引申为流泪。失灵:头脑不清楚,糊涂。

尊 嘉[1]

季春兮阳阳,列草兮成行。[2]
余悲兮兰悴,委积兮从横。[3]
江离兮遗捐,辛夷兮挤臧。[4]
伊思兮往古,亦多兮遭殃。[5]
伍胥兮浮江,屈子兮沉湘。[6]
运余兮念兹,心内兮怀伤。[7]
望淮兮沛沛,滨流兮则逝。[8]
榜舫兮下流,东注兮磕磕。[9]
蛟龙兮导引,文鱼兮上濑。[10]
抽蒲兮陈坐,援芙蕖兮为盖。[11]

253

水跃兮余旌,继以兮微蔡。[12]
云旗兮电骛,倏忽兮容裔。[13]
河伯兮开门,迎余兮欢欣。[14]
顾念兮旧都,怀恨兮艰难。[15]
窃哀兮浮萍,氾淫兮无根。[16]

【注释】

〔1〕嘉:好,指品行良好之士。题意为尊敬品行良好之士。

〔2〕季春:阳春三月。阳阳:温暖貌。

〔3〕悴:憔悴。一作"生",一作"萃"。委积:枯萎堆积。委,通"萎"。从横:同纵横,零乱的样子。

〔4〕江离、辛夷:均为香草名。遗捐:丢弃。挤臧:压抑沉没。臧,同"藏"。一作"将"。

〔5〕伊:句首发语词。也可解为第三人称代词。

〔6〕伍胥:伍子胥。屈子:屈原。

〔7〕运余兮念兹:转而想到自己。运,转。兹,此,指自己。

〔8〕淮:淮水。沛沛:水盛貌。滨流:临水。

〔9〕榜(bàng 棒):船桨,在此用作动词。一作"摘"。舫(fǎng 访):船。礚(kē 科)礚:水石相击的声音。

〔10〕濑(lài 赖):急流。文鱼:一作"大鱼"。

〔11〕蒲:蒲草,水草,可以做席。陈坐:设坐席。芙蕖:荷花,这里指荷叶。

〔12〕旌:旗帜。一作"旂"。蔡:野草。

〔13〕云旗:以云为旗。骛:奔驰。倏忽:很快的样子。容裔:起伏的样子。

〔14〕河伯:传说中的黄河之神。

〔15〕顾:眷念。

〔16〕窃:暗暗地,私下。氾淫:浮游不定貌。一作"沉淫",一作"氾

摇"。汎,漂浮。

蓄　英[1]

秋风兮萧萧,舒芳兮振条。[2]
微霜兮眇眇,病殀兮鸣蜩。[3]
玄鸟兮辞归,飞翔兮灵丘。[4]
望溪兮滃郁,熊罴兮咆嗥。[5]
唐虞兮不存,何故兮久留?[6]
临渊兮汪洋,顾林兮忽荒。[7]
修余兮袿衣,骑霓兮南上。[8]
乘云兮回回,亹亹兮自强。[9]
将息兮兰皋,失志兮悠悠。[10]
芬蕴兮徽黴,思君兮无聊。[11]
身去兮意存,怆恨兮怀愁。[12]

【注释】

〔1〕蓄英:养花,此指保持高洁。汤炳正《楚辞今注》曰:"此章咏唐虞不存,贤人失志,然身去意存,不忘君国,尤自为修饰,故名'蓄英'。"

〔2〕舒:舒展,摇动的意思。振条:摇动树枝。

〔3〕眇眇:结霜微薄的样子。殀(yāo邀):短命,夭折。蜩(tiáo条):蝉。

〔4〕玄鸟:燕子。辞:辞别。灵丘:神山名。

〔5〕滃郁:云气涌起貌。熊罴:指熊。咆(hǒu吼):同"吼"。

〔6〕唐:指帝尧。虞:指帝舜。

〔7〕临:居上视下。汪洋:深广貌。忽荒:即荒忽,隐约不分明的样子。

〔8〕袿(guī归):长衣。霓:副虹。

〔9〕回回:奔驰的样子。亹(wěi伟)亹:勤勉不倦的样子。

〔10〕兰皋:兰草丛生的沼泽。皋,沼泽。失志:失去志向。悠悠:一作"调调"。

〔11〕芬蕰(fén yùn坟韵):蕰积的样子。黴(méi眉)黧:形容面色污黑的样子。黴,衣物因潮湿而变质。黧,黑黄色。聊:寄托。

〔12〕存:一作"在"。怆:悲伤。

思　　忠[1]

登九灵兮游神,静女歌兮微晨。[2]
悲皇丘兮积葛,众体错兮交纷。[3]
贞枝抑兮枯槁,枉车登兮庆云。[4]
感余志兮惨慄,心怆怆兮自怜。[5]
驾玄螭兮北征,曓吾路兮葱岭。[6]
连五宿兮建旄,扬氛气兮为旌。[7]
历广漠兮驰骛,览中国兮冥冥。[8]
玄武步兮水母,与吾期兮南荣。[9]
登华盖兮乘阳,聊逍遥兮摇光。[10]
抽库娄兮酌醴,援瓟瓜兮接粮。[11]
毕休息兮远逝,发玉軔兮西行。[12]
惟时俗兮疾正,弗可久兮此方。[13]
寤辟摽兮永思,心怫郁兮内伤。[14]

【注释】

〔1〕思忠:指怀忠。思:一作"申",一作"由"。

〔2〕九灵:九天。游神:即神游。静女:神女。微晨:微明的清晨。

〔3〕皇丘:大丘。葛:葛草。交纷:交错盘结。

〔4〕贞:正。枝抑:喻君子如枝之抑。抑,压抑。枉:弯曲,引申为邪曲,不正直,喻小人。一作"桂"。车登:登车。

〔5〕惨慄:悲痛的样子。怆怆:悲伤。

〔6〕玄螭:黑色的无角龙。曏(xiàng象):面对,朝着。葱岭:传说中西极神仙居住之地。

〔7〕五宿:天上的五个星座。旄(máo毛):竿顶用旄牛尾为饰的旗。氛气:即云气。旌:用旄牛尾和彩色鸟羽作竿饰的旗。一作"旂"。

〔8〕广漠:广阔无垠之地。驰骛:奔驰。中国:中原。冥冥:幽昧昏暗貌。

〔9〕玄武:北方天神。水母:指水神。期:约会。南荣:指南方。

〔10〕华盖:星座名,共十六星,在五帝座上。属仙后座。乘阳:即上天。摇光:北斗七星中的第七星。摇,一作"播"。

〔11〕库娄:星名,即库楼,库楼十星,六大星为库,南四星为楼。醴:甜酒。咆(páo刨)瓜:星名。

〔12〕毕:星名,二十八宿之一,有星八颗,因其形如毕(畢)网而得名。玉轫:用玉包裹的止车木,借指车子。

〔13〕惟:思,想。此:一作"北"。方:忠直。

〔14〕寤:睡醒,引申为醒悟。辟:通"擗",捶胸。摽(biào 鳔):捶胸貌。怫(fú服)郁:心情不舒畅的样子。

陶 壅[1]

览杳杳兮世惟,余惆怅兮何归?[2]

伤时俗兮溷乱,将奋翼兮高飞。[3]
驾八龙兮连蜷,建虹旌兮威夷。[4]
观中宇兮浩浩,纷翼翼兮上跻。[5]
浮溺水兮舒光,淹低佪兮京泲。[6]
屯余车兮索友,睹皇公兮问师。[7]
道莫贵兮归真,羡余术兮可夷。[8]
吾乃逝兮南娭,道幽路兮九疑。[9]
越炎火兮万里,过万首兮巍巍。[10]
济江海兮蝉蜕,绝北梁兮永辞。[11]
浮云郁兮昼昏,霾土忽兮塺塺。[12]
息阳城兮广夏,衰色罔兮中怠。[13]
意晓阳兮燎寤,乃自诊兮存兹。[14]
思尧舜兮袭兴,幸咎繇兮获谋。[15]
悲九州兮靡君,抚轼叹兮作诗。[16]

【注释】

〔1〕陶壅:舒展烦恼,摆脱忧愁。陶:舒展。壅:一作"雍",障蔽。

〔2〕杳杳:昏暗。惟:谋。一作"维"。

〔3〕溷(hùn混):混浊,混乱。

〔4〕连蜷:蜿蜒绵长貌。蜷,一作"踡"。威夷:即逶迤,形容以虹为旗弯曲绵延的样子。

〔5〕中宇:即宇中,天下。浩浩:广大的样子。翼翼:飞动而悠闲的样子。跻(jī积):登,上升。

〔6〕溺水:即弱水,神河名。舒光:舒展光彩。淹低佪:滞留徘徊。低,一作"徘"。京:高丘,引申为高。一作"洲"。泲(yí仪):水中的小陆地。

〔7〕屯:停住。索:求。皇公:即天公。问师:问其可师法之道。

〔8〕贵:一作"遗"。归真:归于本真。夷:喜悦。

〔9〕逝:一作"游"。娭(xī西):一作"娱"。道:经过。九疑:即九嶷,山名,舜所葬地。

〔10〕万首:万座山峰。一说海中山名。一作"千首"。嶷(nì溺)嶷:高峻的样子。

〔11〕蝉蜕:蝉脱皮,引申为解脱。绝:横穿,横渡。北梁:北边的桥,古多指送别之地。永辞:长诀。

〔12〕霾:大风扬尘土而下,引申为云雾遮掩。忽:迅速,突然。塺(méi眉)塺:尘土飞扬的样子。塺,一作"梅"。

〔13〕阳城:楚地名,代指豪华的城市。广夏:即广厦,高大的房屋。色:容颜。一作"气"。罔:通"惘",失意的样子。中怠:精神懈怠。

〔14〕燎寤:即了悟,明白。燎,一作"半"。自诊:一作"息轸"。诊,视也。一作"际"。洪兴祖曰:当作"诊"。

〔15〕袭:因循,沿袭。咎繇(jiù yáo就摇):即皋陶(yáo摇),传说中虞舜时掌管刑狱的官。

〔16〕靡:没有。轼:古代车厢前面用作扶手的横木,代车。

株　　昭[1]

悲哉于嗟兮,心内切磋。[2]
款冬而生兮,凋彼叶柯。[3]
瓦砾进宝兮,捐弃随和。[4]
铅刀厉御兮,顿弃太阿。[5]
骥垂两耳兮,中坂蹉跎。[6]
蹇驴服驾兮,无用日多。[7]
修洁处幽兮,贵宠沙劘。[8]

凤皇不翔兮,鹌鹑飞扬。[9]
乘虹骖蜺兮,载云变化。[10]
鹔鹏开路兮,后属青蛇。[11]
步骤桂林兮,超骧卷阿。[12]
丘陵翔舞兮,溪谷悲歌。[13]
神章灵篇兮,赴曲相和。[14]
余私娱兹兮,孰哉复加？[15]
还顾世俗兮,坏败罔罗。[16]
卷佩将逝兮,涕流滂沲。[17]

乱曰：
皇门开兮照下土。[18]
株秽除兮兰芷睹。[19]
四佞放兮后得禹。[20]
圣舜摄兮昭尧绪。[21]
孰能若兮愿为辅。[22]

【注释】

〔1〕株昭：责明，求明，指希望君主能明辨君子小人。一作"珠昭"，一作"林招"。昭，一作"明"，一作"招"。

〔2〕于嗟：即吁嗟，忧叹声。切磋：加工骨器曰切，加工象牙曰磋。此处指内心如遭受切磋般绞痛。

〔3〕款冬：一种植物，菊科，别名冬花，叩冰而生，此处喻小人。叶柯：乔木，生南方。此处指君子。

〔4〕瓦砾：细碎瓦石，喻无能之辈。随和：指随侯珠、和氏璧。

〔5〕铅刀：即钝刀，喻顽器之徒。厉：犹利，锐利。御：用。太阿：古

宝剑名。

〔6〕骥:良马。中坂:山坡。蹉跎:失足的样子。形容境遇坎坷,虚度光阴,颠沛失意的样子。

〔7〕蹇(jiǎn剪)驴:跛驴,喻无能之辈。蹇,跛。服:驾,驾车。

〔8〕修洁:指品德高洁之士。处幽:即退隐。沙劘(suō mō梭摩):抚摩,也作"摩挲",此处形容弄权之貌。

〔9〕凤皇:即凤凰,喻贤士。鹌鴳(chún yàn纯燕):即小雀,喻小人。鹌,鹌鹑。鴳,鴳类一种。

〔10〕蜺:通"霓",副虹。载:乘。

〔11〕鷦䳟(jiāo míng焦名):亦作"鷦明"或"焦明",传说中的神鸟,凤类。属(zhǔ主):跟随。一作"厉"。

〔12〕步:步行。骤:疾走。桂林:桂树林。骧(xiāng香):奔驰。卷阿:指险峻高丘,喻厄难。

〔13〕翔舞:飞翔舞蹈,形容丘陵气势翔动。

〔14〕神章灵篇:指古乐曲。赴:投入。

〔15〕私:私下。娱:乐。一作"乐"。

〔16〕罔罗:即网罗,喻纲纪法令。罔,一作"网"。

〔17〕佩:古代结于衣带上的饰物,这里指代衣服。流:一作"泗"。滂沲:滂沱,指泪流满面。

〔18〕皇门:天门。

〔19〕株秽:腐朽的根株。株,一作"珠"。兰芷:香草。

〔20〕四佞:指共工、驩(huān欢)兜、三苗及鲧(gǔn滚)等四个传说中的乱臣。禹:夏禹。

〔21〕舜:虞舜。摄:摄政。尧:唐尧。绪:世系,前人留下来的事业。

〔22〕孰:谁。愿:愿意。

楚辞卷十六

九叹第十六

刘 向

【题解】

王逸《楚辞章句》说:"《九叹》者,护左都水使者光禄大夫刘向之所作也。向以博古敏达,典校经书,辩章旧文,追念屈原忠信之节,故作《九叹》。叹者,伤也,息也。言屈原放在山泽,犹伤念君,叹息无已,所谓赞贤以辅志,骋词以曜德者也。"

刘向,本名更生,字子政,西汉楚元王四世孙,曾官至谏大夫、宗正、中垒校尉。《汉书·楚元王传》载:"向字子政,本名更生。年十二,以父德任为辇郎。既冠,以行修饬擢为谏大夫。是时,宣帝循武帝故事,招选名儒俊材置左右。更生以通达能属文辞,与王褒、张子侨等并进对,献赋颂凡数十篇。上复兴神仙方术之事,而淮南有《枕中鸿宝苑秘书》。书言神仙使鬼物为金之术,及邹衍重道延命方。世人莫见,而更生父德武帝时治淮南狱得其书。更生幼而读诵,以为奇,献之,言黄金可成。上令典尚方铸作事,费甚多,方不验。上乃下更生吏,吏劾更生铸伪黄金,系当死。更生兄阳城侯安民上书,入国户半,赎更生罪。上亦奇其材,得逾冬减死论。会初立《穀梁春秋》,征更生受《穀梁》,讲论《五经》于石渠。复拜为郎中给事黄门,迁散骑、谏大夫、给事中。元帝初即位,太傅萧望之为前将军,少傅周堪为诸吏光禄大夫,皆领尚书事,甚见尊任,更生年少于望之、堪,然二人重之,荐更生宗室忠直,明经有行,擢为散骑、宗正给事中,与侍中金敞拾遗于左右。"后因权臣弘恭、石显等专权,"更生伤之,乃著《疾谗》、《摘要》、《救危》及《世颂》,凡八篇,依兴古事,悼己及同类也。遂废十余年。成帝即位,显等伏辜,更生乃复进用,更名向。向以故九卿召拜为中郎,使领护三辅都水。数奏封事,迁光禄大夫。是时,帝元舅阳平侯王凤为大将军,秉政,倚太后,专国权,兄弟七人皆封为列侯。时数有大异,向以为外戚贵盛,凤兄弟用事之咎。而上方精于《诗》、《书》,观古文,诏向领校中《五经》秘书。向见《尚书·洪范》,箕子为武王陈五行阴阳休咎之应。向乃集合上古以来历春秋六国至秦、汉符瑞灾异之记,推迹行事,连传祸福,著其占验,比类相从,各有条目,凡十一篇,号曰《洪范五行传论》,奏之。天子心知向忠精,故为凤兄弟起此论也,然终不能夺王氏权。……向睹俗弥奢淫,而赵、卫之属起微贱,逾礼制。向以为王教由内及外,自近者始。故采取《诗》、《书》所载贤妃贞妇,兴国显家可法则,及孽嬖乱亡者,序次为《列女传》,凡八篇,以戒天子。及采传记行事,著《新序》、《说苑》凡五十篇奏之。数上疏言得失,陈法戒。书数十上,以助观览,补遗阙。上虽不能尽用,然内嘉其言,常嗟叹之。……时上无继嗣,政由王氏出,灾异浸甚。向雅奇陈汤智谋,与相亲友,独谓汤曰:'灾异如此,而外家日盛,其渐必危刘氏。吾幸得同姓末属,累世蒙汉厚恩,身为宗室遗老,历事三主。上以我先帝旧臣,每进见常加优礼,吾而不言,孰当言者?'向遂上封事极谏,……书奏,天子召见向,叹息悲伤其意,谓曰:'君且休矣,吾将思之。'以向为中垒校尉。"

《汉书》说刘向"为人简易无威仪,廉靖乐道,不交接世俗,专积思于经术,昼诵书传,夜观星宿,或不寐达旦"。刘向以宗室处于西汉由盛而衰时期,亲见汉宗室之衰,其境遇与屈原相类似。《九叹》作为刘向纪念屈原的作品,有时用屈原口吻,有时又以自己的口吻表达对屈原的同情。出入自如,因此对屈原心理及经历的体会,就更见深入。另就风格而言,《九叹》与屈原《离骚》更接近。刘向用词讲究,体现了他作为西汉中后期大学者的学养。黄寿祺《楚辞全译》说:"作品中抒发屈原不易见容于君,不受知于世的悲叹,……与屈原的基本思想是一致的。在结构上采用若断若续、回环往复的手法,以主人公思想的跃动、发展为线索,反反复复地再三咏唱,层层紧扣,最后还加一个'叹曰'的尾声,将感情的抒发推到更充沛、更浓烈的境界。"

逢　　纷[1]

伊伯庸之末胄兮,谅皇直之屈原。[2]
云余肇祖于高阳兮,惟楚怀之婵连。[3]
原生受命于贞节兮,鸿永路有嘉名。[4]
齐名字于天地兮,并光明于列星。[5]
吸精粹而吐氛浊兮,横邪世而不取容。[6]
行叩诚而不阿兮,遂见排而逢谗。[7]
后听虚而黜实兮,不吾理而顺情。[8]
肠愤悁而含怒兮,志迁蹇而左倾。[9]
心愑慌其不我与兮,躬速速其不吾亲。[10]
辞灵修而陨意兮,吟泽畔之江滨。[11]
椒桂罗以颠覆兮,有竭信而归诚。[12]

谗夫蔼蔼而漫著兮,曷其不舒予情?[13]

始结言于庙堂兮,信中涂而叛之。[14]
怀兰蕙与蘅芷兮,行中野而散之。[15]
声哀哀而怀高丘兮,心愁愁而思旧邦。[16]
愿承间而自恃兮,径淫曀而道壅。[17]
颜黴黧以沮败兮,精越裂而衰耄。[18]
裳襜襜而含风兮,衣纳纳而掩露。[19]
赴江湘之湍流兮,顺波凑而下降。[20]
徐徘徊于山阿兮,飘风来之泅泅。[21]
驰余车兮玄石,步余马兮洞庭。[22]
平明发兮苍梧,夕投宿兮石城。[23]
芙蓉盖而菱华车兮,紫贝阙而玉堂。[24]
薜荔饰而陆离荐兮,鱼鳞衣而白蜺裳。[25]
登逢龙而下陨兮,违故乡之漫漫。[26]
思南郢之旧俗兮,肠一夕而九运。[27]
扬流波之潢潢兮,体溶溶而东回。[28]
心怊怅以永思兮,意晻晻而日颓。[29]
白露纷纷以涂涂兮,秋风浏浏以萧萧。[30]
身永流而不还兮,魂长逝而常愁。[31]

叹曰:
譬彼流水,纷扬磕兮。[32]
波逢汹涌,溃滂沛兮。[33]
揄扬涤荡,漂流陨往,触岑石兮。[34]

龙邛胕圈,缭戾宛转,阻相薄兮。〔35〕
遭纷逢凶,蹇离尤兮。〔36〕
垂文扬采,遗将来兮。〔37〕

【注释】

〔1〕逢纷:遭逢纷乱浊世的意思。此意写屈原遇乱世,美好人格和杰出才能无由施展,精神疲倦。

〔2〕伊:这个。一说句首语气词。伯庸:屈原父亲的字。末胄:后裔子孙。谅:信,确实。皇直:美大。直,一作"贞"。

〔3〕余:屈原自指。肇:始。高阳:颛顼有天下之号。婵连:犹牵连,此指同族亲属。

〔4〕受命:禀受天命。贞:正。鸿:大,此作动词,犹发扬光大。永:长。嘉名:美名。

〔5〕名字:谓名平字原。

〔6〕氛:恶气。横:抗拒。不取容:不求苟容于世。

〔7〕叩:击。阿:曲。见排:被排斥。

〔8〕后:君主。听虚:听信虚妄之言。黜实:废黜诚实的人。顺情:顺从世情。

〔9〕愤悁(yuān 冤):愤恨。迁蹇:迁移不定。左倾:偏离正道。

〔10〕怳慌:没有思虑的样子。慌,一作"恍"。与:赞许。速速:不亲附的样子。

〔11〕灵修:指楚怀王。陨意:失去志意。意,一作"志"。

〔12〕椒桂:芳香之物,喻贤臣。罗:陈列。颠覆:跌扑在地。

〔13〕蔼蔼:盛多的样子。曷:何。舒:发。情:情实。

〔14〕结言:犹言约言。信:确实。中涂:中途。涂,通"途"。

〔15〕兰蕙、衡芷:香草名。中野:荒野之中。

〔16〕高丘:高山,此处喻指朝廷。一说楚地名。

〔17〕径:小路。淫曀:昏暗的样子。壅:阻塞。

〔18〕徽黧(méi lí 霉黎):面色黑黄。沮败:沮丧。越裂:灰心失意。

越:去也。裂:分也。耄:老。

〔19〕襜(chān 掺)襜:摇动貌。纳纳:濡湿貌。掩:尽。一说藏。

〔20〕凑:聚合。下降:顺流而下。

〔21〕飘风:指旋风。

〔22〕玄石:楚地山名。洞庭,水名,此指洞庭之山。

〔23〕平明:天刚亮的时候。苍梧:山名,在今湖南宁远,传说舜葬于此。石城:山名。

〔24〕芙蓉:荷花。菱:菱角。紫贝:水虫名。一说一种贝壳,壳质白,有紫斑。阙:城楼。

〔25〕薜荔:一种香草。陆离:美玉。一说指植物。一说指色彩绚丽繁杂。荐:卧席。

〔26〕逢龙:山名。下陨:下落。违:离开。

〔27〕南郢:指楚郢都。运:转。

〔28〕潢潢:水深广貌。溶溶:波浪涌起的样子。

〔29〕怊(chāo 抄)怅:同"惆怅"。永思:长思。晻(yǎn 掩)晻:本指日无光,此处指内心抑郁。日颓:谓意志一天天消沉。一作"自颓"。

〔30〕涂涂:浓厚的样子。浏浏:风疾貌。一作"浏"。萧萧:风寒冷。纷纷:一作"纷"。

〔31〕永流:长流。此指随流水长去不还。

〔32〕叹曰:一章的结语,九章皆然,故题名《九叹》。磋:水石相击声。

〔33〕汹涌:波盛貌。溃:涌起。一作"纷"。滂沛:水盛大貌。

〔34〕揄扬:激扬。涤荡:摇动貌。岑石:利石。岑,一作"崟"。

〔35〕龙邛(qióng 穷):水波互相撞击之貌。胅(luán 峦)圈:挛曲。胅,一作"纶"。撩戾:纠结之状。相薄:相激。

〔36〕遭纷:遭遇纷乱之世。逢凶:遇到险恶之事。蹇:困苦。离:遭受。尤:责难。

〔37〕垂、扬:流传。文、采:指诗赋文章。

离　　世[1]

灵怀其不吾知兮,灵怀其不吾闻。[2]
就灵怀之皇祖兮,愬灵怀之鬼神。[3]
灵怀曾不吾与兮,即听夫谗人之谀辞。[4]
余辞上参于天坠兮,旁引之于四时。[5]
指日月使延照兮,抚招摇以质正。[6]
立师旷俾端词兮,命咎繇使并听。[7]
兆出名曰正则兮,卦发字曰灵均。[8]
余幼既有此鸿节兮,长愈固而弥纯。[9]
不从俗而诐行兮,直躬指而信志。[10]
不枉绳以追曲兮,屈情素以从事。[11]
端余行其如玉兮,述皇舆之踵迹。[12]
群阿容以晦光兮,皇舆覆以幽辟。[13]
舆中涂以回畔兮,驷马惊而横奔。[14]
执组者不能制兮,必折轭而摧辕。[15]
断镳衔以驰骛兮,暮去次而敢止。[16]
路荡荡其无人兮,遂不御乎千里。[17]
身衡陷而下沉兮,不可获而复登。[18]
不顾身之卑贱兮,惜皇舆之不兴。[19]

出国门而端指兮,方冀壹寤而锡还。[20]
哀仆夫之坎毒兮,屡离忧而逢患。[21]

九年之中不吾反兮,思彭咸之水游。[22]
惜师延之浮渚兮,赴汨罗之长流。[23]
遵江曲之逶移兮,触石碕而衡游。[24]
波澧澧而扬浇兮,顺长濑之浊流。[25]
凌黄沱而下低兮,思还流而复反。[26]
玄舆驰而并集兮,身容与而日远。[27]
棹舟杭以横厉兮,济湘流而南极。[28]
立江界而长吟兮,愁哀哀而累息。[29]
情慌忽以忘归兮,神浮游以高厉。[30]
心蛩蛩而怀顾兮,魂眷眷而独逝。[31]

叹曰:

余思旧邦,心依违兮。[32]
日暮黄昏,羌幽悲兮。[33]
去郢东迁,余谁慕兮。[34]
谗夫党旅,其以兹故兮。[35]
河水淫淫,情所愿兮。[36]
顾瞻郢路,终不返兮。[37]

【注释】

〔1〕此章写楚怀王听信谗言,屈原被迫外放,内心悲愤,面对楚国眷念不忘。离世:一作"灵怀"。此指离开楚都,放流在外。

〔2〕灵怀:指已死的楚怀王。

〔3〕就:走近。皇祖:祖先。愬:即"诉",告诉。鬼神:魂魄。

〔4〕曾:竟然。不吾与:不与吾。与,赞同。

〔5〕参:叁。我与天地为三。墬(dì弟):地。引:延及。

〔6〕招摇:北斗七星中的一颗。质正:佐证。

〔7〕立:请。师旷:春秋晋平公时乐人,生无目,而善听。端词:正其词之是非。咎繇(jiù yáo 就摇):即皋陶,传说中舜的司法大臣,善断狱。

〔8〕兆:以龟兆问吉凶。卦:用卦爻占吉凶。

〔9〕鸿节:大节,指其出生年月十分吉利。弥:更加。

〔10〕诐(bì 必)行:行偏邪。诐,倾。直躬:犹言身正志坚。信志:相信自己的志向。

〔11〕枉绳:枉曲绳墨。屈:曲。情素:素志。从事:从俗。

〔12〕踵迹:足迹。

〔13〕阿:曲从。晦光:谓掩蔽君子之明。晦,蔽晦。皇舆:大车,指楚国。幽辟:暗昧。

〔14〕中涂:中途。回畔:谓反悔。畔,即"叛"。横奔:狂奔。

〔15〕执组者:执辔御马者。轭:辕前横木。

〔16〕镳衔:马具,在马口旁。衔,饰口铁,置于马口以制驭马的器具。暮:夜。去:一作"者"。次:舍,宿处。止:制。

〔17〕荡荡:平易貌。御:制止。

〔18〕衡陷:横陷,谓意外陷落。下沉:一作"不行"。登:用。

〔19〕惜:痛。兴:盛。

〔20〕国门:都门。端指:正向前方。冀:希望。寤:醒悟。锡:通"赐"。

〔21〕坎毒:愤恨不平。坎,恨也。毒,愤也。屡:数次。离:即"罹",遭遇。

〔22〕彭咸:传说中的贤臣。

〔23〕师延:传说中的纣王乐师,为纣作新声《北里》之乐,纣失天下,抱琴投濮水而死。渚:水边。汨罗:江名,在今湖南东北部岳阳境内。

〔24〕遵:顺,沿着。江曲:一作"曲江"。逶移:长曲貌。踦:崎。衡:横。

〔25〕澧澧:波浪声。唐本作"澧澧"。扬洸:波浪来回激荡的样子。濑:湍流。

〔26〕凌：越。黄沱（tuó驮）：长江的支流出岷山东，名沱。还：一作"远"。

〔27〕玄舆：水车。玄，水。集：止。容与：徘徊不进的样子。

〔28〕棹：划船拨水的用具。舟杭：舟船。杭，一作"航"。厉：一作"濿（lì立）"，渡河。济：渡。极：至。

〔29〕界：间。一作"介"。累息：声声叹息。

〔30〕慌忽：同"恍惚"。高厉：高高飞扬。

〔31〕茕（qióng穷）茕：怀忧貌。眷眷：眷顾的样子。心：一作"志"。

〔32〕依违：迟疑不决。

〔33〕羌：助词。一作"嗟"。幽悲：幽怨悲愁。

〔34〕去：离开。一作"王"。

〔35〕党：结党。旅：众。兹：此。

〔36〕淫淫：水流不断的样子。

〔37〕郢路：回郢都之路。

怨　　思[1]

惟郁郁之忧毒兮，志坎壈而不违。[2]
身憔悴而考旦兮，日黄昏而长悲。[3]
闵空宇之孤子兮，哀枯杨之冤雏。[4]
孤雌吟于高墉兮，鸣鸠栖于桑榆。[5]
玄蝯失于潜林兮，独偏弃而远放。[6]
征夫劳于周行兮，处妇愤而长望。[7]
申诚信而罔违兮，情素洁于纽帛。[8]
光明齐于日月兮，文采燿于玉石。[9]
伤压次而不发兮，思沉抑而不扬。[10]

芳懿懿而终败兮,名靡散而不彰。[11]

背玉门以奔骛兮,蹇离尤而干诟。[12]
若龙逢之沉首兮,王子比干之逢醢。[13]
念社稷之几危兮,反为雠而见怨。[14]
思国家之离沮兮,躬获愆而结难。[15]
若青蝇之伪质兮,晋骊姬之反情。[16]
恐登阶之逢殆兮,故退伏于末庭。[17]
孽臣之号咷兮,本朝芜而不治。[18]
犯颜色而触谏兮,反蒙辜而被疑。[19]
菀蘼芜与菌若兮,渐藁本于洿渎。[20]
淹芳芷于腐井兮,弃鸡骇于筐簏。[21]
执棠溪以刺蓬兮,秉干将以割肉。[22]
筐泽泻以豹鞹兮,破荆和以继筑。[23]
时溷浊犹未清兮,世殽乱犹未察。[24]
欲容与以俟时兮,惧年岁之既晏。[25]
顾屈节以从流兮,心巩巩而不夷。[26]
宁浮沉而驰骋兮,下江湘以邅迴。[27]

叹曰:
山中槛槛,余伤怀兮。[28]
征夫皇皇,其孰依兮。[29]
经营原野,杳冥冥兮。[30]
乘骐骋骥,舒吾情兮。[31]
归骸旧邦,莫谁语兮。[32]

长辞远逝,乘湘去兮。^[33]

【注释】

〔1〕怨思:一作"离世",指抒发心中郁闷。此章言屈原因忠被谗,忿恨愁闷,有感于是非黑白不分,宁愿游戏山水之中。

〔2〕郁郁:忧愁内积的样子。忧毒:愁病。毒,怨恨。坎壈:不遇貌,遭遇不顺利。违:背离。

〔3〕考:犹言终。旦:明。

〔4〕闵:即"悯"。空宇:屋内空无一物。孤:无父曰孤。冤雏:失去哺育的初生小鸟,冤抑无以为生。

〔5〕孤雌:失偶的雌鸟。高墉:高墙。

〔6〕玄:黑。蝯(yuán 元):猿。失:隐,藏。

〔7〕周行:大道。处妇:对征夫而言,指居家的女人。

〔8〕申:重。罔:不。纽帛:束帛。

〔9〕燿:同"耀"。

〔10〕压次:一作"厌次",指久处。压,镇压。次:住。

〔11〕懿懿:芳美。靡散:犹言消灭。靡,一作"糜"。彰:显明。

〔12〕玉门:君门。奔骛:奔驰。离尤:遭遇罪过。干诟:触犯诟辱。干,求。

〔13〕龙逢:即关龙逢,传说中夏代贤臣,尽诚而遭斩首。沉首:犹言陨首。比干:殷纣王诸父,谏不听,为纣所杀。醢(hǎi 海):肉酱。

〔14〕社稷:指代国家。几:近。一作"机"。为雠:成雠。见:被。

〔15〕离沮:指遭到毁坏。离,罹。沮,败坏。躬:身体。愆:过错。结难:构成患难。

〔16〕青蝇:以喻谗佞。伪:假。骊姬:春秋时晋献公宠姬,假装赞扬实则诬蔑太子申生。反情:悖道之情。

〔17〕登阶:登君陛阶。殆:危险。末庭:庭之末。末,边缘,远。

〔18〕孽臣:不得信任之臣。孽,庶子。臣,一作"子"。号咷:哭声。芜:荒秽。

〔19〕触谏:直谏。谏,一作"讳"。辜:罪。被:蒙受。

〔20〕菀(yùn 运):通"蕴",积。藘芜、菌若:皆杂草名。渐:浸。藁:香草名。洿渎:小沟。

〔21〕淹:浸渍。腐井:臭水井。鸡骇:传说中的一种名贵犀角,上有纹路,鸡见而怕之,又称骇鸡犀。筐篚:竹制箱笼。

〔22〕棠溪、干将:均为利剑。刜(fú 服):砍。

〔23〕筐:满,盛。泽泻:恶草名,多食伤人眼。豹鞟(kuò 阔):用豹皮做的口袋。荆和:楚国的和氏璧,春秋时有名的宝玉。筑:用于筑墙的杵棒。

〔24〕涽:乱。殽:同"淆",杂。一作"淆"。察:明。

〔25〕容与:从容不迫的样子。俟:等待。晏:晚。

〔26〕顾:顾念,转念想。一作"愿"。王泗原说是副词,表示让步语气;汤炳正说是语辞,意为只是。巩巩:心不平貌。王逸曰:"拘挛貌。"王泗源曰:"志忐不安貌。"汤炳正曰:"忧虑害怕貌"。巩,一作"蛩"。夷:悦。

〔27〕沅:沅水,在今湖南。邅(zhān 毡)迴:徘徊。

〔28〕槛槛:车声。

〔29〕征夫:远行之人。皇皇:即"惶惶",惶遽不安貌。

〔30〕经营:南北为经,东西为营。杳冥冥:昏暗的样子。

〔31〕舒:即"抒"。

〔32〕归骸(hái 孩):谓死后尸归故乡。骸,尸骨。

〔33〕长辞:长久别离。指永远辞别故都。

远　　逝[1]

志隐隐而郁怫兮,愁独哀而冤结。[2]
肠纷纭以缭转兮,涕渐渐其若屑。[3]
情慨慨而长怀兮,信上皇而质正。[4]

合五岳与八灵兮,讯九魃与六神。[5]
指列宿以白情兮,诉五帝以置词。[6]
北斗为我折中兮,太一为余听之。[7]
云服阴阳之正道兮,御后土之中和。[8]
佩苍龙之蚴虬兮,带隐虹之逶蛇。[9]
曳彗星之皓旰兮,抚朱爵与鹓䳢。[10]
游清灵之飒戾兮,服云衣之披披。[11]
杖玉策与朱旗兮,垂明月之玄珠。[12]
举霓旌之墆翳兮,建黄纁之总旄。[13]
躬纯粹而罔愆兮,承皇考之妙仪。[14]

惜往事之不合兮,横汨罗而下厉。[15]
乘隆波而南渡兮,逐江湘之顺流。[16]
赴阳侯之潢洋兮,下石濑而登洲。[17]
陵魁堆以蔽视兮,云冥冥而暗前。[18]
山峻高以无垠兮,遂曾闳而迫身。[19]
雪雰雰而薄木兮,云霏霏而陨集。[20]
阜隘狭而幽险兮,石嵾嵯以翳日。[21]

悲故乡而发忿兮,去余邦之弥久。[22]
背龙门而入河兮,登大坟而望夏首。[23]
横舟航而济湘兮,耳聊啾而惝慌。[24]
波淫淫而周流兮,鸿溶溢而滔荡。[25]
路曼曼其无端兮,周容容而无识。[26]
引日月以指极兮,少须臾而释思。[27]

275

水波远以冥冥兮,眇不睹其东西。[28]
顺风波以南北兮,雾宵晦以纷纷。[29]
日杳杳以西颓兮,路长远而窘迫。[30]
欲酌醴以娱忧兮,蹇骚骚而不释。[31]

叹曰:
飘风蓬龙,埃拂拂兮。[32]
草木摇落,时槁悴兮。[33]
遭倾遇祸,不可救兮。[34]
长吟永欷,涕究究兮。[35]
舒情陈诗,冀以自免兮。[36]
颓流下陨,身日以远兮。[37]

【注释】

〔1〕远逝:一作"远游",一作"怨思"。此章表达远游之旨。作者因不满现实,悲愁忧苦,以神仙之道摆脱世俗的烦恼。

〔2〕隐隐:忧虑的样子。郁怫:愤懑不平。

〔3〕纷纭:纷乱。缭转:环绕。渐渐:流泪的样子。若屑:像下落的细屑。

〔4〕慨慨:叹气的样子。信:相信。信上皇而质正:相信在上帝那里能得到公正。质正,正其是非。质,一作"贞"。

〔5〕五岳:指五山之神。八灵:八方之神,东西南北和四隅。讯:问。九魅(qí):九星,北斗星与其旁二星。六神:六宗之神,即四时、寒暑、日、月、星、水旱等六神。

〔6〕列宿:指二十八宿。白情:诉说衷情。置:一作"宣"。

〔7〕折中:判定是非之意。折,一作"质"。太一:星名。

〔8〕云:说。服:履行。阴阳:指代宇宙。御:用。

〔9〕苍龙:东方七宿名。蚴虬:蜿蜒曲折貌。带:缠绕。隐虹:彩虹。逶蛇:蜿蜒长远的样子。

〔10〕曳:牵引。皓旰(hào hàn 浩汗):光芒照射。朱爵、鹓鶵(jùn yì 俊义):皆传说中的神鸟。

〔11〕清灵:太空。灵,一作"雰"。飒戾:清凉。服:穿。披披:修长貌。

〔12〕杖:持。策:一作"华"。垂:佩戴。明月:明月珠,即夜明珠。

〔13〕霓旌:以霓虹为旌旗。埊翳(dì yì 弟义):隐蔽。建:树立。黄缥:赤黄色。缥,一作"昏"。总旄:竿顶以旄牛尾为饰之旗。旄,一作"旗"。

〔14〕纯粹:纯正无瑕。罔愆:没有罪过。仪:标准或者榜样。

〔15〕惜:痛。厉:渡。

〔16〕隆波:大波。隆,盛。渡:一作"度"。

〔17〕阳侯:神话传说中的波浪之神。潢洋:波澜壮阔貌。石濑:石间湍流。

〔18〕陵:高原。魁堆:高大貌。蔽:遮挡。冥冥:昏暗不明。暗:昏暗。

〔19〕垠:岸涯。曾闳:高大的样子。曾,同"层"。闳,大。

〔20〕雰(fēn 分)雰:雪纷纷下的样子。薄:迫近。霏霏:云雾涌起。陨集:向下汇集。陨,下。集,会。

〔21〕阜:大陆曰阜。崚嵯:山参差不齐的样子。翳日:蔽日。

〔22〕忿:愤懑。弥久:甚久。

〔23〕龙门:旧说以为楚郢都东门。当指黄河之龙门。大坟:高山。夏首:夏水分长江之口,故道在今湖北江陵附近。此一句言离故乡之远。

〔24〕聊啾:耳鸣声。愸(tǎng 倘)慌:忧愁失意。

〔25〕鸿溶:水深广的样子。滔荡:广大貌。

〔26〕曼曼:长远貌。端:尽头。容容:流动起伏或纷乱变动的样子。识:辨。

〔27〕极:北极星。少:稍稍。须臾:片刻。释思:解除忧思。

277

〔28〕眇：同"渺"，广大貌。

〔29〕宵晦：天色晦暗像夜里一样。宵，夜。纷纷：浓厚的样子。一作"纷暗"。

〔30〕杳杳：幽暗。颓：下落。窘迫：谓忧心困扰。

〔31〕醴：甜酒。骚骚：烦忧的样子。释：解。忧：一作"意"。

〔32〕飘风：旋风。蓬龙：风回旋貌。蓬，一作"逢"。拂（f6 佛）拂：尘埃飞扬貌。一作"坲坲"。

〔33〕槁悴：枯萎憔悴。

〔34〕倾：倾危。

〔35〕永：长。歍：哭泣时抽噎，这里引申为悲叹声。究究：不停，一作"茕茕"。

〔36〕陈诗：赋诗。自免：指自我开脱，自我鼓励。免，通"勉"。

〔37〕颓流：顺势下流之水。颓：一作"逆"。日以远：一作"逝远"，一作"日远"。

惜　　贤[1]

览屈氏之《离骚》兮，心哀哀而怫郁。[2]
声嗷嗷以寂寥兮，顾仆夫之憔悴。[3]
撰诡诪而匡邪兮，切诶詍之流俗。[4]
荡渨湋之奸咎兮，夷蠢蠢之溷浊。[5]
怀芬香而挟蕙兮，佩江蓠之菲菲。[6]
握申椒与杜若兮，冠浮云之峨峨。[7]
登长陵而四望兮，览芷圃之蠡蠡。[8]
游兰皋与蕙林兮，睨玉石之嵾嵯。[9]
扬精华以眩燿兮，芳郁渥而纯美。[10]

结桂树之旖旎兮,纫荃蕙与辛夷。[11]
芳若兹而不御兮,捐林薄而菀死。[12]

驱子侨之奔走兮,申徒狄之赴渊。[13]
若由夷之纯美兮,介子推之隐山。[14]
晋申生之离殃兮,荆和氏之泣血。[15]
吴子胥之抉眼兮,王子比干之横废。[16]
欲卑身而下体兮,心隐恻而不置。[17]
方圜殊而不合兮,钩绳用而异态。[18]
欲俟时于须臾兮,日阴曀其将暮。[19]
时迟迟其日进兮,年忽忽而日度。[20]
妄周容而入世兮,内距闭而不开。[21]
俟时风之清激兮,愈氛雾其如塺。[22]
进雄鸠之耿耿兮,谗纷纷而蔽之。[23]
默顺风以偃仰兮,尚由由而进之。[24]
心忳悂以冤结兮,情舛错以曼忧。[25]
搴薜荔于山野兮,采撚枝于中洲。[26]
望高丘而叹涕兮,悲吸吸而长怀。[27]
孰契契而委栋兮,日晻晻而下颓。[28]

叹曰:
油油江湘,长流汨兮。[29]
挑揄扬波,荡迅疾兮。[30]
忧心展转,愁怫郁兮。[31]
冤结未舒,长隐忿兮。[32]

丁时逢殃,孰可奈何兮。[33]
劳心悁悁,涕滂沱兮。[34]

【注释】

〔1〕惜贤:痛惜贤人。此章言刘向读《离骚》感叹屈原遭遇,为屈原鸣不平。

〔2〕怫郁:愤慨不平的样子。

〔3〕嗷嗷:呼叫声。仆夫:驾车的仆人。

〔4〕揆:治理。匡:纠正。切:斩除。涊淟(tiǎn niǎn 舔碾):垢浊。诒:一作"谗"。

〔5〕荡:洗涤。渨涹(wēi wō 危窝):污秽。奸咎:奸恶。夷:消灭。蠢蠢:没有礼仪的样子。

〔6〕挟:持。芬:一作"芳"。江蓠:一种香草。菲菲:盛多的样子。一作"斐斐"。

〔7〕申椒、杜若:皆芳香植物。浮云:指冠上的云饰。峨峨:高貌。

〔8〕长陵:高大的山陵。芷圃:栽植芳草的园圃。蠲蠲:整齐有序貌。

〔9〕皋:水旁高地。睨:顾视。嵾嵯:山参差不齐貌。

〔10〕眩燿(yào 耀):光芒四射。郁渥:浓盛的样子。

〔11〕旖旎:繁盛的样子。紉:以绳索连结。荃蕙、辛夷:皆芳香植物。

〔12〕御:用。捐:弃。林薄:木丛曰林,草丛曰薄。菀死:郁积而死。菀,通"宛",屈抑。

〔13〕驱:奔驰。子侨:周晋王太子王子乔,传说后来得道成仙。申徒狄:传说中殷末人,因不忍见纣乱,负石投河而死。

〔14〕由:许由,有清高之行,尧让天下而不受。夷:伯夷,殷末孤竹君的长子,与弟叔齐互让君位而逃隐首阳山。介子推:逃晋文公之赏,隐身深山。

〔15〕申生:晋献公太子。离殃:遭殃。殃,一作"谗"。荆:楚别名。和氏:即卞和,春秋时楚人,献宝玉而遭刖足之刑。

〔16〕吴:春秋时吴国。子胥:即伍子胥。子,一作"申"。抉:挖出。伍子胥死后被挖眼。横废:指被害或因意外灾祸而死。比干被剖心。

〔17〕卑身、下体:屈己求容,卑躬屈节。隐恻:内心痛苦。置:放弃。

〔18〕圜:通"圆"。钩绳:钩言其曲,绳言其直。二句谓忠佞不同。

〔19〕俟:等待。须臾:片刻。阴曀:昏暗。

〔20〕迟迟:从容不迫。忽忽:快速的样子。日度:天天过去。

〔21〕周容:沼媚取容于人。距闭:封闭。距,通"拒"。

〔22〕清激:清澈。壒(méi眉):尘土。

〔23〕耿耿:忠诚的样子。纷纷:分隔的样子。一作"介介"。

〔24〕顺风偃仰:与世俗同俯仰。由由:犹豫。

〔25〕心:一作"志"。圹悢(kuàng lǎng 圹朗):失意的样子。舛(chuǎn喘)错:心情迷乱。舛,相违背。曼忧:深远的忧愁。

〔26〕搴:拔。撷(yān燕)枝:香草。枝,一作"支"。

〔27〕吸吸:上气不接下气。

〔28〕契契:忧虑的样子。一作"挈挈"。委栋:献身。晻晻:日光渐渐暗淡。颓:下沉。

〔29〕油油:流水貌。一本在"江湘"前。汨:水流迅疾的样子。

〔30〕挑:高。揄:动。扬波:扬起波浪。波,一作"汰"。

〔31〕怫(fú服)郁:忧愁郁积。

〔32〕隐忿:藏忿。

〔33〕丁时:谓正当乱世。丁,正当。孰:一本无。

〔34〕悁悁:内心忧虑。滂沱:形容涕泪俱下。

忧　　苦[1]

悲余心之悁悁兮,哀故邦之逢殃。[2]
辞九年而不复兮,独茕茕而南行。[3]

思余俗之流风兮,心纷错而不受。[4]
遵野莽以呼风兮,步从容于山薮。[5]
巡陆夷之曲衍兮,幽空虚以寂寞。[6]
倚石岩以流涕兮,忧憔悴而无乐。[7]
登巘峍以长企兮,望南郢而窥之。[8]
山修远其辽辽兮,涂漫漫其无时。[9]
听玄鹤之晨鸣兮,于高冈之峨峨。[10]
独愤积而哀娱兮,翔江洲而安歌。[11]
三鸟飞以自南兮,览其志而欲北。[12]
愿寄言于三鸟兮,去飘疾而不可得。[13]

欲迁志而改操兮,心纷结其未离。[14]
外彷徨而游览兮,内恻隐而含哀。[15]
聊须臾以时忘兮,心渐渐其烦错。[16]
愿假簧以舒忧兮,志纡郁其难释。[17]
叹《离骚》以扬意兮,犹未殚于《九章》。[18]
长嘘吸以於悒兮,涕横集而成行。[19]
伤明珠之赴泥兮,鱼眼玑之坚藏。[20]
同驽赢与乘驵兮,杂斑驳与阘茸。[21]
葛藟蔂于桂树兮,鸱鸮集于木兰。[22]
偓促谈于廊庙兮,律魁放乎山间。[23]
恶虞氏之《箫韶》兮,好遗风之《激楚》。[24]
潜周鼎于江淮兮,爨土鬵于中宇。[25]
且人心之有旧兮,而不可保长[26]。

遭彼南道兮,征夫宵行。[27]
思念郢路兮,还顾睠睠。[28]
涕流交集兮,泣下涟涟。[29]

叹曰:
登山长望,中心悲兮。[30]
菀彼青青,泣如颓兮。[31]
留思北顾,涕渐渐兮。[32]
折锐摧矜,凝泛滥兮。[33]
念我茕茕,魂谁求兮。[34]
仆夫慌悴,散若流兮。[35]

【注释】

〔1〕忧苦:内心痛苦。此章言屈原被放异乡,悲伤孤独,无以释然。

〔2〕悁(yuān 渊)悁:忧心难释貌。

〔3〕茕茕:孤单貌。

〔4〕俗:楚国的风俗。流风:流行的风气。纷错:内心错乱。

〔5〕莽:草。呼风:迎风而呼。薮:弯曲处。一作"庨",一作"废"。

〔6〕巡:走。陆:山顶。夷:平地。衍:沼泽。

〔7〕石岩:岩石。

〔8〕巑岏(cuán wán 攒玩):锐利的山峰。长企:犹久望。企,立貌。

〔9〕修:远。辽辽:遥远。涂:道路。漫漫:一作"曼曼"。

〔10〕玄鹤:俊鸟。峨峨:山高峻的样子。

〔11〕哀娱:舒解悲哀。

〔12〕三鸟:神话传说中西王母的使者三青鸟,此指信使。

〔13〕飘疾:迅疾。

〔14〕纷结:纠结。离:指背离忠信。

283

〔15〕恻隐：悲痛。恻，悲伤。隐，痛苦。

〔16〕时忘：谓忘却一时之忧。一作"忘时"。烦错：错乱。

〔17〕假：凭借。簧：笙中的簧片，代指乐器名。纡郁：幽曲的愁绪。

〔18〕叹：吟。扬意：抒扬意志。犹：一作"独"。殚：尽。

〔19〕嘘吸、於悒：皆悲凄的样子。横集：交错。

〔20〕赴泥：抛弃于泥泞。玑：不圆之珠。坚藏：秘藏。

〔21〕同：同等对待。驽羸(luó 罗)：同"骡"，劣马。乘驵(zǎng 脏上声)：良马。斑驳：杂色马。斑，一作"班"。阘(tà 榻)茸：劣，喻劣马。

〔22〕葛藟(lěi 累)：一种藤蔓类野草。藟(léi 雷)：缠绕。一作"累"。鸱鸮：贪鸟，即猫头鹰。

〔23〕偓(wò 握)促：拘愚之貌。廊庙：指朝廷。律魁：高大的样子，此指贤明之士。

〔24〕《箫韶》：相传是舜的音乐。《激楚》：楚乐歌名，声音激昂凄楚。

〔25〕潜：沉。周鼎：周朝的传国宝器，象征国家权力。爨(cuàn 窜)：煮饭。土䰝(qián 潜，一读 qín 琴)：土制的锅。中宇：中庭。

〔26〕有旧：谓不忘旧。有，一作"持"。

〔27〕邅(zhān 粘)：转。征夫：旅行者。宵行：夜行。

〔28〕睠(juàn 眷)睠：顾念的样子。

〔29〕涟涟：流泪不止貌。

〔30〕中心：心中。

〔31〕菀(wǎn 宛)：草名，可入药。一说茂盛貌，读 yù 育。青青：草木茂盛。颒：涕泪俱下。

〔32〕北顾：回头北望。渐渐：眼泪下流貌。

〔33〕摧：挫。锐、矜：本指锐利的武器，此喻己之意志与理想。矜(qín 琴)：矛戟一类武器的柄。凝：止。氾滥：沉浮。

〔34〕茕茕：孤苦貌。魂谁求：谁为招魂。

〔35〕慌悴：即憔悴。散若流：谓散去若流水不返。

憨　命[1]

昔皇考之嘉志兮，喜登能而亮贤。[2]
情纯洁而罔薆兮，姿盛质而无愆。[3]
放佞人与谄谀兮，斥谗夫与便嬖。[4]
亲忠正之悃诚兮，招贞良与明智。[5]
心溶溶其不可量兮，情澹澹其若渊。[6]
回邪辟而不能入兮，诚愿藏而不可迁。[7]
逐下袟于后堂兮，迎宓妃于伊雒。[8]
刺谗贼于中廇兮，选吕管于榛薄。[9]
丛林之下无怨士兮，江河之畔无隐夫。[10]
三苗之徒以放逐兮，伊皋之伦以充庐。[11]

今反表以为里兮，颠裳以为衣。[12]
戚宋万于两楹兮，废周邵于遐夷。[13]
却骐骥以转运兮，腾驴骡以驰逐。[14]
蔡女黜而出帷兮，戎妇入而彩绣服。[15]
庆忌囚于阱室兮，陈不占战而赴围。[16]
破伯牙之号钟兮，挟人筝而弹纬。[17]
藏珚石于金匮兮，捐赤瑾于中庭。[18]
韩信蒙于介胄兮，行夫将而攻城。[19]
莞芎弃于泽洲兮，瓟蠡蠹于筐簏。[20]
麒麟奔于九皋兮，熊罴群而逸囿。[21]

折芳枝与琼华兮,树枳棘与薪柴。[22]
掘荃蕙与射干兮,耘藜藿与蘘荷。[23]

惜今世其何殊兮,远近思而不同。[24]
或沉沦其无所达兮,或清激其无所通。[25]
哀余生之不当兮,独蒙毒而逢尤。[26]
虽謇謇以申志兮,君乖差而屏之。[27]
诚惜芳之菲菲兮,反以兹为腐也。[28]
怀椒聊之莎莎兮,乃逢纷以罹诟也。[29]

叹曰:
嘉皇既殁,终不返兮。[30]
山中幽险,郢路远兮。[31]
逸人谈谈,孰可愬兮。[32]
征夫罔极,谁可语兮?[33]
行吟累欷,声喟喟兮。[34]
怀忧含戚,何侘傺兮。[35]

【注释】
〔1〕愍命:悯惜命运。此章感叹生不逢时,不得时于明君之世,无法在乱世立足的悲哀。
〔2〕嘉志:美志。登能:举用才能之士。亮贤:彰显贤德之人。
〔3〕情:内在品性。罔薉(huì 汇):没有污秽杂质。薉,同"秽"。姿盛质:即资质盛,德行盛于外。姿,一作"资"。质,一作"实"。愆:过失。
〔4〕佞人:巧言献媚者。谀:善逢迎者。谗夫:曲辞陷害别人的人。便嬖:以阿谀得宠者。便,利。嬖,爱。

〔5〕悃(kǔn捆)诚:诚恳。悃,厚。

〔6〕溶溶:广大貌。澹澹:宁静,安定,不动貌。

〔7〕回邪:枉曲。诚愿:指淳朴贤人。藏:蓄。迁:移。

〔8〕下袟(zhì制):后宫一般姬妾。后堂:后宫。宓妃:传说中伊、洛二水之女神。伊雒:伊水和雒水,在今河南偃师会合。

〔9〕刜(fú服):去,砍。中廇:中庭,此指朝廷。吕管:吕尚和管仲。榛薄:丛杂的草木,这里指民间。

〔10〕畔:岸。隐夫:隐士。

〔11〕三苗:传说中尧舜的佐人。伊皋:伊尹和皋陶。伊尹为夏殷时人,曾助汤灭桀,皋陶为舜臣。伦:类。

〔12〕颠:倒。裳、衣:古代上身所穿为衣,下身所穿为裳。

〔13〕戚:亲。宋万:春秋时宋闵公臣,名南宫万,出猎中与宋闵公发生争执,杀宋闵公。两楹:指尊者所处。周邵:周公旦和召公奭。遐夷:边远的少数民族地区。

〔14〕腾:乘。

〔15〕蔡女:蔡国贤女。戎女:夷狄丑妇。彩绣服:服彩绣。

〔16〕庆忌:春秋时吴王僚公子,孔武有力。阱室:陷阱,多指囚室。陈不占:春秋时齐庄公臣,重义而怯,赴齐庄公难,闻战斗声震恐而死。战:惧。围:指战场。

〔17〕伯牙:传说中的著名琴师。号钟:琴名。挟:持。人筝:小瑟。人,同"介",小。纬:筝弦。

〔18〕瑉(mín民)石:似玉之石。匵:匣。捐:弃。赤瑾:美玉。

〔19〕韩信:汉名将,刘邦第一功臣。蒙:覆盖,指不受重用。蒙介胄:披甲胄而为战士。介胄:铠甲和头盔。行夫:行伍之夫。将:带兵。

〔20〕茝芎(wán xiōng玩凶):白芷、芎䓖,皆香草。泽洲:水中陆地。瓟蠡(páo lì刨力):谓葫芦所制之瓢。蠹:收藏久而生蠹。簏(lù路):竹制圆笼。

〔21〕麒麟:传说中的吉祥之兽。九皋:深远的沼泽地。熊罴:代指猛兽。逸囿:逸游于苑囿。逸,一作"溢"。

〔22〕折:摧折。琼花:美如琼玉之花。棘:小枣树。柴:枯枝。

〔23〕荃蕙、射干:香草名。耘:为农作物除草。藜、藿:野菜名。穰(ráng瓤):禾秆。

〔24〕殊:异。何殊,一作"舛异"。远近:或远或近,人之贤愚有别,所思虑远近不同。

〔25〕沉沦:沉沦于世俗者。清激:清高不群者。

〔26〕当:遇。蒙毒:遭受祸患。逢尤:得到罪过。

〔27〕謇謇:忠贞的样子。乖差:违背不合。屏:摒弃。

〔28〕菲菲:香气盛。兹:此。

〔29〕椒聊:指椒实。莈(shè社)莈:芳香貌。一作"蔼蔼"。逢纷:遇到乱世。罹诟:遭受耻辱。罹,一作"离"。

〔30〕嘉:美。皇:君王。

〔31〕幽险:艰险。郢路:回归郢都之路。

〔32〕讯(jiàn见)讯:花言巧语的样子。愬:语,告。

〔33〕征夫:旅途中人,此处自指。罔极:没有尽头。

〔34〕累欷:长叹。唈唈:叹息声。

〔35〕侘傺(chà chì诧赤):失意怅然伫立。

思　　古[1]

冥冥深林兮,树木郁郁。[2]

山参差以崭岩兮,阜杳杳以蔽日。[3]

悲余心之悁悁兮,目眇眇而遗泣。[4]

风骚屑以摇木兮,云吸吸以湫戾。[5]

悲余生之无欢兮,愁倥偬于山陆。[6]

旦徘徊于长阪兮,夕彷徨而独宿。[7]

发披披以鬤鬤兮,躬劬劳而瘏悴。[8]
魂佂佂而南行兮,泣沾襟而濡袂。[9]
心婵媛而无告兮,口噤闭而不言。[10]
违郢都之旧闾兮,回湘沅而远迁。[11]
念余邦之横陷兮,宗鬼神之无次。[12]
闵先嗣之中绝兮,心惶惑而自悲。[13]
聊浮游于山陿兮,步周流于江畔。[14]
临深水而长啸兮,且倘佯而氾观。[15]

兴《离骚》之微文兮,冀灵修之壹悟。[16]
还余车于南郢兮,复往轨于初古。[17]
道修远其难迁兮,伤余心之不能已。[18]
背三五之典刑兮,绝《洪范》之辟纪。[19]
播规矩以背度兮,错权衡而任意。[20]
操绳墨而放弃兮,倾容幸而侍侧。[21]
甘棠枯于丰草兮,藜棘树于中庭。[22]
西施斥于北宫兮,仳倠倚于弥楹。[23]
乌获戚而骖乘兮,燕公操于马圉。[24]
蒯聩登于清府兮,咎繇弃于野外。[25]
盖见兹以永叹兮,欲登阶而狐疑。[26]
乘白水而高骛兮,因徙弛而长词。[27]

叹曰:
倘佯垆阪,沼水深兮。[28]
容与汉渚,涕淫淫兮。[29]

钟牙已死,谁为声兮?〔30〕

纤阿不御,焉舒情兮?〔31〕

曾哀凄欷,心离离兮。〔32〕

还顾高丘,泣如洒兮。〔33〕

【注释】

〔1〕此章写屈原放流,孤苦无依,悲愤世风日下。

〔2〕冥冥:昏暗不明貌。郁郁:茂盛的样子。

〔3〕嵼(chán 禅)岩:险峻的样子。阜:土山。杳杳:幽暗迷茫貌。

〔4〕悁(yuān 渊)悁:忧愁苦闷的样子。一作"悄悄"。眇眇:纵目远视。遗泣:指落泪。遗,堕。

〔5〕骚屑:大风声。吸吸:云雾涌动。潊:积滞。戾:逆转。一作"泪"。

〔6〕倥偬(kǒng zǒng 恐总):困苦。

〔7〕长阪:同"长坂",高坡。

〔8〕披披、襄(ráng 瓤)襄:头发纷乱的样子。劬(qú 渠)劳:辛劳。瘏(tú 途):病。

〔9〕俇(guàng 逛)俇:惶急,不安貌。行:一作"征"。濡:湿。一作"掩"。袂:衣袖。

〔10〕婵媛:心因牵引而痛苦。噤:关闭。

〔11〕违:离开。闾:里巷。回,一作"过"。

〔12〕横陷:意外陷落。宗:祭祀于庙。次:秩序,次第。

〔13〕闵:悲哀。先嗣:先祖事业的继续。

〔14〕山陿(xiá 狭):山侧。周流:即周游。江畔:江边。

〔15〕啸:嘬口而呼。倘佯:徘徊。氾观:广泛观览。氾,博。

〔16〕兴:创作。微文:隐约讽喻之文。冀:希望。灵修:指楚怀王。

〔17〕轨:车辙。初古:古圣贤之道。

〔18〕修远:遥远。迁:转移。

〔19〕三五:三皇五帝或五帝三王。典刑:常法。《洪范》:《尚书》篇名。是箕子向周王陈述的天地大法。辟纪:法度,准则。

〔20〕播:弃。度:法度。错:搁置。权衡:秤与秤杆,此指法则,标准。

〔21〕操绳墨:指守法者。倾:尽。容幸:容悦宠幸,谓谗佞嬖宠之人。

〔22〕甘棠:木名。传说周武王时召伯巡视南国,曾在甘棠树下休息,后人因此写《甘棠》诗歌颂他,后世以甘棠象征贤者。丰草:茂草。藜棘:带刺之木,喻恶人。

〔23〕西施:美女。北宫:后宫。仳倠(pǐ suī 匹虽):丑女。弥楹:遍立两楹之间。

〔24〕乌获:秦武王之力士。戚:亲。骖乘:坐在车右边的侍从。燕公:邵公,封于燕。操:服劳役。马圉:马厩,养马的地方。

〔25〕蒯(kuǎi 块上声)聩:卫灵公太子,曾欲害其后母。清府:清庙,指朝廷。咎繇:舜时司法官。

〔26〕狐疑:怀疑。

〔27〕白水:传说中水名,发源于昆仑。骛:奔驰。长词:长辞,永诀。

〔28〕倘佯:徘徊。一说山名。垆阪:黑土坡。沼:池。

〔29〕容与:踌躇,徘徊不进。汉渚:汉水之滨。淫淫:流泪不止的样子。

〔30〕钟牙:钟子期和伯牙。谁为声:指无知音,为谁奏乐。

〔31〕纤阿:古善御者。舒情:心情畅快。

〔32〕曾:重叠。欷:泣叹。离离:心意已远,心死貌。

〔33〕高丘:象征楚国。

远　　游[1]

悲余性之不可改兮,屡惩艾而不迻。[2]

服觉皓以殊俗兮,貌揭揭以巍巍。[3]

譬若王侨之乘云兮,载赤霄而凌太清。[4]
欲与天地参寿兮,与日月而比荣。[5]
登昆仑而北首兮,悉灵圉而来谒。[6]
选鬼神于太阴兮,登阊阖于玄阙。[7]
回朕车俾西引兮,褰虹旗于玉门。[8]
驰六龙于三危兮,朝西灵于九滨。[9]
结余轸于西山兮,横飞谷以南征。[10]
绝都广以直指兮,历祝融于朱冥。[11]
枉玉衡于炎火兮,委两馆于咸唐。[12]
贯濒濛以东朅兮,维六龙于扶桑。[13]

周流览于四海兮,志升降以高驰。
征九神于回极兮,建虹采以招指。[14]
驾鸾凤以上游兮,从玄鹤与鹪明。[15]
孔鸟飞而送迎兮,腾群鹤于瑶光。[16]
排帝宫与罗囿兮,升县圃以眩灭。[17]
结琼枝以杂佩兮,立长庚以继日。[18]
凌惊雷以轶骇电兮,缀鬼谷于北辰。[19]
鞭风伯使先驱兮,囚灵玄于虞渊。[20]
溯高风以低佪兮,览周流于朔方。[21]
就颛顼而陈辞兮,考玄冥于空桑。[22]
旋车逝于崇山兮,奏虞舜于苍梧。[23]
济杨舟于会稽兮,就申胥于五湖。[24]
见南郢之流风兮,殒余躬于沅湘。[25]
望旧邦之黯黮兮,时溷浊其犹未央。[26]

怀兰茝之芬芳兮,妒被离而折之。[27]
张绛帷以襜襜兮,风邑邑而蔽之。[28]
日暾暾其西舍兮,阳焱焱而复顾。[29]
聊假日以须臾兮,何骚骚而自故。[30]

叹曰:
譬彼蛟龙,乘云浮兮。
汎淫澒溶,纷若雾兮。[31]
潺湲轇轕,雷动电发,馺高举兮。[32]
升虚凌冥,沛浊浮清,入帝宫兮。[33]
摇翘奋羽,驰风骋雨,游无穷兮。[34]

【注释】

〔1〕该章与屈原《远游》同名,表达了不愿在楚国沉沦,而欲远游之心愿。

〔2〕惩艾(yì义):被惩创而戒惧。迻:迁徙。一作"移"。

〔3〕服:穿衣服。觉皓:鲜明璀璨的样子。皓,一作"浩"。殊俗:异于世俗。揭揭:高貌。巍巍:高大。

〔4〕王侨:古代传说中的仙人王子乔。载:乘坐。赤霄:红霞。太清:天空,古人以为天系清气所构成,故称太清。

〔5〕参寿:同其寿考。比荣:同其光辉。

〔6〕北首:北向。悉:尽。灵圉:昆仑山上的众神。谒:拜见。

〔7〕选:遣。太阴:本为星名,此指北方神仙之区。阊阖:天门。玄阙:天地所居。一说为位于北方的神山名。

〔8〕俾:使。褰:举。虹旗:以虹为旗。玉门:神话传说中的西方山名。

〔9〕六龙:驾车之六龙。三危:神话中的西方仙山。朝:召。西灵:

西方之神。西,一作"四"。九滨:大海九曲之水滨。

〔10〕结:旋。轸:车后横木,这里指车。横:横渡。飞谷:神话中的飞泉之谷。说为太阳所行之道。

〔11〕绝:渡过。都广:南方山名。历:经过。祝融:神话传说中的南海神名。朱冥:即南冥,南海。因在南方,色尚赤,所以叫朱冥。

〔12〕枉:回旋。王逸曰:"屈也。"黄寿祺曰:"回转。"玉衡:饰玉的车辕头的横木,这里代车。委:曲。两馆:两次停下来住宿。馆,舍,息。咸唐:咸池,神话传说中的日沐之所。

〔13〕贯:穿过。颢濛(hòng méng 讧朦):大气。颢,一作"鸿"。羯:去。维:系。扶桑:神话传说中日出之所。

〔14〕征:召。九神:北斗九星。回极:天极回旋的枢纽。建:树立。虹采:一作"采虹"。招指:指挥。

〔15〕玄鹤:黑色鹤,传说中的吉祥鸟。鹔明:凤凰一类的神鸟。

〔16〕孔鸟:孔雀。瑶光:北斗杓第七星,亦作摇光。

〔17〕排:推开。罗圃:天苑。县圃:相传在昆仑山中。县,通"悬"。眩灭:指因光彩炫目,眼睛昏花,看不清。

〔18〕琼枝:玉枝。杂:配合。长庚:太白金星。

〔19〕凌:凌驾,乘。轶:追逐。一说超过。缀:系。鬼谷:众鬼所居。一说为星名。一作"百鬼"。北辰:北极星。

〔20〕风伯:风神。灵玄:神话传说中的北方之神。虞渊:传说中太阳落入之所。

〔21〕溯:逆,此指逆风而行。低佪:徘徊。朔方:北方。

〔22〕玄冥:北方之神,主刑杀。空桑:神话中的山名。

〔23〕旋:回转。逝:一作"游"。崇山:传说中放逐驩兜之山。奏:进言。苍梧:山名,在今湖南宁远,传说舜南巡死于此地。

〔24〕杨舟:杨木做的船。会稽:山名,传说禹治水成功,在此大会天下诸侯。就:亲近。申胥:即伍子胥,曾被吴王封于申,故名。五湖:应指太湖。伍子胥被杀,夫差投尸江中,尸体漂入太湖胥口。胥口因伍子胥得名。

〔25〕流风:流行的风俗。殒:坠落。躬:身体。沅湘:沅江与湘江。

〔26〕黮黕(dàn旦):昏暗不明。未央:尚未减弱,没有停止。

〔27〕妒:忌妒的人。被离:即"披离",凌乱分散的样子。之:指代兰茝。

〔28〕绛帷:红色的帷幄。襜(chān搀)襜:鲜艳的样子。邑邑:风微弱貌。

〔29〕暾(tūn吞)暾:明亮的样子。西舍:西下。焱焱:同"炎炎",乳白色,日光闪耀的样子。

〔30〕骚骚:忧虑的样子。自故:依然如故。一作"自苦"。

〔31〕汎淫:漂浮不定貌。汎,一作"沉"。溶溶:云雾浓厚貌。

〔32〕潺湲:流动貌。膠轕(jiāo gé 交隔):参差纵横。馺(sà飒):马驰。

〔33〕升虚凌冥:登虚无,凌清冥。沛浊浮清:弃人间浊气而游于太空之气。沛,一作"弃"。

〔34〕摇翘:谓摇其长尾。翘,鸟尾上的长毛,这里指龙尾。奋羽:张开翅膀。

楚辞卷十七

九思第十七

王 逸

【题解】

洪兴祖《楚辞补注·九思序》说:"《九思》者,王逸之所作也。逸,南阳人,博雅多览,读《楚辞》而伤愍屈原,故为之作解。又以自屈原终没之后,忠臣介士、游览学者读《离骚》、《九章》之文,莫不怆然,心为悲感,高其节行,妙其丽雅。至刘向、王褒之徒,咸嘉其义,作赋骋辞,以赞其志。则皆列于谱录,世世相传。逸与屈原同土同国,悼伤之情与凡有异。窃慕向、褒之风,作颂一篇,号曰《九思》,以裨其辞。未有解说,故聊叙训谊焉。"

王逸,东汉人,《后汉书·文苑传》载:"王逸,字叔师,南郡宜城人也。元初中,举上计吏,为校书郎。顺帝时,为侍中。著《楚辞章句》行于世。其赋、诔、书、论及杂文凡二十一篇。又作《汉诗》百二十三篇。子延寿,字文考,有俊才。少游鲁国,作《灵光殿赋》。后蔡邕亦造此赋,未成,及见延寿所为,甚奇之,遂辍翰而已。曾有异梦,意恶之,乃作《梦赋》以自厉。后溺水死,时年二十余。"南郡宜城,曾属南阳郡,因此《楚辞补注》说王逸南阳人,而《后汉书》说王逸南郡人。宜城在今属湖北襄阳市境。

《九思》也是一篇代言体作品,是王逸代言屈原之作,对屈原的不幸遭遇及其心理有较为深入的描写。汤炳正《楚辞今注》曰:"《九思》之作,意在伤悼屈原,嘉其忠贞之志,斥责群小乱国,贤士流放。"

逢　尤[1]

悲兮愁,哀兮忧,
天生我兮当暗时,被谗谮兮虚获尤。[2]
心烦愦兮意无聊,严载驾兮出戏游。[3]
周八极兮历九州,求轩辕兮索重华。[4]
世既卓兮远眇眇,握佩玖兮中路踬。[5]
羡咎繇兮建典谟,懿风后兮受瑞图。[6]
愍余命兮遭六极,委玉质兮于泥涂。[7]
遽偉遑兮驱林泽,步屏营兮行丘阿。[8]
车軏折兮马虺颓,憃怅立兮涕滂沲。[9]
思丁文兮圣明哲,哀平差兮迷谬愚。[10]
吕傅举兮殷周兴,忌嚣专兮郢吴虚。[11]
仰长叹兮气噎结,悒殟绝兮咶复苏。[12]
虎兕争兮于廷中,豺狼斗兮我之隅。[13]
云雾会兮日冥晦,飘风起兮扬尘埃。[14]
走鬯罔兮乍东西,欲窜伏兮其焉如?[15]
念灵闺兮隩重深,愿竭节兮隔无由。[16]
望旧邦兮路逶随,忧心悄兮志勤劬。[17]
魂茕茕兮不遑寐,目眽眽兮寤终朝。[18]

297

【注释】

〔1〕逢尤:一作"见尤"。尤,罪责。此章写无缘无故遭遇罪责,忧愁不断,但又放不下楚国。

〔2〕暗:昏暗。诼:毁。譖(zèn 怎去声):诬陷。虚:平白无故。尤:过。

〔3〕烦愦(kuì 愧):烦乱。

〔4〕八极:八方极远之地。九州:古代中国设置的九个州,此泛指中国。轩辕:即黄帝。重华:虞舜名。

〔5〕卓:远。眇眇:辽远貌。玖:黑色像玉的石头。踌:踌躇彷徨。

〔6〕咎繇:舜时贤臣。典谟:制度。懿:美。风后:伏羲,风姓。瑞图:祥瑞图书,此指八卦。一说风后为黄帝时相。

〔7〕愍(mǐn 敏):忧伤。六极:《尚书·洪范》曰:"六极,一曰凶短折,二曰疾,三曰忧,四曰贫,五曰恶,六曰弱。"委:遗弃。

〔8〕遽:急行。偟遑(zhāng huáng 章皇):惊慌失措的样子。屏营:惶恐貌。丘阿:山丘。

〔9〕軏(yuè 月):小车车辕前端和车衡相衔接的关键,这里指车辕。一作"轴"。毁(huǐ 毁)颓:此指破损。憃(chōng 充)怅:憔悴失意貌。一作"惆怅"。滂浪:即"滂沱",此指泪水多。

〔10〕丁:武丁,殷高宗。文:周文王。平:楚平王。差:吴王夫差。

〔11〕吕:吕望。傅:傅说。忌:楚大夫费无忌。嚭(pǐ 痞):吴大夫宰嚭。虚:空。

〔12〕噎:结。悒(yì 易):忧郁。殟(wēn 温)绝:败坏貌。咕:喘息。一作"活"。

〔13〕虎兕(sì 寺):恶兽。隅:旁边。

〔14〕冥晦:昏暗。飘风:回旋之风。

〔15〕怅(chàng 唱)罔:即怅惘,失意貌。窜伏:藏匿。

〔16〕灵闱:君王的宫殿。隩(ào 奥):通"奥",深。一本作"奥"。一本"愿"前有"軏"字。竭节:尽忠。

〔17〕逯随:迁远也。悄:犹惨。劬:劳。

〔18〕茕茕:孤独貌。遑:暇。眽(mò 脉)眽:视貌。一作"脉脉"。寤:醒。终朝:自旦及夕。

怨　　上[1]

令尹兮謷謷,群司兮谄谀。[2]
哀哉兮溷溷,上下兮同流。[3]
菽藟兮蔓衍,芳虈兮挫枯。[4]
朱紫兮杂乱,曾莫兮别诸。[5]
倚此兮岩穴,永思兮窈悠。[6]
嗟怀兮眩惑,用志兮不昭。[7]
将丧兮玉斗,遗失兮钮枢。[8]
我心兮煎熬,惟是兮用忧。[9]
进恶兮九旬,退顾兮彭务。[10]
拟斯兮二踪,未知兮所投。[11]
谣吟兮中野,上察兮璇玑。[12]
大火兮西睨,摄提兮运低。[13]
雷霆兮硠磕,雹霰兮霏霏。[14]
奔电兮光晃,凉风兮怆凄。[15]
鸟兽兮惊骇,相从兮宿栖。[16]
鸳鸯兮噰噰,狐狸兮徼徼。[17]
哀吾兮介特,独处兮罔依。[18]
蟪蛄兮鸣东,蟊蟊兮号西。[19]

蚑缘兮我裳,蠋入兮我怀。[20]
虫豸兮夹余,惆怅兮自悲。[21]
伫立兮忉怛,心结绉兮折摧。[22]

【注释】

〔1〕怨上:怨恨君主。此章表现对君主的怨愤之情。

〔2〕令尹:楚国官名,职位最高。謷(áo 熬)謷:妄言貌。哝(nóng 农)哝:多言不中貌。

〔3〕淈(gǔ 古)淈:水泉涌出的样子,引申为混乱。

〔4〕菽(jiāo 椒)蕰:这里泛指小草,比喻群小。芳藭(xiāo 消):香草名。白芷,一名茝。挫枯:枯萎。

〔5〕朱紫:喻正邪优劣。朱,正色。紫,间色。莫:无人。

〔6〕窈悠:道路遥远。

〔7〕怀:怀王。用:使用,引申为"行"。用志:指行忠尽义的人。志,忠信之志。

〔8〕丧玉斗、失钮枢:喻丧失政权。

〔9〕熬:煎。惟:想,思。

〔10〕九旬:纣为九旬之饮而不听政。一作"仇荀"。仇,仇牧,宋万弑宋闵公,仇牧手握剑叱之,被宋万所杀。荀:荀息,里克杀公子卓,息死之。退:一作"复"。顾:眷念。彭、务:彭咸、务光,古代耿介清白之士。进恶:一作"集慕"。恶,一作"思"。

〔11〕拟:则,效法。踪:迹。投:合。

〔12〕中野:荒野之中。璇玑:北斗魁四星。一说指北斗星中的天璇、天玑两颗星。一作"琁机"。

〔13〕大火:星名,又称流火。睨:斜看。摄提:星名,共六星。运低:下行。

〔14〕硠磕(láng kē 狼科):形容雷声。霰:小雪珠。霏霏:雨雪或烟云很盛的样子。

〔15〕晃:一作"照"。怆凄:悲伤。

〔16〕宿栖:栖息。

〔17〕嚶嚶:和鸣貌也。徽(méi 梅)徽:相随貌。

〔18〕介特:孤单。

〔19〕蝼蛄(lóu gū 楼估):一种对农作物有害的昆虫。蟊蠘(máo jié 矛节):蝉类,似蝉而小。

〔20〕蛓(cì 次):一种有毒的毛虫。蠋(zhú 逐):蛾蝶类的幼虫。怀:一作"衣"。

〔21〕虫豸(zhì 志):有足谓之虫,无足谓之豸。夹余:与余为伍。

〔22〕伫:停。忉怛(dāo dá 刀达):悲痛。结缗(gǔ 古):郁结。

疾　　世[1]

周徘徊兮汉渚,求水神兮灵女。[2]
嗟此国兮无良,媒女诎兮谇谆。[3]
鸱雀列兮诳谨,鹠鸲鸣兮聒余。[4]
抱昭华兮宝璋,欲衔鬻兮莫取。[5]
言旋迈兮北徂,叫我友兮配耦。[6]
日阴曀兮未光,阒睄霓兮靡睹。[7]
纷载驱兮高驰,将谘询兮皇羲。[8]
遵河皋兮周流,路变易兮时乖。[9]
濿沧海兮东游,沐盥浴兮天池。[10]
访太昊兮道要,云靡贵兮仁义。[11]
志欣乐兮反征,就周文兮邠岐。[12]
秉玉英兮结誓,日欲暮兮心悲。[13]
惟天禄兮不再,背我信兮自违。[14]

踰陇堆兮渡漠,过桂车兮合黎。[15]
赴昆山兮曾骇,从卢敖兮栖迟。[16]
吮玉液兮止渴,啮芝华兮疗饥。[17]
居嶂廊兮剿畴,远梁昌兮几迷。[18]
望江汉兮濩渃,心紧紊兮伤怀。[19]
时咄咄兮且旦,尘莫莫兮未晞。[20]
忧不暇兮寝食,吒增叹兮如雷。[21]

【注释】

〔1〕疾世:一作"疾俗"。此章写对黑暗人世的愤恨之情。

〔2〕周:遍。汉渚:汉水之涯。灵女:水中女神。

〔3〕诎(qū屈):言语钝拙。謰謱(lián lóu连楼):语言支离破碎,逻辑不清。

〔4〕鸒雀:鹞鹉类小鸟。哗(huá华):同"哗"。讙(huān欢):同"喧",喧哗。鸲鹆(qú yù渠遇):鸟名,即八哥。聒(guō郭):喧扰。

〔5〕昭华:玉名。璋:玉名也。衒鬻(xuàn yù炫遇):叫卖。衒,叫卖。鬻,卖。

〔6〕旋:回转。一作"逝"。言旋,一作"逝言"。配耦:即配偶,此指朋辈。

〔7〕阴曀(yì易):昏暗。阒(qù去):窥。眳霓(xiāo tiǎo宵挑):幽冥。一作"眳窕"。靡睹:看不清。

〔8〕谘:问。询:谋。皇羲:羲皇,一云伏羲。

〔9〕皋:岸边。时乖:时势不合。

〔10〕澌(lì力):涉,渡。一作"厉"。沐:洗发。盥:洗手。天池:咸池,古神话中日所浴处。

〔11〕太昊:即伏羲。道要:天道之要。

〔12〕邠岐(bīn qí宾其):周朝最早的国土,在今甘肃、陕西一带。邠,一作"豳"。岐,今岐山。

〔13〕秉:持。玉英:圭璋之类。

〔14〕惟:思。天禄:天赐福禄,此指受命而言。自违:背叛自己。

〔15〕陇堆:陇山。漠:沙漠。桂车、合黎:皆西方山之名。

〔16〕昆山:昆仑山。曼骒(zhí lù 直路):言绊住骏马。曼,一作"褱"。卢敖,一作"邛邀"。邛(qióng 穷):兽名,善走。

〔17〕玉液:琼蕊之精气。啮:咬。芝华:灵芝的花朵。

〔18〕嵺(liáo 聊)廓:空洞而无人。尟(xiǎn 藓):同"鲜",少。畴:匹。梁昌:进退失据,即"踉跄"。

〔19〕汉:一作"海"。濩渃(huò ruò 获若):水大貌也。紧縈(juàn 倦):纠缭。一作"繾綣"。

〔20〕昢(pò 破)昢:日月始出,光明未盛。一作"朏朏"。旦旦:将旦。一作"旦旦"。莫:一作"漠"。

〔21〕吒(zhà 炸):同"咤",愤怒声。

悯 上[1]

哀世兮睩睩,诶诶兮嗌喔。[2]
众多兮阿媚,骫靡兮成俗。[3]
贪枉兮党比,贞良兮茕独。[4]
鹄窜兮枳棘,鹎集兮帷幄。[5]
蘮蒘兮青葱,槀本兮萎落。[6]
睹斯兮伪惑,心为兮隔错。[7]
逡巡兮圃薮,率彼兮畛陌。[8]
川谷兮渊渊,山阜兮硌硌。[9]
丛林兮崟崟,株榛兮岳岳。[10]
霜雪兮灌澄,冰冻兮洛泽。[11]

303

东西兮南北,罔所兮归薄。[12]

庇荫兮枯树,匍匐兮岩石。[13]

蜷跼兮寒局数,独处兮志不申。[14]

年齿尽兮命迫促,魁垒挤摧兮常困辱。[15]

含忧强老兮愁无乐。[16]

须发苎悴兮颡鬓白,思灵泽兮一膏沐。[17]

怀兰英兮把琼若,待天明兮立踯躅。[18]

云蒙蒙兮电倏烁,孤雏惊兮鸣呴呴。[19]

思怫郁兮肝切剥,忿悁悒兮孰诉告。[20]

【注释】

〔1〕此章表达对国家昏乱,坏人当道的现实的愤恨,以及对自己遭遇的怨愤。悯上:有人认为当为"悯己"。

〔2〕睩(lù 路)睩:指眼睛看不清楚善恶。《说文》曰:"睩,目睐谨也。"诶(qiān 千)诶:说坏话,讲谗言的样子。一说巧言善辩的样子。嗌喔(yì wō 易窝):强笑貌。

〔3〕阿:曲。觥(wěi 委)靡:委曲取容。觥,一作"委"。

〔4〕党比:结党营私。茕:独。

〔5〕鹄:鸿鹄。枳棘:枳木与棘木。鹈:水鸟。

〔6〕藚薽(jì rú 既如):草名,似芹,可食,子大如麦粒,俗称"兔麦"。青葱:葱绿色。槀本:香草名。

〔7〕伪惑:言差误。隔错:阻隔不通。

〔8〕薮:丛林曰薮。率:遵循。畛(zhěn 诊):田间道路。

〔9〕渊渊:深貌。硪(é 鹅)硪:山高大的样子。一作"礐礐"。

〔10〕垽(yín 银)垽:繁茂的样子。株:泛指草木。榛(zhēn 真):小丛木。岳岳:挺立的样子。

〔11〕漼澄(cuī ái 催皑):积聚貌。洛:冰冻貌。

〔12〕罔:无。所:处。归薄:犹言归附,归宿。薄,近,附。
〔13〕匍匐:伏地而行。
〔14〕踡跼(quán jú 全局):缩屈的样子。局数(cù 促):同"局促"。
〔15〕魁垒:犹言促迫。挤摧:折屈。
〔16〕强:愁早老曰强。无,一本无。
〔17〕苎(níng 宁):乱。颻(piǎo 漂):斑白。灵泽:天之膏润也。膏沐:妇女润发的油脂,这里作动词用。
〔18〕英:华。
〔19〕倏:疾。烁:暗多而明少。呴(gòu 够)呴:鸟鸣声。雏:一作"雌"。
〔20〕怫(fú 服)郁:愤懑不平。切剥:犹言伤痛。忿:怨愤。悁悒(yuān yì 冤易):忧郁。

遭　厄[1]

悼屈子兮遭厄,沉玉躬兮湘汨。[2]
何楚国兮难化,迄乎今兮不易。[3]
士莫志兮羔裘,竞佞谀兮谗闠。[4]
指正义兮为曲,訾玉璧兮为石。[5]
鹄雕游兮华屋,鹪鹩栖兮柴蔟。[6]
起奋迅兮奔走,违群小兮谋询。[7]
载青云兮上升,适昭明兮所处。[8]
躐天衢兮长驱,踵九阳兮戏荡。[9]
越云汉兮南济,秣余马兮河鼓。[10]
云霓纷兮晻翳,参辰回兮颠倒。[11]

逢流星兮问路,顾我指兮从左。[12]
径娵訾兮直驰,御者迷兮失轨。[13]
遂踢达兮邪造,与日月兮殊道。[14]
志阏绝兮安如,哀所求兮不耦。[15]
攀天阶兮下视,见鄢郢兮旧宇。[16]
意逍遥兮欲归,众秽盛兮杳杳。[17]
思哽饐兮诘诎,涕流澜兮如雨。[18]

【注释】

〔1〕此章感叹屈原沉身湘汨的悲惨命运。遭厄:即遭厄运。

〔2〕厄:困厄。躬:身体。湘、汨:湘江、汨罗江,皆水名。

〔3〕化:教化。易:改变。

〔4〕阋(xì戏):不和,争吵。一本少一"阋"字。

〔5〕訾(zǐ子):毁谤,诋毁。

〔6〕鹘(gǔ古):一种凶猛的鸟。鹓䲦(jùn yí 俊移):鸟名。柴蔟:柴堆。

〔7〕謑诟(xǐ gòu 洗够):诟辱,受辱。

〔8〕适:往。昭明:指太阳。

〔9〕蹑:登。衢:路。踵:跟随。九阳:日出处。戏荡:放纵游戏。

〔10〕云汉:银河。秣:喂养。河鼓:牵牛星别名。

〔11〕淹翳(yǎn yì 掩义):遮蔽。翳,一作"郁"。参辰:二星宿名,参在西方,辰在东方,此出彼没,永不相见。云:一作"霄"。

〔12〕顾我指兮:一作"顾指我兮"。

〔13〕娵訾(jū zī 居资):星次名。

〔14〕踢(tāng汤)达:行不正貌。造:行。

〔15〕阏(è饿):阻塞。如:一作"归"。耦:匹偶,喻志同道合者。

〔16〕鄢、郢:楚故都。

〔17〕杳杳:幽暗貌,指世俗愚蔽。

〔18〕哽馆(yì 易):同"哽咽",悲叹而气结喉塞。诘诎:弯曲,引申为枉曲,冤枉。澜:即"澜澜",泪涌下的样子。

悼　乱[1]

嗟嗟兮悲夫,殽乱兮纷挐。[2]
茅丝兮同綟,冠履兮共絇。[3]
督万兮侍宴,周邵兮负笞。[4]
白龙兮见射,灵龟兮执拘。[5]
仲尼兮困厄,邹衍兮幽囚。[6]
伊余兮念兹,奔遁兮隐居。[7]
将升兮高山,上有兮猴猿。
欲入兮深谷,下有兮虺蛇。[8]
左见兮鸣鵙,右睹兮呼枭。[9]
惶悸兮失气,踊跃兮距跳。[10]
便旋兮中原,仰天兮增叹。[11]
菅蒯兮野莽,藋苇兮千眠。[12]
鹿蹊兮䟴䟴,猵貉兮蟺蟺。[13]
鸐鹞兮轩轩,鹓鸧兮甄甄。[14]
哀我兮寡独,靡有兮匹伦。[15]
意欲兮沉吟,迫日兮黄昏。[16]
玄鹤兮高飞,曾逝兮青冥。[17]
鸰鹏兮喈喈,山鹊兮嘤嘤。[18]
鸿鹄兮振翅,归雁兮于征。[19]

307

吾志兮觉悟，怀我兮圣京。[20]
垂屣兮将起，跬俟兮硕明。[21]

【注释】

〔1〕悼乱：一作"隐思"，一作"散乱"。此章哀悼世事混乱，知音难寻。

〔2〕嗟嗟：叹词。毂乱：错乱。纷拏（rú如）：纠葛混杂之意。

〔3〕同絿：犹言交织。一作"同综"。履：鞋。一作"屦"。绚（qú渠）：古时鞋头装饰。

〔4〕督万：华督、宋万二人，宋大夫，皆弑其君。周邵：周公、邵公。负苕：服贱役。苕，草。

〔5〕白龙：河神。

〔6〕仲尼：孔子的字。困于陈蔡。邹衍：贤人，为佞邪所摄。为齐所执。

〔7〕伊：惟。兹：此，指上言贤人遭厄之事。

〔8〕虺（huǐ毁）：毒蛇。

〔9〕鵙（jú局）：鸟名，指伯劳。枭：鸟名，俗称猫头鹰。

〔10〕惶悸：惊恐。距跳：超越。

〔11〕便旋：立即转身。中原：原野中。

〔12〕菅（jiān煎）：多年生的草。蒯（kuǎi扌）：多年生的草本植物。野莽：无边无际的草木。藿（guàn灌）：草名。千眠：一作"仟绵"，同"芊绵"，草木丛生的样子。

〔13〕蹶（duàn断）蹶：野兽的足迹。猭（tuán团）：野兽名，即猪獾。貉（hé合）：兽名。蟫（xún旬）蟫：相随的样子。

〔14〕鹯、鹞（zhān yáo沾摇）：皆猛禽。轩轩：将止之貌。鹓鹐：鸟名，即鹓鹐。甄甄：飞翔貌。

〔15〕匹：一作"齐"。齐，偶。

〔16〕迫：近。

〔17〕逝：一作"游"。青冥：即天空。

〔18〕鸧鹒(cāng gēng 仓耕):黄鹂。喈喈:鸟鸣声,指声音和谐悦耳。嘤嘤:鸟鸣声,指鸣声清脆。
〔19〕鸿:雁之大者曰鸿。鸹:鸹鹨。征:行进。
〔20〕圣京:京都,京城。京,一说高山。
〔21〕垂屣(xǐ喜):犹言穿鞋。跓俟:停足而待。硕明:大明。硕,一作"须"。

伤　　时[1]

惟昊天兮昭灵,阳气发兮清明。[2]
风习习兮和暖,百草萌兮华荣。[3]
堇荼茂兮扶疏,蘅芷彫兮莹嫇。[4]
愍贞良兮遇害,将夭折兮碎糜。[5]
时混混兮浇饡,哀当世兮莫知。[6]
览往昔兮俊彦,亦诎辱兮系累。[7]
管束缚兮桎梏,百贸易兮传卖。[8]
遭桓缪兮识举,才德用兮列施。[9]
且从容兮自慰,玩琴书兮游戏。
迫中国兮窄狭,吾欲之兮九夷。[10]
超五岭兮嵯峨,观浮石兮崔嵬。[11]
陟丹山兮炎野,屯余车兮黄支。[12]
就祝融兮稽疑,嘉己行兮无为。[13]
乃回朅兮北逝,遇神孀兮宴娭。[14]
欲静居兮自娱,心愁戚兮不能。[15]
放余辔兮策驷,忽飙腾兮云浮。[16]

蹠飞杭兮越海,从安期兮蓬莱。[17]
缘天梯兮北上,登太一兮玉台。[18]
使素女兮鼓簧,乘戈和兮讴谣。[19]
声嗷誂兮清和,音晏衍兮要婬。[20]
咸欣欣兮酣乐,余眷眷兮独悲。
顾章华兮太息,志恋恋兮依依。[21]

【注释】
〔1〕伤时:感伤时势。此章表达对时势的失望之情。
〔2〕昊天:夏天。昭:明。灵:神。阳气发:暖气初来。
〔3〕习习:风和煦貌。和暖:和煦温暖。华荣:花开。
〔4〕堇(jǐn仅):堇葵,味苦。荼:苦菜。扶疏:繁茂纷披的样子。蘅芷:杜蘅和若芷,均为香草。莹嫇(yíng míng 营名):形容萎败。
〔5〕碎糜:糜烂。黄寿祺曰:"糜,碎糠。"汤炳正:"愍,伤惜。碎糜,碎烂。"
〔6〕混:混浊。馈(zàn 赞):餐。《说文》:"以羹浇饭。"
〔7〕俊彦:才智杰出的人。诎辱:屈辱。系累:捆绑、拘囚。
〔8〕管:管仲。桎梏:刑具。百:百里奚。秦穆公时贤臣,受囚,被秦穆公以羊皮交换来。传:转。
〔9〕桓缪:齐桓公和秦穆公。列施:众多施展,充分施展。
〔10〕九夷:泛指远方异族之地。
〔11〕嵯峨:山峻高貌。浮石:海中山,如浮水面。一说山名。崔嵬:山高大貌。
〔12〕陟(zhì 至):登。丹山、炎野:皆在南方。黄支:南方古国名。
〔13〕祝融:赤帝之神。稽疑:决断疑事。嘉:善。
〔14〕揭:去。嬛(xié 协):北方之神名。宴娭(xī 西):宴饮嬉乐。
〔15〕愁戚:悲伤。
〔16〕放:一作"收"。

〔17〕蹠(zhí直):踏,此指划船。杭:通"航",船。安期:安期生,仙人名。蓬莱:海中山名。

〔18〕太一:天帝所在。登:一作"升"。

〔19〕素女:仙女。乘戈:仙人名。讴:歌。

〔20〕嗷诶(jiào tiǎo 叫朓):清畅貌。晏衍:悠长的样子。要婬(yín银):柔婉的样子。

〔21〕"顾章华"句:言天神众舞,皆喜乐,唯独己怀悲哀。章华,楚台名。太息,忧叹。恋:一作"郁"。

哀　岁[1]

旻天兮清凉,玄气兮高朗。[2]
北风兮潦洌,草木兮苍唐。[3]
蟋蚗兮噍噍,蝍蛆兮穰穰。[4]
岁忽忽兮惟暮,余感时兮凄怆。[5]
伤俗兮泥浊,矇蔽兮不章。[6]
宝彼兮沙砾,捐此兮夜光。[7]
椒瑛兮涅污,葈耳兮充房。[8]
摄衣兮缓带,操我兮墨阳。[9]
升车兮命仆,将驰兮四荒。[10]
下堂兮见虿,出门兮触蜂。[11]
巷有兮蚰蜒,邑多兮螳螂。[12]
睹斯兮嫉贼,心为兮切伤。[13]
倪念兮子胥,仰怜兮比干。[14]
投剑兮脱冕,龙屈兮蜿蟺。[15]

潜藏兮山泽,匍匐兮丛攒。^[16]
窥见兮溪涧,流水兮氿氿。^[17]
鼋鼍兮欣欣,鳣鲇兮延延。^[18]
群行兮上下,骈罗兮列陈。^[19]
自恨兮无友,特处兮茕茕。^[20]
冬夜兮陶陶,雨雪兮冥冥。^[21]
神光兮颎颎,鬼火兮荧荧。^[22]
修德兮困控,愁不聊兮遑生。^[23]
忧纡轸兮郁郁,恶所兮写情。^[24]

【注释】

〔1〕哀岁:哀叹岁月的逝去。此章悲叹时光流逝,国家昏乱,而自己无能为力,索性去官独处。

〔2〕旻天:秋天。朗:一作"明"。

〔3〕冽:一作"烈"。苍唐:草木始凋,青黄相杂之色。唐,一作"黄"。

〔4〕蚁蚗(yī jué 伊决):虫名。噍(jiāo 交)噍:鸟虫鸣叫声。蝍蛆(jí jū 及居):蜈蚣的别名。穰(ráng 嚷)穰:纷乱貌。

〔5〕暮:黄昏。凄怆:悲伤。

〔6〕矇(méng 萌):视不明。不章:言是非不明。

〔7〕捐:弃。夜光:夜明珠。

〔8〕椒:香木。瑛:似玉的美石。涅(niè 聂):一种矿物,古代用作黑色染料,引申为染黑。枲(xǐ 洗)耳:植物名,又叫苍耳。充房:盈室。

〔9〕摄:提。墨阳:剑名。

〔10〕四荒:四方荒远的地方。

〔11〕虿(chài 瘥):蝎子一类的毒虫。

〔12〕蚰蜒(yóu yán 犹言):虫名。

〔13〕嫉贼:奸佞的小人。切伤:极度悲伤。

〔14〕俛(fǔ府):同"俯",低头。子胥、比干:皆忠臣。

〔15〕投剑、脱冕:言抛弃武器与官职。蜿蟬(zhuān专):弯曲不伸展的样子。

〔16〕匍匐:伏行。丛攒:草木聚生处。

〔17〕沄沄:沸流。

〔18〕鼋(yuán元):鳖。鼍(tuó驼):鳄鱼的一种,俗称"猪婆龙"。鳣(shàn善):鳝鱼。鲇(nián年):一种体滑无鳞,身多黏质的鱼,产在淡水中。延延:众多貌。

〔19〕骈罗:并列分布。

〔20〕特:独。茕茕:独行貌。

〔21〕陶陶:长貌。冥冥:幽暗貌。

〔22〕颎(jiǒng窘)颎:光亮的样子。荧荧:微光闪烁貌。

〔23〕遑:暇。

〔24〕忧纡:忧闷。

守　志[1]

陟玉峦兮逍遥,览高冈兮峣峣。[2]
桂树列兮纷敷,吐紫华兮布条。[3]
实孔鸾兮所居,今其集兮惟鸮。[4]
乌鹊惊兮哑哑,余顾瞻兮怊怊。[5]
彼日月兮暗昧,障覆天兮祲氛。[6]
伊我后兮不聪,焉陈诚兮效忠。[7]
摅羽翮兮超俗,游陶遨兮养神。[8]
乘六蛟兮蜿蝉,遂驰骋兮升云。[9]
扬彗光兮为旗,秉电策兮为鞭。[10]

朝晨发兮鄢郢,食时至兮增泉。[11]
绕曲阿兮北次,造我车兮南端。[12]
谒玄黄兮纳贽,崇忠贞兮弥坚。[13]
历九宫兮遍观,睹秘藏兮宝珍。[14]
就傅说兮骑龙,与织女兮合婚。[15]
举天毕兮掩邪,觳天弧兮射奸。[16]
随真人兮翱翔,食元气兮长存。[17]
望太微兮穆穆,睨三阶兮炳分。[18]
相辅政兮成化,建烈业兮垂勋。[19]
日瞥瞥兮西没,道遐迥兮阻叹。[20]
志蓄积兮未通,怅敝罔兮自怜。[21]

乱曰:
天庭明兮云霓藏,三光朗兮镜万方。[22]
斥蜥蜴兮进龟龙,策谋从兮翼机衡。[23]
配稷契兮恢唐功,嗟英俊兮未为双。[24]

【注释】

〔1〕守志:指坚守高洁本性与理想。此章表现因不满现状而出游,在天界追求社会公正清明,实现自己的理想。

〔2〕玉峦:昆仑山。峣(yáo 摇)峣:高高的样子。

〔3〕纷敷:纷披错杂的样子。布条:布展枝条。

〔4〕孔鸾:孔雀鸾鸟。

〔5〕哑哑:乌鹊叫声,声音暗哑,不动听。怊(chāo 抄)怊:怅惘,失意迷惘的样子。

〔6〕浸(jìn 浸):恶气。

〔7〕后:君。

〔8〕摅(shū 书):舒展。羽翮(hé 盒):翅膀。

〔9〕蜿蝉(wān chán 弯缠):蛟龙盘屈貌。

〔10〕彗光:彗星之光。电策:闪电似鞭状。

〔11〕增泉:天汉,银河。

〔12〕曲阿:地名。次:舍,休息。

〔13〕谒:拜谒。玄黄:古代传说中五天帝的中央之帝。纳贽:馈送见面礼。崇:尊尚。

〔14〕九宫:天宫。

〔15〕傅说(yuè 悦):殷王武丁之贤相,死为辰宿。织女:织女星。

〔16〕毕:是宿名。彀(gòu 够):张弓。弧:星名。

〔17〕真人:仙人。元气:天气。

〔18〕太微:同"大微",星名,三垣之一;亦可作天庭解。穆穆:和顺。三阶:星名,即三台星,也代表君、臣、民三阶。炳分:即"缤纷"。

〔19〕烈业:显赫的业绩。垂勋:遗留功勋。

〔20〕瞥瞥:日落的样子。日,一作"目"。遐迥:遥远。阻叹:即因忧而叹。

〔21〕敞罔:怅惘失意貌。

〔22〕三光:日月星。镜:照耀。

〔23〕斥:驱逐蜥蜴:喻小人。龟龙:喻君子。机衡:即天玑、玉衡,北斗星中的两颗星,比喻政权枢要机关。

〔24〕配:匹。稷:周祖稷。契:殷祖契。皆上古贤人。恢:大。唐:唐尧。嗟:赞叹。

后　记

　　大概在2004年前后,人民文学出版社周绚隆先生约我为《楚辞》作一个简明的今注本,我大约在2006年完成了初稿,由于初稿篇幅过大,征引文献太多,与人民文学出版社已经出版的各种文学经典注释的体例不合,根据周先生的意见,我开始对初稿进行修改。这期间,由于手头事情众多,加之我的懒惰,这个修改过程漫长,断断续续。感谢周绚隆先生的耐心和信任,以及不间断的督促,使我有机会最终完成这部修改稿。

　　该注本在撰写过程中,曾经参考了大量近代以前的楚辞注本,如王逸《楚辞章句》,李周翰、吕延济、刘良、吕向、张铣等五臣注《文选》,陆善经《文选集注》,洪兴祖《楚辞补注》,朱熹《楚辞集注》,钱杲之《离骚集传》,谢翱《楚辞芳草谱》,吴仁杰《离骚草木疏》,张凤翼《文选纂注》、《楚辞合纂》,赵南星《离骚经订注》,汪瑗《楚辞集解》,陈第《屈宋古音义》,陆时雍《楚辞疏》,闵齐华《文选瀹注》,黄文焕《楚辞听直》,周拱辰《离骚草木史》、《离骚拾细》,李陈玉《楚辞笺注》,王萌、王远《楚辞评注》,钱澄之《庄屈合诂》,王夫之《楚辞通释》,林云铭《楚辞灯》,徐焕龙《屈辞洗髓》,朱冀《离骚辩》,李光地《离骚经九歌解义》,张德纯《离骚节解》,王邦采《离骚汇订》、《屈子杂文笺略》,蒋骥《山带阁注楚辞》,吴世尚《楚辞疏》,林仲懿《离骚中正》,屈复《楚辞新集注》,奚禄诒《楚辞详解》,陈远新《屈子说志》、鲁笔《楚辞达》、戴震《屈原赋注》、邱仰文《楚辞韵解》、夏大霖《屈骚心印》、胡文英《屈骚指掌》、龚景瀚《离骚笺》、刘梦鹏《屈子章句》、陈本礼《屈辞精义》、朱潘源《楚辞新注求确》、朱骏声《离骚赋补注》、胡绍煐《文选笺证》、俞樾《读楚辞》、《楚辞人名考》、王闿运《楚辞释》、王树枬《离骚注》、马其昶《屈赋微》、胡韫玉《离骚补释》等。由于学识所限，没有能全面领会这些著作的精华，这是非常遗憾的。

二十世纪学者的楚辞注释，就数量而言，是过去任何时期都不能比拟的，我在该书撰写过程中，曾经参考过以下著作，谢无量《楚辞新论》，傅熊湘《离骚章义》，陈直《楚辞拾遗》，游国恩《离骚纂义》、《天问纂义》，郭沫若《屈原研究》、《屈原赋今译》，闻一多《楚辞校补》，卫瑜章《离骚集释》，彭泽陶《离骚嫖补注》、《离骚今译校注与答问》，王泗原《离骚语文疏解》、《楚辞校释》，姜亮夫《屈原赋校注》、《楚辞通故》、《屈原赋今译》，刘永济《屈赋通笺》、《屈赋音注详解》，谭介甫《屈赋新编》，詹安泰《离骚笺疏》，陆侃如等《楚辞选》，马茂元《楚辞选》、《楚辞注释》，褚斌杰《楚辞要论》，金开诚等《屈原集校注》，蒋天枢《楚辞校释》，黄寿祺《楚辞全译》，汤炳正《楚辞今注》，何剑熏《楚辞拾沈》、《楚辞新诂》，林庚《天问论笺》，陈子展《楚辞直解》，董楚平《楚辞译注》，袁梅《屈原赋译注》，王延海《楚辞新注集评》，蒋南华《屈赋注解》，吴广平《楚辞注》，黄凤显《楚辞》，胡念贻《楚辞选注及考证》，潘啸龙《楚辞》，周秉高《楚辞解析》，黄灵庚《楚辞章句疏证》，聂石樵《楚辞新注》，苏雪林《楚骚新诂》，吴福助《楚辞注绎》等。本书在引用以上著作时，为省篇幅，仅出某某曰，以不没先辈时贤之功。另外，我还参考了赵逵夫、李炳海、潘啸龙、周建忠、汤漳平、徐志啸、刘毓庆、姚小鸥、黄震云、郭杰等人的研究著作，在此一并致谢。

该注本的撰写及修改过程,前后持续有六七年的时间,这期间,我的部分博士研究生、硕士研究生参与了其中的注释、修订工作。他们是李燕、章映、肖青云、王帅、王海兴、谢君、朱闻宇、陈静、李玉婉、许震群、向上、刘勤(马来西亚)、刘金、舒鹏、岳洁等同学。

人民文学出版社葛云波编审在本书的体例、《楚辞》各篇的分段、词句的注释、版本的选择等方面,都提出了非常重要的意见和建议。如果没有他的辛勤工作,这本书也是难以完成的。

书稿完成后,中国人民大学李炳海教授、中国传媒大学姚小鸥教授、北京师范大学过常宝教授等,曾帮助审阅过书稿,并提出了宝贵意见,在此也表示深深的感谢。

另外还要感谢北京语言大学学术委员会和科研处给本书提供的项目资助和出版资助。

本书一定还有许多不足之处,请方家不吝指正。

方　铭
2016 年 1 月